Gottfried Keller

Das Sinngedicht
Novellen

Salzwasser

Gottfried Keller

Das Sinngedicht

Novellen

1. Auflage | ISBN: 978-3-84609-888-2

Erscheinungsort: Paderborn, Deutschland

Erscheinungsjahr: 2014

Salzwasser Verlag GmbH, Paderborn.

Nachdruck des Originals von 1922.

Gottfried Keller

Das Sinngedicht

Novellen

Salzwasser

Die Bücher der Rose

Neue Friedensreihe

Kellers Sinngedicht

Wie willst du weiße Lilien
Zu roten Rosen machen?
Küß eine weiße Galathee:
Sie wird errötend lachen.

Das Sinngedicht

Novellen

von

Gottfried Keller

Wilhelm Langewiesche-Brandt
Ebenhausen bei München

1851 entworfen, vollendet 1882

Das erste Tausend dieser Ausgabe ist 1921, das fünfundzwanzigste Tausend 1922 bei Herrosé & Ziemsen in Wittenberg (Bez. Halle) gedruckt und eingebunden worden

Erstes Kapitel: Ein Naturforscher entdeckt ein Verfahren und reitet über Land, dasselbe zu prüfen.

Vor etwa fünfundzwanzig Jahren, als die Naturwissenschaften eben wieder auf einem höchsten Gipfel standen, obgleich das Gesetz der natürlichen Zuchtwahl noch nicht bekannt war, öffnete Herr Reinhart eines Tages seine Fensterläden und ließ den Morgenglanz, der hinter den Bergen hervorkam, in sein Arbeitsgemach, und mit dem Frühgolde wehte eine frische Sommermorgenluft daher und bewegte kräftig die schweren Vorhänge und die schattigen Haare des Mannes.

Der junge Tagesschein erleuchtete die Studierstube eines Doktor Fausten, aber durchaus ins Moderne, Bequeme und Zierliche übersetzt. Statt der malerischen Esse, der ungeheuerlichen Kolben und Kessel, gab es da nur feine Spirituslampen und leichte Glasröhren, Porzellanschalen und Fläschchen mit geschliffenem Verschlusse, angefüllt mit Trockenem und Flüssigem aller Art, mit Säuren, Salzen und Kristallen. Die Tische waren bedeckt mit geognostischen Karten, Mineralien und hölzernen Feldspatmodellen; Schichten gelehrter Jahrbücher in allen Sprachen belasteten Stühle und Diwans, und auf den Spiegeltischchen glänzten physikalische Instrumente in blankem Messing. Kein ausgestopftes Monstrum hing an räucherigem Gewölbe, sondern bescheiden hockte ein lebendiger Frosch in einem Glase und harrte seines Stündleins, und selbst das übliche Menschengerippe in der dunkeln Ecke fehlte, wogegen eine Reihe von Menschen- und Tierschädeln so weiß und appetitlich aussah, daß sie eher den Nippsachen eines Stutzers glichen, als dem unheimlichen Hokuspokus eines alten Laboranten. Statt bestaubter Herbarien sah man einige feine Bogen mit Zeichnungen von Pflanzengeweben, statt schweinslederner Folianten englische Prachtwerke in gepreßter Leinwand.

Wo man ein Buch oder Heft aufschlug, erblickte man nur den lateinischen Gelehrtendruck, Zahlensäulen und Logarithmen. Kein einziges Buch handelte von menschlichen oder moralischen Dingen, oder, wie man vor hundert Jahren gesagt haben würde, von Sachen des Herzens und des schönen Geschmackes.

So wollte also Reinhart sich wieder an eine stille, subtile Arbeit begeben, die er schon seit Wochen betrieb. In der Mitte des Zimmers stand ein sinnreicher Apparat, allwo ein Sonnenstrahl eingefangen und durch einen Kristallkörper geleitet wurde, um sein Verhalten in demselben zu zeigen und womöglich das innerste Geheimnis solcher durchsichtigen Bauwerke zu beleuchten. Schon viele Tage stand Reinhart vor der Maschine, guckte durch eine Röhre, den Rechenstift in der Hand, und schrieb Zahlen auf Zahlen.

Als die Sonne einige Spannen hoch gestiegen, verschloß er wieder die Fenster vor der schönen Welt mit Allem, was draußen lebte und webte, und ließ nur einen einzigen Lichtstrahl in den verdunkelten Raum, durch ein kleines Löchlein, das er in den Laden gebohrt hatte. Als dieser Strahl sorgfältig auf die Tortur gespannt war, wollte Reinhart ungesäumt sein Tagewerk beginnen, nahm Papier und Bleistift zur Hand und guckte hinein, um da fortzufahren, wo er gestern stehen geblieben. Da fühlte er einen leise stechenden Schmerz im Auge; er rieb es mit der Fingerspitze und schaute mit dem anderen durch das Rohr, und auch dieses schmerzte; denn er hatte allbereits angefangen, durch das anhaltende Treiben sich die Augen zu verderben, namentlich aber durch den unaufhörlichen Wechsel zwischen dem erleuchteten Kristall und der Dunkelheit, wenn er in dieser seine Zahlen schrieb.

Das merkte er jetzt und fuhr bedenklich zurück; wenn die Augen krank wurden, so war es aus mit allen sinnlichen Forschungen, und Reinhart sah sich dann auf beschauliches Nachdenken über das zurückgeführt, was er bislang gesehen. Er setzte sich betroffen in einen weichen Lehnstuhl, und da es nun gar so dunkel, still und einsam war, beschlichen ihn seltsame Gedanken.

Nachdem er in munterer Bewegung den größten Teil seiner Jugend zugebracht und dabei mit Aufmerksamkeit unter den Menschen genug gesehen hatte, um von der Gesetzmäßigkeit und dem Zusammenhange der moralischen Welt überzeugt zu werden, und wie überall nicht ein Wort fällt, welches nicht Ursache und Wirkung zugleich wäre, wenn auch so gering wie das Säuseln des Grashalmes auf einer Wiese, war die Erkundung des Stofflichen und Sinnlichen ihm sein All' und Eines geworden.

Nun hatte er seit Jahren das Menschenleben fast vergessen, und daß er einst auch gelacht und gezürnt, töricht und klug, froh und traurig gewesen. Jetzt lachte er nur, wenn unter seinen chemischen Stoffen allerlei Komödien und unerwartete Entwickelungen spielten; jetzt wurde er nur verdrießlich, wenn er einen Rechnungsfehler machte, falsch beobachtete oder ein Glas zerbrach; jetzt fühlte er sich nur klug und froh, wenn er bei seiner Arbeit das große Schauspiel mit genoß, welches den unendlichen Reichtum der Erscheinungen unaufhaltsam auf eine einfachste Einheit zurückzuführen scheint, wo es heißt, im Anfang war die Kraft, oder so was.

Die moralischen Dinge, pflegte er zu sagen, flattern ohnehin gegenwärtig wie ein entfärbter und heruntergekommener Schmetterling in der Luft; aber der Faden, an dem sie flattern, ist gut angebunden, und sie werden uns nicht entwischen, wenn sie auch immerfort die größte Lust bezeigen, sich unsichtbar zu machen.

Jetzt aber war es ihm, wie gesagt, unbehaglich zu Mut geworden; in der Besorgnis um seine Augen stellte er sich alle die guten Dinge vor, welche man mittelst derselben sehen könne, und unvermerkt mischte sich darunter die menschliche Gestalt, und zwar nicht in ihren zerlegbaren Bestandteilen, sondern als

Ganzes, wie sie schön und lieblich anzusehen ist und wohllautende Worte hören läßt. Es war ihm, als ob er sogleich viel gute Worte hören und darauf antworten möchte, und es gelüstete ihn plötzlich, auf das durchsichtige Meer des Lebens hinauszufahren, das Schifflein im reizenden Versuche der Freiheit da- und dorthin zu steuern, wo liebliche Dinge lockten. Aber es fiel ihm nicht der geringste Anhalt, nicht das kleinste Verhältnis ein zur Übung menschlicher Sitte: er hatte sich vereinsamt und festgerannt, es blieb still und dunkel um ihn her, es ward ihm schwül und unleidlich, und er sprang auf und warf die Fensterläden wieder weit auseinander, damit es hell würde. Dann eilte er in eine Bodenkammer hinauf, wo er in Schränken eine verwahrloste Menge von Büchern stehen hatte, die von den halbvergessenen menschlichen Dingen handelten. Er zog einen Band hervor, blies den Staub davon, klopfte ihn tüchtig aus und sagte: Komm, tapferer Lessing! es führt dich zwar jede Wäscherin im Munde, aber ohne eine Ahnung von deinem eigentlichen Wesen zu haben, das nichts anderes ist, als die ewige Jugend und Geschicklichkeit zu allen Dingen, der unbedingte gute Wille ohne Falsch und im Feuer vergoldet! Es war ein Band der Lachmannschen Lessingausgabe und zwar der, in welchem die Sinngedichte des Friedrich von Logau stehen, und wie Reinhart ihn aufschlug, fiel ihm dieser Spruch in die Augen:

> Wie willst du weiße Lilien zu roten Rosen machen?
> Küß eine weiße Galathee: sie wird errötend lachen.

Sogleich warf er das Buch weg und rief: Dank dir, Vortrefflicher, der mir durch den Mund des noch älteren Toten einen so schönen Rat gibt! O, ich wußte wohl, daß man dich nur anzufragen braucht, um gleich etwas Gescheites zu hören!
Und das Buch wieder aufnehmend, die Stelle nochmals laut lesend, rief Reinhart: Welch' ein köstliches Experiment! Wie einfach, wie tief, klar und richtig, so hübsch abgewogen und ge-

messen! Gerade so muß es sein: errötend lachen! Küß eine weiße Galathee, sie wird errötend lachen!
Das wiederholte er beständig vor sich her, während er Reisekleider hervorsuchte und seinen alten Diener herbeirief, daß er ihm schleunig helfe, den Mantelsack zu packen, und das erste beste Mietpferd bestelle auf mehrere Tage. Er anbefahl dem Alten die Obhut seiner Wohnung und ritt eine Stunde später zum Tore hinaus, entschlossen, nicht zurückzukehren, bis ihm der lockende Versuch gelungen.
Er hatte die artige Vorschrift auf einen Papierstreifen geschrieben, wie ein Rezept, und in die Brieftasche gelegt.

Zweites Kapitel: Worin es zur einen Hälfte gelingt.

Als Reinhart eine Weile in den tauigen Morgen hineingezogen, wo hier und da Sensen blinkten und frische Heuerinnen die Mahden auf den Wiesen ausbreiteten, kam er an eine lange und breite, sehr schöne Brücke, welche der Frühe wegen noch still und unbegangen war und wie ein leerer Saal in der Sonne lag. Am Eingange stand ein Zollhäuschen von zierlichem Holzwerk, von blühenden Winden bedeckt, und neben dem Häuschen klang ein klarer Brunnen, an welchem die Zöllnerstochter eben das Gesicht gewaschen hatte und sich die Haare kämmte. Als sie zu dem Reiter herantrat, um den Brückenzoll zu fordern, sah er, daß es ein schönes, blasses Mädchen war, schlank von Wuchs, mit einem feinen, lustigen Gesicht und kecken Augen. Das offene braune Haar bedeckte die Schultern und den Rücken und war wie das Gesicht und die Hände feucht von dem frischen Quellwasser.
„Wahrhaftig, mein Kind!“ sagte Reinhart, „Ihr seid die schönste Zöllnerin, die ich je gesehen, und ich gebe Euch den Zoll nicht, bis Ihr ein wenig mit mir geplaudert habt!“

Sie erwiderte: „Ihr seid beizeiten aufgestanden, Herr, und schon früh guter Dinge. Doch wenn Ihr mir noch einige Mal sagen wollt, daß ich schön sei, so will ich gern mit Euch plaudern, so lang es Euch gefällt, und Euch jedesmal antworten, daß Ihr der verständigste Reiter seid, den ich je gesehen habe!"

„Ich sage es noch einmal; der diese schöne neue Brücke gebaut und das kunstreiche Häuschen dazu erfunden, muß sich erfreuen, wenn er solche Zöllnerin davor sieht!"

„Das tut er nicht, er haßt mich!"

„Warum haßt er Euch?"

„Weil ich zuweilen, wenn er in der Nacht mit seinen zwei Rappen über die Brücke fährt, ihn etwas warten lasse, eh' ich herauskomme und den Schlagbaum aufziehe; besonders wenn es regnet und kalt ist, ärgert ihn das in seiner offenen Kalesche."

„Und warum zieht Ihr den Schlagbaum so lange nicht auf?"

„Weil ich ihn nicht leiden kann!"

„Ei, und warum kann man ihn nicht leiden?"

„Weil er in mich verliebt ist und mich doch nicht ansieht, obgleich wir miteinander aufgewachsen sind. Ehe die Brücke gebaut war, hatte mein Vater die Fähre an dieser Stelle; der Baumeister war eines Fischers Sohn da drüben, und wir fuhren immer auf der Fähre mit, wenn Leute übersetzten. Jetzt ist er ein großer Baumeister geworden und will mich nicht mehr kennen; er schämt sich aber vor mir, die ich hübsch bin, weil er immer eine buckelige, einäugige Frau im Wagen neben sich hat."

„Warum hat er, der so schöne Werke erfindet, eine so häßliche Frau?"

„Weil sie die Tochter eines Ratsmannes ist, der ihm den Brückenbau verschaffen konnte, durch den er groß und berühmt geworden. Jener sagte, er müsse seine Tochter heiraten, sonst solle er die Brücke nicht bauen."

„Und da hat er es getan?"

„Ja, ohne sich zu besinnen; seitdem muß ich lachen, wenn er über die Brücke fährt; denn er macht eine sehr traurige Figur neben seiner Buckligen, während er nichts als schlanke Pfeiler und hohe Kirchtürme im Kopfe hat.“

„Woher weißt Du aber, daß er in Dich verliebt ist?“

„Weil er immer wieder vorüber kommt, auch wenn er einen Umweg machen muß, und dann mich doch nicht ansieht!“

„Habt Ihr denn nicht ein wenig Mitleid mit ihm, oder seid Ihr am Ende nicht auch in ihn verliebt?“

„Dann würde ich Euch nichts erzählen! Einer, der eine Frau nimmt, die ihm nicht gefällt, und dann andere gern sieht, die er doch nicht anzuschauen wagt, ist ein Wicht, bei dem nicht viel zu holen ist, meint Ihr nicht?“

„Sicherlich! Und um so mehr, als dieser recht gut weiß, was schön ist; denn je länger ich Euch und diese Brücke betrachte, desto lauter muß ich gestehen, daß es zwei schöne Dinge sind! Und doch nahm er die Häßliche nur, um die Brücke bauen zu dürfen!“

„Aber er hätte auch die Brücke fahren lassen und mich nehmen können, und dann hätte er auch etwas Schönes gehabt, wie Ihr sagt!“

„Das ist gewiß! Nun, er hat den Nutzen für sich erwählt, und Ihr habt Euere Schönheit behalten! Hier seid Ihr gerade an der rechten Stelle; viele Augen können Euch da sehen und sich an dem Anblick erfreuen!“

„Das ist mir auch lieb und mein größtes Vergnügen! Hundert Jahre möchte ich so vor diesem Häuslein stehen und immer jung und hübsch sein! Die Schiffer grüßen mich, wenn sie unter der Brücke durchfahren, und wer darüber geht, dreht den Hals nach mir. Das fühl' ich, auch wenn ich den Rücken kehre, und weiter verlang' ich nichts. Nur der Herr Baumeister ist der Einzige, der mich nie ansieht und es doch am liebsten täte! Aber nun gebt mir endlich den Zoll und zieht Euere Straße, Ihr wißt nun genug von mir für die schönen Worte, die Ihr mir gegeben!"

„Ich gebe Dir den Zoll nicht, feines Kind, bis Du mir einen Kuß gegeben!"

„Auf die Art müßte ich meinen Zoll wieder verzollen und meine eigene Schönheit versteuern!"

„Das müßt Ihr auch, wer sagt etwas anderes? Würde bringt Bürde!"

„Zieht mit Gott, es wird nichts daraus!"

„Aber Ihr müßt es gern tun, Allerschönste! So ein bißchen von Herzen!"

„Gebt den Zoll und geht!"

„Sonst tu' ich es selbst nicht; denn ich küsse nicht eine Jede! Wenn Du's recht artig vollbringst, so will ich das Lob Deiner Schönheit verkünden und von Dir erzählen, wo ich hinkomme; und ich komme weit herum!"

„Das ist nicht nötig, alle guten Werke loben sich selbst!"

„So werde ich dennoch reden, auch wenn Ihr mich nicht küßt, liebe Schöne! Denn Ihr seid zu schön, als daß man davon schweigen könnte! Hier ist der Zoll!"

Er legte das Geld in ihre Hand; da hob sie den Fuß in seinen Steigbügel, er gab ihr die Hand, und sie schwang sich zu ihm hinauf, schlang ihren Arm um seinen Hals und küßte ihn lachend. Aber sie errötete nicht, obgleich auf ihrem weißen Gesicht der bequemste und anmutigste Platz dazu vorhanden war. Sie lachte noch, als er schon über die Brücke geritten war und noch einmal zurückschaute.

Fürs erste, sagte er zu sich selbst, ist der Versuch nicht gelungen; die notwendigen Elemente waren nicht beisammen. Aber schon das Problem ist schön und lieblich, wie lohnend müßte erst das Gelingen sein!

Drittes Kapitel: Worin es zur anderen Hälfte gelingt.

Hierauf durchritt er verschiedene Gegenden, bis es Mittag wurde, ohne daß ihm eine weitere günstige Gelegenheit aufgestoßen wäre. Jetzt erinnerte ihn aber der Hunger daran, daß es Zeit zur Einkehr sei, und eben, als er das Pferd zu einem Wirtshaus lenken wollte, fiel ihm der Pfarrherr des Dorfes ein, welcher ein alter Bekannter von ihm sein mußte, und er richtete seinen Weg nach dem Pfarrhause. Dort erregte er ein großes Erstaunen und eine unverhehlte Freude, die alsobald nach Schüsseln und Tellern, nach Töpfchen und Gläsern, nach Eingemachtem und Gebackenem auseinander lief, um das gewöhnliche Mittagsmahl zu erweitern. Zuletzt erschien eine blühende Tochter, deren Dasein Reinhart mit den Jahren vergessen hatte; überrascht erinnerte er sich nun wohl des artigen kleinen Mädchens, welches jetzt zur Jungfrau herangewachsen war, deren Wangen ein feines Rot schmückte und deren längliche Nase gleich einem ernsten Zeiger andächtig zur Erde wies, wohin auch der bescheidene Blick fortwährend ihr folgte. Sie begrüßte den Gast, ohne die Augen aufzuschlagen, und verschwand dann gleich wieder in die Küche.

Nun unterhielten ihn Vater und Mutter ausschließlich von den Schicksalen ihres Hauses und verrieten eine wundersame Ordnungsliebe in diesem Punkte; denn sie hatten alle ihre kleinen Erfahrungen und Vorkommnisse auf das genaueste eingereiht und abgeteilt, die angenehmen von den betrübenden abgesondert und jedes einzelne in sein rechtes Licht gesetzt und in reinliche Beziehung zum anderen gebracht. Der Hausherr gab dann dem Ganzen die höhere Weihe und Beleuchtung, wobei er merken ließ, daß ihm die berufliche Meisterschaft im Gottvertrauen gar wohl zustatten käme bei der Lenkung einer so wunderbarlichen Lebensfahrt. Die Frau unterstützte ihn eifrigst und schloß Klagen wie Lobpreisungen mit dem Ruhm ihres Mannes und mit dem gebührenden Danke gegen den lieben Gott, der in dieser kleinen, friedlich bewegten Familie ein besonderes, fein ausgearbeitetes Kunstwerk seiner Weltregierung zu erhalten schien, durchsichtig und klar wie Glas in allen seinen Teilen, worin nicht ein dunkles Gefühlchen im Verborgenen stürmen konnte.

Dem entsprachen auch die vielen Glasglocken, welche mannigfache Familiendenkmale vor Staub schützten, sowie die zahlreichen Rähmchen an der Wand mit Silhouetten, Glückwünschen, Liedersprüchen, Epitaphien, Blumenkränzen und Landschaften von Haar, alles symmetrisch aufgehängt und mit reinlichem Glase bedeckt. In Glasschränken glänzten Porzellantassen mit Namenszügen, geschliffene Gläser mit Inschriften, Wachsblumen und Kirchenbücher mit vergoldeten Schlössern.

So sah auch die Pfarrerstochter aus, wie wenn sie eben aus einem mit Spezereien durchdufteten Glasschranke käme, als sie, sorgfältig geputzt, wieder eintrat. Sie trug ein himmelblau seidenes Kleidchen, das knapp genug einen rundlichen Busen umspannte, auf welchen die liebe, ernsthafte Nase immerfort hinab zeigte. Auch hatte sie zwei goldene Löcklein entfesselt und eine schneeweiße Küchenschürze umgebunden; und sie setzte einen Pudding so sorgfältig auf den Tisch, wie wenn sie die Weltkugel hielte. Dabei duftete sie angenehm nach dem würzigen Kuchen, den sie eben gebacken hatte.

Ihre Eltern behandelten sie aber so feierlich und gemessen, daß sie ohne sichtbaren Grund oftmals errötete und bald wieder wegging. Sie machte sich auf dem Hofe zu schaffen, wo Reinharts Pferd angebunden war, und in eifriger Fürsorge fütterte sie das Tier. Sie rückte ihm ein Gartentischchen unter die Nase und setzte ihm in ihrem Strickkörbchen einige Brocken Hausbrot, halbe Semmeln und Zwiebäcke vor, nebst einer guten Handvoll Salatblätter; auch stellte sie ein grünes Gießkännchen mit Wasser daneben, streichelte das Pferd mit zager Hand und trieb tausend fromme Dinge. Dann ging sie in ihr Zimmerchen, um schnell die unverhofften Ereignisse in ihr Tagebuch einzutragen; auch schrieb sie rasch einen Brief.

Inzwischen ging auch Reinhart hinunter, um das Pferd vorläufig bereit zu machen. Dieses hatte sich das Gießkännchen an die Nase geklemmt, und am Gießkännchen hing das Strickkörbchen, und beide Dinge suchte das verlegene Tier unmutvoll abzuschlenkern, ohne daß es ihm gelingen wollte. Reinhart lachte so laut, daß die Tochter es augenblicklich hörte und durch das Fenster sah. Als sie das Abenteuer entdeckte, kam sie eilig herunter, nahm sich ein Herz und bat Reinhart beinahe zitternd, daß er ihren Eltern und niemand etwas davon sagen möchte, da es ihr für lange Zeit zum Aufsehen und zur Lächerlichkeit gereichen würde. Er beruhigte sie höflich und so gut er konnte, und sie eilte mit Körbchen und Kanne wie ein Reh davon, sie zu verbergen. Doch zeigte sie sich bald wieder hinter einem Fliederbusche und schien ein bedeutendes Anliegen auf dem Herzen zu haben. Reinhart schlüpfte hinter den Busch; sie zog einen sorgfältig versiegelten, mit prachtvoller Adresse versehenen Brief aus der Tasche, den sie ihm mit der geflüsterten Bitte überreichte, das Schreiben, welches einen Gruß und wichtigen Auftrag enthielte, doch ja unfehlbar an eine Freundin zu bestellen, die unweit von seinem Reisepfade wohne.

Ebenso flüsternd und bedeutsam teilte ihr Reinhart mit, daß er sie infolge eines heiligen Gelübdes ohne Widerrede küssen müsse. Sie wollte sogleich entfliehen; allein er hielt sie fest und lispelte ihr zu, wenn sie sich widersetze, so würde er das Geheimnis von der Gießkanne unter die Leute bringen, und dann sei sie für immer im Gerede. Zitternd stand sie still, und als er sie nun umarmte, erhob sie sich sogar auf die Zehen und küßte ihn mit geschlossenen Augen, über und über mit Rot begossen, aber ohne nur zu lächeln, vielmehr so ernst und andächtig, als ob sie das Abendmahl nähme. Reinhart dachte, sie sei zu sehr erschrocken, und hielt sie ein kleines Weilchen im Arm, worauf er sie zum zweiten Male küßte. Aber ebenso ernsthaft wie vorhin küßte sie ihn wieder und ward noch viel röter; dann floh sie wie ein Blitz davon.

Als er wieder ins Haus trat, kam ihm der Pfarrherr heiter entgegen und zeigte ihm sein Tagebuch, in welchem sein Besuch bereits mit erbaulichen Worten vorgemerkt war, und die Pfarrfrau sagte: „Auch ich habe einige Zeilen in meine Gedenkblätter geschrieben, lieber Reinhart, damit uns Ihre Begegnung ja recht frisch im Gedächtnis bleibe!"

Er verabschiedete sich aufs freundlichste von den Leuten, ohne daß sich die Tochter wieder sehen ließ.

Wiederum nicht gelungen! rief er, nachdem er vom Pfarrhofe weggeritten; aber immer reizender wird das Kunststück, je schwieriger es zu sein scheint!

Viertes Kapitel: Worin ein Rückschritt vermieden wird.

Da das Pferd noch hungrig sein mußte, stieg er unweit des Dorfes nochmals ab, vor einem einsamen Wirtshause, welches am Saume eines großen Waldes lag und ein goldenes Waldhorn im Schilde führte. Aus dem Walde erhob sich ein schöner, grün belaubter Berg, hinein aber führte die breite Straße in weitem Bogen.

Unter der schattigen Vorhalle des Wirtshauses saß ein stattliches Frauenzimmer und nähte. Sie war nicht minder hübsch, als die Pfarrerstochter und die Zöllnerin, aber ungleich handfester. Sie trug einen schwarzen, fein gefaltenen Rock mit roten Säumen und blendend weiße Hemdärmel, deren gestickte weitläufige Ränder offen auf die Handknöchel fielen. In den

Flechten des Haares glänzte ein silberner Zierat, dessen Form zwischen einem Löffel und einem Pfeile schwankte.

Sie grüßte lächelnd den Reisenden und fragte, was ihm gefällig wäre.

„Etwas Hafer für das Pferd," sagte er, „und da es sich hier kühl und lieblich zu leben scheint, auch ein Glas Wein für mich, wenn Ihr so gut sein wollt!"

„Ihr habt Recht," sagte sie, „es ist hier gut sein, still und angenehm und eine schöne Luft! So laßt's Euch gefallen und nehmt Platz!"

Als sie den Wein zu holen ging und mit der klaren Flasche wieder kam, bewunderte Reinhart ihre schöne Gestalt und den sicheren Gang, und als sie rüstig ein Maß Hafer siebte und dem Pferde aufschüttete, ohne an Reiz zu verlieren, sagte er sich: Wie voll ist doch die Welt von schönen Geschöpfen und sieht keines dem anderen ganz gleich! — Die Schöne setzte sich hierauf an den Tisch und nahm ihre Arbeit wieder zur Hand. „Wie ich sehe," sagte Reinhart, „seid Ihr allein zu Haus?"

„Ganz allein," erwiderte sie voll Freundlichkeit, blanke Zahnreihen zeigend, „unsere Leute sind alle auf den Wiesen, um Heu zu machen."

„Gibt es viel und gutes Heu dieses Jahr?"

„So ziemlich; wenn das Frühjahr nicht so trocken gewesen wäre, so gäbe es noch mehr; man muß es eben nehmen, wie's kommt, alles kann nicht geraten!"

„So ist es! Der schöne Frühling war dagegen für andere Dinge gut, zum Beispiel für die Obstbäume, die konnten vortrefflich verblühen."

„Das haben sie auch redlich getan!"

„So wird es also viel Obst geben im Herbst?"

„Wir hoffen es, wenn das Wetter nicht ganz schlecht wird."

„Und was das Heu betrifft, was gilt es denn gegenwärtig?"

„Jetzt, ehe das neue Heu gemacht ist, steht es noch hoch im

Preise, denn das letzte Jahr war es unergiebig; ich glaube, es hat vor acht Tagen noch über einen Taler gekostet. Es muß aber jetzt abschlagen."

„Verkauft Ihr auch von Euerem Heu, oder braucht Ihr es selbst, oder müßt Ihr noch kaufen, da Ihr ein Gasthaus führt?"

„In der Wirtschaft wird kein Heu, sondern fast nur Hafer verfüttert; für unser Vieh aber brauchen wir das Heu, und da ist es verschieden, das eine Jahr kommen wir gerade aus, das andere müssen wir dazu kaufen, das dritte reicht so gut, daß wir etwas auf den Markt bringen können; dies hängt von vielen Umständen ab, besonders auch, wie die anderen Sachen und Kräuter geraten."

„Das läßt sich denken! Das läßt sich denken! Und also über einen Taler hat der Zentner Heu noch vor acht Tagen gekostet?"

„Quälen Sie sich nun nicht länger, mein Herr!" sagte die Schöne lächelnd, „und sagen Sie mir die drolligen Dinge, die Ihnen auf der Zungenspitze sitzen, ohne Umschweif! Ich kann einen Scherz ertragen und weiß mich zu wehren!"

„Wie meinen Sie das?"

„Ei, ich seh' es Ihren Augen die ganze Zeit an, daß Sie lieber von anderem sprechen, als von Heu, und mir ein wenig den Hof machen möchten, bis Ihr Pferd gefressen hat! Da ich einmal die einsame Wirtstochter hier vorstelle, so wollen wir die wundervollen Dinge nicht verschweigen, welche man sich unter solchen Umständen sagt, und der Welt den Lauf lassen! Fangen Sie an, Herr! und seien Sie witzig und vorlaut, und ich werde mich zieren und spröde tun!"

„Gleich werd' ich anfangen, Sie haben mich nur überrascht!"

„Nun, lassen Sie hören!"

„Nun also — beim Himmel, ich bin ganz verblüfft und weiß nichts zu sagen!"

„Das ist nicht viel! Sollen wir etwa gar die verkehrte Welt spielen und soll ich Ihnen den Hof machen und Ihnen angenehme Dinge sagen, während Sie sich zieren? Gut denn! Sie sind in der Tat der hübscheste Mann, welcher seit langem diese Straße geritten, gefahren oder gegangen ist!"

„Glauben Sie etwa, ich höre das ungern aus Ihrem Munde?"

„Das befürchte ich nicht im geringsten! Zwar, wie ich Sie vorhin kommen sah, dacht' ich: Gelobt sei Gott, da nahet sich endlich einer, der nach was Rechtem aussieht, ohne daran zu denken! Der reitet fest in die Welt hinein und trägt gewiß keinen Spiegel in der Tasche, wie sonst die Herren aus der Stadt, denen man kaum den Rücken drehen darf, so holen sie den Spiegel hervor und beschauen sich schnell in einer Ecke! Wie Sie aber das Heugespräch führten und dabei Augen machten wie die Katze, die um den heißen Brei herumgeht, dacht' ich: es ist doch ein Schulmeister von Art!"

„Sie fallen ja aus der Rolle und sagen mir Unhöflichkeiten!"

„Es wird gleich wieder besser kommen! Sie haben eine so tüchtige Manier, daß man froh ist, Sie zu nehmen, wie Sie sind, da wir armen Menschen uns ja doch unser Leben lang mit dem Schein begnügen müssen, und nicht nach dem Kern fragen dürfen. So betrachte ich Sie auch als einen schönen Schein, der vorüber geht und sein Schöppchen trinkt, und ich benutze sogar recht gern diesen Scherz, um Ihnen in allem Ernst zu sagen, daß Sie mir recht wohl gefallen! Denn so steht es in meinem Belieben!"

„Daß ich Ihnen gefalle?"

„Nein, daß ich es sagen mag!"

„Sie sind ja der Teufel im Mieder! Ein starker Geist mit langen Haaren?"

„Sie glaubten wohl nicht, daß wir hier auch geschliffene Zungen haben?"

„Ei, als Sie vorhin den Hafer siebten, sah ich, daß Sie eine handfeste und zugleich anmutige Dame sind! Ihre Ausdrucksweise dagegen kann ich nicht mit den ländlichen Kleidern zusammen reimen, die Ihnen übrigens vortrefflich stehen!"

„Nun, ich habe vielleicht nicht immer in diesen Kleidern gesteckt — vielleicht auch doch! Jeder hat seine Geschichte, und die meinige werde ich Ihnen bei dieser Gelegenheit nicht auf die Nase binden! Vielmehr beliebt es mir, Ihnen zu sagen, daß Sie mir wohlgefallen, ohne daß Sie wissen, wer ich bin, wie ich dazu komme, dies zu sagen, und ohne daß Sie einen Nutzen davon haben. So setzen Sie Ihren Weg fort als ein Schein für mich, wie ich als ein Schein für Sie hier zurückbleibe!"

Diese Grobheiten und seltsamen Schmeicheleien sagte die Dame nicht auf eine unangenehme Weise, sondern mit großem Liebreiz und einem fortwährenden Lächeln des roten Mundes, und Reinhart enthielt sich nicht, endlich zu sagen: „Ich wollte, Sie blieben nun ganz bei der Stange, und es beliebte Ihnen, Ihr schmeichelhaftes Wohlgefallen auch mit einem Kusse zu bestätigen!"

„Wer weiß!" sagte sie, „in Betracht, daß ich in vollkommenem Belieben Sie küssen würde und nicht Sie mich, könnte es mir vielleicht einfallen, damit Sie zum Dank für die angenehme Unterhaltung mit dem Schimpf davonreiten, geküßt worden zu sein, wie ein kleines Mädchen!"

„Tun Sie mir diesen Schimpf an!"

„Wollen Sie still halten?"

„Das werden Sie sehen!"

Sie machte eine Bewegung, wie wenn sie sich ihm nähern wollte; in diesem Augenblick wallte aber ein kalter Schatten über sein Gesicht, die Augen funkelten unsicher zwischen Lust und Zorn, um den Mund zuckte ein halb spöttisches Lächeln, so daß sie mit fast unmerklicher Betroffenheit die angehobene Bewegung nach dem Pferde hin ablenkte, um dasselbe zu tränken. Reinhart eilte ihr nach und rief, er könne nun nicht mehr zugeben, daß sie sein Pferd bediene! Sie ließ sich aber nicht abhalten und sagte, sie würde es nicht tun, wenn sie nicht wollte, und er solle sich nicht darum kümmern.

Sie war aber in einiger Verlegenheit, denn die Sachen standen nun so, daß sie doch warten mußte, bis Reinhart ihr wieder Anlaß bot, ihn zu küssen, daß sie aber beleidigt war, wenn es nicht geschah. Er empfand auch die größte Lust dazu; wie er sie aber so wohlgefällig ansah, befürchtete er, sie möchte wohl lachen, allein nicht rot werden, und da er diese Erfahrung schon hinter sich hatte, so wollte er als gewissenhafter Forscher sie nicht wiederholen, sondern nach seinem Ziele vorwärts streben. Dieses schien ihm jetzt schon so wünschenswert, daß er bereits eine Art Verpflichtung fühlte, keine unnützen Versuche mehr zu unternehmen und sich des lieblichen Erfolges im voraus würdig zu machen.

Er stellte sich daher, um auf gute Manier wegzukommen, als ob er den höchsten Respekt fühlte und von der Furcht beseelt wäre, mit zu weit gehenden Scherzen ihr zu mißfallen. In dieser Haltung bezahlte er auch seine Zeche, verbeugte sich höflich gegen sie, und sie tat das gleiche, ohne daß etwas weiteres vorfiel. Sie nahm alles wohl auf und entließ den Reiter in guter Fassung. Auf diesem Waldhörnchen wollen wir nicht blasen! sagte er zu sich selbst, als ihm beim Wegreiten das Schild des Hauses in die Augen fiel: Vielleicht führt uns der Auftrag der Pfarrerstochter auf eine gute Spur, wie das Gute stets zum Besseren führt! Ich will den schalkhaften Seitenpfad aufsuchen, der irgend hier herum zu jenem Schloß oder Landsitz führen soll, wo die unbekannte Freundin haust!

Fünftes Kapitel: Herr Reinhart beginnt die Tragweite seiner Unternehmung zu ahnen.

Er fand bald diesen Seitenpfad; es war aber wirklich ein schalkhafter; denn kaum hatte er ihn betreten, so verlor er sich in

einem Netze von Holzwegen und ausgetrockneten Bachbetten, bald auf und ab, bald in düsterer Tannennacht, bald unter dichtem Buschwerke. Er geriet immer höher hinauf und sah zuletzt, daß er an der Nordseite des ausgedehnten Berges umher irre. Stundenlang schlug er sich im wilden Forst herum und sah sich oft genötigt, das Pferd am Zügel zu führen.
Was mir in dieser Wildnis ersprießen wird, rief er unmutig aus, muß wohl eher eine stachlichte Distel als eine weiße Galathee sein!
Aber unvermerkt entwirrte sich zugleich das Wirrsal in ersichtlich künstliche Anlagen, welche auf die Westseite des Berges hinüberführten. Der Weg ging zwar immer noch durch den Wald, auf und nieder, enger oder weiter, hier einen Blick in die Ferne erlaubend, dort in dunkle Buchengänge führend. Allein immer deutlicher zeigten sich die Anlagen und verrieten eine feine kundige Hand; da er aber durchaus nicht wußte, wo er war, und nirgends einen Überblick gewinnen konnte, mußte er nun auch befürchten, als ein Eindringling und Parkverwüster zum Vorschein zu kommen. Das Pferd zerriß unbarmherzig mit seinen Hufen den feingeharkten Boden, zertrat Gras und wohlgepflegte Waldblumen und zerstörte die Rasenstufen, die über kleine Hügel führten. Indem er sich sehnte, der traumhaften Verwirrung zu entrinnen, fürchtete er zugleich das Ende und verwünschte die Stunde, die ihn in solche Not gebracht. Plötzlich lichteten sich die Bäume und Laubwände, ein schmaler Pfad führte unmittelbar in einen offenen Blumengarten, welcher von dem jenseitigen Hofraume nur durch ein dünnes, vergoldetes Drahtgitter abgeschlossen war. Gern hätte er sich über Garten und Zaun mit einem Satze hinweggeholfen; da dies aber nicht möglich war, so ritt er mit dem Mute der Verzweiflung und trotzig, ohne abzusteigen, zwischen den Zierbeeten durch, die Schneckenlinien verfolgend, deren weißen Sand der Gaul lustig stäuben ließ.

Endlich war er hinter dem leichten Gitterchen angelangt, das den Garten verschloß, und, das Pferd anhaltend, übersah er sich zuerst den Platz, gleichgültig, ob er in dieser barbarischen Lage entdeckt wurde oder nicht; denn sich zu verbergen, schien unmöglich. Er befand sich auf einer großen Terrasse am Abhange des Berges, auf welcher ein schönes Haus stand; vor demselben lag ein geräumiger gevierter Platz, durch steinerne Balustraden gegen den jähen Abhang geschützt. Der Platz war mit einigen gewaltigen Platanen besetzt, deren edle Äste sich schattend über ihn ausbreiteten. Unter den Platanen und über das Steingeländer hinweg sah man auf einen in Windungen sich weithin ziehenden breiten Fluß und in ein Abendland hinaus, das im Glanze der sinkenden Sonne schwamm. An den zwei übrigen Seiten war der Platz von Blumengründen begrenzt, auf deren einem der verlegene Reinhart hielt. Er sah nun zu seinem Verdrusse, daß vorn an der Balustrade zwei stattliche Auffahrten auf den Hof mündeten.

Unter den Platanen aber erblickte er einen Brunnen von weißem Marmor, der sich einem viereckigen Monumente gleich mitten auf dem Platze erhob und sein Wasser auf jeder der vier Seiten in eine flache, ebenfalls gevierte, von Delphinen getragene Schale ergoß. Teils auf dem Rande einer dieser Schalen, teils auf dem klaren Wasser, das kaum handtief den Marmor deckte, lag und schwamm ein Haufen Rosen, die zu reinigen und zu ordnen eine weibliche Gestalt ruhig beschäftigt war, ein schlankes Frauenzimmer in weißem Sommerkleide, das Gesicht von einem breiten Strohhute überschattet.

Die untergehende Sonne bestreifte noch eben diese Höhe samt der Fontaine und der ruhigen Gestalt, über welche die Platanen mit ihren saftgrünen Laubmassen ihr durchsichtiges und doch kräftiges Helldunkel hernieder senkten.

Je ungewohnter der Anblick dieses Bildes war, das mit seiner Zusammenstellung des Marmorbrunnens und der weißen

Frauengestalt eher der idealen Erfindung eines müßigen Schöngeistes, als wirklichem Leben glich, um so ängstlicher wurde es dem gefangenen Reinhart zumute, der wie eine Bildsäule staunend zu Pferde saß, bis dieses, ein gutes Unterkommen witternd, urplötzlich aufwieherte. Stutzend forschte die schlanke Dame nach allen Seiten und entdeckte endlich den verlegenen Reitersmann hinter dem goldenen Gewebe des leichten Gitterpförtchens. Er bewegte sich nicht, und nachdem sie eine Weile verwunderungsvoll hingesehen, eilte sie zur Stelle, wie um zu erfahren, ob sie wache oder träume. Als sie sah, daß sich alles in bester Wirklichkeit verhielt, öffnete sie mit unmutiger Bewegung das Gitter und sah ihn mit fragendem Blick an, der ihn einlud: ob es ihm vielleicht nunmehr belieben werde, mit den vier Hufen seines Pferdes aus dem mißhandelten Garten herauszuspazieren? Zugleich aber zog sie sich eilig an ihren Brunnen zurück, eine Handvoll Rosen erfassend und der Dinge gewärtig, die da kommen sollten.

Endlich stieg Reinhart ab, und seinen Mietgaul demütig hinter sich herführend, überreichte er der reizvollen Erscheinung, sie fortwährend anschauend, ohne zu reden, mit einer Verbeugung den Brief der Pfarrerstochter.

Oder vielmehr war es nicht der Brief, sondern der Zettel, auf welchen er das Sinngedicht geschrieben:

Wie willst du weiße Lilien zu roten Rosen machen?
Küß eine weiße Galathee: sie wird errötend lachen.

Den Brief hielt er samt der Brieftasche in der Hand und entdeckte sein Versehen erst, als die Dame das Papier schon ergriffen und gelesen hatte.

Sie hielt es zwischen beiden Händen und sah den ganz verwirrten und errötenden Herrn Reinhart mit großen Augen an, während es zweifelhaft, ob bös oder gut gelaunt, um ihre Lippen zuckte. Stumm gab sie den Papierstreifen hin und nahm den Brief, den der um Nachsicht Bittende oder Stammelnde dafür überreichte. Als sie das große Siegel erblickte, verbreitete sich eine Heiterkeit über das Gesicht, welches jetzt in der Nähe wie ein schönes Heimatland aller guten Dinge erschien. Ein kluger Blick ihrer dunklen Augen blitzte auf, und als sie rasch gelesen, lachte sie und sagte mit schalkhaft bewegter Stimme: „Ich muß gestehen, mein Herr, das ist mir das seltsamste Ereignis! Ein Unbekannter fällt, Mann und Pferd, vom Himmel und fängt sich wie eine Drossel an den schwachen Gitterchen meines Gartens, Beete und Wege zerwühlend! Er überbringt mir ein Schreiben, das mit dem Amtssiegel eines ehrwürdigen Geistlichen, mit Bibel, Kelch und Kreuz gesiegelt ist und in welchem mich meine Freundin im Tale, die Pfarrerstochter, in den flehendsten Ausdrücken beschwört, ja nicht zu vergessen, ihr von dem diesjährigen Rettichsamen zu senden! Wenn Sie in einiger Verfassung sind, sich zu verteidigen und Ihre wunderbare Herkunft zu erklären, so sollen Sie in dieser hochgelegenen Behausung willkommen sein, und ich, die ich zurzeit das Wort führe, da mein gichtkranker Oheim das Zimmer hütet, will ernst und weise mit Ihnen zu Rate gehen über die fernere Entwickelung Ihres merkwürdigen Lebenspfades!"

Nicht nur vom Abglanz der Abendsonne, sondern auch von einem hellen inneren Lichte war die ziervolle Dame dermaßen erleuchtet, daß der Schein dem überraschten Reinhart seine Sicherheit wiedergab. Aber indem er sich sagte, daß er hier oder nirgends das Sprüchlein des alten Logau erproben möchte und erst jetzt die tiefere Bedeutung desselben völlig empfand, merkte er auch, mit welch' weitläufigen Vorarbeiten und Schwierigkeiten der Versuch verbunden sein dürfte.

Sechstes Kapitel: Worin eine Frage gestellt wird.

Er verbeugte sich abermals mit aller Ehrerbietung und sagte: „Ich bin über mein Geschick nicht weniger erstaunt, als Sie, mein Fräulein! nur daß ich in ungalanter Weise im Vorteil und auf das angenehmste betroffen bin, während ich auf Ihrem Gebiete bis jetzt nichts als Schaden und Unheil angerichtet habe. Seit heute früh im Freien, um einer naturwissenschaftlichen Beobachtung nachzugehen, habe ich den Tag damit zugebracht, einen Brief von einer Dame zur anderen zu tragen, worin, wie Sie sagen, um Rettichsamen gebeten wird; ich habe mich an diesem Berge verirrt, Gärten verwüstet und mich zuletzt da gefangen gesehen, wo ich schon freiwillig habe hingehen wollen! Welcher Meister hat diese schönen und witzigen Anlagen gebaut?"

„Ich selbst habe sie erfunden und angegeben, es sind eben Mädchenlaunen!" sagte die Dame.

„Alle Achtung vor Ihrem Geschmack! Da Sie aber so kunstreiche Netze ausbreiten, so haben Sie es sich selbst zuzuschreiben, wenn Sie einmal einen groben Vogel fangen, auf den Sie nicht gerechnet haben!"

„Ei, man muß nehmen, was kommt! Zudem freue ich mich, zu sehen, daß meine Anlagen zu was gut sind; denn hätten Sie sich nicht darin gefangen, so wären Sie viel früher angekommen und wahrscheinlich längst wieder weggeritten; so aber, da es spät und weit bis zur nächsten Gastherberge ist, habe ich das Vergnügen, Ihnen eine Unterkunft anzubieten. Denn Sie sind mir angelegentlich empfohlen von meiner Freundin, und sie schreibt, Sie seien ein sehr beachtenswerter und vernünftiger Reisender, welcher mit ihren Eltern die erbaulichsten Gespräche führte!"

„Das wundert mich! Ich habe kaum zwei- oder dreimal das Wort ergriffen und einige Minuten lang geführt!"

„So muß das Wenige, das Sie sagten, um so herrlicher gewesen sein, und ich hoffe dergleichen auch mit Bescheidenheit zu genießen!"

„O mein Fräulein, es waren im Gegenteil zuletzt solche Dummheiten, die ich besonders der jungen Dame sagte, daß sie den gütigen Empfehlungsbrief schwerlich mehr geschrieben hätte, wenn es nicht schon geschehen wäre!"

„So scheint es denn bei Ihnen in keiner Weise mit rechten Dingen zuzugehen! Wenn ich meinen Zweck erreichen will, Sie hier zu behalten, muß ich am Ende, da alles verkehrt bei Ihnen eintrifft, Sie vom Hofe jagen, damit Sie uns um so sicherer von der anderen Seite wieder zurückkommen!"

„Nein, schönstes Fräulein, ich möchte jetzo mit Ihrer Hilfe versuchen, der Dinge wieder Meister zu werden! Weisen Sie mir meinen Aufenthalt an, und ich werde ohne Abweichung stracks hinzukommen trachten und mich so festhalten wie eine Klette!"

„Das will ich tun! Aber dann halten Sie sich ja tapfer und lassen sich weder rechts noch links verschlagen, und wenn Sie sich nicht recht sicher trauen, so bleiben Sie lieber auf einem Stuhle sitzen, bis ich Sie rufen lasse! Auf keinen Fall entfernen Sie sich vom Hause, und wenn Ihnen dennoch etwas Ungeheuerliches oder Verkehrtes aufstoßen sollte, so rufen Sie mich gleich zu Hilfe! Läuft es aber glücklich ab und halten Sie sich gut über Wasser, so sehen wir uns bald wieder."

Mit diesen Worten grüßte sie den Gast und eilte mit ihrem Rosenkorbe in das Haus, um Leute zu senden. Es erschien bald darauf ein alter Diener mit weißen Haaren, der, als er das Pferd gesehen, einen Stallknecht aus dem weiter rückwärts gelegenen Wirtschaftshofe herbeiholte. Dann kamen zwei Mädchen in der malerischen Landestracht, die er schon im Waldhorn gesehen, und führten ihn in das Haus. Als Reinhart in dem ihm angewiesenen Zimmer einige Zeit verweilt und sein Äußeres in Ordnung gebracht hatte, erschien das eine der Mädchen wieder mit einer breiten Schale voll Rosen, im Auftrage der Herrschaft die Herberge etwas freundlicher zu machen, und das andere folgte auf dem Fuße mit einer schönen Kristallflasche, die mit einem dunkeln südlichen Wein halb gefüllt war, einem Glase und einigen Zwiebäcken, alles auf einem Brette von altmodig geformtem Zinn tragend.

Überrascht von dem Anblick der Gruppe, sowie auch etwas übermütig von den fortgesetzt anmutigen Begegnissen dieses Tages, verhinderte er die Mädchen, ihre Gaben auf den Tisch zu setzen, und führte sie mit wichtiger Miene vor einen großen Spiegel, der den Fensterpfeiler vom Boden bis zur Decke bekleidete. Dort stellte er sie, den Rücken gegen das Glas gewendet, auf, und die Jungfrauen ließen ihn einige Augenblicke gewähren, da sie nicht wußten, worum es sich handelte. Mit Wohlgefallen betrachtete er das Bild; denn er sah nun vier Figuren, statt zweier, indem der Spiegel den Nacken und die Rückseite der schmucken Trägerinnen wiedergab. Um sie festzuhalten, fragte er sie nach dem Taufnamen ihrer Gebieterin, obschon er denselben bereits kannte, und beide sagten: „Sie heißt Lucia!" Zugleich aber verspürten die Mägde den Mutwillen, stellten die Sachen auf den Tisch und liefen errötend aus dem Zimmer; draußen ließen sie ein kurzes schnippisches Gelächter erschallen, das gar lustig durch die gewölbten Gänge erklang. Bald aber guckten ihre zwei Gesichter wieder zu einer anderen Tür des Zimmers herein, und die eine verkündigte mit so ziemlichen Worten, als ob sie nicht eben laut gelacht hätte: noch sollen sie dem Herrn sagen, daß er unbedenklich in den nächsten Zimmern herumspazieren möge, falls ihm die Zeit zu lang werden sollte; es seien Bücher und dergleichen dort zu finden. Dann verschwanden sie, indem sie einen Türflügel halb geöffnet ließen.

Reinhart tat ihn ganz auf und trat in das anstoßende Gemach, das jedoch außer einer gewöhnlichen Zimmerausstattung nichts enthielt; er öffnete daher die nächste bloß angelehnte Tür und entdeckte einen geräumigen Saal, welcher eine Art Arbeitsmuseum der Dame Lucia zu bilden schien. Ein Bücherschrank mit Glastüren zeigte eine stattliche Bibliothek, die indessen durch ihr Aussehen bewies, daß sie schon älteren Herkommens war. An anderen Stellen des Saales hing eine Anzahl Bilder oder war zur bequemen Betrachtung auf den Boden gestellt. Es schienen meistens gut gedachte und gemalte Landschaften oder dann einzelne schöne Porträtköpfe, beides aber nicht von und nach bekannten Meistern, sondern von solchen, deren Gestirn nicht in die Weite zu leuchten pflegt oder wieder vergessen wird. Öfter sieht man in alten Häusern derlei Anschaffungen vergangener Geschlechter; kunstliebende Familienhäupter unterstützten landsmännische Talente oder brachten von ihren Reisen dies oder jenes löbliche, durchaus tüchtige Gemälde nach Hause, von dessen Urheber nie wieder etwas vernommen wurde. Denn wie viele sterben jung, wie manche bleiben bei allem Fleiß und aller Begabung ihr Leben lang ungesucht und ungenannt. Um so achtenswerter erschien die Bildung des Fräuleins, da sie ohne maßgebende Namen diese unbekannten Werke zu schätzen wußte und so eifrig um sich sammelte. Die weiß, wie es scheint, sich an die Sache zu halten, dachte er, als er bemerkte, daß alle die älteren und neueren Schildereien entweder durch den Gegenstand oder durch das Machwerk einem edleren Geiste zu gefallen geeignet waren. Einige große Stiche nach Niclaus Poussin und Claude Lorrain hingen in schlichten hölzernen Rahmen über einem Schreibtisch; auf diesem lag eine Schicht trefflicher Radierungen von guten Niederländern friedlich neben einem Zusammenstoße von Büchern, welche flüchtig zu besehen Reinhart keinen Anstand nahm. Nicht eines tat ein Haschen nach unnötigen, nur Staat machenden Kenntnissen kund; aber auch nicht ein gewöhnliches sogenanntes Frauenbuch war darunter, dagegen manche gute Schrift aus verschiedener Zeit, die nicht gerade an der großen Leserstraße lag, neben edlen Meisterwerken auch ehrliche Dummheiten und Sachlichkeiten, an denen dies Frauenwesen irgendwelchen Anteil nahm als Zeichen einer freien und großmütigen Seele.

Was ihm jedoch am meisten auffiel, war eine besondere kleine Büchersammlung, die auf einem Regale über dem Tische nah zur Hand und von der Besitzerin selbst gesammelt und hochgehalten war; denn in jedem Bande stand auf dem Titelblatte ihr Name und das Datum des Erwerbes geschrieben. Diese Bände enthielten durchweg die eigenen Lebensbeschreibungen oder Briefsammlungen vielerfahrener oder ausgezeichneter Leute. Obgleich die Bücherreihe nur ging, so weit das Gestelle nach der Länge des Tisches reichte, umfaßte sie doch viele Jahrhunderte, überall kein anderes als das eigene Wort der zur Ruhe gegangenen Lebensmeister oder Leidensschüler enthaltend. Von den Blättern des heiligen Augustinus bis zu Rousseau und Goethe fehlte keine der wesentlichen Bekenntnisfibeln, und neben dem wilden und prahlerischen Benvenuto Cellini duckte sich das fromme Jugendbüchlein Jung-Stillings. Arm in Arm rauschten und knisterten die Frau von Sevigné und der jüngere Plinius einher, hinterdrein wanderten die armen Schweizerburschen Thomas Platter und Ulrich Bräcker, der arme Mann im Toggenburg, der eiserne Götz schritt klirrend vorüber, mit stillem Geisterschritt kam Dante, sein Buch vom neuen Leben in der Hand. Aber in den Aufzeichnungen des lutherischen Theologen und Gottesmannes Johannes Valentin Andreä rauchte und schwelte der Dreißigjährige Krieg. Ihn bildeten Not und Leiden, hohe Gelahrtheit, Gottvertrauen und der Fleiß der Widersächer so trefflich durch und aus, daß er zuletzt, auf der Höhe kirchlicher Ämter stehend, ein nur in Latein würdig zu beschreibendes Dasein gewann. In seinem Hause verkehrten Herzoge, Prinzessinnen und Grafen; er mehrte und verzierte das gedeihlichste Hauswesen trotz der Bosheit, mit welcher eine neidische Verwaltung stets seine Besoldungen verkürzen wollte. Endlich kaufte er sogar zwei kostbare Uhren, „die der Künstler Habrecht gemacht hatte", und einen herrlichen silbernen Pokal, welchen vordem der Kaiser Maximilian der

Zweite seinem Großvater zum Gnadenzeichen geschenkt und die Ungunst der Zeiten der Familie geraubt. Aber dem hochwürdigen Prälaten erlaubt das Wohlergehen, das Ehrendenkmal wieder an sich zu bringen und aufzurichten. Als er zu sterben kam, empfahl er seine Seele inmitten von sieben hochgelehrten, glaubensstarken Geistlichen in die Hände Gottes. Unlang vorher hatte er freilich den letzten Abschnitt seiner Selbstbiographie mit den Worten geschlossen: „Was ich übrigens durch die tückischen Füchse, meine treulosen Gefährten, die Schlangenbrut, litt, wird das Tagebuch des nächsten Jahres, so Gott will, erzählen." Gott schien es nicht gewollt zu haben.

Diese ergötzliche Wendung mußte der Besitzerin des Buches gefallen; denn sie hatte neben die Stelle ein zierliches Vergißmeinnicht an den Rand gemalt. Aus allen Bänden ragten zahlreiche Papierstreifchen und bewiesen, daß jene fleißig gelesen wurden.

Auf einem anderen Tische lagen in der Tat die Pläne zu den Anlagen, in welchen Reinhart sich verirrt hatte, und andere neu angefangene.

Diese Pläne waren nicht etwa auf kleine ängstliche Blätter, sondern mit fester Hand auf große Bogen von dickem Packpapier gezeichnet, und Reinhart wurde von allem, was er sah, zu einer unfreiwilligen Achtung und Verwunderung gebracht. Noch mehr verwunderte er sich, als er in einer Fensterecke noch einen kleineren Tisch gewahrte, wiederum mit Büchern und Schriften bedeckt, nämlich mit Sprachlehren und Wörterbüchern und geschriebenen Heften, die mühselig mit Vokabeln und Übersetzungsversuchen angefüllt waren. Sie schien nicht nur Altdeutsch und Altfranzösisch, sondern auch Holländisch, Portugiesisch und Spanisch zu betreiben, Dinge, die Reinhart nur zum kleineren Teil verstand und auch da mangelhaft; und die Sache berührte ihn um so seltsamer, als es sich in dieser vornehmen

Einsamkeit schwerlich um den Gewerbefleiß eines sogenannten Blaustrumpfes handelte.

Wie er so mitten in dem Saale stand, beinah eifersüchtig auf all die ungewöhnlichen und im Grunde doch anspruchslosen Studien, ungewiß, wie er sich dazu verhalten sollte, trat Lucie herein und entschuldigte sich, daß sie ihn so lange allein gelassen. Sie habe seine Gegenwart dem kranken Oheim gemeldet, der bedauere, ihn jetzt nicht sehen zu können, jedoch die Versäumnis noch gut zu machen hoffe. Als Reinhart die schön gereifte und frische Erscheinung wieder erblickte, trat ihm unwillkürlich die Frage, die sein Inneres neugierig bewegte, auf die Lippen, und er rief bedachtlos, indem er sich im Saale umsah: „Warum treiben Sie alle diese Dinge?"

Die Frage schien keineswegs ganz grundlos zu sein, obgleich sie ihm keine Antwort eintrug. Vielmehr sah ihn das schöne Fräulein groß an und errötete sichtlich, worauf sie ihn mit etwas strengerer Höflichkeit einlud, sie zu begleiten. Reinhart tat es nicht ohne Verlegenheit und ebenfalls mit einiger Röte im Gesicht.

Siebentes Kapitel: Von einer törichten Jungfrau.

Denn er fühlte jetzt, als er sie am Arme dahin führte, daß seine Frage eigentlich nichts anderes sagen wollte als: Schönste, weißt du nichts Besseres zu tun? oder noch deutlicher: Was hast du erlebt? Darum schritt das sich gegenseitig unbekannte Paar in gleichmäßiger Verblüffung nach dem Speisezimmer, und jedes wünschte meilenweit vom andern entfernt zu sein, wohl fühlend, daß sie sich unvorsichtig in eine kritische Lage hinein gescherzt hatten.

Doch verlor sich die Verlegenheit, als sie in das bereits erleuchtete Zimmer traten, wo die zwei Mägde mit dem Auftragen des Abendessens beschäftigt waren. Man setzte sich zu Tisch, und die Mägde, nachdem sie ihren Dienst vorläufig getan, nahmen desgleichen Platz, versahen sich ohne weiteres mit Speise und aßen mit Fleiß und gutem Anstand.

„Sie sehen," sagte Lucia zu ihrem Gast, „wir leben hier ganz patriarchalisch, und hoffentlich werden Sie sich durch die Gegenwart meiner braven Mädchen nicht beleidigt fühlen."

„Im Gegenteil," erwiderte Reinhart, „sie trägt dazu bei, meine Kur zu befördern!"

„Welche Kur?" fragte Lucie, und er antwortete:

„Die Augenkur! Ich habe mir nämlich durch meine Arbeit die Augen geschwächt und nun in einem alten ehrlichen Volksarzneibuche gelesen: kranke Augen sind zu stärken und gesunden durch fleißiges Anschauen schöner Weibsbilder, auch durch öfteres Ausschütten und Betrachten eines Beutels voll neuer Goldstücke! Das letztere Mittel dürfte kaum stark auf mich einwirken; das erstere hingegen scheint mir allen Ernstes etwas für sich zu haben; denn schon schmerzt mich das Sehen fast gar nicht mehr, während ich noch heute früh es übel empfand!"

Diese Worte äußerte Reinhart durchaus ernsthaft und eben so ehrlich, als jenes Heilmittel in dem alten Arzneibuche gemeint war. Indem er daher an nichts weniger als an eine Schmeichelei dachte, war es umsomehr eine solche und zwar eine so wirksame, daß die Frauensleute des Spottes vergaßen. Fräulein Lucie wurde aufs neue verlegen und wußte nicht, was sie aus dem wunderlichen Gaste machen sollte, und die Mägdlein beäugelten ihn heimlich als eine kurzweilige und zuträgliche Abwechslung in diesem klosterartigen Hause. In der Tat war es ihm so wenig um grobe Schmeicheleien zu tun, daß er das Gesagte schon bereute und, um es zu mildern und davon abzulenken, hinzufügte, er habe auch einen glücklichen Tag gehabt und mancherlei Schönes gesehen. So erzählte er auch von der hübschen Wirtstochter im Waldhorn und fragte, welche Bewandtnis es mit dieser eigentümlichen Person habe?

Zugleich jedoch berichtete er mit der unklugen Aufrichtigkeit, welche ihn seit seiner Ankunft plagte, den vollständigen Hergang und die Beschaffenheit seines Ausfluges, die Entdeckung des weisen Sinngedichtes, die Begegnung mit der Zöllnerin und diejenige mit der Pfarrerstochter, sowie endlich mit der Waldhornstochter. Denn so lang er unter den Augen seiner jetzigen Gastherrin saß oder stand, trieb es ihn wie ein Zauber zur Offenherzigkeit, und wenn er die ärgsten Teufeleien begangen, so würde ihm das Geständnis derselben über die Lippen gesprungen sein.

Allein obgleich diese Wirkung Lucien nur zum Ruhme gereichte, schien sie sich dennoch nicht geschmeichelt zu fühlen. Sich des Zettels erinnernd, den ihr Reinhart erst statt des Briefes in die Hand gegeben hatte, rötete sich ihr Gesicht in anmutigem Zorn, und plötzlich stand sie auf und sagte mit verdächtigem Lächeln:

„So gedenken Sie wohl, Ihre eleganten Abenteuer in diesem Hause fortzusetzen, und sind nur in dieser schmeichelhaften Absicht gekommen?"

Worauf sie anfing, ziemlich rasch im Gemach auf und nieder zu gehen, während die zwei Mädchen, als erboste Schleppträgerinnen ihres Zornes, ebenfalls aufsprangen und ihr folgten, höhnische Blicke nach dem unglücklich Aufrichtigen schleudernd. Reinhart säumte nicht, sich gleichermaßen auf die Beine zu stellen, und nachdem er mit Bestürzung eine kleine Weile dem Spaziergange zugesehen, sagte er:

„Mein Fräulein, wenn Sie es befehlen, so werde ich ohne Verzug das Haus verlassen und mit höflichstem Danke auch für kurzen, aber denkwürdigen Aufenthalt augenblicklich meinen Weg fortsetzen!"

Ohne still zu stehen, erwiderte die Schöne:

„Es ist zwar Nacht und kein Unterkommen für Sie in der Nähe; aber dennoch geht es unter den bewußten Umständen nicht an, daß Sie hier bleiben, in allem Frieden sei es gesagt! Auch kann die nächtliche Fahrt Ihrem unternehmenden Geiste nur willkommen sein, und überdies werde ich Ihnen einen Begleiter samt Laterne mitgeben."

Demnach blieb ihm nichts anderes übrig, als sich zu entfernen; bescheiden ging er der Dame entgegen, und im Begriff, sich ehrerbietig zu verbeugen, besann er sich aber eines Besseren, richtete sich auf und sagte höflich:

„Ich überlege soeben, daß ich für Sie und für mich am besten tue, wenn ich mich doch nicht so schimpflich hier fortjagen lasse! Denn während ich durch mein Bleiben meine eigene Würde bewahre, gebe ich Ihnen Gelegenheit, auf die herrlichste Weise Ihre weibliche Glorie zu behaupten. Denn auch vorausgesetzt, daß ich irgendeinen ungehörigen, wenn auch harmlosen Scherz im Schilde geführt hätte, so werde ich gewiß am empfindlichsten gestraft, wenn ich bei aller Freundschaft so respektvoll werde abziehen müssen, wie ein junger Chorschüler, und ohne im entferntesten jenen frechen Versuch gewagt zu haben! Aber fern seien von mir alle unbotmäßigen Gedanken! Doch von Ihnen, meine gnädige Wirtin! eben so fern der bedenkliche Schein, sich mit offener Gewalt und Wegweisung gegen einen ungefährlichen Abenteurer schützen zu wollen!"

Er bot ihr hiermit den Arm und führte sie wieder an ihren Platz, was sie ruhig und schweigend geschehen ließ. Sie setzten sich abermals gegenüber; dann reichte sie ihm die Hand über den Tisch und sagte:

„Sie haben Recht, machen wir Frieden! Und zum Zeichen der Versöhnung will ich Ihnen erzählen, was es mit der Waldhornjungfrau für eine Bewandtnis hat. Vorher aber liefern Sie mir als Beweis Ihrer redlichen Gesinnung jenen ruchlosen Reimzettel aus, den Sie bei sich führen! Und Ihr Mädchen, nehmt Eure Rädchen und spinnt Eueren Abendsegen!"

Die Mädchen holten zwei leichte Spinnräder und setzten sich herzu; Reinhart suchte das Sinngedicht hervor und gab es Lucien; diese zeigte den Zettel den Mädchen und sagte:

„Da seht, welche Torheiten ein ernsthafter Gelehrter in der Tasche trägt!" worauf sie das arme Papierchen unter dem Gekicher der Mädchen an eine der Kerzen hielt, verbrannte und die Asche in die Luft blies. Dann begann sie, während das sanfte Schnurren der Spinnräder für Reinharten eine eben so neue wie trauliche Begleitung bildete, ihre Mitteilungen.

„Was nun die hübsche Wirtin vor dem Walde betrifft," sagte sie, „so ist sie allerdings eine eigentümliche Erscheinung. Schon als Kind zeichnete sie sich sowohl durch Schönheit und frisches Wesen, als auch durch eine ganz eigene Gescheitheit und Witzigkeit oder Zungenfertigkeit aus, oder wie man es nennen will, und je mehr sie heranwuchs, desto glänzender schienen diese äußern und innern Eigenschaften sich auszubilden. Mit der äußern Schönheit schien es nicht nur, sondern war es auch wirklich der Fall; denn so hübsch sie auch jetzt noch aussieht, so ist sie für die, so sie früher gesehen, doch beinahe nur noch ein Abglanz im Vergleich zu dem, was sie vor einigen Jahren gewesen. Die innere Schöne oder vermeintliche Weisheit des Mädchens dagegen erwies sich als ein arger Schein; sie hat zwar jetzt noch ein so schlagfertiges Redewerk, als es sich nur wünschen läßt, allein es steckt eitel Torheit und Finsternis dahinter. Nicht nur wurde sie von den Eltern, welches roh gleichgültige Wirts- und Landleute sind, niemals dazu angehalten, etwas zu lernen und in ihre Seele hineinzutun, sondern sie empfand auch selber nicht den kleinsten Antrieb und blieb zu rechten Dingen so dumm, daß sie kaum mühselig schreiben lernte, und man sagt, daß ihr sogar das Lesen ziemlich schwer falle. Aber auch in Hinsicht des natürlichen Verstandes, an irgendeinem Verstehen des Erheblichen und Besseren im menschlichen Leben fehlte es ihr so sehr, daß sie als ein vollständiges Schaf in der dunkelsten Gemütslage verharrte, indessen sie doch durch ihre Zungenkünste in lächerlichen Dingen und durch eine große Gewandtheit in Kindereien stets den Ruf eines durchtrieben klugen Wesens behielt. Doch nur in zahlreicher Umgebung, wo die Leute kamen und gingen und es auf kein Stichhalten auslief, bewährte sich ihre Weisheit; sobald sie mit einer halbwegs verständigen Person allein war, so dauerte die Herrlichkeit keine Stunde, und sie geriet aufs trockene. Da erklärte sie dann die Leute für langweilige Einfaltspinsel, mit denen nichts anzufangen sei. Befand sie sich aber mit Menschen ihres eigenen Schlages allein, so entstand aus lauter Dummheit zwischen ihnen die trostloseste Stichelei und Zänkerei.

Dennoch hielt sie sich für einen Ausbund, strebte von jeher nach großen Dingen, worunter sie natürlich vor allem das Einfangen eines recht glänzenden jungen Herrn verstand. Da sie aber, wie gesagt, nur im großen Haufen ihre Stärke fand, so wollte es ihr nicht gelingen, ein einzelnes Verhältnis abzusondern und ordentlich auf ein Spülchen zu wickeln.

Als meine Großeltern noch lebten, gab es zuweilen viel junge Leute hier, die sich nicht übel belustigten und die Gegend unsicher machten. Vorzüglich gefielen sich die Herren darin, in Verbindung mit den Bewohnern und Gästen umliegender Häuser, das Waldhorn zum Sammelplatz auf Jagd- und Streifzügen zu wählen, dort Tage und Nächte lang zu liegen und der schönen Wirtstochter den Hof zu machen. Die wußte sich denn auch unter ihnen zu bewegen, daß es eine Art hatte und die Eltern vor Bewunderung außer sich gerieten.

Da war nun auch ein junger Städter oft bei uns, ein hübsches, aber durchaus unnützes Bürschchen, das, von ein wenig Schule und Schliff abgesehen, beinah so töricht war, wie die Dame im Waldhorn. Reich, übermütig und ein ganz verzogenes Muttersöhnchen, gab er, so leer sein Kopf an guten Dingen war, um so vorlauter in allen Narrheiten den Ton an und war hauptsächlich im Waldhorn der Erste und der Letzte. Dies zu sein, war ihm auch Ehrensache, und wenn er einen Streich nicht angegeben hatte, oder in den Zusammenkünften nicht die Hauptrolle spielte, so fragte er nichts darnach und tat, als sähe er nichts, statt mit zu lachen. Am meisten machte er sich mit der Salome zu schaffen, belagerte sie unaufhörlich, behauptete, sie sei in ihn verliebt, und er wolle sich besinnen, ob er um sie anhalten wolle, was selbstverständlich alles nur Scherz sein sollte. Sie widersprach ihm eben so unaufhörlich mit spitzigen Spottreden, die mehr grob als launig ausfielen, versicherte, sie könne ihn nicht ausstehen, und war inzwischen begierig, wie sie ihn an sich festbinden werde, woran sie nicht zweifelte; denn sie wünschte keinen herrlicheren Mann zu bekommen. Allein es wollte sich lange nicht fügen, daß die geringste ernsthafte Beziehung sich bildete; der Meister Drogo (wie ihn seine Eltern närrischer Weise hatten taufen lassen) trieb immer nur Komödie, und sie desgleichen, da sie nichts anderes anzufangen wußte, bis seine eigene Narrheit ihr plötzlich zu einem verzweifelten Einfall verhalf.

Im Garten hinter dem Hause gab es eine dichte Laube, die außerdem noch von Gebüschen umgeben war. Dorthin verlockte Drogo eines Abends, als schon die Sterne am Himmel glänzten, die mutwillige Gesellschaft, indem er sich stellte, als ob er vorsichtig der Salome nachschliche und eine geheime Zusammenkunft mit ihr ins Werk setze. Er glaubte, sie sei schmollend schlafen gegangen, da sie sich den ganzen Abend derb geneckt hatten, und wußte es nun so gut zu machen, daß die Leute wirklich getäuscht wurden und meinten, er wolle sich unbemerkt nach der Laube hinstehlen. Sie winkten einander listig und schlichen ihm eben so pfiffig nach, als er voranhuschte, und als er in die dunkle Laube schlüpfte, umringten sie sachte das grüne Gezelt, um das Liebespaar zu belauschen und zu überfallen; denn es pflegte eben nicht sehr zartsinnig zuzugehen.

Als Junker Drogo nun drin saß und merkte, daß die Lauscher sich nach Wunsch aufgestellt hatten, begann er, dieselben zu äffen und neidisch zu machen, indem er ein trauliches Geflüster nachahmte, wie wenn zwei Liebende heimlich zusammen wären; er nannte wiederholt ihren Namen mit seiner eigenen halblauten Stimme, und dann den seinigen mit verstelltem Lispeln; die süßesten Wörtchen ertönten, Seufzer, und endlich fiel ein deutlicher Kuß, welchem bald ein zweiter folgte, dann mehrere, die sich zuletzt in einen förmlichen Küsseregen verloren, von zärtlichen Worten unterbrochen, so daß die Lauscher sich anstießen, vor Kichern ersticken wollten und dann wieder aufmerksam horchten wie die Sperber.

Nun saß der gute Herr Drogo mit seinen Possen keineswegs allein in der Laube; vielmehr saß niemand anders, als die Salome, auch darin, in eine Ecke gedrückt. Sie war nämlich nicht zu Bett, sondern hieher gegangen, um sich ein wenig zu grämen, da die dämliche Unbestimmtheit ihres Schicksals sie doch zu quälen begann, und sie weinte sogar ganz gelinde, eben als der Possenreißer ankam. Sie konnte nicht erkennen, wer es war, und saß bewegungslos im Winkel, um sich nicht zu verraten. Als jedoch die Komödie anfing, erriet sie bald ihren Widersacher und hörte auch gar wohl die übrigen heranschleichen; kurz, da es sich um eine Nichtsnutzigkeit handelte, vermerkte sie endlich den Sinn des ganzen Auftrittes, während sie etwas Ernsthaftes nicht erraten hätte, und sie verfiel stracks auf den Gedanken, den Spötter in seinem eigenen Garne zu fangen, jetzt oder nie!

Als er am eifrigsten dabei war, mit vieler Kunst in die Luft zu küssen, als ob er die roten Lippen der Salome küßte, fühlte er sich unversehens von zwei Armen umfangen, und seine Küsse begegneten denjenigen eines leibhaften Mundes. Erschreckt hielt er inne und wollte aufspringen; allein Salome ließ ihn nicht, sondern erstickte ihn fast mit Küssen und rief laut: Sieh, Liebster, so viel Küsse ich dir jetzt gebe, so viel Blitze sollen dich treffen, wenn du mir nicht treu bleibst!

Zugleich brach jetzt das lauschende Volk los, bereitgehaltene Lichter wurden rasch angezündet und damit in die Laube geleuchtet, und unter rauschendem Gelächter und lauten Glückwünschen wurde das Paar entdeckt und umringt. Aber auch die Eltern des Mädchens kamen herbei, ein aus dem mehrjährigen Militärdienst heimgekehrter Bruder, der nicht heiter aussah, Ackerknechte und ländliche Gäste, die noch in der Wirtsstube gesessen. Diese alle machten jetzt unheimliche Gesichter; das Pärchen wurde an der Spitze der ganzen Schar in das Haus begleitet, wo die Eltern Erklärung verlangten. Salome weinte wieder, und ihr war sehr bang; Drogo wollte sich sachte aus der Verlegenheit ziehen und sich abseits drücken, seine Freunde selbst jedoch verlegten ihm den Weg und mochten ihm aus Neid und Schadenfreude sein Schicksal gönnen; sie beredeten ihn ebenso ernsthaft, wie die Verwandten des Mädchens, sich zu erklären, während dieses, wie gebändigt, hold und traurig da saß und der junge Mensch noch das frische Gefühl ihrer Liebkosungen empfand. So verlobte er sich denn feierlich mit ihr und versprach ihr vor allen Zeugen die Ehe.

Es fiel ihm nun nicht schwer, die Zustimmung der Seinigen zu erlangen, die von jeher tun mußten, was ihm beliebte, und so wurde die Mißheirat, die eigentlich nur äußerlich eine solche war, allseitig beschlossen. Aber, o Himmel! es wäre zehnmal besser gewesen, wenn es innerlich eine solche und die beiden Brautleute sich nicht vollkommen gleich an Narrheit gewesen wären! Die Braut wurde jetzt modisch gekleidet und ein halbes Jahr vor der Hochzeit in die Stadt gebracht, wo sie die sogenannte feinere Sitte und die Führung eines Hauswesens von gutem Ton erlernen sollte. Damit war sie aber auf ein Meer gefahren, auf welchem sie das Steuer ihres Schiffleins aus der Hand verlor. Eine ihren künftigen Schwiegereltern befreundete Familie nahm sie aus Gefälligkeit bei sich auf. Diese Leute lebten in großer Ruhe und voll Anstand und machten nicht viel Worte; schnelle, unbedachte Reden und Antworten waren da nicht beliebt, sondern es mußte alles, was gesagt wurde, gediegen und wohlbegründet erscheinen; im Stillen aber wurden nicht liebevolle Urteile ziemlich schnell flüssig. Salome wollte es im Anfang recht gut machen; da sie aber einen durchaus unbeweglichen Verstand besaß, so geriet die Sache nicht gut. Ihre Gebarungen und Manieren, welche sich in der freien Luft und im Wirtshause hübsch genug ausgenommen, waren in den Stadthäusern viel zu breit und zu hart, und ihre Witze wurden urplötzlich stumpf und ungeschickt. Sie patschte herum, wollte nach ihrer Gewohnheit immer sprechen und wußte es doch nicht anzubringen; bald war sie demütig und höflich, bald warf sie sich auf und wollte sich nichts vergeben, genug, sie arbeitete sich so tief als möglich in das Ungeschick hinein und wurde von den feinen Leuten, die sie von vornherein scheel angesehen hatten, unter der Hand nur das Kamel genannt, welcher Titel sich behende verbreitete und besonders in den Häusern beliebt wurde, wo man für die Töchter auf ihren Verlobten gerechnet hatte. Denn obgleich der auch kein Kirchenlicht vorstellte, so war er im bewußten Punkte doch ein unentbehrlicher Gegenstand, den man nur mit Verdruß durch die Bauerntochter aus der Berechnung gezogen sah. Die weibliche Gesellschaft versäumte nicht, die Mißachtung sichtbar zu machen, in welche die Arme geriet, und sorgte dafür, daß der Ehrentitel dem Bräutigam zeitig zu Gehör kam, während sie gegen diesen selbst ein zartgefühltes, schonendes Bedauern heuchelte, wie wenn er als das edelste Kleinod der Welt auf schreckliche Weise einer Unwürdigen zum Opfer gefallen wäre. Selbst die Herren, welche der Salome auf dem Lande schön getan und nicht verschmäht hatten, ihr tagelang den Hof zu machen, wollten sich jetzt nicht bloß stellen und ließen sie schmählich im Stich.

So kam es dazu, daß der Bräutigam, wenn die Braut nicht gegenwärtig war, sich für einen armen unglücklichen Tropf hielt, der sein Lebensglück leichtsinnig vernichtet habe, und er bedauerte sich selbst; sobald sie sich aber sehen ließ, schlug ihre Schönheit solche Gedanken aus dem Felde, da er mit seinem leeren Kopfe nur dem Augenblick lebte. Salome aber, die sich überall verkauft und verraten sah und nichts Gutes ahnte, suchte sich um so ängstlicher an die Hauptsache, nämlich an den Bräutigam, zu halten und ihn mit vermehrten Liebkosungen zu fesseln; denn sie hatte keine andere Münze mehr auszugeben, und sobald sie aufhörten, sich zu schnäbeln, stand die Unterhaltung still zwischen diesen Leutchen, die sonst so rüstig an der Spitze gestanden hatten.

Salome verspürte keine Ahnung, daß die Beschaffenheit ihres Geistes, ihrer Klugheit in Frage gestellt war; sie schrieb den obwaltenden Unstern einzig ihrer ländlichen Herkunft und dem übeln Willen der Städter zu. Sie hüllte sich daher in ihr Bewußtsein, dachte, wenn sie nur erst Frau wäre, so wollte sie ihre Trümpfe schon wieder ausspielen, und hielt sich inzwischen an den Liebsten, um seiner Neigung sicher zu bleiben.

Da saßen sie nun eines schönen Nachmittags auch auf einem seidenen Sofa oder Diwan, Salome in einem kirschroten Seidenkleide, das sie selbst gekauft, mit dicken goldenen Armspangen, die ihr Drogo geschenkt, und in echten Spitzen, die von ihrer Schwiegermutter herrührten, Drogo aber im neuesten Aufputz eines Modeherrn. Dergestalt hielten sie sich umfangen und gaben so dem Ansehen nach ein Bild irdischen Glückes ab; denn so jung, so schön und so hübsch gekleidet, wie beide waren, als Brautleute, denen ein langes, sorgloses Leben lachte, der lieblichsten Muße genießend in einem stillen Empfangssaale, den sie zur Ruhe gewählt, schien ihnen nichts zu fehlen, um sich im Paradiese glauben zu können. Sie waren über ihrem Kosen sänftlich eingeschlafen und erwachten jetzt wieder, gemächlich eines nach dem andern; der Bräutigam gähnte ein weniges, mit Maß, und hielt die Hand vor; die Braut aber, als sie ihn gähnen sah, sperrte, unwiderstehlich gereizt, den Mund auf, soweit sie konnte, und wie sie es auf dem Lande zu tun pflegte, wenn keine Fremden da waren, und begleitete diese Mundaufsperrung mit jenem trost-, hoffnungs- und rücksichtslosen Weltuntergangsseufzer oder Gestöhne, womit manche Leute, in der behaglichsten Meinung von der Welt, die gesundesten Nerven zu erschüttern und die frohesten Gemüter einzuschüchtern verstehen.

Sie müssen sich nicht wundern," unterbrach sich Lucie, „daß ich diese Einzelheiten so genau kenne: ich habe sie sattsam von beiden Seiten erzählen hören, und es scheint außerdem, daß jenes unglückliche Gähnduett gleich einem unwillkürlichen, verhängnisvollen Bekenntnisse die Wendung herbeiführte. Wenigstens verweilten beide wiederholt bei diesem merkwürdigen Punkte. Der Bräutigam wurde auf einmal ganz verdrießlich und rief: „O Gott im Himmel! Ist das nun alles, was du zu erzählen weißt?"

Salome wollte ihn küssen; allein er hielt sie ab und sagte: „Laß doch, und sage lieber etwas Feines!"

Da wurde die Abgewiesene von Röte übergossen; sie sprach aber schnell: „Wie man in den Wald ruft, so tönt es heraus! Sag' mir etwas Feines vor, so werde ich antworten!"

„Ach, die Kamele sprechen nicht!" erwiderte Drogo unbesonnen mit einem Seufzer. Da wurde sie bleich, lehnte sich zurück und sagte: „Wer ist ein Kamel, mein Schatz?"

„O Liebchen," sagte er, „die ganze Stadt nennt dich so!"

„Und du hältst mich also auch für eines?" fragte sie, und er antwortete, indem er sie wieder an sich ziehen wollte: „Sicherlich, und zwar für das reizendste, das ich je gesehen!"

Da fühlte sich Salome von dem schärfsten Pfeil getroffen, den es für sie geben konnte; denn sie hielt ihre vermeintliche Klugheit für ihre eigentliche Ehre, für ihr Palladium und ihre Hauptsache. Aber das war gut für sie, weil sie dadurch eine Wehr und einen Halt gewann, sich vom Verderben rettete und ihre Schwäche gut machte.

Ohne ein ferneres Wort zu sagen, riß sie sich los, löste die Spangen von den Knöcheln, die Spitzen vom Halse, warf sie dem herzlosen Bräutigam vor die Füße, und augenblicklich lief sie aus dem Hause, spuckte wie ein Bauer auf die Schwelle desselben und lief, wie sie war, ohne Hut und Handschuhe, aus der Stadt. Vor dem Tor erst brach sie in Tränen aus, und in einemfort weinend und schluchzend wanderte und eilte sie, mit dem seidenen Prachtkleide die Augen trocknend (denn sogar ein Taschentuch hatte sie nicht an sich genommen) durch Feld und Forst, bis sie tief in der Nacht im elterlichen Hause anlangte, mehr einer entsprungenen Zigeunerin ähnlich, als einer Braut. Sie gab den bestürzten Verwandten keine Antwort, sondern verschloß sich in ihre Kammer. Darin blieb sie mehrere Tage und erschien, als sie wieder hervortrat, in der alten Landtracht. Wo sie jenes rote Seidenkleid hingebracht, hat man nie erfahren. Einige sagen, sie habe es verbrannt, andere, es sei vergraben worden, wieder andere, sie habe es einem Juden verkauft.

Als sie eine Zeit lang zu Haus geblieben, schickte ihr die Stadtfamilie, bei der sie gewohnt, ihre Sachen zu ohne jegliche Nachricht oder Anfrage, und noch fernere Zeit verging, ohne daß der Bräutigam oder sonst jemand nach ihr fragte. Die Ihrigen wollten einen Rechtshandel mit dem Junker Drogo anheben; doch sie verwehrte es zornig, und so ist die Brautschaft der schönen Salome in nichts verlaufen und die Jungfrau noch vorhanden, wie Sie dieselbe gesehen haben, teilweise etwas klüger und besser geworden als früher, teilweise noch törichter. Ihre Lieblingslaune ist, die Männer zu verachten und mit solchen zu spielen, wie sie wähnt, während sie ihre Gesellschaft doch allem andern vorzieht. Aber ich glaube nicht, daß sie nochmals zu einer Verlobung zu bringen wäre."

Achtes Kapitel: Regine.

Als Lucia schwieg, wußte Reinhart nicht sogleich etwas zu sagen, da eine gewisse Nachdenklichkeit ihn zunächst befangen und verlegen machte. Des Fräuleins ausführliche und etwas scharfe Beredsamkeit über die Schwächen einer Nachbarin und Genossin ihres Geschlechts hatte ihn anfänglich befremdet und ein fast unweiblich kritisches Wesen befürchten lassen. Indem er sich aber der Lieblingsbücher erinnerte, die er kurz vorher gesehen, glaubte er in dieser Art mehr die Gewohnheit zu erkennen, in der Freiheit über den Dingen zu leben, die Schicksale zu verstehen und jegliches bei seinem Namen zu nennen. Bedachte er dazu die Einsamkeit der Erzählerin, so wollte ihn von neuem die neugierige und warme Teilnahme ergreifen, die ihn schon zu einer unzeitigen Frage verleitet hatte. Dann aber, als Lucie von dem törichten Küssen und Kosen in so überlegen heiterer Weise und mit einem Anfluge verächtlichen Spottes erzählte, war er geneigt, das als eine strafende Anspielung auf die Torheit zu empfinden, mit der er selbst heute ausgezogen war. Solchen Angriff von sich abzuwehren, schritt er zum Widerspruche und sogar zu einer Art Schutzrede für die verunglückte Salome, indem er begann:

„Die stolze Resignation, zu welcher sie so unerwartet gelangte, scheint mir fast zu beweisen, daß auch Vorzüge, die nur in der Einbildung vorhanden sind, wenn sie beleidigt oder in Frage gestellt werden, die gleiche Wirkung zu tun vermögen, wie wirklich vorhandene Tugenden, so daß z. B. die Torheit, wenn ihre eingebildete Klugheit angegriffen wird, in ihrem Schmerze darüber zuletzt wahrhaft weise und zurückhaltend werden kann. Übrigens ist es doch schade, daß die arme Schöne nicht einen Mann hat!"

„Sie ist nun zwischen Stuhl und Bank gefallen," erwiderte

Lucia; „denn mit den Herren war es nichts, und mit den Bauern geht es auch nicht mehr, und doch hätte sie einen Mann ihres Standes sogar noch beglücken können, der bei gleichen Geisteskräften und täglicher harter Arbeit ihrer Unklugheit nicht so inne geworden wäre und vielleicht ein köstliches Kleinod in ihr gefunden hätte."

„Gewiß," sagte Reinhart, „mußte es irgendeinen Mann für sie geben, dem sie selbst mit ihren Fehlern wert war; doch scheint mir die Gleichheit des Standes und des Geistes nicht gerade das Unentbehrlichste zu sein. Eher glaube ich, daß ein derartiges Wesen sich noch am vorteilhaftesten in der Nähe eines ihm wirklich überlegenen und verständigen Mannes befinden würde, ja sogar, daß ein solcher bei gehöriger Muße seine Freude daran finden könnte, mit Geduld und Geschicklichkeit das Reis einer so schönen Rebe an den Stab zu binden und gerade zu ziehen."

„Edler Gärtner!" ließ sich hier Lucia vernehmen; „aber die Schönheit geben Sie also nicht so leicht preis, wie den Verstand?"

„Die Schönheit?" sagte er; „das ist nicht das richtige Wort, das hier zu brauchen ist. Was ich als die erste und letzte Hauptsache in den bewußten Angelegenheiten betrachte, ist ein gründliches persönliches Wohlgefallen, nämlich daß das Gesicht des einen dem andern ausnehmend gut gefalle. Findet dies Phänomen statt, so kann man Berge versetzen, und jedes Verhältnis wird dadurch möglich gemacht."

„Diese Entdeckung," versetzte Lucia, „scheint nicht übel, aber nicht ganz neu zu sein und ungefähr zu besagen, daß ein wenig Verliebtheit beim Abschluß eines Ehebündnisses nicht gerade etwas schade!"

Durch diesen Spott wurde Reinhart von neuem zur Unbotmäßigkeit aufgestachelt, so daß er fortfuhr: „Ihre Mutmaßung ist sogar richtiger, als Sie im Augenblick zu ahnen belieben; dennoch erreicht sie nicht ganz die Tiefe meines Gedankens.

Zur Verliebtheit genügt oft das einseitige Wirken der Einbildungskraft, irgendeine Täuschung, ja es sind schon Leute verliebt gewesen, ohne den Gegenstand der Neigung gesehen zu haben. Was ich hingegen meine, muß gerade gesehen und kann nicht durch die Einbildunskraft verschönert werden, sondern muß dieselbe jedesmal beim Sehen übertreffen. Mag man es schon jahrelang täglich und stündlich gesehen haben, so soll es bei jedem Anblick wieder neu erscheinen, kurz, das Gesicht ist das Aushängeschild des körperlichen wie des geistigen Menschen; es kann auf die Länge doch nicht trügen, wird schließlich immer wieder gefallen und, wenn auch mit Sturm und Not, ein Paar zusammenhalten."

„Ich kann mir nicht helfen," sagte Lucia abermals, „aber mich dünkt doch, daß wir uns immer auf demselben Fleck herumdrehen?"

„So wollen wir aus dem Kreise hinausspringen und der Sache von einer anderen Seite beikommen! Hat es denn nicht jederzeit gescheite, hübsche und dabei anspruchsvolle Frauen gegeben, die aus freier Wahl mit einem Manne verbunden waren, der von diesen Vorzügen nur das Gegenteil aufweisen konnte, und haben nicht solche Frauen in Frieden und Zärtlichkeit mit solchen Männern gelebt und sich vor der Welt sogar einen Ruhm daraus gemacht? Und mit Recht! Denn wenn auch irgendein den anderen verborgener Zug ihre Sympathie erregte und ihre Anhänglichkeit nährte, so war diese doch eine Kraft und nicht eine Schwäche zu nennen! Nun kann ich nicht zugeben, daß die Männer tiefer stehen sollen als die Frauen! Im Gegenteil, ich behaupte: ein kluger und wahrhaftig gebildeter Mann kann erst recht ein Weib heiraten und ihr gut sein, ohne zu sehen, wo sie herkommt und was sie ist; das Gebiet seiner Wahl umfaßt alle Stände und Lebensarten, alle Temperamente und Einrichtungen; nur über Eines kann er nicht hinauskommen, ohne zu fehlen: das Gesicht muß ihm gefallen und hernach abermals gefallen. Dann aber ist er der Sache Meister, und er kann aus ihr machen, was er will!"

„Dem Anscheine nach haben Sie immer noch nichts Außerordentliches gesagt," versetzte Lucia; „doch fange ich an zu merken, daß es sich um gewisse kennerhafte Sachlichkeiten handelt; das gefallende Gesicht wird zum Merkmal des Käufers, der auf den Sklavenmarkt geht und die Veredlungsfähigkeit der Ware prüft, oder ist's nicht so?"

„Ein Gran dieser böswilligen Auslegung könnte mit der Wahrheit in gehöriger Entfernung zusammentreffen; und was kann es dem einen und dem andern Teile schaden, wenn das zu verhoffende Glück alsdann um so längere Dauer verspricht?"

„Die Dauer des glatten Gesichtes, das der Herr Kenner sich so vorsichtig gewählt hat?"

„Verdrehen Sie mir das Problem nicht, grausame Gebieterin und Gastherrin! Von Vorsicht ist ja von vornherein keine Rede in diesen Dingen."

„Ich glaub' es in der Tat auch nicht, zumal wenn Sie, wie zu erwarten steht, sich eine Magd aus der Küche holen werden."

„Was mir beschieden ist, weiß ich nicht; ich geharre demütig meines Schicksals. Doch habe ich den Fall erlebt, daß ein angesehener und sehr gebildeter junger Mann wirklich eine Magd vom Herde weggenommen und solange glücklich mit ihr gelebt hat, bis sie richtig zur ebenbürtigen Weltdame geworden, worauf erst das Unheil eintraf."

„Der würde ja gerade gegen Ihre orientalischen Anschauungen zeugen!"

„Es scheint allerdings so, ist aber doch nicht der Fall, abgesehen von dem abscheulichen Titel, mit dem Sie meine harmlose Philosophie bezeichnen!"

„Und ist Ihre Geschichte ein Geheimnis, oder darf man dieselbe vernehmen?"

„So gut ich vermag, will ich sie gern aus der Erinnerung zusammenlesen mit allen Umständen, die mir noch gegenwärtig sind, wobei ich Sie bitten muß, das Ergänzungsvermögen, das den Begebenheiten selbst innewohnt, wenn sie wiedererzählt werden, mit gläubiger Nachsicht zu beurteilen!"

Da die zwei spinnenden Mädchen die Räder anhielten und ihre vier Äuglein neugierig auf den Erzähler richteten, sagte Lucia zu ihnen: „Fahrt nur fort zu spinnen, Ihr Mädchen, damit der Herr, durch das Schnurren verlockt und unterstützt, den Faden seiner Erzählung um so weniger verliert! Ihr könnt Euch die Lehre, die sich ergeben wird, dennoch merken und lernen, die Gefahr zu meiden, wenn die furchtbaren Frauenfänger ihre Netze bis in die Küchen spannen!"

Reinhart begann somit, da die Rädchen wieder surrten, folgendes zu erzählen:

„In Boston lebt eine Familie deutscher Abkunft, deren Vorfahren vor länger als hundert Jahren nach Nordamerika ausgewandert sind. Die Nachkommen bilden ein altangesehenes Haus, wie wenige in der ewigen Flut der Bewegung sich erhalten; und selbst das Haus im wirklichen Sinne, Wohnung und Geräte, sollen bereits einen Anstrich alt vornehmen Herkommens aufweisen, insofern während eines kurzen Jahrhunderts dergleichen überhaupt erwachsen kann. Die deutsche Sprache erlosch niemals unter den Hausgenossen; insbesondere einer der letzten Söhne, Erwin Altenauer, hing so warm an allen geistigen Überlieferungen, deren er habhaft werden konnte, daß er dem Verlangen nicht widerstand, das Urland selbst wieder kennen zu lernen, und zwar um die Zeit, da er sich schon dem dreißigsten Lebensjahre näherte.

Er entschloß sich also, nach der alten Welt und Deutschland auf längere Zeit herüberzukommen; weil er aber, bei einigem Selbstbewußtsein, sich in bestimmter Gestalt und auf alle Fälle als Amerikaner zu zeigen wünschte, bewarb er sich in Washington um die erste Sekretärstelle bei einer Gesandtschaft, deren Sitz in einer der größeren Hauptstädte war. Mit nicht geringer Erwartung segelte er anher, vorzüglich auch auf das schönere Geschlecht in den deutschen Bundesstaaten begierig; denn wenn wir germanischen Männer uns mit Eifer den Ruf ausgezeichneter Biederkeit beigelegt haben, so versahen wir wiederum unsere Frauen mit dem Ruhm einer merkwürdigen Gemütstiefe und reicher Herzensbildung, was in der Ferne gar lieblich und Sehnsucht erweckend funkelt gleich den Schätzen des Nibelungenliedes. Von dem Glanze dieses Rheingoldes angelockt, war Erwin überdies von seinen Verwandten scherzweise ermahnt worden, eine recht sinnige und mustergültige deutsche Frauengestalt über den Ozean zurückzubringen.

Er fühlte sich auch bald so heimisch, wie wenn sein Vater schon ein Jenenser Student gewesen wäre; doch begab sich das nur in der Männerwelt, und sobald die Gesellschaft sich aus beiden Geschlechtern mischte, haperte das Ding. Sei es nun, daß, wie in sonst gesegneten Weinbergen es gewisse Schattenstellen gibt, wo die Trauben nicht ganz so süß werden wie an der Sonnenseite, er in eine etwas ungünstige Gegend geraten war, oder sei es, daß der Fehler an ihm lag, und er nicht die rechte Traubenkenntnis mitgebracht, genug, es schienen ihm zusammengesetzte Gebräuche zu walten, die zu entwirren er sich nicht ermuntert fand. Erwin sowohl wie die übrigen Gesandtschaftsmitglieder waren von einfachen Sitten, klar und bestimmt in ihren Worten und ohne Umschweife. Sie stellten noch die ältere echte Art amerikanischen Wesens dar und gingen den geraden Weg, ohne um die hundert kleinen Hinterhalte und Absichtlichkeiten sich zu kümmern oder sie auch nur zu bemerken; sie ließen es bei Ja und Nein bewenden und sagten nicht gern eine Sache zweimal.

Nun erstaunte Erwin, von dieser oder jener Schönen dann sich plötzlich den Rücken zugewendet zu sehen, wenn er auf eine Frage oder Behauptung nach seinem besten Wissen ein ein-

faches Ja oder Nein erwidert hatte; noch weniger konnte er sich erklären, warum eine andere das selbst begonnene Gespräch nach zwei Minuten abbrach, in dem Augenblicke, wo er demselben durch eine ehrliche Einwendung festeren Halt gab; unbegreiflich erschien ihm eine Dritte, die wiederholt seine Vorstellung verlangt, ihn dann nach dem Klima seiner Heimat befragt und, ohne die Antwort abzuwarten, mit anderen ein neues Gespräch eröffnete. Diese Schneidigkeit war allerdings mehr nur der Mantel für innere Unfreiheit, wie die Zurückhaltung überhaupt, mit welcher er mit seinen Gefährten behandelt wurde, wo er hinkam, während sie gelegentlich entdeckten, daß in ihrer Abwesenheit das breiteste Studium ihrer Personen stattfand. Wenn in diesen Gärten auch hie und da eine Pflanze blühte, die unbefangener und freundlicher dreinschaute, so war auch diese überwacht, und sie hütete sich ängstlich, nicht durch die Hecke zu wachsen.
Erwin gab es daher auf, ein Meer von Putz zu befahren, in welchem so wenig persönliche Gestaltung auftauchen wollte, und um sich von den bestandenen Fährlichkeiten zu erholen, machte er längere Ausflüge. Er hielt sich bald in einer der schön gelegenen Universitätsstädte auf, um zugleich die berühmtesten Gelehrten kennen zu lernen und einige gute Studien mitzunehmen; bald machte er sich mit den Orten bekannt, wo vorzüglich die Kunst ihre Pflege fand, und schulte Sinn und Gemüt an dem festlichen Wesen der Künstler. Auf allen diesen Fahrten sah er sich in eine veredelte bürgerliche Welt versetzt, welche, die besseren Güter des Lebens wahrend, sich dieses Lebens mit ungeheucheltem Ernst erfreute. Hier wurden die Kenntnisse und Fähigkeiten mit Fleiß und Ehren geübt, schwärmten und glühten die Frauen wirklich für das, was sie für schön und gut hielten, pflegte jedes Mädchen seine Lieblingsneigung und baute dem Ideal sein eigenes Kapellchen; und weit entfernt, ein aufrichtiges Gespräch darüber zu hassen,

wurden sie nicht müde, vom Guten und Rechten zu hören. Dazu brachte der Wechsel der Jahreszeiten mannigfache Festfreuden, die bei aller Einfachheit von altpoetischem Zauber belebt waren. Die schönen Flußtäler, Berghöhen, Waldlandschaften wurden als traute Heimat mit dankbarer Zufriedenheit genossen, wobei sich die Frauen tagelang in freier Luft und guter Laune bewegten; der Waldduft schien ihnen von den Urmüttern her noch wohl zu behagen, und selbst die Bescheidenste scheute sich nicht, einen grünen Kranz zu winden und sich aufs Haupt zu setzen.

Das gefiel dem wackern Erwin nun ungleich besser. Das nähert sich, dachte er, schon eher den Meinungen, die ich herübergebracht habe; es ist nicht möglich, daß diese frohherzigen, sinnigen Wesen inwendig schnöd und philisterhaft beschaffen seien! Auch geriet er zweimal dicht an den Rand eines Verhältnisses, wie man gemein zu sagen pflegt. Aber o weh! nun zeigte sich auch hier eine Art von Kehrseite. Es herrschte nämlich durch einen eigenen Unstern, wo er hinkam, eine solche Öffentlichkeit und gemeinschaftliche Beaufsichtigung in diesen Dingen, daß es unmöglich war, auch nur die ersten Regungen und Blicke ohne allgemeines Mitwissen auszutauschen, geschweige denn zu einem Bekenntnisse zu gelangen, welches zuerst das süße Geheimnis eines Pärchens gewesen wäre. Man schien nur in großen Gesellschaften zu lieben und zu freien und durch die Menge der Zuschauer dazu aufgemuntert zu werden. Sobald ein junger Mensch mehrmals mit dem gleichen Mädchen gesprochen, wurde das Verhältnis festgestellt und zur öffentlichen Verlobung gewaltsam in Beschlag genommen. Diese Art war aber für Erwin wie ein Gift. Was nach seinem Gefühle das geheime Übereinkommen zweier Herzen sein mußte, das sollte gleich im Beginn der allgemeinen Teilnahme zur Verfügung gestellt und das Hausrecht des Herzens, der früheste Goldblick des Liebesfrühlings dahin gegeben sein. So wurde er schon vor dem ersten Kapitel seiner Romane zurückgeschreckt und trug nichts davon, als den Verdruß einiger Klatschereien. Das beweist freilich, daß er eine ordentliche Leidenschaft nicht erfahren hatte; sonst hätte er sich durch solche Schwächen, die dem braven Bürgertum hie und da ankleben, nicht vertreiben lassen. Nichtsdestominder empfand er Verdruß und setzte sich, alles aus dem Sinn schlagend, im ausschließlichen Umgange mit Männern fest, die sich aufeinander angewiesen sahen.

Um diese Zeit, es mögen etwa zwölf Jahre her sein, sah ich Erwin Altenauer in meiner damaligen Heimatstadt, wenn man den Sitz einer Hochschule so nennen darf, wo der Vater als Lehrer hinberufen worden ist, sich ein Haus gekauft und die Tochter des Ortsbankiers geheiratet hat. Ich selbst war kaum zwanzig Jahre alt, obgleich schon seit zwei Jahren Student, so daß ich die Gesellschaft des Deutsch-Amerikaners im Hause meiner Eltern und anderwärts zuweilen genoß. Es war ein nicht kleiner fester Mann mit einem blonden Kopf und trug nur neue Hüte, aber stets so, als ob es alte Hüte wären. Nur ein paar Sommermonate wollte er in unserer Stadt zubringen, um namentlich eine gewisse Partie älterer Geschichte anzuhören, die ein berühmter Historiker vortrug, und unter dessen Aufsicht die Urkunden zu studieren.

In einem stattlichen Hause, das indessen nur zwei Familien bewohnten, hatte er bei der einen derselben einige Zimmer gemietet, in denen er nicht ermangelte, von Zeit zu Zeit seine Bekannten in der Weise der Junggesellen zu bewirten; sonst aber verbrachte er die Abende gern im fröhlichen Umgange mit gereifteren jungen Leuten verschiedener Nationalität, wie sie mit Bürgerssöhnen aus gutem Hause vermischt in solchen Orten sich zusammenzutun pflegen und von der Mützen tragenden Jugend leicht zu unterscheiden sind, wiewohl sie nicht verschmähen, bei derselben zuweilen vorzusprechen.

In jenem Hause, das noch mit weitläufigen Treppen und

Gängen versehen war, fiel ihm seit einiger Zeit bei Ausgang und Rückkehr eine Dienstmagd auf von so herrlichem Wuchs und Gang, daß das ärmliche, obgleich saubere Kleid das Gewand eines Königskindes aus alter Fabelzeit zu sein schien. Ob sie das Wassergefäß auf dem Haupte oder den gefüllten Holzkorb vor sich her trug, immer waren Glieder und Bewegung von der gleichen geschmeidigen Kraft und gelassenen Schönheit; alles aber war beherrscht und harmonisch zusammengehalten durch ein Gesicht, dessen ruhige Regelmäßigkeit von einem Zug leiser unbewußter Schwermut veredelt wurde, einem Zug so leicht und rein, wie der Schatten eines durchsichtigen Kristalles. Erwin begegnete der schönen Person nicht oft; jedesmal aber, wenn sie mit bescheiden gesenktem Blick still vorüberging, blieb die Erscheinung ihm stundenlang im Sinne haften, ohne daß er jedoch besonders darauf achtete. Eines Tages indessen, als sie auf den Stufen der unteren Treppe kniete und scheuerte und er eben heruntersteig, richtete sie sich auf und lehnte sich an das Geländer, um ihn vorbeizulassen; er konnte sich nicht versagen, guten Tag zu wünschen und eine kleine flüchtige Entschuldigung vorzubringen, ohne sich aufzuhalten. Aber in diesem Augenblicke schlug sie ihr Auge so groß und schön auf, und ein so mildes halbes Lächeln schwebte wie verwundert um die ernsten Lippen, daß das Bild der armen Magd nicht mehr aus seinen Sinnen verschwand, so zwar, wie wenn einer etwas Gutes weiß, zu dem seine Gedanken jedesmal ruhig zurückkehren, sobald sie nicht zerstreut oder beschäftigt sind. Sonst begab oder änderte sich weiter nichts, als daß er sie gelegentlich nach ihrem Namen frug, der auf Regine lautete.

Eines schönen Sonntags, den er im Freien zugebracht, kehrte er spät in der Nacht nach seiner Wohnung heim, mit langsamen Schritten und wohlgemut die Sommerluft genießend. Da und dort schwärmten singende Studenten durch die Gassen, in welche der helle Vollmond schien; vor dem Hause aber, das er endlich erreichte, befand sich ein ganzer Trupp dieses mutwilligen Volkes und umringte eine einsame Frauensperson, die sich an die Haustüre drückte. Ich kann den Auftritt beschreiben, denn ich stand selber dabei. Es war Regine, die auf der runden Freitreppe, drei bis vier Stufen hoch, mit dem Rücken an die Türe gelehnt, dastand und lautlos auf die sehr angeheiterte Schar herabschaute. Sie hatte von ihrer Herrschaft die Erlaubnis erhalten, die Eltern in dem mehrere Stunden entfernten Heimatdorfe zu besuchen, bei der Rückkehr aber die Fahrgelegenheit verfehlt und den Weg in die Nacht hinein zu Fuß zurücklegen müssen. Allein auch die Herrschaft war auf eine Landpartie gegangen und noch nicht zurück, und da Regine keinen Hausschlüssel bei sich führte und überhaupt niemand im Gebäude auf die Glocke zu hören schien, die sie schon mehrmals gezogen, so fand sie sich ausgeschlossen und mußte die Ankunft anderer Hausbewohner abwarten. So fiel sie ihrer Gestalt wegen den jungen Taugenichtsen auf, die nicht säumten, sie zu umringen und mit mehr oder weniger feinen Artigkeiten zu belagern. Der eine nannte sie Liebchen, der andere Schätzchen, dieser Gretchen, jener Mariechen; dann brachten sie ihr ein halblautes Ständchen, und was solcher Kindereien mehr waren; wie aber einer die Stufen hinansprang, um eine Liebkosung zu wagen, lehnte sie den Angriff mit einer ruhigen Bewegung des freien Armes ab; denn mit der anderen Hand hielt sie den von ihr selbst blankgefegten Türknopf gefaßt. Wenn nun einer nach dem andern die Stufen rückwärts hinabstolperte, so lachte der Haufen mit großem Geräusch, ohne daß die Bedrängte darüber ein Vergnügen empfand; vielmehr stieg sie jetzt selbst hinunter und suchte zu entkommen. Aber die Studenten riefen: Die Löwin will hinaus! Laßt sie nicht durchbrechen! und schlossen den Weg nur um so dichter.

In diesem Augenblicke drang Erwin, der dem Spiel schon ein

Veilchen ganz erstaunt zugesehen, durch die Leute, ergriff die zitternde Magd bei der Hand und führte sie in das Haus, das er mit einer Drehung seines Schlüssels rasch öffnete und eben so rasch wieder verschloß. Das war so schnell geschehen, daß die Nachtschwärmer ganz verblüfft dastanden und nichts Besseres tun konnten, als ihres Weges zu ziehen.

Auf dem Flur, wo jederzeit des Nachts Leuchter bereit standen, zündete Erwin sein Licht an und teilte das Flämmchen mit der aufatmenden Magd, welche froh war, sich geborgen zu wissen und die Herrschaft gebührlicherweise in der Küche erwarten zu können. Und wie es der Welt Lauf ist, wurde sie von der Sprödigkeit verlassen, die sie soeben noch vor der Türe aufrecht gehalten, und sie litt es, als Erwin ihr mehr schüchtern als unternehmend Hand und Wange streichelte, und dies nur einen Augenblick lang; denn obgleich ihr Sonntagskleid fast so dürftig war, wie der Werktagsanzug, vom billigsten Zeuge und der ärmlichsten Machenschaft, so verboten doch Form und Ausdruck des Gesichtes die unzarte Berührung jedem, der nicht eben zu den angetrunkenen Gesellen gehörte, und dennoch schien dies Gesicht die Demut selber zu sein.

Von diesem Abend an nahm die stille Erscheinung Erwins Gedanken schon häufiger in Anspruch, und statt ihnen zum bloßen Ruhepunkt zu dienen, zog sie dieselben an sich, auch wenn sie anderwärts verpflichtet waren. Das verspürte er in wenigen Tagen, als er am Fuße der Treppe einen baumlangen Reiterkorporal bei ihr stehen sah, der, auf den schweren Pallasch gestützt, mit Reginen sprach, während sie nachdenklich an einem Postamente des Geländers lehnte. Erwin merkte im Vorübergehen, daß ein leichtes Rot über ihr Gesicht ging, und schloß daraus auf eine Liebschaft. Das aber störte ihm so alle Ruhe, daß er nach einer halben Stunde das Haus wieder verließ, obgleich niemand mehr im Flur stand, und dermaßen in steter Bewegung den Tag zubrachte. Vergeblich sagte er sich, es sei ja der prächtigen Person nur von Herzen zu gönnen, wenn sie einen so stattlichen Liebsten besitze, der auch ein ernster Mann zu sein schien, wie er in der Schnelligkeit gesehen. Der Umstand, daß es in der Stadt keine Garnison gab und der Reitersmann also von auswärts gekommen sein mußte, ließ das Bestehen eines ernstlichen Liebesverhältnisses noch gewisser erscheinen. Aber nur um so trauriger ward ihm zumute. Umsonst fragte er sich, ob er denn etwas Besseres wisse für das Mädchen, ob er sie selbst heimführen würde? Er wußte keine Antwort darauf. Dafür wurde die schöne Gestalt durch das Licht einer Liebesneigung, die er sich recht innig und tief, so recht im Tone deutscher Volkslieder vorstellte, von einem romantischen Schimmer übergossen, der die erwachende Trauer des Ausgeschlossenseins noch dunkler machte. Denn an einem offenen Paradiesgärtlein geht der Mensch gleichgültig vorbei und wird erst traurig, wenn es verschlossen ist.

Früher als gewöhnlich verließ er am Abend seine Gesellschaft und suchte seine Wohnung auf. Da holte er vor der Türe, die zu seinen Zimmern führte, unversehens die Regine ein, welche zu ihrer Schlafkammer in den Dachräumen hinaufstieg. Sie hielt neben dem Lichte einen kleinen Bogen Briefpapier in der Hand. Der war ihr soeben auf den Boden gefallen, dabei leicht beschmutzt und auch etwas zerknittert worden, und sie besah sich den Schaden, fügte aber sogleich noch einen Ölfleck hinzu von dem Küchenlämpchen her, das ihr von der Herrschaft gegönnt war.

„Was haben Sie da für einen Verdruß, gute Regine?“ fragte Erwin, indem er die Türe aufschloß.

„Ach Gott,“ sagte sie, „ich soll einen Brief schreiben und habe mir ein Blatt Papier dazu erbeten; und jetzt ist es schon verdorben, eh' ich nur oben bin!“

„Kommen Sie mit mir herein, ich geb' Ihnen ein anderes!“ versetzte er, und sie ging mit gutem Vertrauen mit ihm, blieb aber bescheiden an der Zimmertür stehen, während er ein Büchlein des schönsten Papieres zurecht machte. „Haben Sie denn auch Tinte und Federn?“

„Etwas Tinte habe ich in einem Fläschchen, freilich halb eingetrocknet, und eine kratzliche Stahlfeder ist auch noch da!“ erwiderte sie.

„So nehmen Sie hier von diesen Federn mit und holen Sie sich Tinte oder nehmen Sie gleich die Flasche, die Sie ja wiederbringen können. Haben Sie auch einen Tisch zum Schreiben?“

„Leider nein, nur meine Kleiderkommode!“

„Ei, so schreiben Sie hier an diesem Tisch! Ich werde Sie nicht stören, und Sie haben sich keineswegs zu scheuen! Oder mögen Sie am Pult schreiben, so sind Sie gerade noch groß genug dazu.“

Er zündete gleichzeitig eine Lampe an, die helles Licht verbreitete, und wendete sich dann wieder zu der schweigenden Person, deren Gesicht, wie am Tage schon einmal, die leichte Röte überflog, mit den Worten: „Sagen Sie, Regine, der schöne Dragoner, der heute bei Ihnen war, ist natürlich Ihr Schatz? Da ist Ihnen wahrhaftig Glück zu wünschen!“ Welche Worte er mit veränderter, etwas unsicherer Stimme hervorbrachte, wie wenn er in Herzensangelegenheiten vor einer großen Weltdame stände.

Das Rot in ihrem Gesichte wurde tiefer und spiegelte sich in dem seinigen, das trotz seiner acht- oder neunundzwanzig Jahre ebenfalls rötlich anlief. Zugleich aber blitzten ihre Augen nicht ohne einige Schalkheit der harmlosesten Art zu ihm hinüber, als sie antwortete: „Das war ein Bruder von mir!“ Ob sie im übrigen einen Schatz besitze oder nicht, vergaß sie zu sagen. Auch verlangte Erwin diesmal nichts Weiteres zu erfahren, sondern schien mit dem Bruder so vollkommen zufrieden, daß seine anbrechende Heiterkeit unverkennbar war und auch dem Mädchen das Herz leicht machte. Ehe sie sich dessen versah, stand sie an dem Stehpulte und schrieb ihren Brief. Sie schrieb, ohne sich zu besinnen, in schönen geraden Zeilen eine Seite herunter und faltete das Blatt, ohne das Geschriebene nochmals anzusehen. Erwins Vergnügen, ihr von einem Sopha aus gemächlich zuzuschauen, war daher schon vorbei. Er gab ihr einen Umschlag, und sie schrieb, wie er nun in der Nähe sah, mit regelmäßigen, sauberen Zügen die Adresse an ihre Mutter.

„Wollen Sie gleich siegeln?" fragte er, was sie dankbar bejahte. Er bot ihr eine Achatschale hin, worin ein Siegelring und mehrere Petschafte lagen mit fein geschnittenen Wappen, Namenszügen oder antiken Steinen, und lud sie ein, sich ein Siegel zu wählen. Nach Jahren, als sich das Zukünftige begeben hatte, erinnerte er sich mit Wehmut des zartsinnigen Zuges, wie das unwissende junge Weib sich scheute, eines von den kostbaren fremden Siegeln zu gebrauchen, und wünschte mit dem zinnernen Jackenknopfe zu petschieren, den sie zu diesem Zwecke aufbewahre. Es sei ein kleiner Stern darauf abgebildet. „Damit kann ich auch dienen!" rief er und zog seinen goldenen Bleistifthalter aus der Tasche; das obere Ende desselben war wirklich mit einem runden Plättchen versehen, das einen Stern zeigte und zum Versiegeln eines Briefes tauglich war. Das ließ sich Regine gefallen. Erwin erwärmte das hochrote Wachs und brachte es auf den Brief; Regine drückte den Stern darauf, und als das schwierige Werk vollbracht war, atmete sie bedächtig auf und sah ihn mit einem treuherzigen Lächeln an. Den Brief in der Hand haltend, konnte sie jetzt füglich gehen; doch wußte der junge Mann sie mit einer Frage aufzuhalten, an die sich eine andere und eine dritte reihte, und so stand Regine an derselben Stelle, bis eine gute Stunde verflossen war, und plauderte mit ihm, der an seinem Arbeitstische lehnte. Er frug nach ihrer Heimat und nach den Ihrigen, und sie beantwortete die Fragen ohne Rückhalt, erzählte auch manches freiwillig, da vielleicht noch niemand, seit sie unter Fremden ihr Brot verdiente, sich so teilnehmend nach diesen Dingen erkundigt hatte. Sie war das Kind armer Bauersleute, die einen Teil des Jahres im Tagelohn arbeiten mußten. Nicht nur die acht Kinder, Söhne und Töchter, sondern auch die Eltern waren wohlgestaltet große Leute, ein Geschlecht, dessen ungebrochene Leiblichkeit noch aus den Tiefen uralten Volkstumes hervorgegangen. Nicht so verhielt es sich mit dem Seelenwesen, der Beweglichkeit, der moralischen Widerstandskraft und Glücksfähigkeit der großwüchsigen Familie. In Handel und Wandel wußten sie sich nicht zeitig und aufmerksam zu kehren und zu drehen, den Erwerb vorzubereiten und zu sichern, und statt der Not gelassen aus dem Wege zu gehen, ließen sie dieselbe nahe kommen und starrten ihr ratlos ins Gesicht. Der Vater war durch einen fallenden Waldbaum verstümmelt, die lange Mutter voll bitterer Worte und nutzloser Anschläge; zwei Söhne standen im Militärdienste, der dritte half zu Hause, und die fünf Töchter lebten meistens zerstreut als Dienstmägde und mit verschiedenen Schicksalen, die nicht alle erfreulich oder kummerlos waren für sie und die Angehörigen. Ungefähr so gestaltet sich das Bild, das Erwin den Worten der Magd entnahm, beinahe das Bild verfallender Größe, welche ihre Sterne verlassen haben, eines Geschlechtes, das im Laufe der Jahrhunderte vielleicht seine Freiheit dreimal verloren und wiedergewonnen hatte, zuletzt aber nichts mehr damit anzufangen wußte, da es über den Leiden des Kampfes das Geschick verloren. Oder war es zu vergleichen mit einem verkommenen Adelsgeschlechte, das sich in die Lebensart des Jahrhunderts nicht finden kann? Aus den unzusammenhängenden Mitteilungen schloß er aber auch, daß Regine, obgleich das jüngste der Kinder, gewissermaßen das beste, nämlich der stille, anspruchslose Halt der Familie war, an welchen sich alle wendeten, und das deshalb so ärmlich gekleidet ging, weil es alles hergab, was es aufbrachte, während die andern Schwestern nicht ermangelten sich aufzuputzen, so gut sie es vermochten. Auch heute war sie wieder in Anspruch genommen worden. Erst neulich hatte sie fast ihren ganzen Vierteljahrslohn den Eltern gebracht, da eine der Töchter in übeln Umständen heimgekommen. Jetzt wurde der Vater von einer nicht eben großen, aber dringenden Schuld geplagt und hatte durch die Mutter dem Dragoner schreiben lassen, daß er entweder selbst etwas Geld zu entlehnen trachten, oder aber zur Regine gehen solle, daß diese helfe. Natürlich konnte der Soldat nichts tun, denn der hatte genug zu schaffen, mit kümmerlichen Entlehnungen seinen Sold zu ergänzen. Darum war er zur Schwester herübergekommen, und diese empfand zur übrigen Sorge den Verdruß über die fruchtlosen Reisekosten des Bruders, so klein sie waren, weil sie im Augenblicke auch nicht helfen konnte. Sie hatte darum der Mutter geschrieben, man müsse unter allen Umständen einige Wochen Frist zu erlangen suchen; vorher dürfe sie ihre Herrschaft nicht schon wieder um Geld angehen. Auch hatte sie bei diesen Aussichten bereits seit dem heutigen Vormittage auf den kühnen Plan verzichtet, sich im Herbst einmal ein wollenes Kleid machen zu lassen, wie andere ordentliche Mädchen es im Winter trugen.

Als Erwin sie zum erstenmal so viel hintereinander sprechen hörte, wurde er von der weichen Beweglichkeit ihrer Stimme angenehm erregt, da die traulichen Worte, je mehr sie in Fluß gerieten, immer mehr einen der schönen Gestalt entsprechenden Wohlklang annahmen, den vielleicht noch niemand im Hause kannte. Aber noch wärmer erregte ihn der Gedanke, daß der Not des guten Wesens so leicht zu steuern sei; um sie jedoch nicht allfällig sofort zu verscheuchen oder argwöhnisch zu machen, unterließ er für einmal jedes Anerbieten einer Hilfe und begnügte sich mit ein paar leichthin tröstenden Worten:

das sei ja alles nicht so betrüblich, wie es aussehe, und werde sich schon ein Ausweg finden, sie solle nur so gut und brav bleiben usw. Ihr düster gewordenes Angesicht hellte sich auch zusehends auf, so freundlich wirkte der ungewohnte Zuspruch auf ihr einsames Gemüt, und gewiß zehnmal wohltuender, als wenn er sofort die Börse gezogen und sie gefragt hätte, wieviel sie bedürfe.

Es lief indessen doch nicht ohne alle Bedenklichkeiten ab; denn als sie, über die so schnell verflossene Stunde erschreckend, sich entfernen wollte und die Zimmertüre öffnete, hörte man von der Treppe her ein Geräusch von Weiberstimmen. Es waren die übrigen Dienstboten des Hauses, die ihre Schlafstellen aufsuchten, und es schien allerdings nicht geraten, daß Regine in diesem Augenblicke aus der Tür des fremden Herrn und Hausgenossen trat. Sie drückte ängstlich die Türe wieder zu und blickte dabei den Herrn Erwin Altenauer leicht erblassend an, ungefähr wie wenn es an einem Frühlingsabende schwach wetterleuchtet, und Erwin half ihr wortlos auf das Verhallen der Mädchenstimmen lauschen. In diesem Augenblicke sahen sie sich an und wußten, daß sie allein zusammen seien und ein Geheimnis hatten, wenn auch ein unschuldiges. Als man nichts mehr hörte, öffnete Erwin sachte die äußere Türe und entließ die schöne große Jungfrau mit ihrem Lämpchen. Mit milden klugen Augen, ein wenig traurig wie immer, nickte sie ihm gute Nacht; etwas Neuartiges lag in ihrem Blicke, das ihr wohl selbst nicht bewußt war; doch flackerte das Flämmchen ihrer bescheidenen Lampe hell und tapfer in der Zugluft, welche durch das Treppenhaus wehte, weil die Vorgängerinnen wahrscheinlich die Bodentüre offengelassen.

Es vergingen nicht viele Tage, bis es Erwin gelang, das Mädchen mit seinem Lämpchen abermals in sein Zimmer zu locken, und bald stellte sich die Gewohnheit ein, daß Regine jeden Abend ein halbes oder auch ganzes Stündchen bei ihm eintrat, bald vor dem Aufstieg der anderen Mägde, bald nach demselben; wahrscheinlich war das bewahrte Geheimnis, die Heimlichkeit der vorzüglichste Anreiz, welcher der guten Freundschaft und dem Wohlgefallen der jungen Leute den Charakter einer Liebschaft gab. Regine war aber so ganz von Vertrauen zu dem stets besonnenen und an sich haltenden Manne erfüllt, daß sie alle Bedenken aus den Augen setzte und sich rückhaltslos dem Vergnügen hingab, die kurzen Stunden eines besseren Daseins zu genießen. Sie war, mit Verlaub zu sagen, Weib genug, um von ihrer günstigen Erscheinung zu wissen; aber mit um so größerer Dankbarkeit empfand sie zum erstenmal die Ehre, die ein gesitteter Mann ihrer Schönheit antat, ohne daß sie wie eine gescheuchte Katze sich zu wehren brauchte. Erwin aber tat ihr die Ehre an, weil er bereits den Gedanken großzog, sich hier aus Dunkelheit und Not die Gefährtin zu holen.

Also lebten sie in rein menschlicher Lebensluft so beglückt, wie zwei ebenbürtige Wesen in stiller Heimlichkeit es nur sein konnten; Regine nur die Gegenwart genießend, ohne Hoffnung für die Zukunft, Erwin zugleich von frohen Ahnungen dessen bewegt, was noch kommen mochte. Als er sie eines Abends bei guter Gelegenheit überredete, nur der Eltern wegen der ersehnten Hilfe zu gedenken, und sie zwang, zu schreiben und sogleich die nötige Barschaft zu verpacken, die ihm lächerlich klein erschien, da fügte sie sich mit geheimer Zärtlichkeit des Herzens nicht aus Eigennutz, sondern weil es von ihm und nicht von einem anderen kam. Diesmal las er den Brief, den sie schrieb, und sah, daß die Sätze allerdings kurz und mager waren, wie eben das Volk schreibt; allein er entdeckte nicht einen einzigen Fehler gegen Rechtschreibung und Sprachlehre und auch keinen gegen Sinn und Gebrauch der Sprache.

„Sie schreiben ja wie ein Aktuarius!“ sagte er, indem ein Strahl von Freude seine Augen erhellte.

„O wir hatten einen guten Schulmeister!" erwiderte sie, froh über sein Lob; „aber das ist nichts, ich habe eine Schwester, die schreibt im Umsehen ganze Briefe voll Torheiten ohne alle Fehler; wenn sie nur sonst recht täte!" schloß sie mit einem Seufzer. Wie sich später erwies, reiste nämlich die Schwester auf Liebschaften herum und stellte ihre Schönheit nicht unter den Scheffel. Auch war sie schon einmal mit einem kleinen Kinde heimgekommen.

Zum Schreiben hatte Regine jetzt gesessen, was sie in Erwins Zimmer noch nie getan. Sie nahm eine amerikanische Zeitung in die Hand, die auf dem Tische lag, und versuchte zu lesen. „Das ist Englisch!" sagte Erwin, „wollen Sie's lernen? Dann können Sie mit mir nach Amerika kommen und einen reichen Mann heiraten!"

Sie errötete stark. „Lernen möcht' ich es schon," sagte sie, „vielleicht fahr' ich doch einmal hinüber, wenn es hier zu arg wird."

Erwin sprach ihr einige Worte vor; sie lachte, bemühte sich aber, in den Geist der wunderbaren Laute einzudringen, und es gelang ihr noch am gleichen Abend, eine Reihe von Worten richtig zu wiederholen und das Alphabet englisch auszusprechen. Ernstlich schlug er ihr nun vor, jeden Abend eine förmliche Unterrichtsstunde bei ihm durchzumachen. Sie tat es mit ebenso viel Eifer als Geschick; kaum waren zwei Wochen verflossen, so sah Erwin, daß dieses höchst merkwürdige Wesen, das sich selbst nicht kannte, alles zu lernen imstande war, ohne einen Augenblick die demütige Ruhe zu verlieren. Er schlug plötzlich das Buch zu, über welchem sie zusammensaßen, ergriff ihre Hand und sagte:

„Liebe Regine, ich will nicht länger warten und säumen! Wollen Sie meine Frau sein und mit mir gehen?"

Sie zuckte zusammen, erbleichte und starrte ihn an wie eine Tote.

„Nun ist es aus," sagte sie endlich, indem sie den Kopf auf die Hände stützte; „und ich war so vergnügt!"

„Wieso? was will das sagen, liebes Kind? Bin ich dir zuwider, oder ist sonst etwas im Wege, das dich bedrängt und hindert?" rief Erwin und legte unwillkürlich den Arm um sie, wie um sie zu schützen und aufrecht zu halten. Aber sie legte seinen Arm leidvoll und entschieden weg und fing an zu weinen. Sei es nun, daß sie in ihrer geringen und aus trüben Quellen geschöpften Weltkenntnis den Augenblick gekommen wähnte, wo ein geliebter Mann sich mit einem Heiratsversprechen versündigte, das ja niemals ernst gemeint sein konnte; sei es, daß sie es für ihre Pflicht hielt, einem ernsten Antrag zu widerstehen, indem sie sich als Gattin eines vornehmen Herrn unmöglich dachte; oder sei es endlich, daß sie schon um ihrer Familienverhältnisse willen, die schlimmer waren, als sie bisher geoffenbart, sich scheute, den fremden Mann, der so glücklich lebte, an sich zu binden: sie wußte sich nicht zu helfen und schüttelte nur den Kopf.

„Ich glaubte, du seiest mir ein wenig gut!" sagte Erwin kleinlaut und betroffen.

„Es war nicht recht von mir," rief sie schluchzend, „es auch einmal ein bischen gut haben und etwa ein Stündchen ungestraft bei einem sitzen zu wollen, den ich so gern habe! Mehr wollte ich ja nicht! Nun ist es vorbei, und ich muß gehen!"

Sie stand gewaltsam auf, zündete das Lämpchen an, und ohne sich halten zu lassen, eilte sie hinaus und so stürmisch die Treppe hinauf, daß das Flämmchen verlöschte und sie im Dunkeln verschwand. Am andern Tage, als er ihr zu begegnen suchte, war sie auch aus dem Hause verschwunden. Da er vorsichtig nachforschte, hörte er, sie sei plötzlich aufgebrochen und in ihre Heimat gegangen, und als sie nach mehreren Tagen noch nicht zurückgekehrt war, nahm er einen Wagen und fuhr hinaus, sie aufzufinden. Er traf sie auch in der ärmlichen Behausung der Ihrigen und zwar in großer Trauer sitzend. Gleich einem Türken bestaunten ihn die großen Leute, Weiber und Männer; aber er erklärte sich sogleich und verlangte die Tochter Regine zur Frau. Und um zu beweisen, wie er es meinte, begehrte er den Stand ihrer häuslichen Angelegenheiten zu erfahren und versprach, ohne Verzug zu helfen. Nachdem die Leute sich erst etwas gesammelt und seine Meinung verstanden hatten, beeiferten sie sich, alles offen darzulegen, wobei aber der Alte die Weiber, mit Ausnahme Reginens, hinausschieben mußte, da sie alles vermengten und verdrehten. Auch der Sohn benahm sich neben dem einbeinigen Alten vernünftig und schien doch nicht ohne Hoffnung. Es zeigte sich, daß das kleine Gütchen verschuldet war; allein die Auslösung erforderte eine Summe, die für Erwins Mittel nicht in Betracht kam; es waren eben kümmerlich kleine Verhältnisse. Ließ er obenein noch eine ähnliche oder geringere Summe da, so geriet das reckenhafte Völklein in einen ungewohnten kleinen Wohlstand, und die fernere Vorsorge war ja nicht benommen. Überdies versprach Erwin, seinen Einfluß dafür zu verwenden, daß die beiden im Dienste stehenden Söhne, deren Entlassung nahe bevorstand, ein gutes Unterkommen fänden, wo sie sich emporbringen könnten, bis er besser für sie zu sorgen vermochte, und was die Töchter betraf, so mischte er sich nicht in deren Geschäfte, sondern empfahl dieselben in seinem Innern der lieben Vorsehung. Kurz, es begab sich alles auf das Zweckdienlichste nach menschlicher Berechnung. Regine sah zu und redete nicht ein Wort, auch nicht, als Erwin sie in die Kutsche hob, mit welcher er sie unter dem Segen der Eltern entführte. Erst als sie drin saß und die Pferde auf der Landstraße trabten, fiel sie ihm um den Hals und tat sich nach den ausgestandenen Leiden gütlich an seiner Freude, sie nun doch zu besitzen.

Er fuhr aber nicht in unsere Stadt zurück, sondern nach der nächsten Bahnstation und bestieg dort mit Reginen den Bahnzug. In einer der deutschen Städte, darin er schon gelebt, kannte er eine würdige und verständige Gelehrtenwitwe, welche genötigt war, fremden Leuten Wohnung und Kost zu geben. Er hatte selbst dort gewohnt. Dieser wackeren Frau vertraute er sich an, ließ Reginen für ein halbes Jahr bei ihr, damit sie gute Kleider tragen lerne und die von der Arbeit rauhen Hände weiß werden konnten. Dann trennte er sich, wenn auch ungern, von der wie im Traume wandelnden Regine, reiste in unsere Universitätsstadt zurück, um den dortigen Aufenthalt zu beendigen, und so weiter, bis nach Verfluß von weniger als sieben Monaten die brave schöne Regine als seine Gattin abermals neben ihm in einem Reisewagen saß."

Als Reinhart glücklich die Magd auf die Hochzeitsreise geschickt, hielt er einen Augenblick inne und bemerkte erst jetzt, daß das Schnurren der Spinnräder nicht mehr zu hören war; denn die beiden Mädchen hatten über dem erfreulichen Schicksale der Regine das Spinnen vergessen, und die Augen gespannt auf den Erzähler gerichtet, hielten sie Daum und Zeigefinger in der Luft, ohne daß der Faden lief. Die eine mochte sich das schöne Reisekleid der glückhaften Person vorstellen, die andere in Gedanken die goldene Damenuhr betrachten, die ihr ohne Zweifel an langer Kette hing. Hinwiederum bedachte jene die Herrlichkeit des Augenblickes, wo sie im Falle wäre, selbst eigene Dienstboten anzustellen und aus einer großen Zahl sich meldender Mädchen, auf dem Sopha sitzend, einige auszuwählen. Die andere aber nahm sich vor, an Reginens Stelle jedenfalls sofort wenigstens sechs Paar neue Stiefelchen von Zeug und von feinstem Leder machen zu lassen, und mit süßem Schauer sah sie schon den jungen, ledigen Schuhmachermeister vor sich, den sie hatte ins Haus kommen lassen, die Stiefelchen anzumessen, jedes Paar besonders, und sie hielt ihm huldvoll den Fuß hin, bereit, ihm auch die Hand zu schenken, um welche der Blöde endlich anhalten würde. Aber wie ist denn das? Sie wäre ja schon verheiratet und könnte den Schuhmacher nicht mehr nehmen? Aber sie ist ja nicht die Regine, welche den Amerikaner hat, sondern das ledige Bärbchen! Aber nun ist sie ja nicht reich und kann die Stiefeletten nicht bestellen — kurz, sie verwickelte sich ganz in dem Garn ihrer Spekulationen, während Annchen, das andere Mädchen, bereits drei Köchinnen angestellt und zwei wieder weggejagt hatte.

Da sagte Lucie: „Wenn Ihr müde seid, Ihr Mädchen, so stellt die Räder weg und geht schlafen! Die merkwürdige Regine ist jetzt versorgt und braucht wahrscheinlich nicht mehr früh aufzustehen, wie Ihr es morgen tun müßt."

Die hübschen Dienerinnen erhoben sich ohne Zögern, als sie dergestalt aus ihrer kurzen Träumerei geweckt worden, und trugen gehorsam die Spinnrädchen aus dem Zimmer.

Zu Reinhart gewendet, fuhr Lucie fort: „Ich wollte es nicht darauf ankommen lassen, daß die guten Kinder die Kehrseite oder den Ausgang Ihrer Geschichte mit anhören; denn so viel ich vermuten kann, wird es nun über die Bildung hergehen, welche an dem in Aussicht stehenden Unheil schuld sein soll, und da wünschte ich denn doch nicht, daß die Mädchen gegen den gebildeten Frauenstand aufsätzig würden!"

„Ich überlege soeben," erwiderte Reinhart lächelnd, „daß ich am Ende unbesonnen handle und meine eigenen Lehrsätze in bewußter Materie untergrabe, indem ich die Geschichte fertig erzähle und deren Verlauf auseinandersetze. Vielleicht werden Sie sagen, es sei nicht die rechte Bildung gewesen, an welcher das Schiff gescheitert. Am besten tu' ich wohl, wenn ich Sie mit dem Schlusse verschone!"

„Nein, fahren Sie fort, es ist immer lehrreich, zu vernehmen, was die Herren hinsichtlich unseres Geschlechtes für wünschenswert und erbaulich halten; ich fürchte, es ist zuweilen nicht viel tiefsinniger, als das Ideal, welches unsern Romanschreiberinnen bei Entwerfung ihrer Heldengestalten oder ersten

Liebhaber vorschwebt, wegen deren sie so oft ausgelacht werden."

„Sie vergessen, daß ich keine eigene Erfindung offenbare, sondern über fremdes Schicksal berichte, das mich persönlich wenig berührt hat."

„Um so gewissenhafter halten Sie sich an die Wahrheit, damit wir den Fall dann prüfen und reiflich beraten können!" sagte Lucia, und Reinhart erzählte weiter:

„Erwin Altenauer hatte seine Verheiratung so geheim betrieben, daß in unserer Stadt niemand darum wußte; selbst die Herrschaft der ehemaligen Magd und die übrigen Hausgenossen ahnten nichts von dem Vorgange, und jedermann glaubte, er habe einfach seinen Aufenthalt bei uns beendigt und sei abgereist, wie man das an solchen Gästen ja gewohnt war. Etwa anderthalb Jahre später lebte ich in der Hauptstadt, in welcher jene amerikanische Gesandtschaft residierte. Ich benutzte die dortigen Anstalten zur Fortsetzung meiner etwas willkürlichen und ungeregelten Studien, dünkte mich übrigens schon über das Studententum hinaus zu sein, und ging nur mit Leuten um, die alle einige Jahre älter waren als ich.

Auf einmal tauchte Herr Erwin wieder auf. Als ich ihm irgendwo begegnete, lud er mich ein, ihn zu besuchen. Ich fand ihn in wohleingerichteter Wohnung, die von gutem Geschmacke förmlich glänzte, und zwar in tiefer, stiller Ruhe. Zu meiner Überraschung wurde ich der Gemahlin vorgestellt, einer vornehm gekleideten, allerschönsten Dame von herrlicher Gestalt. Das reiche Haar war modisch geordnet, die nicht zu kleine, aber wohlgeformte Hand ganz weiß und mit altertümlichen bunten Ringen geschmückt, den Geschenken aus den Familienschätzen des Hauses in Boston. Ich hatte die Regine nur jenes einzige Mal in der Nacht gesehen, wo ich dabei stand, als sie von den Studenten bedrängt wurde; ihre Gesichtszüge waren mir kaum erkennbar geworden, doch auch sonst hätte ich jetzt nicht vermuten können, daß die arme Magd vor mir stand, weil die kleine Begebenheit mir vollkommen aus dem Gedächtnis verschwunden war. Ein Anflug von Schwerfälligkeit in den Bewegungen, die sich erst mit der eleganten Bekleidung eingestellt, war schon im Verschwinden begriffen und schien eher ein Zeichen fremdartigen Wesens als etwas anderes zu sein. Sie sprach ziemlich geläufig Englisch und auch etwas Französisch, wie sich im Verlaufe zeigte, letzteres sogar besser, als die meisten Damen bei den amerikanischen Legationen. Als sie hörte, woher ich sei, sah sie ihren Mann flüchtig an, wie wenn sie ihn über ihr Verhalten befragen wollte; er rührte sich aber nicht, und so ließ sie sich auch weiter nichts merken. Dennoch schämte er sich nicht etwa ihres früheren Standes, sondern wollte denselben nur so lange geheimhalten, bis sie die völlige Freiheit und Sicherheit der Haltung und damit eine Schutzwehr gegen Demütigungen erworben habe.

Da er indessen das Bedürfnis offener Mitteilung an irgendeinen nicht ganz unterdrücken konnte, schon um dem Geheimnisse jeden verdächtigen Charakter zu nehmen, wählte er mich bald zum Mitwisser, und ich war nicht wenig verwundert, in der eigentümlichen Staatsdame die arme Magd wiederzufinden, die jetzt allmählich in meinem Gedächtnisse lebendig ward, wie sie wortlos die Bedränger von sich abwehrte. Auch der Frau geschah damit ein Gefallen; denn sie hatte wenigstens außer ihrem Manne noch einen Menschen, mit welchem sie ohne Rückhalt von sich sprechen konnte.

Ich erfuhr nun auch, in wie seltsamer Art Erwin die Ausbildung der Frau bis anhin durchgeführt hatte. Vor allem war er mit ihr nach London gegangen, da es ihm zuerst um die englische Sprache zu tun gewesen; und damit sie vor jeder häuslichen Arbeit bewahrt blieb, wohnte er, wie später in Paris, nur in Gasthäusern, und auch dort mußte er fortwährend aufpassen und dazwischen treten, daß sie nicht die

Zimmer selbst aufräumte und die Betten machte, oder gar zu den Dienstboten und Angestellten in die Küche ging, um ihnen zu helfen. Ebenso kostete es ihm einige Mühe, sie an größere Zurückhaltung gegenüber den Dienenden und Geringen zu gewöhnen, so zwar, daß sie, ohne der menschlichen Freiheit Abbruch zu tun, die zu große Vertraulichkeit vermeiden lernte, um einst leichter befehlen zu können. Dieser Punkt soll für beide Personen nicht ohne etwelche Bekümmernis erledigt worden sein; denn während Regine sich immer wieder vergaß und schwer begriff, warum sie nicht mit ihresgleichen über alles plaudern sollte, was diese freute oder betrübte, dachte Erwin fortwährend nur an den gemessenen Ton, der in seinem elterlichen Hause herrschte, und an die Rangstufe, welche Regine dort einzunehmen berufen war. Die Heimführung, die noch bevorstand, beherrschte alle seine Gedanken; in Reginen hoffte er ein Bild verklärten deutschen Volkstumes über das Meer zu bringen, das sich sehen lassen dürfe und durch ein außergewöhnliches Schicksal nur noch idealer geworden sei. Wollte er aber diesen Erfolg nicht nur einem Glücksfunde, sondern auch seiner liebevoll bildenden Hand verdanken, so war ihm nur um so mehr daran gelegen, daß auch in Nebendingen das Werk so vollkommen als möglich sei und sein Triumph durch keine kleinste Unzukömmlichkeit gestört werde. Man kann eben sagen, daß er bei aller Humanität und Freisinnigkeit, die ihn beseelte, hierin um so geiziger, ja ängstlicher war, als er sich in allen wesentlichen und wichtigen Dingen ganz sicher fühlte.

Ein zweifelloser Erfolg seiner Erziehungskraft blühte ihm fast unerwartet auf einem anderen Gebiete. Während des Aufenthaltes in England war ein berühmter deutscher Männerchor dorthin gekommen, um in einer Reihe von Konzerten sich mit großem Aufsehen hören zu lassen. Erwin, der keine Gelegenheit versäumte, seiner Frau alle bildenden Genüsse zugänglich zu machen, führte Reginen ebenfalls in die weite Halle, wo

Tausende von Menschen als Zuhörer versammelt waren. Sie wagte sich kaum zu rühren, mitten in dem Heere von reichen und geschmückten Leuten sitzend, und vernahm nicht eben viel einzelnes von den Gesängen. Da hoben die neunzig bis hundert Sänger so deutlich und ausdrucksvoll, wie wenn sie nur e i n Mann wären, die Weise eines altdeutschen Volksliedes an, daß Regine jedes Wort und jeden Ton augenblicklich erkannte, denn sie hatte das Lied als halbwüchsiges Mädchen einst selber gesungen und es erst in der Dienstbarkeit und Mühsal des Lebens vergessen. Unverwandt lauschend blickte sie nach dem Häuflein der schwarzgekleideten Männer hin, das wie eine dunkle Klippe aus dem schweigenden und schimmernden Menschenmeere ragte, und was sie hörte, war und blieb das Lied aus ihren Jugendtagen, die so schwermütig waren, wie das Lied. Der brausende Beifall, der dem letzten Tone folgte, weckte sie aus der traumartigen Versenkung, und erst jetzt schaute sie erstaunt zu ihrem Manne hinüber, als ob sie fragen wollte, was das gewesen sei. Der wies auf den Text in dem Hefte hin, das sie in der Hand hielt, ohne es bis jetzt gebraucht zu haben, und wahrlich, da stand das Lied zu lesen, Wort für Wort.

Beim Nachhausefahren fing sie es im Dunkel des Wagens an zu singen, und als Erwin über die anmutige Regung erfreut ihre Hand faßte, frug sie, was das nur sei, daß ein schlichtes Liedchen armer Landleute so fern von der Heimat gesungen werde und einer vornehmen Menschheit so gut gefalle? Noch mehr vergnügt über diese Frage erwiderte er, Grund und Ursache der Erscheinung seien die gleichen, warum auch sie, das Kind des Volkes, ihm so wohl gefalle und so sehr von ihm geliebt werde. Dann sagte er ihr vor der Hand das Nötigste über die Sache; schon am nächsten Tage aber suchte er einen deutschen Buchhändler auf, der, wie er gehört, auch alte Sachen kaufte und wieder verkaufte, und bei diesem fand er die bekannte

Sammlung, welche des Knaben Wunderhorn heißt. Er lehrte sie das kleine Lied in den stattlichen Bänden aufzufinden, und sie erblickte und las es mit einem gewissen Stolze zwischen den hunderten von ähnlichen und noch schöneren Liedern. Aber auch diese las sie und legte das Buch nicht aus der Hand, bis sie es durchgelesen hatte, manches Lied zwei- und dreimal. So ereignete sich das Seltene, daß ein ungeschultes Volkskind ein starkes Buch Gedichte mit Aufmerksamkeit und Genuß durchlas in einem Zeitalter, wo Gebildete dergleichen fast nie mehr über sich bringen. Da sie liebte, so fühlte sie erst jetzt noch das schöne Glühen der Leidenschaft mit, wie es in jenen Liedern zum Ausdrucke kommt, und sie empfand dies Glühen um so glückseliger, als sie selbst ja in sicheren Liebesarmen ruhte.
Jetzt aber nahm Erwin den Augenblick wahr und holte die Goetheschen Jugendlieder herbei. Zuerst zeigte er ihr diejenigen, die der Dichter dem Volkstone abgelauscht und nachgesungen; dann las er mit ihr eins um's andere der aus dem eigenen Blute entstandenen, indem er der wohlig an ihn gelehnten Frau die betreffenden Geschichten dazu erzählte. Wie über eine leichte Regenbogenbrücke ging sie vom Wunderhorn in dieses lichte Gehölz maigrüner Ahornstämmchen hinüber, oder einfacher gesagt, es dauerte nicht lange, so regierte sie das Büchlein selbständig, und es lag auf ihrem Tisch, wie wenn sie die erinnerungsreiche und wählerische Matrone einer vergangenen Zeit gewesen wäre, und doch lebte sie alles, was darin stand, mit Jugendblut durch, und Erwin küßte die erwachenden Spuren eines neuen Geistes ihr von Augen und Mund.
Es kann natürlich nicht jeder Pfad und jedes Brücklein aufgezeigt werden, auf denen Altenauer nun dem holden Weibe das Bewußtsein zuführte, nicht als ein Schulmeister, sondern mehr als ein aufmerksamer und dankbarer Finder von allerlei kleinen Glücksfällen. In Paris, wohin er sie nachher führte,

galt es vorzugsweise, durch das Auge zu lernen, und da er selbst vieles zum ersten Male sah, so lernte er mit ihr gemeinsam und erklärte ihr gemächlich, was er soeben erfahren. Sie nahm ihm die Neuigkeiten begierig vom Munde und sammelte sie so geizig auf, wie ein junges Mädchen die Blumen ihres Liebhabers. Und die kleinen Dinge, die ein solches etwa in der Schule gelernt hat, wie das Verständnis der Landkarte und dergleichen, wurden ganz nebenbei, ohne allen Zeitverlust, betrieben. Nur wollte einstweilen kein rechter Zusammenhang in die Sachen kommen; auch beschäftigte es zuweilen Erwins Gedanken, daß Regine wohl allerlei Lehrhaftes aus seinem Munde hören, nie aber solches für sich allein lesen wollte. Sie brachte es nicht über sich, nur einige Seiten Geschichtliches oder Beschauliches hintereinander in sich aufzunehmen, und legte jedes Buch dieser Art bald weg. Doch hoffte er nun, nachdem über alles Erwarten es bis jetzt so herrlich gegangen, die Hauptsache eben in Deutschland zu erreichen, und er stellte sich, in seinem Glücke immer begieriger auf einen glänzenden Abschluß seines Bildungswerkes geworden, nunmehr kühnere Anforderungen, als er früher je gewagt haben würde. In diesem Zustande war es, daß ich das merkwürdige Ehepaar vorfand, und als ich dann das unschuldige Geheimnis desselben erfuhr, nahm ich den wärmsten Anteil an seinem Schicksal und Wohlergehen. Die Frau war bei all' dem Außergewöhnlichen ihres Lebensganges und trotz der Glücksumstände, in die sie geraten, die Bescheidenheit selbst, einfach, liebenswert und dabei so ehrlich wie ein junger Hund.

Wie ein Blitz aus heiterm Himmel traf eine Nachricht aus Boston ein, infolge welcher Erwin, ohne einen Tag zu verziehen, nach Amerika abreisen mußte, um bei der Ordnung gewisser Verhältnisse hilfreich zu sein, von denen das Wohl der ganzen Familie abhing. Er entschloß sich augenblicklich zur Reise, entschied aber nach einigem Schwanken, daß Regine über die paar Monate seiner Abwesenheit hier zurückbleiben sollte. Die Herbstürme hatten eben begonnen, und schon waren Nachrichten von auf der See stattgehabten Unglücksfällen und vermißten Schiffen eingetroffen. Um keinen Preis wollte er das Leben und die Gesundheit seiner Frau den Gefahren der Meerfahrt aussetzen; umsonst fiel sie ihm fast zu Füßen und flehte wie ein Kind, sie mitzunehmen, damit sie bei ihm sei: sobald er nur einen Blick auf ihre Gestalt und ihr Gesicht warf, graute es ihm, dieses schöne Geschöpf sich auf einem untergehenden Schiffe zu denken, und so bitter ihm die zeitweilige Trennung auch war, so zog er sie doch der offenbaren Gefährdung des teuersten Wesens vor.

„Siehst du, mein Kind," sagte er, indem er ihre Wange sanft streichelte, „es gehört auch zum Leben, sich einer schweren Notwendigkeit unterziehen zu lernen und von der Hoffnung zu zehren! Solches wird uns noch mehr widerfahren, und so wollen wir guten Mutes den Anfang machen!"

Im Geheimen freilich bestärkte ihn noch der Gedanke, um jeden Preis die letzte Hand an sein Bildungswerk legen zu können, ehe er die Gattin in das Vaterhaus mitbringe; die menschliche Eitelkeit vermengt sich ja mit den edelsten Ideen und verleiht ihnen oft eine Hartnäckigkeit, die uns sonst fehlen würde.

Erwin verreiste also ohne Verzug, um den nächsten Dampfer nicht zu versäumen, und er reiste um so gefaßter, als er Ursache zu haben glaubte, seine Frau in gutem Umgange zurückzulassen, so wie auch das Haus mit erfahrenen und ordentlichen Dienstboten versehen war. Er langte wohlbehalten in der Heimat an; allein die Geschäfte wickelten sich nicht so rasch ab, wie er gehofft, und es dauerte gegen drei Vierteljahre, bis er nach Europa zurückkehren konnte. Während der Zeit genoß Regine allerdings einer hinreichenden Gesellschaft. Da waren voraus drei Damen, deren Umgang ihrem Manne zweckmäßig für sie geschienen hatte, da sie im Rufe einer großen und schönen

Bildung standen, denn überall, wo es etwas zu sehen und zu hören gab, waren sie in der vordersten Reihe zu finden, und sie verehrten, beschützten alles und jedes, das von sich reden machte. Erst später erfuhr ich freilich, daß man sie in manchen Kreisen schon um diese Zeit die drei Parzen nannte, weil sie jeder Sache, deren sie sich annahmen, schließlich den Lebensfaden abschnitten. Sie waren immer in Geräusch, Bewegung und Unruhe; denn sie besaßen alle drei selbstzufriedene und gleichgültige Männer, die sich nicht um die Frauen kümmerten. Obgleich diese nicht eben sehr jung waren, umarmten sie sich doch mit stürmischer Leidenschaft, wenn sie sich trafen, küßten sich lautschallend und nannten sich Kind und süßer Engel; auch hatten sie einander liebliche Spitznamen gegeben, und eine hieß die Sammetgazelle, die andere das Rotkäppchen, die dritte das Bienchen; die erste, weil sie das Sammetauge des genannten Tieres habe, die zweite, weil sie einst in einem lebenden Bilde jene Märchenfigur vorgestellt, die letzte, weil sie in Gärten oder Gewächshäusern keine Blume sehen konnte, ohne sie zu betasten und zu erbetteln. Trotz dieser harmlosen Schwärmerei gab es böse Leute, welche behaupteten, die Parzen führten unter sich eine Sprache, wie mit allen Hunden gehetzt und von allen Teufeln geritten, ungefähr wie alte Studenten, besonders seit sie als Wahrzeichen ihres Geniewesens eine junge Malerin in ihren Verband aufgenommen hatten, die schon in allen Schulen gewesen. Eigentlich war es ein junger Maler, denn sie schneuzte wie ein kleines Kätzchen, wenn man sie Malerin nannte. Die schöne, wohlklingende Endsilbe, mit welcher unsere deutsche Sprache in jedem Stande, Berufe und Lebensgebiete die Frau bezeichnet und damit dem Begriffe noch einen eigenen poetischen Hauch und Schimmer verleihen kann, war ihr zuwider wie Gift, und sie hätte die verhaßten zwei Buchstaben am liebsten ganz ausgereutet. War man dagegen gezwungen, den männlichen Artikel d e r und e i n mit ihrem Berufsnamen zu verbinden, so tönte ihr das wie Musik in die Ohren. Sie trug stets ein schäbiges Filzhütchen auf dem Kopfe und ließ das Kleid so einrichten, daß sie ihre Hände zu beiden Seiten in die Taschen stecken konnte wie ein Gassenjunge. Diese Art Verirrung mahnt mich immer an die mittelalterliche Sage vom Kaiser Nero. Die wirklich verübten Tollheiten desselben fand sie nicht abscheulich und verrückt genug, und um das denkbar Schmählichste hinzuzufügen, ersann sie die Geschichte von seinem Gelüste nach der Geschlechtsänderung. Er habe wollen guter Hoffnung werden und ein Kind gebären und zweiundsiebenzig Ärzten bei Todesstrafe befohlen, ihm dazu zu verhelfen. Die hätten keinen andern Ausweg gewußt, als dem Scheusal einen Zaubertrank zu brauen. Weil aber der Teufel nichts Wirkliches, sondern nur Blendwerke schaffen könne, so sei Nero allerdings schwanger geworden, zu seiner großen Zufriedenheit, und habe aber dann eine dicke Kröte aus dem Munde zutage gefördert. Auch für das Tierlein sei er dankbar gewesen und habe sich voll Eitelkeit Domina und Mutter nennen lassen. Dann habe er ein großes Freudenlager errichtet, um das Geburtsfest zu begehen. Die Amme des Kindleins, in grünen, mit goldenen Vögeln gestickten Atlas gekleidet, sei mit dem Kinde auf dem Schoße auf einen silbernen Wagen gesetzt worden, welchem hundert fremde Könige hätten folgen müssen nebst unendlichen Würdenträgern, Priestern und Kriegern. Und so sei der Zug unter dem Schalle der Posaunen, Flöten und Pauken hinausgegangen nach dem Lager. Als jedoch der Wagen über eine Brücke gefahren sei, unter der sich eine trübe Lache befunden, habe die Kröte das schöne Sumpfwasser gewittert und sei vom Schoße der Amme hinuntergesprungen und nicht mehr gesehen worden. Auf diese Art dachte die Sage den Nero am allerärgsten zu brandmarken, und sie knüpfte an das Märchen unmittelbar den Untergang des Tyrannen.

In der Tat hat die Wut, sich die Attribute des andern Geschlechts anzueignen, immer etwas Neronisches; möge jedesmal die Kröte in den Sumpf springen!

Die Malerin besaß mehr Männer- als Frauenkleider; wenn sie jene auch nicht am Tage tragen durfte, so zog sie dieselben um so häufiger des Nachts an und streifte so in der Stadt herum, und es hieß, daß bald die Gazelle, bald das Rotkäppchen oder das Bienchen trotz ihrer allmählich eintretenden größeren Korpulenz sich zuweilen in einen derartigen Anzug hineinzwängten und zu einem geheimen Streifzug verleiten ließen, um als freie Männer unter das Volk zu gehen und die unauslöschliche Neugierde zu befriedigen.

Als einst ein junger Gelehrter in öffentlichem Saale eine Reihe geistvoller Vorträge hielt, hatte Erwin seine Frau hingeführt, in der Hoffnung, daß für ihr Verständnis doch einige Brosamen abfallen und die Pforten der Bildung immerhin sich etwas weiter auftun würden, wenn auch nur durch ahnende Einblicke. In den Saal tretend, fanden sie unter dem bescheideneren allgemeinen Publikum keinen Platz mehr und sahen sich genötigt, immer weiter nach dem Vordergrunde in der Gegend der Kanzel zu dringen, wo diejenigen saßen, die überall die gleichen sind und zuvorderst zu sitzen pflegen. Da glänzten und schimmerten dicht unter den Augen des Redners richtig die drei Renommistinnen, die jedoch liebenswürdig und gefällig der schönen Fremden sogleich einen Platz zwischen sich ermöglichten, so daß Erwin froh war, die Regine untergebracht zu sehen, und sich in eine Fensternische zurückzog. Seit geraumer Zeit hatten die Parzen schon die ebenso eigenartige als geheimnisvolle Frau in's Auge gefaßt; sie benutzten jetzt die Gelegenheit, auf's Freundlichste und Betulichste mit ihr Bekanntschaft, ja Freundschaft zu schließen, denn zu ihren Renommistereien gehörte unter anderen auch, für schöne oder sonst interessante Frauen ganz besonders zu schwärmen und solche Kreaturen mit neidloser Huldigung geräuschvoll vor aller Welt zu umgeben. Erwin sah von seinem Standorte aus mit Befriedigung, wie seine Frau so gut aufgehoben war, und als er sie nach dem Schlusse des Vortrages wieder in Empfang nahm, erwiderte er die Einladungen der Damen zu baldigem Besuche mit dankbarer Zusage. Als nicht lange hernach seine Abreise notwendig wurde, hielt er es, wie schon gesagt, für einen glücklichen Umstand, daß Regine einen so bildend anregenden Verkehr gefunden habe, und er anempfahl ihr, denselben fleißig zu suchen; mit arglosem Vertrauen gehorchte sie, obschon die wortreichen, lauten und unruhigen Auftritte und Lebensarten ihr wenigstens im Anfang nichts weniger als wohl zu behagen schienen.

Indessen verlor ich sie aus den Augen, wenigstens für den persönlichen Umgang. Ich war meinem Versprechen gemäß nach Erwins Abreise noch zwei- oder dreimal hingegangen, um zu sehen, ob ich etwas nützen könne. Schon das erstemal waren zwei von den Renommistinnen dort anwesend; ich hörte zu, wie sie die Regine bereden wollten, auf dem im Wurfe liegenden Wohltätigkeitsbasar eine Verkaufsstelle zu übernehmen, und wie sie das Kostüm berieten. Es gelang ihnen jedoch diesmal noch nicht, ihre Bescheidenheit zu hintergehen. Später traf ich sie nicht mehr zu Hause. Die ältere Dienerin klagte, daß die Damen sie immer häufiger hinwegholten, und doch müsse man gewissermaßen jede Zerstreuung willkommen heißen, denn wenn die Frau allein sei, so sehne sie sich unaufhörlich nach ihrem Manne und weine, wie wenn sie ihn verloren hätte.

Eines Tages geriet ich zufällig in die sogenannte permanente Gemäldeausstellung. Was sah ich gleich beim Eintritt? Reginens Bildnis als phantastisch angeordneten Studienkopf, über Lebensgröße, mit theatralisch aufgebundenem Haar und einer dicken Perlenschnur darin, mit bloßem Nacken und gehüllt in einen Theatermantel von Hermelin und rotem Sammet, d. h. jener von Katzenpelz und dieser von Möbelplüsch, das alles mit einer scheinbaren Frechheit gemalt, wie sie von gewissen Kunstjüngern mit unendlichem mühevollen Salben und Schmieren und ängstlicher Hand zuweilen erworben oder wenigstens geheuchelt wird.

Natürlich war der „Studienkopf" das Werk der Malerin und Regine von den Parzen beschwatzt worden, derselben in ihrem Atelier aus Gefälligkeit zu sitzen. Ob sie wußten, daß die Künstlerin das Bild ausstellen und verkaufen wollte, kann ich nicht sagen; Regine wußte es jedenfalls nicht, wie mich ihre Haushälterin versicherte, als ich hinging, um jene zu sprechen, aber nur diese antraf. Denn ich hatte bemerkt, daß das Bild bereits von einem Händler angekauft war, der Gemäldetransporte nach Amerika lieferte. — Die Geschichte gefiel mir keineswegs, und ich schwankte, ob ich dem Erwin Altenauer schreiben sollte oder nicht. Allein die drei Renommistinnen galten trotz ihrer wunderlichen Aufführung für ehrbare Frauen und waren es wohl auch, und sie machten nicht unansehnliche Häuser. Der Mann der Gazelle war ein großer Sprithändler, derjenige des Rotkäppchens ein Justizrat, der vierzehn Schreiber beschäftigte, und der Mann des Bienchens der oberste Regent über die vierzig Töchterschulen der Provinz, der zudem eine polyglotte Riesenchrestomathie herausgab, alles bedeutende Gewährleistungen für die Ehrbarkeit, während ich selber ein unerfahrener und unbedeutender Mensch war.

Ich sah die gute Regine nun nicht mehr, als etwa in einer Theaterloge inmitten ihrer Beschützerinnen, welche vor Vergnügen glänzten, wenn sie durch die schöne Erscheinung die Augen des ganzen Hauses auf sich lenken konnten. Auch empfingen sie genügsamen Herrenbesuch. Regine schien mir das eine Mal traurig und gedrückt zu sein; das andere Mal schien sie aber aufzutauen und eine wachsende Sicherheit und

Munterkeit des Benehmens zu zeigen. Vielleicht, dachte ich, ist das gerade, was Erwin wünscht, und die drei Gänse haben am Ende nichts Böses zu bedeuten.

Ein einziges Mal vor Erwins Rückkunft sprach ich seine Frau noch näher in vertraulicher Weise und sah sie sogar während eines ganzen Tages. Der Monat Juni war gekommen und das prächtigste Sommerwetter im Lande. Da bat sie mich eines Tages in einem zierlichen Briefchen, bei ihr vorzusprechen, und als ich kam, teilte sie mit, es sei von ihren Freundinnen und deren Freunden eine große Landpartie verabredet, die zu Wagen gemacht werden sollte. Nun wolle ihr die Sache doch nicht recht gefallen, und sie wünsche wenigstens einen guten Freund und Bekannten ihres Mannes und ihres eigenen Hauses dabei zu wissen, weil ihr ja manche von den Teilnehmern weder vertraut genug, noch sonst angenehm seien. Sie glaube im Sinne Altenauers zu handeln, wenn sie so verfahre; denn sie wisse, daß er etwas auf mich halte usw. Sie habe daher kurzweg angekündigt, sie werde mich als ihren besonderen Begleiter mitbringen, und sie bitte mich nun, wenn ich ihr den Gefallen erweisen wolle, einen Wagen zu bestellen und sie zur bestimmten Stunde abzuholen und auf den Sammelplatz zu bringen. Man habe allerdings ihren Wunsch teilweise dadurch gekreuzt, daß ich sofort zum Kavalier der jungen Malerin bestimmt worden sei, wozu ich mich vortrefflich eigne; doch hoffe sie, die Regine, daß ich mich wohl zuweilen werde losmachen und ein bischen mit ihr plaudern können.

Ich sagte mit Freuden zu und nahm mir vor, den weiblichen Schmierteufel von Maler je eher je lieber hin zu setzen und mich an die Frau Altenauer zu halten. Als ich diese dann holte, fand ich es ehrenvoll, an ihrer Seite zu fahren; sie war in hellfarbigen duftigen Sommerstoff gekleidet und in jeder Beziehung einfach, aber tadellos ausgerüstet. Sie räkelte nicht in der Wagenecke herum, sondern saß mit ihrem Sonnenschirme in anmutiger Haltung aufrecht, während die Malerin, die später uns beigesellt wurde, sich sofort zurückwarf und die Beine übereinander schlug. Auch die übrigen Damen erschienen, als wir den Sammelplatz erreichten, in heiterer Sommertracht, weiß oder farbig, und auch die Herren hatten sich mit Hilfe der Mode so schäferlich als möglich gemacht. Nur die Malerin war wie eine Krähe; sie steckte in einem trostlos dunklen, nüchternen und schlampigen Kleide, mit der beleidigenden Absicht, ja keinen Anspruch auf weibliche Anmut und Frühlingsfreude machen zu wollen. Statt des Filzes trug sie freilich ein Strohhütchen auf dem Kopfe, aber ein schwarzgefärbtes, das von den feinen weißen Florentinerhüten der anderen Frauenzimmer schustermäßig abstach. Von einer freien Locke oder Haarwelle war nichts zu sehen; gleich einem Kranze von Schnittlauch trug sie das gestutzte Haar um Ohren und Genick. Was werden das für traurige Zeiten sein, wenn es so kommt, daß mit den lichten Kleidern und den fliegenden Locken der jungen Mädchen und Frauen die Frühlingsluft aus der Welt flieht!

Ich wurde von der Gesellschaft nicht unartig aufgenommen; da aber durch den von mir mitgebrachten Wagen überflüssiger Raum gewonnen war, setzte man uns, wie bemerkt, die Malerin herein mit der Anzeige, daß das meine Schutzbefohlene sei. Als man abfuhr und die Kutschen im Freien rollten, zog der Künstler ungesäumt ein Stück Brot und ein paar Äpfel aus der Tasche und biß hinein; denn er hatte noch nicht gefrühstückt, wie er sagte, und er genoß immer nur rohes Obst und Brot des Morgens, weil es das Billigste war. Das tat er nicht aus Armut, sondern aus Geiz; denn er verstand es sehr wohl, gehörig Geld zu verdienen, und studierte auch nichts mehr, seit das Geld einging. Beim Erwerbe aber wußte sie, um ihrem Geschlecht jetzt wieder die Ehre zu geben, sich sehr unschüchtern überall vorzudrängen, und hier nahm sie urplötzlich die Rücksichten auf das Geschlecht von jedermann in Anspruch. Der rohe Äpfelschmaus, wobei sie Kerne und Hülsenstücke über die Wagenwand hinausspuckte, ärgerte mich dergestalt, daß ich beschloß, sie jetzt schon zu verscheuchen. Ich begann ein Gespräch über die Künstlerinnen im allgemeinen und einige merkwürdige Erscheinungen im besonderen, und ich lobte vorzüglich diejenigen, welche neben ihrem Rufe in den schönen Künsten zugleich des unvergänglichen Ruhmes einer idealen Frauengestalt mit heiterem oder tragischem Schicksale genossen. Zuletzt schilderte ich den lieblichen Eindruck, den das Bildnis der Angelika Kaufmann, von ihr selbst gemalt, auf mich gemacht habe, den blühenden Kopf mit den vollen reichen Locken von einem grünen Efeukranze umgeben, der Körper in weißes Gewand gehüllt, und ich vervollständigte die Gestalt, indem ich sie begeistert an die Glasharmonika setzte, das Auge emporgehoben, und rings um sie her die edelste römische Gesellschaft gruppierte, welche den ergreifenden Tönen lauschte.

„Das sind tempi passati," unterbrach mich die Malerin, „jetzt haben wir Künstler anderes zu tun, als Glasglocken zu reiben und mit Efeukränzchen zu kokettieren!"

„Das sehn wir wohl!" sagte ich mit einem Seufzer, „aber es war doch eine schönere Zeit!"

Sobald nun die Wagen den ersten Halt machten, stieg, um ein stattliches Maskulinum zu gebrauchen, der Unhold aus und mischte sich unter die Gesellschaft, ohne mich weiter anzusehen. Damit war es freilich noch nicht getan. Eben als Frau Regine sich freute, von der Malerin erlöst zu sein, gegen die sie einen unerklärlichen Widerwillen empfinde, kamen die Parzen herbei und stellten den für heute ihr bestimmten Kavalier vor, einen jungen Herrn von der brasilianischen Gesandtschaft mit einem langen, aus vielen Wörtchen bestehenden Grafentitel, er selbst lang und schlank, wie ein alter Ritterspeer, pechschwarz und blaß, mit der schönsten geraden Nase und glühenden Augen.

Er war die neueste Schwärmerei der drei Parzen, und weil er gewünscht hatte, mit der schönen Regine bekannt zu werden, brachten sie ihn unverzüglich mit ihr zusammen, womit sie zu erreichen hofften, daß beide interessante Erscheinungen zugleich in ihrer Umgebung gesehen würden.

Als Wirt des Wagens mußte ich dem Herrn natürlich den guten Sitz neben meiner Dame einräumen, die eigentlich nun seine Dame wurde. Er benahm sich übrigens durchaus artig und ernst, ja nur zu ernsthaft nach meiner Meinung, da dies auf weitgehende verwegene Absichten deuten konnte. Regine war still, so viel an ihr lag; sie beantwortete aber seine Anreden mit freiem Anstande, und da der Brasilianer nicht Deutsch und nicht viel mehr Englisch oder Französisch verstand, als sie, so blieb die Unterhaltung von selbst in bescheidenen Schranken. Das Ziel der Fahrt war der neben einem fürstlichen Lustschlosse liegende Meierhof, wo eine gute Wirtschaft für Stadtleute betrieben wurde und die unbenutzten Räume, die Rasengründe, Gehölze und Alleen der anstoßenden Gärten zur Verfügung standen. Nachdem das gemeinschaftliche Frühstück eingenommen, zerstreute sich die Gesellschaft für den übrigen Teil des Vormittages zum freien Ausschwärmen und verlor sich nach allen Seiten in den reizenden Gärten. Allein Regine ließ mich keineswegs von ihrer Seite; immer wußte sie mich für irgend etwas in Anspruch zu nehmen und herbeizurufen, und da zuletzt die Absicht offenbar wurde, daß nicht der Südländer, sondern ich als ihr dienstbarer Geist gelten und genannt werden sollte, so zog sich der Graf mit der besten Art von der Welt ein wenig zurück, ohne Aufsehen zu erregen; er schloß sich anderen Gruppen an, deren Wege die unsrigen kreuzten, kam zuweilen wieder, um einige artige Worte zu wechseln und sich abermals zu entfernen, als ob er es eilig hätte, auch anderswo gegenwärtig zu sein. Es gab auch zu tun für ihn; so mußte er einen scheltenden Gärtner beschwichtigen, als Bienchen aus

einem Treibhause schon ein paar prächtige Blumen ohne weiteres hervorgeholt hatte, obgleich die freie Luft von Blütenduft geschwängert war und der Boden von Farben glänzte.
Mich aber ergriff jetzt Regine unversehens beim Arme und zog mich raschen Schrittes beiseite, bis wir auf einsamere Schattenwege gelangten. Jetzt öffnete sie auf einmal ihr Herz: sie habe sich auf diesen Tag gefreut, um sich von Erwin sattsprechen zu können. Die andern Frauen sprächen nie von ihren Männern, und auch von dem ihrigen, nämlich Erwin, täten sie es nur, um alles mögliche auszufragen und ihre Neugierde nach Dingen zu befriedigen, die sie nichts angingen. Da schweige sie lieber auch. Mit mir aber, der ich ein guter Freund und ja ein Landsmann sei, wolle sie nun reden, was sie freue. Sie fing also an zu plaudern, wie sie auf seine baldige Ankunft hoffe, wie gut und lieb er sei, auch in den Briefen, die er schreibe; was er für Eigentümlichkeiten habe, von denen sie nicht wisse, ob sie andere gebildete oder reiche Herren auch besitzen, die sie aber nicht um die Welt hingeben möchte; ob ich viel von ihm wisse aus der Zeit, ehe sie ihn gekannt? Ob ich nicht glaube, daß er glücklicher gewesen sei, als jetzt, und tausend solcher Dinge mehr. Sie redete sich so in Aufregung hinein, daß sie schneller zu gehen und zu eilen begann, wie wenn sie ihn gleich jetzt zu finden gedächte, und so gelangten wir unerwartet auf einen freien sonnigen Platz, der einen kleinen Teich umgab. In der Mitte des letzteren erhob sich eine flache goldene Schale, aus welcher das Wasser über ein großes Bukett frischer Blumen so sanft und gleichmäßig herabfiel, und so ohne jedes Geräusch, daß es vollkommen aussah, als ob die schönen Blumen unter einer leise fließenden Glasglocke ständen, die von der Sonne durchspielt war. Regine hatte diese Wasserkunst noch niemals gesehen. „Wie schön!" rief sie, stillstehend; „wie ist es nur möglich, das hervorzubringen?"
Unwillkürlich setzte sie sich auf eine Bank, dem artigen Wunder

gegenüber, und schaute unverwandt hin. Ein seliges Lächeln spielte eben so leis um den Mund, wie das Wasser um die Blumen, und ich sah wohl, daß die lebendige Kristallglocke, die so treu die Rosen schützte, die Gedanken der Frau nur wieder auf den Mann zurückgewendet hatte. Wie ich so neben ihr stand und sie meinerseits voll Teilnahme betrachtete, ohne daß sie dessen inne ward, fühlte ich mich innig bewegt. Ich hätte vormals nie geglaubt, daß es eine so reine Freude geben könnte, wie diejenige ist, in die Liebe einer holden Frau zu einem Dritten hineinzusehen und ihr nur Gutes zu wünschen!

Aber unvermerkt nahm ich wahr, wie die stille Heiterkeit sich wandelte, leise, leis! und einer immer dunkler werdenden Schwermut Raum zu geben schien. Die Lippen blieben leicht geöffnet, wie sie es im Lächeln gewesen, aber mit bekümmertem Ausdruck. Das Haupt senkte sich ein Weniges, wie von tiefem Nachdenken, und endlich fielen schwere Tränen ihr aus den Augen.

Betroffen weckte ich sie aus diesem Zustande, indem ich mir erlaubte, die Hand leicht auf ihre Schulter zu legen und zu fragen, was ihr so trauriges durch den Sinn fahre? Sie schrak zusammen, suchte sich zu fassen, und aus den paar Worten, die sie stammelte, ahnte ich, daß erst das Heimweh nach dem Manne sie ergriffen und dann der Zweifel an der Rechtmäßigkeit und Dauer ihres Glückes sie beschlichen hatte. Ich bestrebte mich, sie durch einige zuversichtliche Scherzworte aus der verzwickten Stimmung herauszubringen. Sie wurde auch wieder ruhig und unbefangen, und als wir weitergehend bald darauf dem Brasilianer begegneten, der uns suchte, um uns zur Mittagstafel zu holen, die unter Bäumen schon bereit stehe, empfing sie ihn mit Freundlichkeit. Von dem bescheiden dienstfertigen Wesen des hübschen Ritters bestochen, schien sie ihre frühere Härte gutmachen zu wollen und nahm seinen Arm an für den kurzen Weg, den wir bis zum Orte des Speisevergnügens noch zurückzulegen hatten, und sie duldete sogar seine Gesellschaft und Bedienung bei Tische, was er in tadellosester Weise benutzte. Dagegen entzog sie sich den üblichen Lauf-, Spring- und Lärmspielen, welche später beliebt wurden, und nahm mich unverhohlen abermals in Anspruch, was mich bei aller Teilnahme und guten Freundschaft, die ich für sie empfand, doch nachgerade ein wenig zu demütigen begann, da ich mir beinahe wie ein unbedeutendes junges Vetterlein vorkam, das ein stolzes Mädchen als Bedeckung mit sich führt. An dem großen Kaffeekränzchen, das dann unter erneuter Lustbarkeit abgehalten wurde, nahm sie wiederum teil und versorgte jetzt den immer gleichen Südländer selbst mit Kaffee und Kuchen. Als es dann zur Heimfahrt ging, mußte ich natürlich den Herrn wieder in unseren Wagen bitten, zumal unter den übrigen Gruppen verschiedene Spannungen entstanden waren. Insbesondere die Renommistinnen schmollten alle drei etwas mehr oder weniger, aus welcher Ursache, blieb mir unbekannt; ich hörte nur das halblaute Wort eines Fahrtgenossen, es pflege so das gewöhnliche Ende aller Landpartien zu sein, die jene anstellten. Indessen glaubte ich mehr als einmal während des Tages das Phänomen bemerkt zu haben, daß eine gewisse innere Unruhe und Unzufriedenheit durch alle Lustigkeit ging, wie ein heimlicher Lufthauch im welkenden Laube zittert und raschelt, oder wie es im Liede von einer Gesellschaft von Männern und Frauen heißt, die in einer Lustgondel auf stillem Wasser fahren:

> Die Herzen schlagen unruhvoll,
> Kein Auge blickt, wohin es soll!

und die einzige Regine schien die ruhigste Person von allen zu sein.

Doch machte ihr die sinkende Sonne, die wir vom Wagen aus so schön niedergehen sahen, und die mählich eintretende Dämmerung, welche die Kinder und die Volksfrauen gern gesprächig und munter macht, viel Vergnügen; sie plauderte ordentlich und in einer Stunde mehr, als sie seit dem Vormittage gesprochen hatte, und erst als es vollends dunkel wurde und die Sterne nacheinander aufgingen, wurde sie stiller und schwieg zuletzt ganz. Der Graf flüsterte mir auf Französisch zu, er glaube, daß Madame schlafe. Sie sagte aber ganz vergnügt: „Ich schlafe nicht!“ Und als wir endlich an ihrem Hause vorfuhren, nachdem die Gesellschaft ziemlich ohne Abschied auseinander gerasselt war, und sie von ihrer kleinen Dienerschaft, die mit Lichtern im Torwege stand, empfangen wurde, schüttelte sie uns beiden ganz herzhaft die Hände zum Abschied, so gutes Vertrauen schien sie jetzt wieder zur Weltordnung gefaßt zu haben. Der Brasilianer und ich waren nicht minder zufrieden als vernünftige und ordentliche Leute, die einen guten Eindruck davontrugen, und wir wurden einig, zusammen noch eine wohlberufene Weinstube zu besuchen und uns bei einer ruhigen Zigarre etwas Gutes zu gönnen. Wir stießen auf das Wohl der schönen Frau mit einigen lobenden Worten an, der Graf war ein ruhiger und anständiger Kenner, und ich machte ihm es großartig nach, worauf wir nicht mehr davon sprachen, sondern uns der Betrachtung des nächtlich angeheiterten Weltlaufes überließen. Doch sprach der des Trinkens nur mäßig gewöhnte Südländer dem Weine nicht eifrig zu; ich mußte das Beste tun, und so trennten wir uns nach ausgerauchter Zigarre schon vor zehn Uhr. Der schwarzäugige Graf suchte seine Wohnung auf; ich aber verfügte mich, zur Schande meiner Jugendjahre sei es gestanden, schleunig noch in eine neun Schuh hohe Bierhalle, wo junge deutsche Männer saßen, die einst Studenten gewesen und sich langsam und vorsichtig der braunen Studentenmilch entwöhnten.

Ich hielt es am anderen Tage für schicklich, der Frau Regine einen Besuch abzustatten. Als ich an ihrer Türe die Glocke zog, öffnete mir die ältere Dienerin oder Haushälterin, oder wie man die Person nennen will, die von allem etwas vorstellte und versah. Zu meiner Verwunderung betrachtete sie mich mit einem unheimlich ernsten Gesichte, das zugleich von quälender Neugierde eingenommen schien. Sie besah mich vom Fuß bis zum Kopfe und ließ den Blick über diesen hinaus noch weiter in die Höhe gehen, als ob sie in dem Luftraume über mir nach etwas suchte. Sie schüttelte unbewußt den Kopf, brach aber das Wort, das sie zu sagen im Begriffe war, ab und wies mich kurz in das Zimmer, wo die Frau sich aufhielt. Hier befiel mich ein neues Erstaunen, ja ein völliger Schrecken. Im Vergleich mit dem blühenden Zustande, in welchem ich die Regine am vorigen Tage gesehen, saß sie jetzt in einer Art Zerstörung am Fenster und vermochte sich kaum zu erheben, als ich eintrat; sie ließ sich aber gleich wieder auf den Stuhl fallen. Das Antlitz war totenbleich, überwacht und erschreckt, beinahe gefurcht; die Augen blickten unsicher und scheu, auch fand sie kaum die Stimme, als sie meinen Gruß erwiderte. Besorgt und fast ebenso tonlos fragte ich, ob sie sich nicht wohl befinde. „Allerdings nicht zum besten," antwortete sie mit einem müden und erzwungenen Lächeln, das aus einem rechten Elende hervorkam; aber sie versuchte kein Wort der Erklärung hinzuzufügen, und nachdem sie in einem kurzen richtungslosen Gespräche sich und mich furchtsam überwacht hatte, begab ich mich in der sonderbarsten Verfassung von der Welt wieder nach Hause. Denn ich war so verdutzt und unbehaglich im Gemüte, ohne mir irgendeine Rechenschaft darüber geben zu können, daß ich vorzog, allein zu bleiben. Kaum saß ich aber eine kleine Stunde bei meinen Büchern, so klopfte es an die Türe, die Altenauersche Haushälterin kam herein, stellte einen Korb mit Markteinkäufen neben die Tür und setzte sich, kurz um Erlaubnis bittend, auf einen Stuhl, der unweit davon an der Wand stand.

„Sie sind noch ein junger Mann," sagte sie, „aber Sie kennen meine Herrschaft von früher her, und ich weiß, daß der Herr etwas auf Sie hält. Da kann ich mir nicht anders helfen und muß mich Ihnen anvertrauen, ob Sie einen Rat wissen in der schwierigen Sache, die mich bedrückt!"

Immer mehr betroffen und verwirrt fragte ich, was es denn sei und was denn vorgehe?

Nachdem sie sich etwas verschnauft und sich zögernd besonnen, sagte sie: „Gestern Nacht, als ich in meinem Schlafzimmer, das außerhalb unserer abgeschlossenen Wohnung in einem Zwischengeschosse liegt, noch wach war und eine zerrissene Schürze flickte, es mochte schon zehn Uhr vorüber sein, hörte ich an der Flurtüre sachte klingeln, so daß die Glocke nur einen einzigen Ton von sich gab. Ich horchte auf; dann hörte ich, wie der inwendig steckende Schlüssel umgedreht und die Türe geöffnet, zugleich aber ein halbunterdrückter Ausruf oder Schrei ausgestoßen wurde. Da ging ich, immer horchend, nach meiner Türe und machte sie auf, um zu sehen, was es denn so spät noch gebe. In diesem Augenblicke aber sah ich einen Lichtschein verschwinden und die Flurtüre sich schließen, und der Schlüssel wurde zweimal gedreht. Ich eilte hin, um wieder zu horchen, da ich doch einigermaßen besorgt war. Ich hörte nur noch ein kleines Getrappel von Schritten und darauf eine der inneren Türen zugehen, worauf ich nichts mehr vernehmen konnte. Endlich dachte ich, es müsse die Köchin oder das jüngste Mädchen gewesen sein, das noch einen Auftrag oder ein Anliegen gehabt. Ich ging also wieder in mein Zimmer und bald darauf schlafen. Vor Tagesanbruch erwachte ich über einem kurzen Gebell des großen Hundes, welchen die über uns wohnende Herrschaft auf ihrem Flur liegen hat. Wieder hörte ich eine Türe gehen; ernstlich beunruhigt, stellte ich mich schnell auf die Füße, öffnete ein weniges meine Türe und sah hinaus. Ein großer Mann, höher als Sie sind, Herr Reinhart, ging nach der Treppe zu, mit schwerem Gange, obgleich er so behutsam als möglich auftrat. Ich konnte aber nichts Deutliches von ihm sehen, es war eben nur wie ein riesiger Schatten, da meine Frau, wie mir schien, auf zitternden Füßen, mit dem Nachtlämpchen vor ihm herschwankte und das Licht mit der Hand so bedeckte, daß nach rückwärts kein Schein fallen konnte. So ging's die Treppe hinunter, das Haustor wurde geöffnet und geschlossen, die Frau kam wieder heraufgestiegen, vor ihrer Türe hielt sie einen Augenblick an und tat einen tiefen Seufzer; dann verschwand sie, und alles war wieder still. Dann schlug es zwei Uhr auf den Türmen. Die Frau war, so viel ich sehen konnte, in ihrem Nachtgewande.

Begreiflich fand ich keinen Schlaf mehr. Die Laterne in unserem Treppenhaus wird punkt zehn Uhr gelöscht und das Tor geschlossen; der Mensch, oder was es war, mußte also sich vor dieser Zeit ins Haus geschlichen haben oder dann einen Hausschlüssel besitzen. Als ich um die fünfte Morgenstunde schellte, tat mir die Frau die Türe auf, nach der während der Abwesenheit des Herrn eingeführten Ordnung; denn wenn er da ist, so wird der Flurschlüssel nicht inwendig umgedreht, damit ich des Morgens selbst öffnen kann und nicht zu läuten brauche. Die Frau zog sich aber wie ein Geist sogleich wieder in ihr Schlafzimmer zurück. In den von der Sonne erhellten Zimmern bemerkte ich wenig Unordnung. Einzig in dem Eßzimmer stand das Büffet geöffnet; eine Karaffe, in der sich seit Wochen ungefähr eine halbe Flasche sizilianischen Weines fast unverändert befunden hatte, war geleert, das vorhandene Brot im Körbchen verschwunden und ein Teller mit Backwerk säuberlich abgeräumt. Auf dem Tische sah ich den vertrockneten Ring von einem überfüllten Weinglase, auf dem Boden einige Krumen; der Teppich vor dem Sofa war von unruhigen Füßen verschoben, von bestäubten Schuhen befleckt.

Als die Frau später zum Vorschein kam, war sie verändert, wie Sie ja wohl selbst gesehen haben. Nicht ein Wort hat sie verlauten lassen, und ich habe bis jetzt noch nicht gefragt und weiß nicht, was ich tun soll; ich weiß, es ist ein fremder Mann über

Nacht dagewesen und heimlich wieder fort. Ich kann das Geheimnis nicht aufdecken und doch dem braven Ehemanne gegenüber nicht die Mitwisserin und Hehlerin eines Verbrechens sein! Und ich kann das arme, schöne Geschöpf auch nicht ohne weiteres zugrunde richten. Was denken Sie nun hiervon, Herr Reinhart, was zu tun sei?"

Ich war wie erstarrt. Sorge und Entrüstung für Erwin Altenauer, aber zugleich auch tiefes Mitleid mit dem Weibe, wenn es wirklich schuldig sein sollte, durchstürmten mich, als ich mich einigermaßen besann. Ich dachte unwillkürlich an den Brasilianer und fragte die ganz verstörte Haushälterin, wie denn der Fremde gekleidet gewesen sei, ob fein oder gewöhnlich? Sie beharrte aber darauf, daß sie nichts habe erkennen können; nur einen breiten, tief in's Gesicht hängenden Schlapphut glaube sie gesehen zu haben.

Ich grübelte und schwieg einige Zeit, während die redliche Person verschiedene Male merklich stöhnte, so nahe ging ihr die Sache, und ich konnte daraus ersehen, wie sehr sie an der Frau gehangen hatte, die jetzt so unglücklich war. Diese Erkenntnis verstärkte meine eigene Teilnahme. Endlich sagte ich: Wir müssen uns, glaube ich, in den Fall versetzen, wo in einem Hause gebildeter Leute ein Gespenst gesehen worden ist, oder gar eine fortgesetzte Spuk- und Geistergeschichte rumort hat. Die schreckhaften Dinge, Erscheinungen, Poltertöne sind nicht mehr zu leugnen, weil vernünftige und nüchterne Personen Zeugen waren und sie zugeben müssen. Allein, obgleich keine natürliche Erklärung, kein Durchdringen des Geheimnisses für einmal möglich ist, so bleibt doch nichts anderes übrig, als an dem Vernunftgebote festzuhalten und sich darauf zu verlassen, daß über kurz oder lang die einfache Wahrheit an's Tageslicht treten und jedermann zufriedenstellen wird. So müssen auch wir den unerklärlichen Vorgang auf sich beruhen lassen, überzeugt oder wenigstens hoffend, die Rechtlichkeit der

Frau werde sich so unwandelbar herausstellen wie ein Naturgesetz.

Die gute Dienerin, die mehr an Gespenster als an Naturgesetze glauben mochte, schien durch meine Worte nicht aufgerichtet zu werden; doch gelobte sie mir auf mein Andringen, gegen jedermann ohne Ausnahme das Geheimnis zu wahren und schweigend zu erwarten, wie es mit der Frau weiter gehen wolle.

Ich selbst war keineswegs beruhigt. Immer fiel mir der lange Brasilianer wieder ein, wie ein Dolchstich. Sollte doch gestern ein rasches Einverständnis stattgefunden haben, als Abschluß längeren Widerstandes und fortgesetzter Verführungskünste? Und wenn der Verführer vielleicht wirklich in's Haus gedrungen ist, muß er denn wirklich gesiegt haben? Aber seit wann trinken feine Herren, wenn sie auf solche Abenteuer ausgehen, so viel süßen Wein, und seit wann frißt ein vornehmer Don Juan so viel Brot dazu? Und warum nicht, wenn er Hunger hat? Der erst recht!

Kurz, ich wurde nicht klug daraus. Nach Tisch wollte ich den schwarzen Grafen in einem Gartencafé aufsuchen, in welchem jüngere Leute seiner Gesellschaftsklasse sich eine Stunde aufzuhalten pflegten. Ich dachte wenigstens zu beobachten, was er für ein Gesicht machte. Allein ich kam von der Idee zurück, sie widerte mich an, und was hatte ich mich darein zu mischen? Dafür traf ich ihn von selbst auf einer Promenade mit anderen Herren. Er grüßte mich genau so ruhig, gesetzt und unbefangen, wie er mich gestern verlassen.

Nach der Regine getraute ich mir vor der Hand nicht mehr zu sehen. Das sind Dinge, die du am Ende nicht zu behandeln verstehst, noch zu verstehen brauchst! sagte ich mir. Einige Tage später ging ich in das Theater und sah Reginen in der Loge der drei Parzen sitzen und hinter ihr den Grafen. Die Parzen spiegelten sich offenbar in dem Bewußtsein, aller Augen auf sich gerichtet zu sehen. Der Graf saß ruhig und unterhielt sich höflich mit den Damen; Regine war blaß und schien unzweifelhaft mehr hergeschleppt worden, als freiwillig gekommen zu sein. Es wurde Maria Stuart gegeben. Gegen den Schluß des Trauerspiels betrachtete ich die Loge von meinem dunkeln Winkel aus durch das Glas, während die Augen des ganzen Hauses auf die Bühne gerichtet waren, wo Leicester die Hinrichtung der Maria belauschte, die unter seinen Füßen vor sich ging. Der Schauspieler war ein dummer Geck, der in seinem weißen Atlaskleide die kümmerlichsten Faxen machte, weshalb ich auch meine Blicke von ihm abgewendet hatte. Aber Regine, welche bis dahin, wie ich gut gesehen, der Handlung nur mit mühseliger Teilnahme gefolgt war, blickte jetzt mit einer wahren Seelenangst hin, und als der Schauspieler das Fallen des Hauptes mit einem ungeschickten Umpurzeln anzeigte, zuckte sie schrecklich zusammen, so daß der Graf sie einen Augenblick lang aufrecht halten mußte.

Endlich kam die Nachricht, Erwin sei auf der Rückreise begriffen. Ich will, was noch zu erzählen ist, so folgen lassen, wie es sich teils für ihn entwickelt hat, teils mir durch ihn später bekannt wurde. Die Geschäfte hatten ihn zuletzt nach Newyork geführt, wo er sich dann einschiffte. Dort war er in die Verkaufsräume eines Kunsthändlers getreten, der nebenbei ein Lager von amerikanischen Gewerbserzeugnissen eleganter Art hielt; er wollte nur schnell nachsehen, ob sich etwas für Reginen Geeignetes und Erfreuliches fände. Indem er das auf einem Tische ausgebreitete glänzende Spielzeug musterte, wurde sein Blick durch ein starkfarbiges Bild seitwärts gezogen, das an der Wand unter andern Sachen hing, die alle mit der Bezeichnung „neue deutsche Schule" versehen waren. Sobald er nun hinsah, kam es ihm vor, als ob das seine Frau wäre. Die rechte Persönlichkeit und Seele fehlten zwar dem Bild, und der fremdartige Aufputz machte die zweifelhafte Ähnlichkeit noch fraglicher; es konnte sich um einen allgemeinen

Frauentypus, um ein Spiel des Zufalls handeln. Allein Regine hatte ihm ja geschrieben, daß sie einer talentvollen Künstlerin zum Studium gesessen sei; hier stand der Name der Malerin mit großen Buchstaben auf dem Bilde geschrieben, der Vorname freilich in einer Abkürzung, die ebenso wohl einen männlichen wie einen weiblichen Vornamen bedeuten konnte; hingegen war die Stadt und die Jahrzahl zutreffend. Erwin fühlte sich, trotz dem blitzartigen Eindruck von Lust, den ihm der unerwartete Anblick verursacht hatte, gleich darauf ganz widerwärtig berührt. Nicht nur, daß das Bildnis seiner Gattin als Verkaufsgegenstand herumreiste, auch die komödienhafte Tracht und die Aufschrift „Studienkopf", als ob es sich um ein käufliches Malermodell handelte, kurz, der ganze Vorgang verursachte ihm, je länger er darüber dachte, den größten Ärger. Doch verschluckte er den, so gut er konnte, und erhandelte das Bild mit möglichst gleichgültiger Miene, ohne ahnen zu lassen, wie nah' ihm das Original stehe. Er ließ es verpacken und sandte es nach Boston, eh' er zu Schiffe ging, nicht ohne den Vorsatz, ein wenig nachzuspüren, wer eigentlich an der begangenen Taktlosigkeit die Schuld trage. Denn diese maß er keineswegs der Regine bei, obgleich er bei dem Anlaß einen kleinen Seufzer nicht unterdrücken konnte, ob diese höhere, diese Taktfrage der Bildung (oder wie er die Worte sich stellen mochte) sich bis zu der immer näher rückenden Heimführung auch noch vollständig lösen werde.

Nun, er kam also eines schönen Julimorgens an. Er war die Nacht über gefahren, um schneller da zu sein. Als er den Torweg betrat, sah er durch eine offene Türe die Hausdienerschaft auf dem Hofe um einen Milchmann versammelt und freute sich, seine Frau unversehens überraschen zu können. Die Wohnung stand offen und ganz still, und er ging leise durch die Zimmer. Verwundert fand er im Gesellschaftssaal eine große Neuigkeit: auf eigenem Postamente stand ein mehr als drei Fuß hoher

Gipsabguß der Venus von Milo, ein Namenstagsgeschenk der drei Parzen; jede von ihnen besaß einen gleichen Abguß, der zu Dutzenden in Paris bestellt wurde; denn es war eine eigentümliche Muckerei im Kultus dieses ernsten Schönheitsbildes aufgekommen; allerlei Lüsternes deckte sich mit der Anbetung des Bildes, und manche Damen feierten gern die eigene Schönheit durch die herausfordernde Aufrichtung desselben auf ihren Hausaltären.

Erwin betrachtete einige Sekunden die edle Gestalt, die übrigens in ihrem trockenen Gipsweiß die Farbenharmonie des Saales störte. Aber wie überrascht stand er eine Minute später unter der Türe des Schlafzimmers, das er leise geöffnet, als er eine durchaus verwandte, jedoch von farbigem Leben pulsierende Erscheinung sah. Den herrlichen Oberkörper entblößt, um die Hüften eine damaszierte Seidendraperie von blaßgelber Farbe geschlungen, die in breiten Massen und gebrochenen Falten bis auf den Boden niederstarrte, stand Regine vor dem Toilettespiegel und band mit einem schwermütigen Gesichtsausdrucke das Haar auf, nachdem sie sich eben gewaschen zu haben schien. Welch' ein Anblick! hat er später noch immer gesagt. Freilich weniger griechisch, als venezianisch, um in solchen Gemeinplätzen zu reden.

Aber auch welche Gewohnheiten! Wie kommt die einfache Seele dazu, auf solche Weise die Schönheit zu spiegeln und die Venus im Saale nachzuäffen? Wer hat sie das gelehrt? Woher hat sie das große Stück unverarbeiteten Seidendamasts? Ist sie mittlerweile so weit in der Ausbildung gekommen, daß sie so üppige Anschaffungen macht, wie ein solcher Stoff ist, nur um ihn des Morgens um die Lenden zu schlagen während eines kleinen Luftbades? Und hat sie diese Künste für ihn gelernt und aufgespart?

Diese Gedanken jagten wie ein grauer Schattenknäuel durch sein Hirn, nur halb kenntlich; sie zerstoben jedoch gänzlich, als er den Ausdruck ihres Gesichtes im Spiegel sah und sie ungesäumt beim Namen rief, um den Kummer zu verscheuchen, den er erblickte. Das war seine nächste treue Regung. Sie lag nun glückselig in seinen Armen, und alles ging in den ersten paar Stunden, bis sie sich etwas ausgeplaudert, gut von statten, auch das kleine Verhör wegen des Aufzuges, in welchem er sie getroffen. Errötend und mit verfinsterten Augen erzählte sie, man habe ihr nicht Ruhe gelassen, bis sie der bewußten Malerin für eine Studie hingestanden; das sei eine wahre Pflichterfüllung, eine Gewissenssache und durchaus unverfänglich, und alles bleibe unter ihnen, d. h. den Freundinnen, von welchen eine der Malstunde beigewohnt habe. Nun, da man ein solches Wesen von ihrem Wuchse gemacht und sie den Damast einmal gekauft und bezahlt, habe sie gedacht, das erste Anrecht, sie so zu sehen, wenn es denn doch etwas Schönes sein solle, gehöre ihrem Mann, und darum habe sie sich schon seit ein paar Tagen daran zu gewöhnen gesucht, das Tuch ohne die Malerin in gehöriger Weise umzuschlagen und festzumachen. Es sei auch nur ein kleines Bildchen gemacht worden.

Aber wo es denn sei? fragte der Mann, seinerseits errötend. Ei, die Malerin habe es mitgenommen, es sei ja ein Frauenzimmer, erwiderte Regine betreten. Überdies wolle es eine der drei Freundinnen als Andenken in Anspruch nehmen. Erwin sah die Unerfahrenheit und Unschuld der guten Regine oder glaubte jetzt wenigstens daran, nahm sich aber doch vor, die seltsamen Damen aufzusuchen und sich das Bild zu verschaffen. Den ersten Tag blieb er zu Hause; eh' es Abend wurde, war Regine mehr als einmal von neuem in Trauer und Angst verfallen, wenn sie sich auch immer wieder zusammenraffte oder über dem Besitze des Mannes ihr Gemüt sich aufhellte. Genug, Erwin fühlte, daß sie nicht mehr die gleiche sei, die sie gewesen, daß irgendein Etwas sich ereignet haben müsse. Ohne die verhoffte Ruhe brachte er die Nacht zu,

während die Frau schlief; er wußte aber nicht, ob sie zum ersten Male wieder den Schlaf fand oder stets geschlafen hatte.
Am zweiten Tage nach seiner Ankunft ging er auf seine Gesandtschaft, um einige Verrichtungen zu besorgen, die man ihm in Washington zur mündlichen Abwickelung übertragen. Unter anderem gab es da obschwebende seerechtliche Interessen, wegen welcher mit den brasilianischen Diplomaten Rücksprache zu nehmen war, eh' bei den europäischen Staaten vorgegangen wurde; übrigens handelte es sich weder um ein entscheidendes Stadium, noch um eine sehr große Bedeutung der Sache. Erwin trug seinem Gesandten dasjenige vor, was sich auf unseren Ort, wo wir lebten, bezog. Der Herr hatte Zahnweh und ersuchte ihn, nur selbst zu den Brasilianern zu gehen und in seinem Namen das nötige zu erhandeln. Erwin ging hin, traf aber bloß einen Sekretär. Der Gesandte sei in Karlsbad, hieß es; doch habe der Attaché Graf Soundso die bezüglichen Akten an sich genommen und studiere sie soeben; er sei ohne Zweifel in der Lage, Aufschluß zu erteilen und entgegenzunehmen und vorläufiges anzuordnen. Um keine weitere Zeit zu verlieren, begab sich Erwin ohne Aufenthalt zu dem Grafen, welcher eben der unsrige war. Die beiden Männer hatten sich noch nie gesehen, weil der Brasilianer erst während Erwins Abwesenheit an die Stelle gekommen war. Der Südamerikaner begrüßte den nördlichen Mann unbefangen, sagte, er habe das Vergnügen, dessen Gemahlin zu kennen, und fragte nach ihrem Befinden. Dann ging die geschäftliche Unterredung vor sich, welche etwa eine halbe Stunde dauerte. Erwin war nicht, was man im gemeinen Sinne eifersüchtig nennt; daher war ihm die Bekanntschaft des Grafen mit seiner Frau nicht aufgefallen, trotz der schwarzäugigen Romantik; er hatte seine Häuslichkeit über der gemächlichen Verhandlung vergessen und ging jetzt vollkommen ruhig an der Seite des Grafen, der ihn hinaus begleitete. Wieder, wie in Newyork, leuchtete plötzlich

ein Bild auf, das er vorher nicht gesehen. Neben der Zimmertüre, welcher er bisher den Rücken gekehrt, stand ein Ziertischchen und auf demselben, an die Wand gelehnt, ein kleines Ölbild in breitem, krausgeschnitzten Goldrahmen. Es war die Figur von Erwins Frau, wie er sie bei seiner Rückkunft im Schlafzimmer angetroffen. Die Malerin hatte doch die Rücksicht genommen, das Gesicht unkenntlich zu machen, d. h. dasjenige eines anderen Modells hinzumalen; allein Erwin erkannte den Seidenstoff und die ganze Erscheinung auf den ersten Blick. Die dämonische Malerin hatte ihr zum Überfluß beide Hände an das Hinterhaupt gelegt, wie Erwin sie mit dem Haar beschäftigt zuerst gesehen.

Er trat mit einem Schritte vor das Tischchen und ließ die Augen an dem Bild haften, indessen es vor demselben in einen Nebel zerfloß und sich wieder herstellte, abwechselnd, man könnte sagen, wie Aphrodite aus dem Dunst und Schaum des Meeres. Er wagte nicht wegzublicken, noch den Grafen anzusehen, und doch war es ihm zumut wie einem Ertrinkenden. Aber zum Glück jagten sich die Vorstellungen eben so schnell, als es bei einem solchen geschehen soll. Es war immer eine Möglichkeit, daß der Graf nicht wußte, was er besaß; warum also am unrechten Orte sich selbst und die Frau verraten? Nötigenfalls konnte er ja wiederkommen und den Feind seiner Ehre im Angesicht des Bildes niederstoßen. Aber müßte nicht das Weib vorher gerichtet, vielleicht vernichtet sein? Denn ein böser Zusammenhang wird immer deutlicher, woher sonst das elende Wesen im Hause? Was ist indessen mit einer solchen Vernichtung gewonnen, und wer ist der Richter? Ich, der ich ein junges, ratloses Geschöpf fast ein Jahr lang allein lasse?

So war vielleicht eine Minute vergangen, eine von den scheinbar zahllosen und doch so wenigen, die wir zu leben haben. Plötzlich faßte er sich gewaltsam zusammen, sah den Grafen

flüchtig an und sagte, ohne den Mund zu verziehen: „Sie haben ein hübsches Bildchen!"
„Ich habe es in einem hiesigen Atelier gekauft," sagte der andere, „es soll nach dem Leben gemalt sein!"
Sie schüttelten sich mit der bei Diplomaten üblichen Herzlichkeit die Hand, und Erwin zog seines Weges. Er ging aber nicht in seine Behausung, auch nicht zu der Malerin oder zu den Parzen, wie er früher willens gewesen, noch auch zu mir oder sonst zu jemandem, sondern er lief eine Stunde weit auf der heißen Landstraße vor das Tor hinaus, genau bis zum ersten Stundenzeiger, und von da wieder zurück. In dieser Zeit wollte er mit seinem Entschlusse im reinen sein und dann um kein Jota davon abgehen; kein Fremder sollte davon wissen oder dareinreden.
In der Mittagshitze, im Staube der Straße, unter den Wolken des Himmels, im Angesichte mühseliger Wandersleute, die ihres Weges zogen, müder Lasttiere, heimwärts eilender Feldarbeiter ließ er die Frau unsichtbar neben sich gehen, um die traurige Gerichtsverhandlung sozusagen unter allem Volke mit ihr zu führen. Es bedünkte ihn in der Tat beinahe, als seh' er sie mühsam an seiner Seite wandeln, nach Antwort auf seine Fragen suchend, und seine Bitterkeit wurde von Mitleiden umhüllt, aber nicht versüßt.
Als er an das Stadttor zurückkam, war sein Beschluß fertig, wenn auch nicht das Urteil. Er wollte nicht den Stab, sondern die ganze Geschichte über'm Knie brechen, die Frau übers Meer entführen und der Zeit die Aufklärung des Unheils überlassen. Auch gegen Regine wollte er schweigen, gewärtig, ob sie Recht und Kraft zur freien Rede aus sich selber schöpfe, und je nach Beschaffenheit würde sich dann das weitere ergeben. Unterdessen sollte die stumme Trennung, die zwischen sie getreten, ihr nicht verborgen bleiben und sie fühlen, daß die Entscheidung nur aufgeschoben sei.

Mit diesem Vorsatze trat er wieder in sein Haus, wo er Regine nicht fand. Ihr war erst seit Erwins Ausgang das Bedenkliche und Unzulässige des Vorfalls mit dem Bilde schwer in's Gewissen gefallen; Blick und Wort Erwins hatten sie getroffen und die Dämmerung ihres Bewußtseins plötzlich erleuchtet. Von Angst erfüllt war sie fortgeeilt, zunächst zur Malerin, das Bild von ihr zu fordern. Sie suchte Ausflüchte, versprach es zu schicken oder selbst zu bringen, und, gedrängt von der Flehenden, sagte sie endlich, das Bild müsse bei einer der drei Damen sein (der Parzen nämlich), jedenfalls sei es gut aufgehoben und in sicheren Händen. Regine lief zum sogenannten Bienchen, zur Sammetgazelle, zum Rotkäppchen, keine wollte etwas von dem Bilde wissen, jede lächelte zuerst verwundert, und jede erhob dann einen dummen Lärm und wollte durchaus die Ärmste auf der Jagd nach ihrem Bildnis geräuschvoll weiter begleiten.

Unverrichteter Sache, aber mit doppelter Last beladen kehrte sie heim und traf ihren Mann in Geschäften mit einem Agenten, dem er, wie sie trotz der Erschöpfung allmählich bemerkte, den Verkauf der ganzen hausrätlichen Einrichtung, das Verpacken und Spedieren der mitzunehmenden Gegenstände und ähnliche Dinge auftrug. Als der Agent fort war, sagte Erwin zu Reginen, welche bleich und stumm in einer Ecke saß: „Du kommst gerade recht und kannst die Dienstboten auszahlen und entlassen; es schickt sich das besser für die Frau! Wir reisen nämlich heut' abend weg und sind in zwei Tagen auf der See; denn wir gehen zu meinen Eltern!"

Kein Wort mehr noch weniger sagte er zu ihr, und sie wagte nicht ein einziges zu sprechen. Nur tief aufatmen hörte er sie, wie wenn sie sich durch die Aussicht, über das Meer zu kommen, erleichtert fühlte.

Am selben Tage noch wurden also Koffer gepackt, Rechnungen bezahlt und alle die Dinge verrichtet, die mit einer plötzlichen

Abreise verbunden sein mögen. Erwin brachte dann noch eine halbe Stunde auf der Gesandtschaft zu, sonst nahm er von niemandem Abschied. Ich vernahm von alledem das erste Wort durch die entlassene Haushälterin, die mich wenige Tage später nochmals aufsuchte, um ihr Gewissen zu beschwichtigen, indem sie mir gestand, sie habe im Tumulte des letzten Nachmittags während eines stillen Augenblicks dem Erwin mit wenig Worten leise gesagt, es sei ein einziges Mal in der Nacht ein fremder Mann dagewesen, und von da an sei die Verstörung im Hause. Sie wisse nicht, wer und was es gewesen sei, glaube aber, es ihm nicht verschweigen zu dürfen, damit er in seiner Sorge nicht zu viel und nicht zu wenig sehe. Darauf habe Erwin sie mit trüben Augen angeschaut und, obgleich sie gemerkt, wie ihn die Mitteilung erschüttert, gesagt, er wisse die Sache wohl, es sei ein Geheimnis, das sie nur verschweigen solle, er habe den Mann selbst gesandt.

Unmittelbar nach der kurzen Unterredung habe er in der gleichen milden und gelassenen Weise wie vorher das wenige mit Regine gesprochen, was er zu sprechen hatte, und beim Verlassen des Hauses der dicht verschleierten Frau den Arm gegeben. Nun wisse sie, die Haushälterin, doch nicht, ob sie recht getan und das Unglück vergrößert habe.

Ich fragte sie, ob sie von der Sache jemals den übrigen Bediensteten oder Hausgenossen oder sonst jemand etwas gesagt. Sie beteuerte das Gegenteil und versprach nochmals, es ferner so zu halten, und ich glaube, sie hat es auch getan. Indessen beruhigte ich sie wegen des Geschehenen. Wenn jener geheimnisvolle Besuch übler Art gewesen sei, meinte ich, so sei nicht viel zu verderben; sei er aber unschuldiger Natur, so komme die dunkle Geschichte um so eher zur Abklärung.

Es fiel mir schwer, an das ganze Ereignis so recht zu glauben. Die plötzliche Abreise machte nicht so viel Aufsehen, da die Ankunft Erwins noch nicht einmal in weiteren Kreisen bekannt gewesen, und die Parzen schienen sich ausnahmsweise still zu halten. Ich ging nach einigen Tagen mit einer Art Heimweh durch die Straße, wo Altenauers gewohnt, und sah an das Haus hinauf. Da wurde soeben aus dem Portale ein niederes vierrädriges Kärrchen gezogen, auf welchem die Venus von Milo stand und ein wenig schwankte, obgleich sie mit Stricken festgebunden war. Ein Arbeiter hielt sie mit Gelächter aufrecht und rief: „hüh!", während der andere den Wagen zog. Ich schaute ihr lange nach, wie sie sich fortbewegte, und dachte: So geht es, wenn schöne Leute unter das Gesindel kommen! Ich glaubte, die Regine selbst dahinschwanken zu sehen.

Drei Jahre später, als Regine längst tot war, traf ich Erwin Altenauer als amerikanischen Geschäftsträger in der gleichen Stadt wieder. Er hatte die Stelle absichtlich gewählt, um durch seine Anwesenheit das Andenken der Toten zu ehren und zu schützen, und von ihm erfuhr ich den Abschluß der Geschichte; denn er liebte es, mit mir von dieser Sache zu sprechen, da ich die Anfänge kannte.

Schon die Seefahrt nach dem Westen muß ein eigenartiger Zustand von Unseligkeit gewesen sein. Die wochenlange Beschränkung auf den engen Raum bei getrennten Seelen, die doch im Innersten verbunden waren, das wortkarge, einsilbige Dahinleben, ohne Absicht des Wehtuns, die hundert gegenseitigen Hilfsleistungen mit niedergeschlagenen Augen, das Herumirren dieser vier Augen auf der unendlichen Fläche und am verdämmernden Horizonte des Ozeans, in den Einsamkeiten des Himmels, um vielleicht einen gemeinsamen Ruhepunkt zu suchen, den sie in der Nähe nicht finden durften, alles mußte dazu beitragen, daß die Reise dem Dahinfahren zweier verlorenen Schatten auf Wassern der Unterwelt ähnlich war, wie es die Traumbilder alter Dichter schildern. Schon das gedrängte Zusammensein mit einer Menge fremder Menschen verhinderte natürlich den Austrag des schmerzlichen Prozesses;

aber auch ohne das tat Regine keinen Wank; sie schien sich vor dem Fallen einer drohenden Masse und jedes Wörtlein zu fürchten, welches dieselbe in Bewegung bringen konnte. Ebenso ängstlich, wie sie ihre Zunge hütete, überwachte sie auch jedes Lächeln, das sich aus alter Gewohnheit etwa auf die Lippen verirren wollte, wenn sie unverhofft einmal Erwins Auge begegnete. Er sah, wie es um den Mund zuckte, bis die traurige Ruhe wieder darauf lag, und er war überzeugt, daß sie damit jeden Verdacht auch der kleinsten Anwandlung von Koketterie vermeiden wollte oder nicht sowohl wollte als mußte. Welch' ein wunderbarer Widerspruch, diese Kenntnis ihrer Natur, dieses Vertrauen und das dunkle Verhängnis.

Erwin aber scheute sich ebenso ängstlich vor dem Beginn des Endes; nach dem bekannten Spruche konnte er begreifen und verzeihen, aber er konnte nicht wiederherstellen, und das wußte er.

Und nun erst der Einzug in das Vaterhaus zu Boston! Statt der siegreichen Freude der Anerkennung, des Beifalls, ein geheimnisvolles, gedrücktes Ansichhalten, ein schweigsames, vorsichtiges Wesen und zuletzt eine allgemeine Stille im Hause als Folge des halbwahren Vorgebens von einem plötzlichen Zerwürfnisse, einer krankhaften Laune der jungen Frau. Nur der Mutter anvertraute Erwin einen Teil der Wahrheit, soweit diese nicht zu grausam, zu hart für Regine und ganz unerträglich auch für die Mutter gewesen wäre. Indem ihr der erste Anblick Reginens ein hohes Wohlgefallen und ihre ganze Haltung eine schmerzliche Teilnahme, aber freilich auch die tiefste Sorge verursacht hatten, war sie mit einem behutsam schonenden Vorgehen einverstanden, und sie suchte das Beispiel zu geben, die halb Geächtete mit einer gewissen ernsten Sanftmut zu behandeln, wie es etwa verwirrten kranken Personen gegenüber geschieht. Alle Familienglieder, Angestellten und Dienstboten des Hauses hielten den gleichen Ton inne, ohne sichtbare Verständigung; Regine hingegen sah sich mitten in der Schar der neuen Verwandten und Hausgenossen vereinsamt, ohne zu fragen oder zu klagen. In der entlegenen Wohnung eines Seitenflügels lebte sie bald wie eine freiwillige Gefangene, während Erwin gleich anfangs auf einige Wochen verreist war, um das getrennte Leben weniger auffällig zu machen. Allein, wo er ging und stand, fühlte er die Last des Elends, in das er mit Reginen geraten, die Sehnsucht nach ihrer Gegenwart und nach den vergangenen Tagen und zugleich den Abscheu vor dem Abgrunde, den er mehr als nur ahnen und fürchten mußte. Und je unvermeidlicher ihm der Verlust erschien, um so unersetzlicher und einziger dünkte ihm die Unselige, an welche er alle die Liebe und Sorge gewendet hatte. Zuletzt überwog das Verlangen nach ihrem Anblicke so stark, daß er am achtzehnten Tage seiner Reise umkehrte, in der Absicht, die Entscheidung herbeizuführen und die Frau auf die Gefahr hin, sie sofort auf immer zu verlieren, wenigstens dies eine Mal noch zu sehen.

Während der Zeit hatte seine Mutter die einsame Regine jeden Tag besucht und ein Stündchen mit einer Arbeit bei ihr gesessen, ihr auch etwas zu tun mitgebracht und ein ruhiges Gespräch in Güte mit ihr unterhalten, wobei sie freilich das meiste tun mußte. Jedoch vermied sie es gewissenhaft, mit Fragen und Verhören in die junge Frau zu dringen, die in aller einsilbigen Trauer Zeichen demütiger Dankbarkeit erkennen ließ, wie eine edle Natur auch in zeitweiliger Geistesabwesenheit die Spuren des Guten zeigt. An dem Tage, an welchem Erwin bereits auf dem Heimwege begriffen war, fand seine Mutter die Regine in eifrigem Schreiben begriffen. Dies erregte ihre Aufmerksamkeit und wollte ihr gar wohl gefallen; es lagen schon mehrere beschriebene Blätter da, welche Regine ruhig zusammenschob, ohne sie ängstlich zu verbergen. Den Umstand, daß sie überhaupt nie etwas zu verheimlichen suchte und ihr

Zimmer stets ebenso reinlich geordnet als unverschlossen und für jedermann zugänglich hielt, hatte die Mutter überhaupt schon wahrgenommen.

Erwin fuhr in peinlicher Ungeduld wieder mit einem sausenden Nachtzuge und betrat morgens um sechs Uhr sein Haus. Schnell eilte er nach seinem eigenen Schlafzimmer, um sich zu reinigen und die Kleider zu wechseln. Kaum hörte jedoch die Mutter von seiner Ankunft, so suchte sie ihn auf und erzählte ihm von Regine. Nachdem sie, teilte sie ihm in sichtbarer Ergriffenheit mit, die Zeit her von ihrem ganzen Benehmen einen solchen Eindruck erhalten, daß jene eine entsetzliche Heuchlerin und Schauspielerin sein müßte, wenn es erlogen wäre, habe sie in der vergangenen Nacht oder vielmehr kurz vor Anbruch des Tages eine seltsame rührende Entdeckung gemacht. Von Schlaflosigkeit geplagt, sei sie aufgestanden und habe sich in der Finsternis nach dem kleinen Saale hingetappt, welcher dem von Regine bewohnten Seitenflügel gegenüberliege. Dort sei auf einem Tischchen ein kleines Fläschchen mit erfrischender Essenz unter Nippsachen stehen geblieben, das sie seit lange nicht mehr gebraucht. Wie sie dasselbe nun gesucht, habe sie über den Hof weg einen schwachen Lichtschimmer bemerkt, während sonst noch alles in der nächtlichen Ruhe gelegen. Als sie genauer hingeschaut, habe sie gleich erkannt, daß der Schimmer aus Regines Fenster komme, und sodann habe sie diese selbst gesehen vor einem Stuhle knien, mit gefalteten Händen. Auf dem Stuhle habe ein kleines Buch gelegen, offenbar ein Gebetbuch, beleuchtet von dem daneben stehenden Nachtlämpchen. Das Gesicht der Frau habe sie nicht sehen können, sie habe es tief vornüber gebeugt, und so sei sie unbeweglich verharrt, eine Viertelstunde, die zweite und vielleicht auch die dritte. Lange habe die Mutter der Erscheinung zugeschaut; ein paarmal habe Regine das Blatt umgewendet und es dann wieder rückwärts umgeschlagen, auch das Umwenden etwa vergessen und längere

Zeit ins Leere hinaus gebetet oder sonst Schweres gedacht; immerhin scheine sie nur ein und dasselbe Gebet, oder was es sein möge, gelesen zu haben. Jedesmal, wenn sie sich ein wenig bewegt habe, sei das schauerlich rührend anzusehen gewesen in der nächtlichen Stille und bei der Verlassenheit der armen Person. Endlich, da die Mutter im leichten Nachtkleide gefröstelt, habe sie sich nicht getraut, länger zu stehen und gedacht, jene sei ja wohl aufgehoben bei ihrem Gebetbuche, und sei wieder zu Bett gegangen, allerdings ohne den Schlaf noch zu finden.

„O, mein Sohn," rief die Mutter mit überquellenden Augen, „es wäre doch ein großes Glück, wenn dieses Geschöpf gerettet werden könnte! Ich habe noch nichts Schöneres gesehen auf dieser Welt! Wozu sind wir denn Christen, wenn wir das Wort des Herrn das erstemal verachten wollen, wo es sich gegen uns selbst wendet?"

Erschüttert, mit sich selber ringend, rief Erwin, der mehr wußte als die Mutter: „O, Mutter, Christus der Herr hat die Ehebrecherin vor dem Tode beschützt und vor der Strafe; aber er hat nicht gesagt, daß er mit ihr leben würde, wenn er der Erwin Altenauer wäre!"

Doch schon im Widerspruch mit seinen Worten ließ er die Mutter stehen und ging, wie er war, in den Reisekleidern und vom Rauche des nächtlichen Schnellzuges geschwärzt, nach Reginens Zimmer und klopfte sanft an der Türe. Kein Laut ließ sich hören; er öffnete also die unverriegelte Türe und trat hinein. Das Zimmer war leer; mit klopfendem Herzen sah er sich um. Auf der Kommode lag ihr altes Gesangbuch, das er wohl kannte mit seinen Liedern und einer kleinen Anzahl Kirchen- und Hausgebeten. Es war geschlossen und ordentlich an seinen Platz gelegt.

Ihr Bett stand in einem Alkoven, dessen schwere Vorhänge nur zum kleineren Teile vorgezogen waren. Er trat näher und sah, daß das Bett leer war; nur eines der feinen und reichverzierten

Schlafhemden von der Aussteuer, die er seiner Frau selbst angeschafft, lag auf dem Bette; es schien getragen, lag aber zusammengefaltet auf der Decke. Erschrocken und noch mehr verlegen kehrte er sich um, schaute sich um, ob sie nicht vielleicht dennoch im Zimmer hinter ihm stünde, allein es war leer wie zuvor. Indem er sich nun abermals kehrte und dabei einem der Vorhänge näherte, stieß er an etwas Festes hinter demselben, wie wenn eine Person dort sich verborgen hielte. Rasch wollte er den dicken Wollenstoff zurückschlagen, was aber nicht gelang; denn die Laufringe an der Stange waren gehemmt. Er trat also, den Vorhang sanft lüftend, so gut es ging, hinter denselben und sah Reginens Leiche hängen. Sie hatte sich eine der starken seidenen Ziehschnüre, die mit Quasten endigten, um den Hals geschlungen. Im gleichen Augenblicke, wo er den edlen Körper hängen sah, zog er sein Taschenmesser hervor, das er auf Reisen trug, stieg auf den Bettrand und schnitt die Schnur durch; im anderen Augenblicke saß er auf dem Bette und hielt die schöne und im Tode schwere Gestalt auf den Knien, verbesserte aber sofort die Lage der Frau und legte sie sorgfältig auf das Bett. Aber sie war kalt und leblos; er aber wurde jetzt rat- und besinnungslos, und er starrte mit großen Augen auf die Leiche. Gleich aber erwachte er wieder zum Bewußtsein durch die ungewohnte Tracht der Toten, die sein starrendes Auge reizte. Regine hatte das letzte Sonntagskleid angezogen, welches sie einst als arme Magd getragen, einen Rock von elendem braunen, mit irgendeinem unscheinbaren Muster bedruckten Baumwollenzeuge. Er wußte, daß sie ein Köfferchen mit einigen ihrer alten Kleidungsstücke jederzeit mit sich geführt, und er hatte diesen Zug wohl leiden mögen, der ihm jetzt das Seelenleid verdoppelte. Endlich besann er sich wieder auf einen Rettungsversuch; er öffnete das ärmliche Kleid, das nach damaliger Art solcher Mägderöcke auf der Brust zugeheftet war. Unter dem Kleide zeigte sich eines der groben

Hemden ihrer Mädchenzeit, und zwischen dem Hemde und der Brust lag ein ziemlich dicker Brief mit der an Erwin gerichteten Überschrift. Hastig küßte er den Brief, warf ihn auf das Bett und fing an, Reginens Brust mit der Hand zu reiben, sprang empor, hob die Leiche wie eine leichte Puppe in die Höhe, drückte sie an seine Brust und hielt ihr stöhnend das Haupt aufrecht, legte sie gleich wieder hin und lief hinaus, um Hilfe zu suchen. Alles eilte herbei, und ein Arzt war bald zur Stelle; doch die arme Regine blieb leblos, und der Doktor stellte den Todesfall fest, welcher die schwermütige junge Deutsche nach kurzem Eheglück getroffen habe. Erwin blieb endlich allein bei der Leiche zurück und las den Brief.

Die Stätte, an welcher man den Brief finden werde, solle beweisen, wie sie ihn bis in den Tod liebe. Mit diesen Worten begann die Schrift. Einige weitere Sätze ähnlicher Natur verschwieg Erwin, wie er sich ausdrückte, als heiliges Geheimnis der Gattenliebe. Woher sie solche Töne genommen, sei eben das Rätsel der ewigen Natur selbst, wo jegliches Ding unerschöpflich zahlreich geboren werde und in Wahrheit doch nur ein einziges Mal da sei.

Dann folgte die Eröffnung dessen, was sie bedrückt und ihr Leben verdorben, ohne daß sie geahnt habe, in welchem Umfange. Es war freilich traurig und einfach genug, das Geheimnis jenes nächtlichen Besuches, von dem sie nicht einmal wußte, daß er gesehen worden. Der Zustand ihrer Verwandten hatte sich mit der Zeit hie und da doch wieder etwas verschlimmert und wiederholtes Eingreifen und Aushelfen nötig gemacht. Jedesmal verursachte das der armen Regina, die jetzt ihrem Mann mehr anhing als den Eltern und Geschwistern, Kummer und Sorge. Besonders der eine der Brüder, der Soldat gewesen, konnte sich mit dem Leben nicht zurechtfinden. Unzufrieden und düstern Gemütes wechselte er immerfort die Stelle und den Aufenthalt, da er sich ungerecht behandelt glaubte und es zuletzt auch wurde, weil es nicht lange dauert, bis die Menschen, die sich selbst mißhandeln, auch von den anderen mißhandelt werden, sozusagen aus Nachahmungstrieb. So war er von einer guten Zugführerstelle, die man ihm bei einer Eisenbahn verschafft hatte, allmählich bis zum Gehilfen oder vielmehr Knecht eines Pferdehändlers heruntergekommen, der ihn als ehemaligen Reitersmann gut brauchen konnte und doch schlecht behandelte. Mit einer Anzahl Pferde durch den Wald reitend, waren sie in schweren Streit geraten; der Meister hieb dem Knechte mit der Peitsche über das Gesicht, und der Knecht schlug ihn hinwieder ohne Zögern tot und floh auf einem der Pferde aus dem Walde. Einige Meilen von der Mordstätte entfernt, verkaufte er das Tier und irrte mit dem Erlös im Lande umher, ohne den Ausweg finden zu können. Der erschlagene Roßhändler war von einem unbekannt gebliebenen zweiten Verbrecher, der zuerst auf den Platz gekommen, seines Geldranzens beraubt, diese Schuld aber natürlich dem Totschläger aufgebürdet und derselbe als Raubmörder verfolgt worden; so wenigstens hatte er ausgesagt und ging nicht von seiner Aussage ab. Dieser Bruder nun, und niemand anders, war es, der in jener Nacht bei Reginen Zuflucht und Hilfe gesucht, nachdem er halb verhungert sich nur nächtlicherweile herumgetrieben, überall von den Häschern verfolgt. Er war schon in einem Seehafen gewesen und hatte seine Barschaft von dem verkauften Pferde an einen Schiffsplatz gewendet, wurde aber im letzten Augenblicke durch erneuerte Steckbriefe wieder hinweggescheucht, ins Binnenland. In der alleräußersten Not hatte er der Schwester Wohnung umschlichen und war bei ihr eingedrungen; sie hatte ihn mit einigen Kleidungsstücken von ihrem Manne und mit Geld versehen, damit er wiederum die Flucht über die See versuchen konnte. Aber von Stund' an war ihre Ruhe dahin; denn sie war nur von dem einzigen Gedanken besessen, daß sie als die Schwester eines

Raubmörders ihren Gatten Erwin in ein schmachvolles Dasein hineingezogen und des Elendes einer verdorbenen Familie teilhaftig gemacht habe. Und dazu kam ja immer noch der Jammer über die Ihrigen und selbst den unglücklichen Bruder. Aber wie mußte sich der heimliche Jammer steigern, als sie in einem Tageblatt, das mehr für die Dienstboten als für sie da war, zufällig die schreckliche Nachricht las, der Raubmörder sei endlich gefangen worden. Niemand in der Stadt, außer mir, kannte ihren Namen, und so achtete niemand darauf. Was mich betraf, so las ich überhaupt dergleichen Sachen nicht und blieb somit auch in der Unwissenheit. Der Gefangene verriet mit keiner Silbe den Besuch bei der Schwester, obgleich er sich damit über die bei ihm gefundene Barschaft hätte ausweisen können; es war dies bei aller Verkommenheit ein Zug von Edelmut. So lebte sie wochenlang in der trostlosen Seelenstimmung dahin, bis sie plötzlich die Nachricht und Beschreibung von der Hinrichtung las und alle Geister der Verzweiflung auf sie einstürmten. Wie sollte Erwin fernerhin mit der Schwester eines hingerichteten Raubmörders leben? Wie der Ertrinkende am Grashalm, hielt sie sich an dem einzigen Gedanken, dessen sie fähig war: Nur schweigen, schweigen!

Nach diesem ward ihr Selbstvertrauen zum Überfluß noch erschüttert durch den Vorfall mit der Malerin. Sie wußte nicht, daß das Bild in den Händen eines Mannes, des Brasilianers, war, und doch bekannte sie es jetzt als eine Sünde, daß sie sich habe verleiten lassen. Sie habe daraus den Schluß ziehen müssen, daß sie nicht die Sicherheit und Kenntnis des Lebens besitze, die zur Erhaltung von Ehre und Vertrauen erforderlich sei. Allerdings hatte die Ärmste ja annehmen müssen, die Malergeschichte allein habe hingereicht, Erwins Vertrauen zu untergraben; hätte sie ahnen können, daß der Besuch des Bruders gesehen und wie er ausgelegt worden, so würde sie keine Rücksicht abgehalten haben, sich vom Verdacht zu reinigen, und dann wäre alles anders gekommen. Allein das Schicksal wollte, daß die beiden Gatten, jedes mit einem anderen Geheimnis, dasselbe aus Vorsorge und Schonung verbergend, an sich vorbeigingen und den einzigen Rettungsweg so verfehlten. Um auf den Brief zurückzukommen, so schloß Regine mit der Bitte, sie in dem Gewande zu begraben, in welchem sie einst als arme Magd gedient habe. Möge Erwin dann dasjenige Kleid, in welchem er sie in der schönen Zeit am liebsten gesehen, zusammenfalten und es ihr im Sarge unter das Haupt legen, so werde sie dankbar darauf ruhen.

Nach ihrem Begräbnisse war das erste, was er unternahm, die neue Versorgung der armen Angehörigen. Bei dieser Gelegenheit erfuhr er, daß der hingerichtete Bruder den erschlagenen Meister wirklich nicht ausgeplündert, indem der wahre Täter, wegen anderer Verbrechen in Untersuchung geraten, auch dieses freiwillig gestanden hatte. Erwin Altenauer hat sich bis jetzt nicht wieder verheiratet."

Als Reinhart schwieg, blieb es ein Weilchen still; dann sagte Lucia nachdenklich: „Ich könnte nun einwenden, daß Ihre Geschichte mehr eine Frage des Schicksals als der Bildung sei; doch will ich zugeben, daß eine schlimme Abart der letzteren durch die Parzen, wie Sie die Trägerinnen derselben nennen, von Einfluß auf das Schicksal der armen Regine gewesen ist. Aber auch so bleibt sicher, daß es dem guten Herrn Altenauer eben unmöglich war, seiner Frauenausbildung den rechten Rückgrat zu geben. Wäre seine Liebe nicht von der Eitelkeit der Welt umsponnen gewesen, so hätte er lieber die Braut gleich anfangs nach Amerika zu seiner Mutter gebracht und dieser das Werk überlassen; dann wäre es wohl anders geworden! Jetzt ist es aber Zeit, unsere merkwürdige Sitzung aufzuheben; ich bitte zu entschuldigen, wenn ich mich zurückziehe, obgleich ich beinahe fürchte, im Traum die schöne Person wie eine mythische Heroenfrau an der seidenen Schnur hängen zu sehen;

denn trotz ihrer Wehrlosigkeit steckt etwas Heroisches in der Gestalt. Der Wahlherr hat diesmal wirklich auf Rasse zu halten gewußt!“

Sie bot dem Gaste gute Nacht und sandte gleich darauf den bejahrten Diener her, den Reinhart bei seiner Ankunft gesehen. Der freundliche Mann führte ihn nach seinem Schlafgemache, indem er ihm erzählte, der alte, gichtbrüchige Herr beabsichtige, am Morgen mit dem Herrn Reinhart zu frühstücken, da nach gewissen Anzeichen der dermalige Anfall zu weichen beginne. Mit wunderlich aufgeregtem Gefühle legte sich Reinhart in dem fremden Hause zu Bett, unter Einem Dache mit dem ziervollsten Frauenwesen der Welt. Wie es Leute gibt, deren Körperliches, wenn man es zufällig berührt oder anstößt, sich durch die Kleidung hindurch fest und sympathisch anfühlt, so gibt es wieder andere, deren Geist einem durch die Umhüllung der Stimme im ersten Hören schon vertraut wird und uns brüderlich anspricht, und wo gar beides zusammentrifft, ist eine gute Freundschaft nicht mehr weit außer Weg. Dazu kam, daß Reinhart heute mehr von menschlichen Dingen, wie die Liebeshändel sind, gesprochen hatte, als sonst in Jahren.

Neuntes Kapitel: Die arme Baronin.

Er war zwar bald und fest eingeschlafen; doch der neue Inhalt, die Schatzvermehrung seiner Gedanken weckte ihn vor Tagesanbruch, wie wenn es ein lebendiges Wesen außer ihm wäre, das freundlich seine Schulter berührte. Er mußte sich lange besinnen, wo er sei, und erst als er das von der Morgendämmerung erhellte Viereck des großen Fensters aufmerksam betrachtete, kam er seinen gestrigen Erlebnissen auf die Spur. Es wurde ihm beinahe feierlich angenehm zumute, und indem er in diesem Gefühle so hindämmerte, entschlief er wieder und erwachte erst, als das schöne Landgebiet, in das er hinausschaute, schon im vollen Sonnenscheine lag und der Fluß weithin schimmerte. In den Platanen war großes Vogelkonzert, eine Schar dieser Musikanten flatterte und saß an den Marmorschalen des Brunnens, in dessen Nähe ein Tisch zum Frühstücke gedeckt war.

„Lux, mein Licht! wo bleibst du?“ hörte er eine alte, obwohl noch kräftige Stimme rufen und sah darauf den vermutlichen Oheim, vom Diener gestützt und mit einer Krücke versehen, hinter dem Hause hervorkommen. Der Ruf Lux galt natürlich der Nichte, deren Namen Lucia er sich dergestalt zugestutzt hatte. Es schien ein ehemaliger Kriegsoberst zu sein, da er einen langen, grauen Schnurrbart trug, sowie einen Rock von halbmilitärischem Zuschnitt und ein verschlissenes Bändchen im Knopfloch. Nun erschien auch das Fräulein auf dem morgenfrischen Schauplatze, und so säumte Reinhart nicht länger, sich fertigzumachen und auch hinunterzugehen, wo er den Herrn und die Dame am Tische sitzend antraf, dicht neben dem Brunnen mit seinem klingenden, kristallklaren Wasser. Reinhart verhinderte rasch, daß der alte Herr sich erhob, als er ihm von Lucien vorgestellt wurde.

Der Oheim fixierte ihn aufmerksam mit der Freiheit alter Soldaten oder Sonderlinge, indem er nach und nach, ohne sich zu eilen, vorbrachte, sein Name sei ihm wohlbekannt, es komme nur darauf an, ob er etwa der Sohn des Professors gleichen Namens in X. sei; denn wenn er sich recht besinne, so sei ein Freund aus jungen Jahren dort hängengeblieben und ein berühmter Pandektenpauker geworden?

Reinhart bestätigte lachend seine Vermutung, und Lucie erklärte das Ereignis für ein sehr artiges, welches sie teilweise herbeigeführt zu haben sich etwas einbilde. Der Oheim jedoch fuhr fort, das Gesicht des jungen Gastes zu studieren und immer tiefer in seiner Erinnerung nachzugraben, indessen sein eigenes

Gesicht einen säuerlich süßen Ausdruck annahm, dann in ein halb spöttisches Lächeln, dann in einen weichen Ernst überging und zuletzt von einem vollen, biederen Lachen erhellt wurde. Er faßte kräftig die Hand des jungen Reinhart, schüttelte sie und fragte: „Haben denn Ihre Eltern nie von mir gesprochen?“ Reinhart dachte nach und schüttelte den Kopf, sagte aber nach einem weiteren Besinnen: „Es müßte denn sein, was auch wahrscheinlich ist, daß Sie erst auch ein Leutnant gewesen sind, ehe Sie Herr Oberst wurden. Dunkel entsinne ich mich aus meinen Kinderjahren, daß die Eltern, bald der Vater, bald die Mutter, meistens diese, von einem Leutnant sprachen, und zwar hieß es scherzend: das hätte der Leutnant nicht getan, oder was würde der Leutnant zu dem Falle sagen usw. Dann verlor sich die Gewohnheit, wenn es eine war, und ich habe die Sache vergessen.“

„Sehen Sie, es ist richtig!“ rief der Oberst, „der Leutnant bin ich! In Ihrem angenehmen Angesicht habe ich die Spuren von beiden verehrten Eltern herausgefunden, vom Herrn sowohl wie von der Dame, und es geht mir fast ein Licht auf, wie wenn meine junge Lux hier an meinem engen Altershorizont aufgeht als meine tägliche Morgensonne! Seien Sie uns willkommen und bleiben Sie jedenfalls einige Tage, oder besser, machen Sie Ihre Reise fertig und kommen Sie bald wieder für länger! Spielen Sie Schach?“

„Leider nein, ich spiele überhaupt gar nichts!“

„Ei, das ist schade, warum denn nicht?“ rief der Alte.

„Ich bin zu dumm dazu!“ erwiderte Reinhart, der in der Tat weder die Aufmerksamkeit, noch die Voraussicht aufbrachte, welche zum ernsthaften Spielen erforderlich sind. Lucie sah ihn unwillkürlich mit einem dankbaren Blicke an, da sie einen Genossen in dieser Art von Dummheit in ihm fand.

„Nun,“ sagte der alte Herr, „solange man jung ist, spürt man eben keine Langeweile und braucht kein Spiel. Die hat's auch so, die hier sitzende Jugendfigur! Später wird sie's wohl noch lernen; denn ich hoffe, es gibt eine schöne alte Jungfer aus ihr, die ewig bei mir bleibt und auf meinem Grabe fromme Rosen züchtet und okuliert."

„Das kann geschehen," sagte die Nichte, „wenn über das Heiraten solche Anschauungen aufkommen, wie ich sie aus dem Munde des Herrn Ludwig Reinhart habe hören müssen! Denke dir, Onkel, wir haben gestern bis Mitternacht uns verunglückte Heiratsgeschichten erzählt! Die gebildeten Männer verbinden sich jetzt nur mit Dienstmädchen, Bäuerinnen und dergleichen; wir gebildeten Mädchen aber müssen zur Wiedervergeltung unsere Hausknechte und Kutscher nehmen, und da besinnt man sich doch ein bißchen! Sagen Sie, Herr Reinhart, haben Sie nicht noch eine Treppenheirat zu erzählen?"

„Freilich hab' ich," antwortete er, „eine ganz prächtige, eine Heirat aus reinem Mitleiden!"

„O Himmel!" rief Lucie, „wie glücklich! Magst Du sie auch hören, lieber Onkel?"

„Da Ihr Faulpelze nichts spielen und nur schwatzen wollt, so ist es das Beste, was wir tun können, wenn wir uns einige blaue Wunder vormachen!"

Der Tisch wurde abgeräumt, Lucie ließ sich einen Arbeitskorb bringen, und Reinhart suchte den Eingang seiner Geschichte zusammen. „Denn," sagte er, „die Personen, die es angeht, stehen in der Blüte ihres Glückes, und um sie in keiner Weise darin zu stören, ist es nötig, sie in eine allgemeine Form der Unkenntlichkeit zu hüllen. Es dürfte daher am zweckmäßigsten sein, die Sache gleich in der Art zu erzählen, wie ein gezierter Novellist sein Stücklein in Szene setzt. Ich würde damit zugleich in meiner Erzählungskunst, die mir wie ein Dachziegel auf den Kopf gefallen, einen Fortschritt anstreben können; man weiß ja nie, wo man es brauchen kann. Es würde also etwa so lauten:

Brandolf, ein junger Rechtsgelehrter, eilte die Treppe zum ersten Stockwerk eines Hauses empor, in welchem eine ihm befreundete Familie wohnte, und wie er so in Gedanken die Stufen übersprang, stieß er beinah' eine weibliche Person über den Haufen, die mitten auf der Treppe lag und Messer blank scheuerte. Es war ihm, als ob mit einem der Messer nach seiner Ferse gestochen würde; er sah zurück und erblickte unter sich das zornrote Gesicht eines, so viel er wegen des umgeschlagenen Kopftuches sehen konnte, noch jugendlichen Frauenzimmers, welches er für ein Dienstmädchen hielt. Grollend, ja böse blickte sie nieder auf ihre Arbeit, und Brandolf trat unangenehm betroffen in die Wohnung seiner Freunde. Dort untersuchte er den Absatz seines Stiefels und fand, daß wirklich eine kleine Schramme in das glänzende Leder gestoßen war.

„Es ist doch ein Elend mit uns Menschen!" rief er aus; „täglich sprechen wir von Liebe und Humanität, und täglich beleidigen wir auf Wegen, Stegen und Treppen irgendein Mitgeschöpf! Zwar nicht mit der Absicht; aber muß ich mir nicht selbst gestehen: wenn eine Dame im Atlaskleide auf den Stufen gelegen hätte, so würde ich sie sicherlich beachtet haben! Ehre dieser wehrbaren scheuernden Person, die mir wenigstens ihren rächenden Stachel in die Ferse gedrückt hat, und wohl mir, daß es keine Achillesferse war!"

Er erzählte den kleinen Vorgang. Alle riefen: das ist die Baronin! und der Hausvater sagte: „Lieber Brandolf! diesmal hat Ihre humane Düftelei den Gegenstand gänzlich verfehlt! Die Dame auf der Treppe ist eine wahrhafte Baronin, die aus reiner Bosheit, um den Verkehr zu hemmen, und aus Geiz, statt ihre Innenräume zu brauchen, die gemeinsame Treppe mit Hammerschlag beschmutzt und Messer blank fegt und dabei aus Adelstolz uns Bürgerliche weder grüßt, noch auch nur ansieht!"

Verwundert über diese seltsame Aufklärung, ließ sich Brandolf das Nähere berichten. Die Baronin war vor einigen Wochen in das Haus gezogen, in die jenseitige kleinere Hälfte des Stockwerkes, und hatte alsobald ihren prunkenden Namen an die Türe geheftet, zugleich aber einen Zettel vor das Fenster gehängt, welcher eine möblierte Wohnung zum Vermieten ausbot. Schon waren einige Fremde dagewesen, aber keiner hatte es länger als ein paar Tage ausgehalten, und sie waren mittelst Bezahlung einer tüchtigen Rechnung entflohen. Wer in die aufgestellte Falle dieser Miete ging, der durfte in seiner Stube nicht rauchen, nicht auf dem prunkhaften Sofa liegen, nicht laut umhergehen, sondern er mußte die Stiefel ausziehen, um die Teppiche zu schonen; er durfte nicht im Schlafrock oder gar in Hemdsärmeln unter das Fenster liegen, um die freiherrliche Wohnung nicht zu entstellen, und überdies befand er sich wie ein hilfloser Gefangener, weil die Baronin keinerlei Art von Bedienung hielt, sondern alles selbst besorgte und daher jede Dienstleistung rundweg verweigerte, welche nicht in der engsten Grenze ihrer Pflicht lag. Sie stellte alle Morgen eine Flasche frischen Wassers hin und füllte am Abend das Waschgeschirr, sonst aber reichte sie nie ein Glas Wasser, und wenn der Mietsmann am Verschmachten gewesen wäre. Das alles begleitete sie mit unfreundlichen, oder vielmehr meistens mit gar keinen Worten. Niemand kannte ihre Verhältnisse und woher sie kam; mit niemandem ging sie um, und wenn ihre häuslichen Beschäftigungen sie an den Brunnen, in den Hof, unter die Mägde und Dienstleute führten, so fuhr sie wie ein böser Geist schweigend unter ihnen herum.

Kurz, man war übereingekommen, daß sie ein ausgemachter Teufel und Unhold sei, welcher sein menschenfeindliches und räuberisches Wesen auf eigene Faust betreibe und hauptsächlich den Plan gefaßt habe, durch sein Benehmen einen häufigen Wechsel der Mieter zu veranlassen, um solchergestalt viele kleine, aber dennoch übertriebene Rechnungen ausstellen und über-

schüssige Mietgelder einziehen zu können, wenn die Verunglückten vor der Zeit wegzogen. Und dieser Plan, wenn er wirklich bestand, war allerdings nicht übel, da das Haus in einer lebhaften und schönen Straße lag, welche immer aufs neue anständige und wohlhabende Fremde herbeilockte, die dann froh waren, sich bald loszukaufen und andern Platz zu machen.
Als diese Schilderung, verwebt mit noch vielen absonderlichen Zügen, beendigt war, fühlte Brandolf eher ein geheimes Mitleid mit der bösen Baronin, als Zorn und Verachtung, und als die Freunde ihn scherzweise fragten, ob er nicht ihr Hausgenosse werden und bei der wunderlichen Nachbarin einziehen wolle, erwiderte er ernsthaft: „Warum nicht? Es käme nur darauf an, die Dame in ihrem eigensten Wesen an der Kehle zu packen und ihr den Kopf zurechtzusetzen!"
Da er aber sah, daß die Frau des Hauses nicht geneigt war, des weitern auf diesen Scherz oder Gedanken einzugehen, so schwieg er, kam aber für sich darauf zurück, als er auf der Straße bemerkte, daß die Vermietungsanzeige eben wieder vor dem Hause hing.
Brandolf konnte gar nicht begreifen, wie man bösen und ungerechten oder tollen Menschen gegenüber in Verlegenheit geraten und den kürzeren ziehen könne. So gutmütig und friedfertig er im Grunde war, empfand er doch stets eine rechte Sehnsucht, sich mit schlimmen Käuzen herumzuzanken und sie ihrer Tollheit zu überführen. Wo er von erlittenem Unrecht hörte, wurde er noch zorniger über die, welche es duldeten, als über die Täter, weil durch das ewige Nachgeben diese Unglücklichen nie aus ihrer Verblendung herauskämen. Nur die offene Gewalt ließ er unbekämpft, weil sie sich selbst brandmarke und weiter keiner Beleuchtung bedürfe, um in ewiger Jämmerlichkeit und Selbstzerstörung dazustehen. Er besaß ein tiefes Gefühl für menschliche Zustände und vertraute so sehr auf das Menschliche in jedem Menschen, daß er sich vermaß, auch im

Verstocktesten diesen Urquell zu wecken oder wenigstens dem Sünder das Bewußtsein beizubringen, daß er durchschaut und von der Übermacht des Spottes umgarnt sei. Allein sei es, daß die Argen seine sieghafte Sicherheit von weitem ausspürten, sei es das irdische Schicksal, welches uns das, was man wünscht, selten erreichen läßt, Brandolf bekam fast nie so recht wohlbegründete Händel, und wo eine ausgesuchte üble Existenz blühte, kam er immer zu spät, die Blume zu brechen.

Daher ging er an der Pforte der Baronin wie an einem verschlossenen Paradiese vorbei, in welches einzudringen und mit dem hütenden Drachen zu streiten er sich herzlich sehnte.

Als im September die Freundesfamilie samt Kindern und Dienstboten, mit Kisten und Koffern im Wagen untergebracht war, um die Reise nach Italien anzutreten, wo ein Winter verlebt werden sollte, als die schwerfällige Maschine endlich unter den Seufzern der Haus- oder hier der Reisefrau fortrollte, da hatte Brandolf, der den Schlag zugemacht, im Hause eigentlich nichts mehr zu tun, und er hätte füglich nach seiner eigenen Wohnung gehen können. Er stieg aber wieder die Treppe hinauf, klingelte bei der Baronin und wünschte ihre Zimmer zu besehen. Sie erkannte ihn als denjenigen, der sie auf der Treppe gestoßen und als den täglichen Besucher der Nachbarherrschaft. Mißtrauisch und mit großen Augen sah sie ihn an, ohne ein Wort zu sprechen, und hielt die Türe so, als ob sie ihm dieselbe vor der Nase zuschlagen wollte; doch konnte sie das nicht wagen und ließ ihn mit knappen Worten eintreten. Mit saurer Höflichkeit führte sie ihn zu den Zimmern; sie waren höchst anständig und solid eingerichtet, und Brandolf erklärte nach flüchtiger Besichtigung, die er mehr zum Scheine vornahm, daß er die Wohnung miete und gleich am nächsten Tage einziehen werde. Ohne die mindeste Freudenbezeugung verbeugte sich die Baronin ein bißchen, von der er übrigens nicht viel sah, weil sie wieder das verhüllende Tuch um Kopf und Hals geschlagen hatte, einer Kapuze ähnlich, und eine Art grauen Überwurfes trug, der sowohl einen Mantel wie einen Hausrock vorstellen konnte. Er eilte, die Veränderung seinen bisherigen Wirtsleuten anzuzeigen. Die waren sehr betrübt darüber, da sie noch nie einen so guten und liebenswürdigen Mieter bei sich gesehen hatten, und da sie selbst ordentliche und wohlgesinnte Leute waren, so nahm sich Brandolfs Entschluß doppelt unbegreiflich aus. Sie konnten sich denselben auch nur dadurch erklären, daß der Herr als ein reicher und unverheirateter studierter Mensch seine Launen und keine Sorgen habe, und also sich nach Belieben den Hafer könne stechen lassen.

Erst als Brandolf seine Habseligkeiten in das neue Losament gebracht hatte und sich dort einhauste, sah er sich genötigt, genauer auf die für solche Mietzimmer ungewöhnliche Ausstattung zu achten. Es waren überhaupt nur drei nach der Straße gelegene Stuben; diese schienen aber mit dem Hausrate einer ganzen Familie angefüllt zu sein und alles von teuren Stoffen und Holzarten gearbeitet. Der Boden war mit bunten Teppichen überall belegt, an manchen Stellen doppelt; in jedem Zimmer standen Sekretäre, feine Schränke, Luxusmöbel, Spieltische und Spiegelgebäude, Sofas und weiche Polsterstühle im Überfluß; prächtige Vorhänge bekleideten die Fenster, und sogar an den Wänden drängte sich eine Bilderware von Gemälden, Kupferstichen und allem Möglichen zusammen, wie wenn der Wandschmuck eines weitläufigen Hauses da zur Auktion aufgestapelt worden wäre. Erschien der Raum der sonst ziemlich großen Zimmer hierdurch beengt, so wurde der Umstand noch bedenklicher durch einige Eckgestelle, auf deren schwank aufgetürmten Stockwerken eine Menge bemalten oder vergoldeten Porzellans und unendlich dünner Glassachen stand und zitterte wie Espenlaub, wenn ein fester Tritt über die Teppiche ging. An allen diesen Zerbrechlichkeiten war das gleiche Wappen gemalt oder eingeschliffen, welches auch auf der Karte an der Eingangstüre prangte über dem Namen der Baronin Hedwig von Lohausen. Als er später schlafen ging, bemerkte Brandolf, daß die Freiherrnkrone nicht minder auf die Leinwand des prachtvollen Bettes gestickt war, welches das eine der beiden Hauptstücke einer ehemaligen Brautaussteuer zu sein schien. Alles aber, trotz der durch die drei Zimmer herrschenden Fülle, war in tadellosem Stande gehalten und nirgends ein Stäubchen zu erblicken, und Brandolf wunderte sich nur, ob der Mieter für sein teures Geld eigentlich zum Hüter der Herrlichkeit bestellt sei und ihm ehestens ein Reinigungswerkzeug mit Staublappen und Flederwisch anvertraut werde? Denn wenn jemand anders die Arbeit besorgte, so mußte ja fast den ganzen Tag dieser Jemand sich in den Zimmern aufhalten. Es ist aber jetzt schon zu sagen, daß keines von beiden der Fall war; alles wurde in Abwesenheit des Mietsmannes getan wie von einem unsichtbaren Geiste, und selbst die Glas- und Porzellansachen standen immer so unverrückt an ihrer Stelle, wie wenn sie keine Menschenhand berührt hätte, und doch war weder ein Stäubchen, noch ein trüber Hauch daran zu erspähen.

Nunmehr begann Brandolf aufmerksam die bösen Taten und Gewohnheiten der Wirtin zu erwarten, um den Krieg der Menschlichkeit dagegen zu eröffnen. Allein sein altes Mißgeschick schien auch hier wieder zu walten; der Feind hielt sich zurück und witterte offenbar die Stärke des neuen Gegners. Leider vermochte ihn Brandolf nicht mit dem Tabaksrauche aus der Höhle hervorzulocken, denn er rauchte nicht, und als er zum besonderen Zwecke ein kleines Tabakspfeifchen, wie es die Maurer bei der Arbeit gebrauchen, nebst etwas schlechtem Tabak nach Hause brachte und anzündete, um die Baronin zu reizen, da mußte er es nach den ersten drei Zügen aus dem Fenster werfen, so übel bekam ihm der Spaß. Teppiche und Polster zu beschmutzen ging auch nicht an, da er das nicht gewöhnt war; so blieb ihm vor der Hand nichts übrig, als die Fenster aufzusperren und einen Durchzug zu veranstalten. Dazu zog er eine Flanelljacke an, setzte eine schwarzseidene Zipfelmütze auf und legte sich so breit unter das Fenster als möglich. Es dauerte richtig nicht lange, so trat die Freiin von Lohausen unter die offene Türe, rief ihren Mietsmann wegen des Straßengeräusches mit etwas erhöhter Stimme an, und als er sich umschaute, deutete sie auf eine große Roßfliege, die im Zimmer herumschwirrte. Es sei in der Nachbarschaft ein Pferdestall, bemerkte sie kurz. Sogleich nahm er selbst die Zipfelmütze vom Kopf, jagte die Fliege aus dem Zimmer und schloß die Fenster. Dann setzte er die Mütze wieder auf, zog sie aber gleich abermals herunter, da die Dame noch im Zimmer stand und ihn, wie es schien, statt mit Entrüstung, eher mit einem schwachen Wohlgefallen in seinem Aufzuge betrachtete. Ja, so viel von ihrem ernsten und abgehärmten Gesichte zu sehen war, wollte beinah ein kleiner Schimmer von Heiterkeit in demselben aufzucken, der aber bald wieder verschwand, sowie auch die Frau sich zurückzog.

Zunächst wußte Brandolf nichts weiter anzufangen; er hüllte sich in seinen schönen Schlafrock, tat Jacke und Zipfelmütze wieder an ihren Ort und nahm Platz auf einem der Divans. Dort gewahrte er ein Klingelband von grünen und goldenen Glasperlen und zog mit Macht daran. Wie ein Wettermännchen erschien die Baronin auf der Schwelle, immer in ihrem grauen Schattenhabit mit dem kapuzenähnlichen Kopftuche. Brandolf wünschte seinem Schneider, der viele Straßen weit wohnte, eine Botschaft zu senden. Die Baronin errötete; sie mußte selbst gehen, denn sie hatte sonst niemanden. Ob es so dringlich sei oder bis Nachmittag Zeit habe? fragte sie nach einem minutenlangen Besinnen. Allerdings sei es dringlich, meinte Brandolf, es müsse ein Knopf an den Rock genäht werden, den er gerade heut tragen wolle. Sie sah ihn halb an und war im Begriff,

die Türe zuzuschlagen, drehte sich aber doch nochmals und fragte, ob sie den Knopf nicht ansetzen könne? „Ohne Zweifel, wenn Sie wollen die Güte haben," sagte Brandolf, „er hängt noch an einem Faden; allein das darf ich Ihnen nicht zumuten!"
„Aber eine halbe Stunde weit zu laufen?" erwiderte sie und ging ein kleines altes Nähkörbchen zu holen, in welchem ein Nadelkissen und einige Knäulchen Zwirn lagen. Brandolf brachte den Rock herbei, und die vornehme Wirtin nähte mit spitzen Fingerchen den Knopf fest. Da sie mit der Arbeit ein wenig ins hellere Licht stehen mußte, sah Brandolf zum ersten Male etwas deutlicher einen Teil ihres Gesichtes, ein rundlich feines Kinn, einen kleinen, aber streng geformten Mund, darüber eine etwas spitze Nase; die tief auf die Arbeit gesenkten Augen verloren sich schon im Schatten des Kopftuches. Was aber sichtbar blieb, war von einer fast durchsichtigen weißen Farbe und mahnte an einen Nonnenkopf in einem altdeutschen Bilde, zu welchem eine etwas gesalzene und zugleich kummergewohnte Frau als Vorbild diente.
Es blieb aber nicht viel Zeit zu dieser Wahrnehmung; denn sie war im Umsehen fertig und wieder verschwunden.
Für den ersten Tag war Brandolf nun zu Ende, und so vergingen auch mehrere Wochen, ohne daß sich etwas ereignete, das ihm zum Einschreiten Ursache gegeben hätte. Er mußte sich also aufs Abwarten, Beobachten und Erraten des Geheimnisses beschränken; denn ein solches war offenbar vorhanden, obgleich die Frau hinsichtlich ihrer Bösartigkeit verlästert wurde. Da fiel ihm nun zunächst auf, daß der Teil der Wohnung, wo sie hauste, immer unzugänglich und verschlossen blieb; es war auch nichts weiter als eine Küche, ein einfenstriges, schmales Zimmer und ein kleines Kämmerchen. Dort mußte sie Tag und Nacht mutterseelenallein verweilen, da außer einem Bäckerjungen man niemals einen Menschen zu ihr kommen hörte. Ein einziges Mal konnte Brandolf einen Blick in die Küche werfen,

welche mit sauberem Geräte ausgestattet schien; aber kein Zeichen bekundete, daß dort gefeuert und gekocht wurde. Nie hörte er einen Ton des Schmorens, oder ein Prasseln des Holzes, oder ein Hacken von Fleisch und Gemüse, oder den Gesang von gebratenen Würsten, oder auch nur von armen Rittern, die in der heißen Butter lagen. Von was nährte sich denn die Frau? Hier begann dem neugierigen Mietsmann ein Licht aufzugehen: Wahrscheinlich von gar nichts! Sie wird Hunger leiden — was brauch' ich so lange nach der Quelle ihres Verdrusses zu forschen! Ein Stück Elend, eine arme Baronin, die allein in der Welt steht, wer weiß durch welches Schicksal!

Er genoß im Hause nichts, als jeden Morgen einen Milchkaffee mit ein paar frischen Semmeln, von denen er jedoch meistens die eine liegen ließ. Da glaubte er denn eines Tages zu bemerken, daß Frau Hedwig von Lohausen, als sie das Geschirr wegholte, mit einer unbewachten Gier im Auge auf den Teller blickte, ob eine Semmel übrig sei, und mit einer unbezähmbaren Hast davon eilte. Das Auge hatte förmlich geleuchtet, wie ein Sterngefunkel. Brandolf mußte sich an ein Fenster stellen, um seiner Gedanken Herr zu werden. Was ist der Mensch, sagte er sich, was sind Mann und Frau! Mit glühenden Augen müssen sie nach Nahrung lechzen, gleich den Tieren der Wildnis!

Er hatte diesen Blick noch nie gesehen. Aber was für ein schönes glänzendes Auge war es bei alledem gewesen!

Mit einer gewissen Grausamkeit setzte er nun seine Beobachtung fort; er steckte das eine Mal die übrig bleibende Semmel in die Tasche und nahm sie mit fort; das andere Mal ließ er ein halbes Brötchen liegen, und das dritte Mal alle beide, und stets glaubte er an dem Auf- und Niederschlagen der Augen, an dem rascheren oder langsameren Gang die nämliche Wirkung wahrzunehmen und überzeugte sich endlich, daß die arme Frau kaum viel anderes genoß, als was von seinem Frühstücke übrig blieb, ein paar Schälchen Milch und eine halbe oder ganze Semmel.

Nun nahm die Angelegenheit eine andere Gestalt an; er mußte jetzt trachten, die wilde Katze, wie er sie wegen ihrer Unzugänglichkeit nannte, gegen ihren Willen ein wenig zu füttern, nur vorsichtig und allmählich. Er gab vor, zu einem späteren Frühstück, das er sonst außerhalb einnahm, nicht mehr ausgehen zu wollen, und bestellte sich eine tägliche Morgenmahlzeit mit Eiern, Schinken, Butter und noch mehr Semmeln. Davon ließ er dann den größeren Teil unberührt, in der Hoffnung, die arme Kirchenmaus werde davon naschen. Das mochte auch während einiger Tage geschehen; dann aber schien sie den Handel zu wittern, wurde mißtrauisch und bemerkte eines Morgens, er möchte entweder weniger bestellen, oder über den Rest in irgendeiner Weise verfügen, und zuletzt nahm sie auch die Semmel nicht mehr, die übrigblieb. Da wußte er nun wieder nichts mit ihr anzufangen.

Eines Tages, als er von einem Ausgang nach Hause kam, traf er sie auf dem Hausflur bei einer Gemüsefrau, welche auf ihrem Kärrchen einen prächtigen Nelkenstock zu verkaufen hatte, der trotz der vorgerückten Jahreszeit noch ganz voll von hochroten Nelken blühte. Die Baronin nahm den Topf in die Hand und drückte schnell ein wenig das Gesicht in die Blumen, offenbar von einem Heimweh nach dergleichen ergriffen; sie fragte zögernd um den Preis, schüttelte den Kopf, gab den Stock zurück und schlurfte eilig davon. Brandolf erstand sogleich das Gewächs, hoffend, es ihr noch auf der Treppe aufdringen zu können; sie war aber schon in ihrem Malepartus verschwunden, und er trug den Nelkenstock in seine Wohnung, wo er denselben auf ein Tischlein stellte, das er nebst einem Stuhle zum Lesen an ein Fenster gerückt hatte. Sorgfältig legte er jedoch zur Schonung des Tischchens einen Quartanten unter den Topf. Später begab er sich wieder weg, um zu Tische zu gehen, und da es zu regnen begann, versah er seine Füße mit Gummi schuhen. Daher war sein Schritt unhörbar, als er nach einigen Stunden zurückkehrte und ins Zimmer trat. Unter der geöffneten Türe stehend, sah er die Frau auf dem Stuhle vor dem Nelkenstocke sitzen, einen Staubwedel in der Hand. Sie lehnte müde zurück und war eingeschlafen, die Hände mit dem Wedel im Schoße. Leise schloß er die Türe und schlich nach dem Sofa, von wo aus er mit verschränkten Armen die schlafende Frau aufmerksam betrachtete. Man konnte nicht sagen, daß es gerade ein ausdrücklicher Gram war, der auf dem Gesichte lagerte; es glich sozusagen mehr einer Abwesenheit jeder Lebensfreude und jeder Hoffnung, einer Versammlung vieler Herrlichkeiten, die nicht da waren. Einzig an den geschlossenen Wimpern schienen zwei Tränen zu trocknen, aber ohne Weichmut, wie ein paar achtlos verlorene Perlen.

Desto weichmütiger wurde Brandolf von dem Anblick; je länger er hinsah, um so enger schloß er ihn ans Herz; er wünschte dies unbekannte Unglück sein nennen zu dürfen, wie wenn es der schönste blühende Apfelzweig gewesen wäre, oder irgendein anderes Kleinod. Er hatte sein Leben lang etwas Närrisches an sich und soll es jetzt noch haben, insofern man das närrisch nennen kann, was einem nicht jeder nachtut.

Plötzlich erschütterte sich die Schläferin wie von einem unwilligen oder ängstlichen Traume und erwachte. Verwirrt sah sie um sich, und als sie den Mann mit dem teilnehmenden Ausdruck im Gesichte wahrnahm, raffte sie sich auf und bat mit milderen Worten, als sie bisher hatte hören lassen, um Entschuldigung. Sie tat sogar ein übriges und fügte zur Erklärung bei, Nelken seien ihre Lieblingsblumen, und sie habe dem Gelüste nicht widerstehen können, ein wenig bei dem schönen Stock auszuruhen, wobei sie leider eingeschlafen. Einst habe sie über hundert solcher Stöcke gepflegt, einer schöner als der andere und von allen Farben.

„Darf ich Ihnen diesen anbieten, Frau Baronin?“ sagte Brandolf, der sich sogleich erhoben hatte, „ich habe ihn unten gekauft, als ich sah, daß Sie die Pflanze in die Hand genommen und mit Gefallen betrachteten.“

Das milde Wetter war aber schon vorüber. Mit Rot übergossen schüttelte sie den Kopf. „Bei mir ist zu wenig Licht dafür,“ sagte sie, „hier steht er besser!“ Als ob es sie gereute, schon so viel gesprochen zu haben, grüßte sie knapp, ging hinaus und ließ sich die folgenden Tage kaum blicken.

Endlich brachte sie die erste Monatsrechnung, auf einen Streifen grauen Papiers geschrieben. Er las sie absichtlich nicht durch; mit dem innerlichen Wunsche, sie möchte recht hoch sein, bezahlte er den Betrag, der jedoch die Ausgabe keineswegs überschritt, auf die er zu rechnen gewohnt war. Während er das Geld hinzählte, stand die sonderbare Wirtin, wie ihm schien, eher in furchtsamer als in trotziger Haltung lautlos da, wie wenn sie der gewohnten Aufkündigung entgegensähe. Aber entschlossen, durchaus ein Licht in das Dunkel dieses Geheimnisses zu bringen, ließ er sie hinausgehen, ohne die geringste Lust zum Ausziehen zu verraten. Neugierig, wie es sich mit ihren Rechnungskünsten verhalte, studierte er gleich nachher den Zettel und fand ihn nicht um einen Pfennig übersetzt; dagegen war jedesmal, wo er beim Frühstück nur ein Brötchen gegessen, das zweite übriggebliebene nicht aufgeschrieben. Nun wurde er gar nicht mehr klug aus der ganzen Geschichte, zumal als er beim Weggehen gegen Abend zum ersten Male von der Gegend der Küche her ein schüchternes Knallen wie von einem brennenden Holzscheitlein hörte und den Geruch von einer gut gebrannten Mehlsuppe empfand, die mitzuessen ihn seltsam gelüstete. Nun war er überzeugt, daß die Baronin erst jetzt sich etwas Warmes zu kochen erlaubte. Am Ende, dachte er, tut sie das alle Monate einmal, wenn die Rechnung bezahlt wird, wie die Arbeiter am sogenannten Zahltag ins Wirtshaus zu gehen pflegen!

Und in der Tat war von der üppigen Kocherei am nächsten Tage nichts mehr zu verspüren.

Um die Mitte des Monats Oktober kam es zu einer fast ebenso langen Unterredung, wie die von dem Nelkenstock war. Die Baronin machte Brandolf aufmerksam, daß jeden Tag der Winter eintreten und die Feuerung in den Öfen nötig werden könne, und sie fragte, ob er Holz wolle anfahren lassen und wie viel? Und es kam ihm vor, als ob sie mit einiger Spannung auf die Antwort warte, aus welcher sie ersehen konnte, ob er bis zum Frühjahr zu bleiben gedenke. Er nannte ein so großes Quantum, daß man alle Öfen der ganzen Wohnung damit heizen und auch auf dem Herde ein lustiges Feuer bis in den Mai hinaus unterhalten konnte. Zugleich übergab er ihr eine Banknote mit der Bitte, alles nötige zu besorgen, den Einkauf und das Kleinmachen des Holzes; sie nahm die Note und verrichtete das Geschäft mit aller Sorgfalt und Sachkunde. Es dauerte auch kaum acht Tage, so fing es an zu schneien, und jetzt mußte die einsame Wirtin sich öfter sehen lassen, da sie die drei Öfen ihres Mietsherrn selbst einfeuerte und mit Holzherbeitragen und allem anderen genug zu tun hatte. Sie bekam dabei rußige Hände und ein rauchiges Antlitz und sah bald völlig einem Aschenbrödel gleich.

Wenn Brandolf aber gehofft, sie werde nicht so dumm sein und auch ihr eigenes Wohngelaß etwas erwärmen, so hatte er sich darin getäuscht; denn so wenig als im Sommer konnte er gewahren, daß dort das kleinste Feuerchen entfacht wurde. Und doch war inzwischen die Kälte stärker und anhaltend geworden; wenn die Baronin ihre Geschäfte beendigt hatte, so mußte sie sich einsam im kalten Gemache aufhalten, und Gott mochte wissen, was sie dort tat. Auch wurde sie ersichtlich immer blasser, spitziger und matter, und es schien ihm, als ob sie die Holzkörbe jeden Tag mühsamer herbeischleppe, so daß es ihm, der ohnedies ein gefälliger und galanter Mann war, ins Herz schnitt.

Allein jeden Versuch, sie zum Sprechen zu bringen und eine Hilfe einzuleiten, lehnte sie beharrlich ab, wie wenn sie sich so recht vorsätzlich aufreiben wollte. Er aber war ebenso hartnäckig und wartete auf den Augenblick, der schließlich nicht ausbleiben konnte.

Indessen wurde die Zeit doch etwas lang in Hinsicht auf seine Verhältnisse. Sein verwitweter Vater war ein großer Grundbesitzer und sehr reicher Mann, welcher wünschte, daß der einzige Sohn bei ihm lebte und die Verwaltung der Güter übernahm. Auf der anderen Seite war der Sohn ein entschiedenes juristisches Talent und ein gut empfohlener junger Mann, welcher von oben dringend zum Staatsdienste aufgefordert und ermuntert wurde. Er war auch nach der Hauptstadt gekommen, um sich die Dinge näher anzusehen und sich für einstweilen zu entschließen, wenn auch nicht für immer.

Täglich einige Stunden auf dem Ministerium als Freiwilliger arbeitend und im übrigen ein etwas wähliger reicher Muttersohn, ließ er sich mit aller Gemächlichkeit Raum, zum Entschlusse zu kommen. Doch wurde soeben von neuem in ihn gedrungen, da man ihn zu einer bestimmten Funktion ausersehen hatte, die seinen Aufenthalt in einem entlegenen Landeskreise erforderte. Er aber wollte den Abschluß seines Abenteuers in der Mietswohnung durchaus nicht fahren lassen, der Vater drang ebenfalls auf Erfüllung seines Wunsches, und so lag er eines Morgens länger im Bette als gewöhnlich und sann über den Ausweg nach, den er zu ergreifen habe. Endlich gelangte er zu der Meinung, daß er ja ganz füglich seine juristischen Kenntnisse und amtlichen Beziehungen benutzen könne, um im stillen und mit aller Schonung über die Vergangenheit und Gegenwart der Baronin die wünschbaren Aufschlüsse zu sammeln und je nach Befund und Umständen der verlassenen Frau eine bessere Lage zu verschaffen, oder aber sie aus dem Sinne zu schlagen und sein Unternehmen als ein verfehltes aufzugeben.

Mit diesem Vorsatz kleidete er sich an und eilte, seinen Morgenkaffee zu nehmen, um sich ungesäumt auf den Weg zu machen. Allein trotz der vorgerückten Stunde war das Kaffeebrett nicht an der gewohnten Stelle zu erblicken; die Zimmer waren erkaltet und in keinem Ofen Feuer gemacht. Verwundert machte er eine Türe auf und horchte auf den Flur hinaus; es war nichts zu sehen und zu hören. Er zog die bewußte schöne Klingelschnur, aber es blieb totenstill in der Wohnung. Besorgt schritt er den Gang entlang, bis er an die Küchentüre gelangte, und klopfte dort erst sanft, dann stärker, ohne daß ein Lebenszeichen erfolgte. Er öffnete die Türe, durchschritt die stille Küche bis zu einer anderen Türe, welche in die Wohnstube der Baronin führen mußte. Dort pochte er wiederum behutsam und lauschte und horchte, hörte aber nichts als ein ununterbrochenes heftiges Atmen und zeitweiliges Stöhnen. Da öffnete er auch diese Türe und trat in das tiefe und düstere Zimmer, dessen kahle Wände von der Kälte bis zum Tropfen feucht waren; das nach dem Hofe hinausgehende Fenster bedeckte ein einfacher weißer Vorhang samt der dicken Stickerei von Eisblumen. Auf einem elenden Bette, das aus einem Strohsacke, einem groben Leintuche und einer jämmerlich dünnen Decke bestand, lag die Baronin. Eine schmale, feine Gestalt zeichnete sich durch die Decke hindurch; der blasse Kopf lag auf einem ärmlichen Kissen und das feuchte nußbraune Haar in verworrenen Strähnen um das Gesicht herum, das mit offenen Augen an die geweißte feuchte Decke starrte. Sie war mit einem dünnen Flanelljäckchen angetan; die Arme und Hände, die auf der Wolldecke lagen, schlotterten demnach von Kälte und Fieber zugleich, und ebenso zitterte der übrige Körper sichtbar unter der Decke. Erschrocken trat Brandolf an das Bett und rief die Kranke an; sie drehte wohl die Augen nach ihm, schien ihn aber nicht zu erkennen; doch bat sie mit schwacher Stimme hastig um Wasser. Stracks lief er in die Küche zurück,

fand dort Wasser und füllte ein Glas damit. Er mußte ihr den Kopf heben, um ihr dasselbe an den Mund zu bringen; mit beiden Händen hielt sie seine Hand und das Glas fest und trank es begierig aus. Dann legte sie den Kopf zurück, sah den fremden Mann einen Augenblick an und schloß hierauf die Augen.
„Kennen Sie mich nicht? Wie geht es Ihnen?“ sagte Brandolf und suchte an ihrem dünnen und weißen Handgelenk den Puls zu finden, der sich mit seinem heftigen Jagen bald genug bemerklich machte. Als sie nicht antwortete, noch die Augen öffnete, eilte er zu der Hausmeisterin hinunter, die im Erdgeschoß hauste, und forderte sie auf, zu der Erkrankten zu gehen und Hilfe zu leisten, während er einen Arzt herbeihole. Er selbst machte sich unverzüglich auf den Weg, dies zu tun; er war dem bewährten Vorsteher eines Krankenhauses befreundet und suchte ihn an der Stätte seiner vormittäglichen Tätigkeit auf. Der Arzt beendete so rasch als möglich die noch zu verrichtenden Geschäfte und fuhr dann unverweilt mit dem Freunde, den er in seinen Wagen nahm, nach dessen Wohnung. „Du hast da eine wunderliche Wirtin gewählt,“ sagte er scherzend; „am Ende, wenn sie stirbt, bekommst du noch Pflegekosten, Begräbnis und Grabstein auf die Rechnung gesetzt und kannst alsdann ausziehen!“
„Nein, nein!“ rief Brandolf, „sie darf nicht sterben! Ich hab' es einmal auf dies mysteriöse Bündel Unglück abgesehen, und es ist mir fast zumute wie einem schwachen Weibe, dem das Kind erkrankt ist!“
Er erzählte dem Arzte, so lange der Weg es noch erlaubte, einiges von der Lebensart der Baronin. Jener schüttelte immer verwunderter den Kopf. „Lohausen!“ sagte er, „wenn ich nur wüßte, wo ich den Namen schon gehört habe! Gleichviel, wir wollen sehen, was zu tun ist!“
„Das ist ja ein vertracktes Loch!“ rief er dann, als er das feuchte, kalte und finstere Zimmer betrat, in dem die Kranke lag. Sie

war jetzt bewußtlos und hatte sich nach Aussage der Hausmeisterin nicht geregt, seit Brandolf fortgegangen. Nach kurzer Betrachtung erklärte der Arzt den Zustand für den lebensgefährlichen Ausbruch einer tiefen Erkrankung. „Vor allem muß sie hier weg," sagte er, „und in ein rechtes Bett in guter Luft! In meinen Krankensälen wird sich leicht ein Platz finden, wenn wir sie hinbringen; die Einzelzimmer sind freilich im Augenblick alle in Anspruch genommen."

„Wir können die menschenscheue Frau nicht dem Momente aussetzen, wo sie am unbekannten Orte und unter einer Menge fremder Gesichter zu sich kommt," versetzte Brandolf, der das Kleinod seiner Teilnahme nicht aus dem Hause lassen wollte. „Und überdies", sagte er, „haben wir es hier sichtlich mit verborgener und arg verschämter Armut zu tun, deren Gemütsbewegungen auch berücksichtigt sein wollen. Ich kann mein äußerstes Zimmer ganz gut entbehren; dort bringt man sie hin, setzt eine zuverlässige Wärterin hinein und schließt das Zimmer nach meiner Seite her ab, so sind beide Parteien ungestört. Hätten wir nur erst das Bett!"

„Ich habe hier neben in die Kammer hineingeguckt," berichtete jetzt die Hausmeisterin, „und gesehen, daß die Stücke eines vollständigen schönen Bettes dort beieinander liegen. Der Himmel mag wissen, warum die wunderliche Dame auf diesem Armesünderschragen schläft, während sie ein so gutes Lager vorrätig hat!"

„Das will ich Euch sagen, Frau Hausmeisterin!" sprach Brandolf, „sie tut es, weil sie das gute Bett spart, um nötigenfalls zwei Mieter einlogieren zu können. So viel habe ich gesehen, daß sie wahrscheinlich ihr Leben lang gewöhnt war, mit dem Entbehren immer an sich selbst anzufangen, vielleicht nicht aus Güte, sondern weil sie es für notwendig hielt. Denn die kleine, schmale Weibsgestalt unter dieser Decke ist ein wahrer Teufel von Unerbittlichkeit gegen sich und andere."

Der Arzt aber warf nur ein: „So will ich eine gute Wärterin, die ich kenne, gleich selbst aufsuchen und hersenden." Worauf er sich in seiner Kutsche wieder entfernte, nachdem er noch angedeutet, er werde Verhaltungsbefehle und Anordnungen der Wärterin mitgeben. Auch die Hausmeisterin mußte sich in eigenen Geschäften zurückziehen, und Brandolf saß allein am Leidensbette der Fieberkranken, bis die Wärterin mit ihrem Korbe und ihren Siebensachen anlangte, von der Hausmeisterin begleitet. Zuerst wurde nun das bessere Zimmer eingerichtet und das gute Bett darin aufgeschlagen und sodann die Übersiedelung der Baronin bewerkstelligt. Als die beiden Frauen sich nicht recht anzuschicken wußten, nahm Brandolf das kranke Aschenbrödel, in seine Decke gewickelt, kurzweg auf den Arm und trug es so sorglich, wie wenn es das zerbrechliche Glück von Edenhall gewesen wäre, hinüber und ließ hierauf die Weiber das ihrige tun. Beide versorgte er mit dem nötigen Geld, um alles Erforderliche vorzusehen und zu beschaffen, und empfahl ihnen, die treulichste Pflege zu üben. Für sich selber bestellte er noch eine besondere Aufwärterin, welche des Morgens herkam und den Tag über da blieb, so daß es in der sonst so stillen Küche auf einmal lebendig wurde.

Etwas länger als zwei Wochen blieb die Kranke bewußtlos, und der Arzt versicherte mehrmals, daß in dem zarten Körper eine gute Natur stecken müsse, wenn er sich erholen solle. Es geschah dennoch; die Fieberstürme hörten auf, und eines Tages schaute sie still und ruhig um sich. Sie sah das schöne Zimmer mit ihrem eigenen Geräte, die freundliche Wärterin und den behäbigen Doktor, der mit tröstlichen Mienen und Worten an ihr Lager trat; aber sie frug nicht nach den Umständen, sondern überließ sich der schweigenden Ruhe, wie wenn sie fürchtete, derselben entrissen zu werden. Erst am zweiten oder dritten Tage fing sie an zu fragen, was mit ihr geschehen sei und wer für sie gesorgt habe. Als sie vernahm, daß es der Herr Mietsmann sei, schwieg sie wieder und lag lang in stillem Nachsinnen; aber der Trotz schien gebrochen, die Nachricht sie eher ein wenig zu beleben, als zu beunruhigen.

Als Brandolf von der besseren Wendung hörte, wurde er sehr zufrieden und empfand etwas wie das Vergnügen eines Kindes, wenn ein lieber Gast im Hause sitzt und nun allerlei angenehme und merkwürdige Dinge in Aussicht stehen. „Wie wenig braucht es doch," dachte er im stillen, „um sich selber einen Hauptspaß zu bereiten, und was für schöne Gelegenheiten liegen immer am Wegrande bereit, wenn man sie nur zu sehen wüßte!"

Inzwischen hatte sich die Kunde von der erkrankten und von ihm verpflegten adeligen Wirtsfrau weiter verbreitet, und er bekam in den Kreisen, die er besuchte, davon zu hören, was ihn keineswegs belästigte. Er machte sich nur darüber lustig, daß er in das Haus gezogen sei, einen ungerechten Drachen zu bändigen und statt dessen nun den Kranken- und Armenpfleger spielen müsse. Durch das Gerede entwickelten sich dagegen ein paar dürftige Angaben über das Vorleben des Pfleglings. Als die Tochter eines im Nachbarstaate seßhaft gewesenen und verstorbenen Freiherrn von Lohausen sei sie mit einem Rittmeister von Schwendtner verheiratet worden, habe sich aber nach einer dreijährigen unglücklichen Ehe von ihm scheiden lassen, und der rc. Schwendtner sei dann in übeln Umständen verschollen. Brandolf empfand sogleich eine sonderbare Eifersucht gegen den Unbekannten und eine zornige Straflust, nicht bedenkend, daß er den Mann am Ende auch noch pflegen müßte, wenn er denselben in die Hände bekäme.

Nach ungefähr weiteren acht Tagen befand sich die Baronin entschieden auf dem Wege der Genesung, wenn keine schlimmen Einflüsse dazu kamen. Brandolf war sehr begierig, das gerettete Wesen anzusehen, und ließ durch die Wärterin ordentlich anfragen, ob die Frau Baronin seinen Besuch empfangen würde. Denn er wollte auch im Punkte der Höflichkeit zur Befestigung ihrer Gesundheit beitragen und gutmachen, was sie als dienende Wirtin in ihrer Vermummung erlitten haben mochte. Kurzum, es sollte alles wohlsinnig und freundlich hergehen, solange er die Hand im Spiele hatte.

Als er den Bericht erhielt, daß sie seinen Besuch erwarten wolle, zog er einen Ausgeherock und Handschuhe an und begab sich in das Krankenzimmer hinüber.

Er erstaunte nicht wenig, sie in ihrem hübsch zugerüsteten Bette liegen zu sehen, und hätte sie beinahe nicht wieder erkannt, angetan wie sie war mit reinlich weißem Gewande und mit dem vergeistert weißen Gesichte, das von dem leicht, aber schicklich geordneten Haar umrahmt wurde. Sie richtete mit großem Ernste die Augen auf ihn, als er auf einem Stuhle Platz nahm, den die Wärterin neben das Bett gestellt hatte. Ihr Blick haftete zerstreut und aufmerksam zugleich an seinem Gesichte und schien dasselbe neugierig zu prüfen, während er nach ihrem Befinden frug und seine Zufriedenheit über ihre Wiedergenesung ausdrückte.

„Ihr Freund, der gute Herr Doktor", sagte sie leis, „meint, ich werde gesund werden."

„Er ist davon überzeugt, und ich auch, denn er versteht es!" erwiderte Brandolf, und sie fuhr fort:

„Sie haben es nicht gut getroffen mit Ihrer Wohnung! Statt besorgt und bedient zu werden, wie es sich gehört, mußten Sie die Wirtin versorgen und bedienen lassen, die Sie nichts angeht!"

„Ich hätte es ja nicht besser treffen können," antwortete er mit offenherzigem Vergnügen; „tun Sie uns nur den Gefallen und lassen sich ferner recht geduldig pflegen und nichts anfechten! Nicht wahr, Sie versprechen es?"

Er hielt ihr unbefangen und zutraulich die Hand hin, und sie legte ihre fast wesenlose, blasse Hand hinein, die nur durch die Schwäche ein kleines Gewicht erhielt. Zugleich bildete sich auf dem ernsten Munde ein ungewohntes, unendlich rührendes Lächeln wie bei einem Kinde, das diese Kunst zum ersten Male lernt; dasselbe machte aber Miene, in ein weinerliches Zucken übergehen zu wollen. Brandolf verschlang das flüchtige kleine Schauspiel mit durstigen Augen; da er sich jedoch erinnerte, daß er die Kranke nicht lang hinhalten und aufregen durfte, so drückte er sanft ihre Hand und empfahl sich.

Er eilte aber auch um seiner selbst willen davon, weil es ihn an die freie Luft drängte, ein Freudenliedchen zu pfeifen, das er schon begann, während er Mantel und Hut an sich nahm, um zum Mittagsmahl zu gehen. Fröhlich begrüßte er die tägliche Tischgesellschaft und verführte die Herren sogleich zu einem außergewöhnlichen Gütlichtun, indem er eine Flasche duftenden Rheinweins bestellte. Einer nach dem andern folgte dem Beispiel; es entstand eine bedeutende Heiterkeit, ohne daß jemand wußte, was eigentlich die Ursache sei. Schließlich wurde Brandolf als der Urheber ins Gebet genommen.

„Ei," sagte er, „meine Katze hat Junge, und als ich heut eines der Tierchen in die Hand nahm, gingen ihm in demselben Augenblicke die Äuglein auf, und ich sah mit ihm die Welt zum erstenmal."

Die Herren schüttelten lachend die Köpfe ob dem Unsinn; Brandolf hingegen wurde am gleichen Nachmittage noch sehr scharfsinnig; denn als er tatlustig auf sein Bureau ging, wo er die Akten eines in der Provinz hausenden höheren Justizbeamten zu prüfen hatte, arbeitete er mit so vergnüglich hellem Geiste, daß eine ausgezeichnete Kritik zustande kam, infolge welcher jener ungerechte Mann aus der Ferne erheblich beunruhigt, gemaßregelt und endlich sogar entsetzt wurde. Alles wegen des jungen Kätzleins, dessen Welterblickung Brandolf gefeiert haben wollte.

Am nächsten Tage wiederholte er seinen Besuch und brachte der Baronin einige zartgefärbte junge Rosen, die er im Gewächshause eines Gärtners zusammengesucht. Sie hielt dieselben in der Hand, die auf der Decke ruhte. Dergleichen Artigkeiten hatte sie noch nie erlebt und vielleicht auch niemals verlangt. Es war daher wie eine erste Erfahrung in ihrem neu beginnenden Leben, und nach Maßgabe der noch nicht zu Kräften gekommenen Herzschläge verbreitete sich ein schwacher rötlicher Schimmer, gleich demjenigen auf den Rosen, über die blassen Wangen. Gleichzeitig verband sich mit dem Schimmer ein schon lieblich ausgebildetes Lächeln, vielleicht auch zum ersten Male in dieser Art und auf diesem Munde. Es erinnerte fast an den Text eines alten Sinngedichtes, welches heißt: Wie willst du weiße Lilien zu roten Rosen machen? Küß eine weiße Galathee, sie wird errötend lachen. Von einem Kusse war freilich da nicht die Rede.

Brandolf sorgte jetzt jeden Tag um etwas Erquickliches für die Augen oder den Mund, wie es der Arzt erlaubte, und die Genesende ließ es sich gefallen, da es ja doch ein Ende nehmen mußte. Nach Ablauf einer weiteren Woche verkündigte die Wärterin, daß die Baronin aufgestanden sei und Brandolf sie im Lehnstuhl finden werde. So war es auch. Sie trug ein bescheidenes altes Taftkleid und ein schwarzes Spitzentüchlein um den Kopf; immerhin sah man, daß sie dem Besuche Ehre zu erweisen wünschte. Sie blickte mit sanftem Ernste zu ihm auf, als er Glück wünschend eintrat und auf ihren Wink sich setzte.

„Wie ich damals mit einem Messer nach Ihrer Sohle stach," sagte sie, „dachte ich nicht, daß ich einst so Ihnen gegenüber sitzen werde!"

„Es war ein sehr lieber Stich; denn er ist die Ursache unserer guten Freundschaft, und ohne ihn würde ich kaum je Ihr Zimmerherr geworden sein," antwortete Brandolf, „weil ich kam, um Sie dafür zu strafen."

„Sie haben freilich Kohlen auf mein Haupt gesammelt," sagte sie traurig, „indem Sie wahrscheinlich mein Leben gerettet haben. Aber Sie griffen zugleich in dies gerettete Leben ein, weil ich es nun ändern muß. Ich erfahre, daß ich nicht auf die bisherige selbständige Weise bestehen kann und will versuchen, irgendwo als Wirtschafterin oder so was unterzukommen. Ich habe mir von der Wärterin und der Hausfrau, so weit möglich, die Ausgaben zusammentragen lassen, und um die Rechnung zu bereinigen und die nötigen Mittel für die nächste Zukunft zu gewinnen, gedenke ich nun, meinen Hausrat, das letzte, was ich besitze, zu veräußern, sobald ich vollständig hergestellt bin. Ich muß Ihnen also die Wohnung kündigen und bitte Sie, mir das nicht ungut aufzunehmen. Sie tun es aber nicht, denn Sie sind der erste gute Mann, der mir vorgekommen ist, und es tut mir leid, Sie sobald verlieren zu müssen!"

„Dieser Verlust wird Ihnen nicht so leicht gelingen!" rief Brandolf fröhlich und ergriff ihre Hand, die er festhielt. „Denn Ihr Vorsatz trifft auf das beste mit dem Plane zusammen, den ich für Sie entworfen habe! Glauben Sie denn, wir werden Sie ohne weiteres wieder so allein in die Einöde hinauslaufen lassen?"

„Ach Gott," sagte sie und fing an zu weinen, „ich bin so gute Worte nicht gewohnt, sie brechen mir das Herz!"

„Nein, sie werden es Ihnen gesund machen!" fuhr er fort, „hören Sie mich freundlich an! Mein Vater lebt als verwitweter alter Herr auf seinen Gütern, während ich mich noch einige Zeit fernhalten muß. Unsere alte Wirtschaftsdame ist vor einem halben Jahre gestorben, und der Vater sehnt sich nach einer weiblichen Aufsicht. So lassen Sie sich denn zu ihm bringen, sobald Sie zu Kräften gekommen sind, und machen Sie sich nützlich, so lange es Ihnen gefällt und bis sich etwas Wünschenswerteres zeigt! Daß Sie uns nützlich sein werden, bin ich überzeugt; denn ich halte die starre Entbehrungskunst, die Sie hier geübt haben, nur für die erkrankte Form eines sonst kerngesund gewesenen haushälterischen Sinnes, und ich weiß, daß Sie Ihren Untergebenen gerne gönnen werden, was ihnen gehört, wenn die Sachen vorhanden sind. Hab' ich nicht recht?"

Ihre Hand zitterte sanft in der seinigen, als sie leise sagte: „Es tut freilich wohl, sich so beschreiben zu hören, und ich brauche gottlob nicht Nein zu sagen!"

Sie blickte ihn dabei mit Augen so voll herzlicher Dankbarkeit an, daß ihm über diesem neuen lieblichen Phänomen die Brust weit wurde.

„Also ist es abgemacht, daß Sie kommen?" fragte er hastig, und sie sagte: „Ich finde jetzt nicht mehr die Kraft, es abzulehnen, aber Sie müssen doch vorher vernehmen, wer ich bin und woher ich komme!"

„Morgen plaudern wir weiter, es eilt nicht!" rief er mit eifriger Fürsorge und stand entschlossen auf, so ungern er ihre Hand fahren ließ, als er bemerkte, daß sie angegriffen, müde und hinwieder aufgeregt wurde.

Desto besser sah sie verhältnismäßig am andern Tage aus. Sie erhob sich von ihrem Sessel und ging ihm mit kleinen Schritten entgegen, als er kam. Doch nötigte er sie sofort zum Sitzen. „Ich habe sehr gut geschlafen die ganze Nacht," sagte sie, „und zwar so merkwürdig, daß ich fast während des Schlafes selbst die Wohltat fühlte, wie wenn ich es wüßte."

„Das ist recht!" sagte er mit dem Behagen eines Gärtners, der ein verkümmertes Myrthenbäumchen sich neuerdings erholen und im frischen Grün überall die Blüten erwachen sieht. Denn er gewahrte mit Verwunderung, welch anmutigen Ausdruckes dieses Gesicht im Zustande der Zufriedenheit und Sorglosigkeit fähig war. Er nahm einen kleinen Spiegel, der in der Nähe stand, und hielt ihn der Frau vor mit den Worten: „Schauen Sie einmal her!"

„Was ist's?" sagte sie leicht erschrocken, indem sie in den Spiegel sah, aber nichts entdecken konnte.

„Ich meinte nur, wie schön Sie aussehen!"

„Ich? Ich war nie eine Schönheit und bin es, kaum dem Grab entronnen, wohl am wenigsten!"

„Nein, keine Schönheit, sondern etwas Besseres!"

Das rote Fähnchen ihres Blutes flatterte jetzt schon etwas kräftiger an den weißen Wangen. Sie wagte aber nicht zu fragen, was er damit sagen wollte, und nahm ihm schweigend den Spiegel aus der Hand; und doch schlug sie mit einer innern Neugierde die Augen nieder, was das wohl sein möchte, was besser als eine Schönheit sei und doch im Spiegel gesehen werden könne. Brandolf bemerkte das nachdenkliche Wesen unter den Augdeckeln; er sah, daß es wieder Ungewohntes war, was ihr gesagt worden, und da es ihr nicht weh zu tun schien, so ließ er sie ein Weilchen in der Stille gewähren, bis sie von selbst die Augen aufschlug. Es ging ein sogenannter Engel durch das Zimmer. Um nicht eine Verlegenheit daraus werden zu lassen, ergriff die Baronin das Wort und sagte: „Es ist mir jetzt so ruhig zumute, daß ich glaube, Ihnen meine Angelegenheit ohne Schaden kurz erzählen zu können; es ist nicht viel. Sie sehen in mir die Abkömmlingin eines Geschlechtes, das sich seit hundert Jahren nur von Frauengut und ohne jede andere Arbeit oder Verdienst erhalten hat, bis der Faden endlich ausgegangen ist. Jede Frau, die da einheiratete, erlebte das Ende ihres Zugebrachten, und immer kam eine andere und füllte den Krug. Ich habe meine Großmutter noch gekannt, deren Vermögen der Großvater bequemlich aufbrauchte, bis der Sohn erwachsen und heiratsfähig war. Diesem verschaffte sie dann im Drange der Selbsterhaltung eine reiche Erbin aus ihrer Freundschaft, von welcher man wußte, daß ihr im Verlaufe der Zeit noch mehr als ein Vermögen zufallen würde, so daß es nach menschlicher Voraussicht endlich etwas hätte klecken sollen. Diese starb aber noch in jungen Jahren, nachdem sie zwei Knaben zur Welt geboren hatte, und weil nun möglicherweise zwei Nichtstuer mehr dem Hause heranwuchsen, ruhte jene nicht, bis sie dem Sohne, meinem Vater, eine zweite Erbin herbeilocken konnte, von der ich sodann das Dasein empfing. Allein ich erlebte noch, wie die Großmutter, ehe sie starb, ihre Sorge verfluchte, mit der sie die zwei jungen Weiber ins Unglück gebracht.

„Der Vater verschwendete das Geld auf immerwährenden Reisen, da es ihm nie wohl zu Hause war. Mit den zunehmenden Jahren fing eine andere Torheit an, ihn zu besitzen, indem er sich an falsche Frauen hing, denen er Geld und Geldeswert zuwendete, was er aufbringen konnte. Sogar Korn und Wein, Holz und Torf ließ er vom Hofe weg und jenen zuführen, die alles nahmen, was sie erwischen konnten. Die heranwachsenden Söhne verachteten ihn darum, taten es ihm aber nach und bestahlen das Haus, wo sie konnten, um sich Taschengeld zu machen. Niemand vermochte sie zu zwingen, etwas zu lernen, und als sie das Alter erreichten, wußten sie sogar dem Militärdienste aus dem Wege zu gehen, obgleich sie groß und gesund waren. Der Vater haßte sie und lauerte auf die Erbschaften, die ihrer von mütterlicher Seite her noch warteten, um als natürlicher Vormund das Vermögen seiner Söhne wenigstens noch während ein paar Jahren in die Hände zu bekommen. Allein sie wurden richtig volljährig, ehe die Glücksfälle rasch einer nach dem andern eintraten; und nun rafften sie ihren Reichtum zusammen und reisten miteinander in die Welt hinaus, um zu treiben, was ihnen wohlgefiel, und nicht einen Pfennig ließen sie zurück. Sie hingen aneinander wie Kletten; während man sonst von einer Affenliebe spricht, hielten die zwei Brüder mit einer Art von Halunkenliebe zusammen und tun es wahrscheinlich jetzt noch, wenn sie noch leben; denn man weiß nicht, wo sie sind.

Der Vater wurde kränklich und starb, und nun war die Mutter mit mir allein auf dem verarmten Stammsitze zu Lohausen, den sie nie gesehen zu haben wünschte. Schon seit Jahren hatte sie zu retten gesucht, was zu retten war, und jetzt kämpfte sie wie ein Soldat gegen den Untergang. Von ihr lernte ich, fast von nichts zu leben und das Nichts noch zu sparen. Mit wenigen Leuten hielten wir uns auf dem Hofe, obgleich er schon verschuldet war. Früh und spät schaute die Mutter zur Sache; ihr Vermögen war verloren, aber noch hatte auch sie zu erben, und in dieser Hoffnung nur hielt sie sich aufrecht. Sie erlebte es aber nicht; als sie einen naßkalten Herbsttag hindurch auf dem Felde verweilte, um das Einbringen von Früchten selbst zu überwachen, trug sie eine Krankheit davon, die sie in wenigen Tagen dahinraffte.

Nun befand ich mich allein, aber nicht lange. Die letzte Erbschaft, die in das unselige Haus kam, fiel mir zu; sie betrug volle zweihunderttausend Taler. Mit ihr waren plötzlich auch die Brüder wieder da, scheinbar in ordentlichen Umständen, obgleich von wilden Gewohnheiten. Sie brachten einen Rittmeister Schwendtner mit sich, einen hübschen und gesetzten Mann, der einen wohltätigen Einfluß auf sie zu üben und sie förmlich im Zaume zu halten schien, wenn sie allzusehr über die Stränge schlugen. Er war mit Rat und Tat bei der Hand und voll bescheidener Aufmerksamkeit, ohne das Hausrecht zu verletzen. Die Dienstboten schienen froh, einen kundigen Mann sprechen zu hören, denn sie waren freilich nicht mehr von der vorzüglichsten Art und verstanden selbst nicht viel. Trotzdem blieb ein Rest von Unheimlichkeit, der mir an allem nicht recht zusagte, und ich befand mich in ängstlicher Beklemmung. Allein vielleicht gerade wegen dieser Angst und inneren Verlassenheit fiel ich der Bewerbung des Rittmeisters, die er nun anhob, zum Opfer; ich heiratete den Mann in tiefer Verblendung, ohne ein zarteres Gefühl, das ich nicht kannte, und nun fing meine Leidenszeit an.

Denn alles war eine abgekartete Komödie gewesen. Mein Vermögen wurde mir aus den Händen gespielt, ich wußte nicht wie, und angeblich in einer hauptstädtischen Bank sicher angelegt. Die Brüder verschwanden wieder, nachdem sie den Lohn ihres Seelenverkaufs mochten empfangen und sich vorbehalten haben, an dem Raube ferner teilzunehmen. Drei Jahre brachte ich nun unter Mißhandlungen und Demütigungen zu. Die Brüder habe ich nicht mehr gesehen. Mein Mann war häufig oder eigentlich meistens abwesend, bis er eines Tages mit einer ganzen Gesellschaft halb betrunkener Männer zu Pferde und zu Wagen auf dem Hofe ankam und mir befahl, eine gute Bewirtung zuzurüsten. Ich tat, was ich vermochte, während die Männer auf das Pistolenschießen gerieten. Ich hatte ein krankes Kind in der Wiege liegen, welches ich einen Augenblick zu sehen ging; es war nach langem Wimmern ein wenig eingeschlafen. Da kam Schwendtner mit der Pistole in der Hand und verlangte, ich sollte ‚seinen Jungen' der Gesellschaft vorweisen. Ich machte ihn auf den Schlaf des armen Kindes aufmerksam. Er aber rief: Ich will dir zeigen, wie man ein Soldatenkind munter macht! und schoß die Pistole über dem Gesichtchen los, daß die Kugel dicht daneben in die Wand fuhr. Es schreckte erbärmlich auf und verfiel in tödtliche Krämpfe; es war auch in drei Tagen dahin. An jenem Tage aber zwang mich der Unhold, beim Essen mit zu Tisch zu sitzen. Um Ruhe zu bekommen, tat ich es für einige Minuten, und da insultierte er mich vor dem ganzen Troß mit ehrlosen Worten, die nur ein Verworfener seiner Frau gegenüber in den Mund nimmt. Ich stand auf und schwankte zu meinem in Zuckungen liegenden Kinde.

Inzwischen fuhr die Gesellschaft wieder davon, wie sie gekommen war. Nachdem starb, wie gesagt, das Kind; ich begrub es in der Stille, ohne den Mann zu benachrichtigen, und verließ nachher das Lumpenschloß, dessen Name mir leider geblieben ist. Durch den Verkauf meiner mütterlichen Schmucksachen gewann ich die Mittel, einen Advokaten zu nehmen, der mich von dem Manne befreite und die Auseinandersetzung besorgte, die damit endete, daß ich nicht einen Taler mehr von dem Meinigen zu sehen bekam. Alles war verschwunden, obschon schwerlich aufgebraucht in so wenig Jahren. Schwendtner wurde nicht lange nachher wegen einer anderen Niederträchtigkeit aus dem Offizierstande gestoßen und soll sich eine Zeitlang mit meinen Brüdern als Spieler herumgetrieben haben. Zuletzt sollen alle drei miteinander ins Gefängnis gekommen sein. Das Gut Lohausen wurde verkauft, und ich behielt nichts als die hausrätliche Einrichtung, mit der ich, wie Sie sehen, mich als Zimmervermieterin durchzubringen gesucht habe, freilich mit wenig Glück. Seit zwei Jahren ziehe ich in dieser Stadt, wo mich niemand leiden mag, von einem Haus in das andere, immer von der Angst gehetzt, die Miete nicht zusammenbringen zu können. So ist am hellen Tage das Kunststück fertig gebracht worden, daß eine schwache Frau fast verhungern mußte, während drei baumstarke Männer, unbekannt wo, ihr rechtmäßiges Erbe vergeudeten. Denn gewiß haben sie Teile davon in Sicherheit gebracht, wie ja die Diebe auch ihren Raub zu verbergen wissen und gemächlich hervorholen, wenn sie aus dem Zuchthaus kommen."

Nicht nur, weil sie mit ihrer Erzählung zu Ende war, sondern auch, weil Brandolf Zeichen der Unruhe von sich gab und glühende Augen machte, hielt sie inne. Ehe sie jedoch seine Aufregung recht wahrnehmen konnte, hatte er den in ihm aufgestiegenen Grimm schon bezwungen und verschluckte gewaltsam die Wut, die ihn gegen das Gesindel erfüllte, damit die genesende Frau nicht in Mitleidenschaft gerate, nachdem sie die Unglücksgeschichte so gelassen erzählt wie einen quälenden Traum, von dem man erwacht ist.

„Das ist nun vorbei und wird nicht wieder kommen!" sagte Brandolf ruhig und ergriff ihre Hand, die er sänftlich streichelte;

denn er fing ein wenig an, sie wie eine wohlerworbene Sache zu behandeln, oder ein anvertrautes Gut, für das man verantwortlich ist, das man aber dafür nicht aus der Hand läßt. So zog sich das neue Leben still und ruhig dahin, bis im sonnigen März der Arzt die Baronin für genesen und fähig erklärte, ohne Gefahr eine Reise anzutreten.

Jetzt wurde der ganze Hausrat, vor allem das Porzellan und Glas mit den unzähligen Wappen, verkauft; nur was zum Andenken an ihre Mutter dienen konnte, behielt sie, alles andere wollte sie womöglich aus ihrem Gedächtnisse vertilgen.

Auch ließ sie ihren bescheidenen Kleidervorrat nach neuerem Zuschnitt umändern, suchte auf Brandolfs Bitte, da es daran fehle, eine ordentliche Stubenjungfer aus und reiste endlich, mit seinen Grüßen wohl versehen, von der Jungfer begleitet, in die Provinz, wo der Vater Brandolfs hauste und zu ihrem Empfange alles vorbereitet war.

Brandolf dagegen begab sich in eine andere Landesgegend, wo er die Aufgabe übernommen hatte, während einiger Monate ein nicht unwichtiges Amt provisorisch zu verwalten und gewisse, in Verwirrung geratene Verhältnisse in Ordnung zu bringen. Man gedachte hierdurch seine Kräfte zu prüfen und ihn zu weiterem vorzubereiten; er aber behielt sich vor, nach vollbrachter Sache in seine Freiheit zurückzukehren.

Es dauerte nicht viele Wochen, so kamen Briefe des alten Herrn, Brandolfs Vater, die vom Lobe der Frau Hedwig von Lohausen und von dem neuen Stande der Dinge voll waren. Es sei, wie wenn sie eine Schar Wichtelmännchen im Dienste hätte, so glatt und gut geordnet gehe seit ihrer Ankunft alles vonstatten; ein wahrer Segen liege in ihren Händen, und rührend sei ihre sichtbare stille Freude über die Fülle und Sicherheit, in welcher sie sich bewegen könne und zweckmäßig zu walten berufen sei. Von früh bis spät freue sie sich der Bewegung, aber ohne alles Geräusch, und lieblich sei es, wenn sie sich hinwieder eine Stunde der Ruhe überlasse, fast mehr wie um nicht bemerklich zu sein und andern auch Erholung zu gönnen, als wie um selbst zu ruhen. Auch die Stubenjungfer habe die besten Manieren, und die Küche sei vortrefflich geworden, kurz, der Herr Vater befinde sich wie im Himmel und fühle sich verjüngt. Fast beginge er die Torheit, noch zu heiraten, um die treffliche Person nicht mehr zu verlieren.

Endlich kam ein Brief, in welchem der Vater schrieb, er habe sich den Gedanken einer Heirat wirklich überlegt und gefunden, daß der Sohn sie ins Werk setzen müsse. Denn so liebevoll die Frau von Lohausen für ihn sorge, hänge ihr Herz jedenfalls am Sohne, er müsse es ihr angetan haben, das bemerke er wohl. Niemals spreche sie von ihm; aber so oft sein Name genannt werde, erröte sie ein wenig, gleich einem jungen Mädchen, dem sie auch in ihrer schlanken und feinen Tournüre ähnlich sei. Darum wünsche der Vater, daß Brandolf sich entschließen könnte, den Sprung zu wagen; er hoffe auf keine bessere Schwiegertochter für seine Verhältnisse.

Brandolf antwortete, er sei es zufrieden. Die Hedwig sei ihm als Schützling lieb, wie wenn sie sein Kind wäre; allein er könne sie auch als sein Frauchen liebhaben und werde sie alsdann mit einem seidenen Faden am feinen Knöchel anbinden, damit sie ihm nie mehr abhanden komme. Doch müsse der Papa für ihn fragen und den Korb einheimsen, den es allenfalls absetze.

Darauf schrieb der Alte zurück, er habe es sofort getan und augenblicklich ein Ja erhalten. Es sei auf dem Wege zu dem großen Gemüsegarten geschehen, den sie in so herrlichen Stand gebracht habe. Sie sei so ehrlich und offen, daß sie sich nicht eine Sekunde lang zu zieren vermocht, sondern ihm gleich beide Hände zitternd entgegengestreckt habe, von einem ganz merkwürdig hingebenden und seelenvollen Ausdruck des schmalen

Gesichtes begleitet. Ja, ja, die kleine Hexe sei nicht nur nützlich, sondern auch angenehm usw.

Hierauf begann Brandolf allerhand kleine Briefchen und große Geschenke an die Erwählte zu senden. Sie antwortete ebenso kurz; aber die Buchstaben flimmerten von den Empfindungen, die darin lebten. Der Tag der Verlobung wurde in den Monat Mai verlegt und die Verwandten und Freunde geladen. Als Hauswirtin hatte Hedwig die Pflicht und Freude, alle Vorbereitungen zu treffen, und sie selbst war die Braut. Bei Brandolfs Ankunft war sie ihm allein entgegengeeilt; so hatten sie es verabredet. Er stieg aus dem Wagen und wandelte mit ihr durch einen einsamen blumigen Wiesenpfad, auf dessen Mitte er sie fest an sich drückte und sie an seinem Halse hing, von den niederhängenden Ästen der weiß blühenden Äpfelbäume geschützt. Hier ist nun weiter nichts zu sagen, als daß eine jener langen Rechnungen über Lust und Unlust, die unsere modernen Shyloks eifrig aufsetzen und dem Himmel so mürrisch entgegenhalten, wieder einmal wenigstens ausgeglichen wurde.

Da Brandolf bis gegen den Herbst hin mit seiner amtlichen Verrichtung beschäftigt und nicht gesonnen war, auch nach der Hochzeit noch im Dienste zu bleiben, wurde die Zeit der Weinlese zu dem Feste bestimmt, um zugleich eine natürliche Lustbarkeit mit demselben zu verbinden und es zu einer gewissermaßen symbolischen Feier für die wirkliche Braut zu gestalten, die so vieles erduldet und entbehrt hatte. Es sollte auch von einer Hochzeitsreise nicht die Rede sein, sondern das eheliche Leben gleich im Anfange in das Arbeitsgeräusch und den bacchischen Tumult des Herbstes untertauchen.

Zur Zeit der Kornernte reiste Brandolf nochmals auf ein paar Tage nach Hause; nachdem er die Braut im bittern Winter kennen gelernt, im Lenz sich mit ihr verlobt, wollte er sie im Glanze des Sommers sehen, ehe der Herbst die Erfüllung brachte. Sie war jetzt vollkommen erstarkt und beweglich, aber immer besonnen und still waltend, und die helle Liebesfreude, die in ihr blühte, von der gleichen unsichtbaren Hand gebändigt und geordnet, wie die Wucht der goldenen Ähren, die jetzt in tausend Garben auf den Feldern gebunden lagen. Zwischen zwei ausgedehnten gelben Ackerflächen zog sich ein schmaler Forst alter Eichen, deren Schatten das blendende Licht der Felder und der Sommerwolken kräftig unterbrach; ein klarer Bach floß überdies in diesem Schatten. Hier hatte Hedwig ihren Aufenthalt; sie ordnete die Ernährung der vielen Arbeitsleute, und jedermann wollte hier speisen; auch der alte Herr war herausgekommen. Und obgleich die Gegenwart der Frau von jedermann angenehm empfunden wurde, war es doch, wie wenn sie nicht da wäre. Nach verrichteter Mahlzeit blieb sie allein im durchsichtigen Forste zurück, zwischen dessen Stämmen man überall das Feld übersehen konnte. Sie nahm sich die Zeit, rasch die Erntekränze zu besorgen, und Brandolf leistete ihr Gesellschaft. Im einfachsten Sommerkleide, nur ein dünnes Goldkettchen um den Hals, welches die Uhr trug, schien sie eine Tochter der freien Luft zu sein und sich allein des gegenwärtigen Augenblickes zu erfreuen, ohne ein Wissen um Vergangenheit oder Zukunft.

„Bist du auch schon so gewesen, wie jetzt in diesem Augenblicke?“ sagte Brandolf vertraulich, indem er ihrem Tun und Lassen gemächlich zuschaute.

„Nein,“ antwortete sie, „ich habe die Erinnerung nicht! Es ist mir alles neu und darum so froh und kurzweilig. Ich scheine mir überhaupt früher nicht gelebt zu haben.“

Auf der Rückreise nach dem Orte seiner jetzigen Tätigkeit bekam Brandolf Regenwetter und sah sich deshalb mehr als sonst veranlaßt, bei den am Wege stehenden Herbergen abzusteigen. So geriet er auch, schon viele Meilen unterwegs, in eine Posthalterei, deren große Gaststube von Reisenden aller Art angefüllt war. Darunter befanden sich drei lange verwilderte

Kerle mit struppigen Bärten und elenden Kleidern, welche verdorbene Musikinstrumente bei sich trugen. Brandolf bemerkte, wie die drei Menschen nach Verhältnis der fortwährend neuankommenden Gäste mit ihren Branntweingläschen von Tisch zu Tisch weggedrängt und zuletzt ganz aus der Stube gewiesen wurden. Murrend, aber ohne Widerstand gingen sie auf den Hof hinaus, stellten sich dort unter das Vordach eines Holzschuppens und nahmen, wahrscheinlich um sich zu rächen, ihre Instrumente zur Hand. Aber sie begannen eine so gräßliche Musik hören zu lassen, daß in der Stube das Publikum zu fluchen anhub und verlangte, die Kerle sollten schweigen. Ein gutmütiger Krämer sammelte einige Groschen und rote Pfennige für die Unglücklichen und brachte ihnen die kleine Ernte, worauf sie den Lärm einstellten und in einem Winkel zusammen hockten, um das Nachlassen des Unwetters abzuwarten. Brandolf fragte einen Aufwärter, was das für traurige Musikanten seien. Ja, erwiderte der Bursche, das seien unheimliche und wenig beliebte Gesellen. Die zwei etwas kürzeren nenne man die Lohäuser, und der ganz lange heiße nur der schlechte Schwendtner. Man munkle, es seien drei Junker, die einst reich gewesen und dann ins Zuchthaus gekommen seien.

Hedwig war in der Tat im Irrtum, als sie glaubte, das ihr abgestohlene Vermögen sei zum Teil noch vorhanden und die Räuber erfreuten sich seiner. Sie hatten es freilich so im Sinne gehabt und waren, um das Geld wuchern zu lassen, unter die Börsianer gegangen; allein die drei Spitzbuben waren an die Unrechten geraten und in weniger als sechs Wochen bis auf die Haut ausgezogen. Wütend hierüber wollten sie sich durch einen großartigen Wechselbetrug rächen und heraushelfen und sich alsdann aus dem Staube machen. Es mißlang, und sie wurden ein Jahr lang eingesperrt und mußten gestreifte Kleider anziehen. Als sie herauskamen, standen sie auf der Straße;

sogar ihre guten Kleider samt den seidenen Schlafröcken hatte das Amt verkauft, und sie mußten mit den bescheidenen Hüllen vorlieb nehmen, welche die öffentliche Wohltätigkeit ihnen verabreichte. So konnten sie sich nicht einmal mehr zu der Ehrenstufe von Professionsspielern erheben, die sie früher bekleidet, und sanken, weil sie sich immerfort schlecht aufführten, schnell auf die Landstraße hinunter. Dort konnten sie erst recht nicht voneinander lassen; wenn sie sich je auseinander verfügten, um besser fortzukommen, so waren sie in zwei Wochen sicher wieder beisammen; nur ein gelegentlicher Polizeiarrest vermochte sie im übrigen zu trennen. Der lange Rittmeister Schwendtner hatte in seinen jüngeren Jahren etwas geigen gelernt und wußte mit Not noch eine Saite aufzuziehen und darauf zu kratzen. Die beiden Lohäuser hatten als Knaben einst Posthorn und Klarinette lernen sollen, die Arbeit aber frühzeitig eingestellt.

Solch ideale Jugendbestrebungen kamen ihnen jetzt im Unglück zu statten und liehen ihnen den Vorwand, einen dauernden Verband zu bilden und das Land nach Brot und Abenteuern zu durchstreifen.

Brandolf seinerseits, der an einem Fenster des Posthauses saß und durch das an demselben herabrieselnde Regenwasser nach den drei grauen Brüdern hinausschaute, konnte nicht im Zweifel sein, wen er da vor sich sehe. Schrecken und Sorge um seine Braut waren die erste Wirkung des unwillkommenen Anblickes. Sie ahnte nicht, daß ihr böses Schicksal so nahe um sie her schweifte. Dann stieg der Zorn mächtig in ihm auf, und er verspürte Lust, die Peitsche seines Kutschers zu nehmen, hinauszugehen und auf die drei Menschen einzuhauen. Je länger er aber hinsah, desto milder wurde die gewaltsame Stimmung und verwandelte sich zuletzt in eine launige Genugtuung, als er sich doch überzeugen mußte, wie übel es den Kumpanen erging. Er sah, wie der schlechte Schwendtner einmal ums andere die geröteten Augen wischte und sich an seinem durchlöcherten Schuhwerk zu schaffen machte, in welches er ein Stückchen Birkenrinde schob, das er vor dem Schuppen fand, während die Lohäuser aus dem Schnappsack einige Brotrinden hervorsuchten und daran kauten, dann aber einen weggeworfenen Zigarrenstummel aus dem Straßenkot holten, reinigten und abwechselnd rauchten; denn die Halunkenliebe zwischen ihnen schien geblieben zu sein.

Nach ungefähr einer halben Stunde, während es in Strömen fortregnete, war in Brandolfs Gedanken ein mehr lustiger als gewalttätiger Rache- und zugleich Befreiungsplan fertig, der sich um den Beschluß drehte, das Kleeblatt auf seine Weise zur Hochzeit zu laden. Und unverweilt machte er sich an die Vollziehung.

Er führte einen anschlägigen und getreuen Knecht vom väterlichen Gute mit sich, der Jochel hieß und mit ihm aufgewachsen war, auch in früheren Jahren manchen närrischen Streich mit ihm bestanden hatte. Diesen Jochel zog er jetzt ins Vertrauen und unterrichtete ihn, wie er die drei Musikanten sich merken und ihre Spur verfolgen müsse, damit er zur rechten Zeit sich in geeigneter Verkleidung an sie machen und sie in die Nähe des Gutes locken konnte, mit der Aussicht auf ordentlichen Gewinn und schönes Leben. Denn es handelte sich darum, sie am Tage der Hochzeit und des Winzerfestes zur Hand zu haben, ohne daß sie wußten, was vorging.

Es gelang auch der Schlauheit des guten Jochel so vortrefflich, daß er sie bis zum rechten Zeitpunkt richtig auf den Platz brachte, das heißt in ungefährliche Nähe, wo ihnen der Mund wässerte, den Jochel vor der Hand mit einem und andern Kruge Most erquickte und diesen wieder mit einem Gläschen Branntwein abwechseln ließ.

Sie übten dabei wohlmeinend ihre grausigen Harmonien, da sie allen Ernstes glaubten, eine Hauptrolle spielen zu müssen bei irgendeinem dummen Teufel von Gutsbesitzer, und die Geistertöne drangen schon unheimlich über den Wald her, hinter welchem sie verborgen saßen. Inzwischen hatte die Weinlese seit einigen Tagen begonnen und nahte dem Schlusse. Außer den eigenen zahlreichen Werkleuten waren viele fröhliche Bauernjungen und Mädchen zugezogen, die Herrschaftshäuser von Köchen und Köchinnen, Aufwärtern und anderen Dienern aus der Stadt besetzt und ein Teil der Hochzeitsgäste auch schon eingerückt, während eine gute Ballmusik noch erwartet wurde.

So kam nun der große Festtag heran, von der goldig mildesten Oktobersonne geleitet, welche einen Duftschleier nach dem andern von der Erde hob und zerfließen ließ, bis alles Gelände mit Bäumen und Hügeln in warmem Farbenschmucke erglänzte und die Ferne ringsherum in geheimnisvollem Blau eine glückverheißende Zukunft darstellte. Im Hauptgebäude war vormittags die Trauung, bei welcher schon die feine Musik aus den offenen Fenstern tönte. Dann folgte das Festmahl der Hochzeitsgäste, indes die Winzer und die eingeladenen Landleute im Freien tafelten und nach einer tapferen Landmusik bereits tanzten. Gegen Abend jedoch, als die Sonne immer lieblicher ihre Bahn abwärts ging, fand nun der große Aufzug der Winzer statt, an welchem die drei Kujone mitzuwirken berufen waren. Der Zug bestand freilich in nicht viel anderem, als daß die Winzer und Kelterer in allen möglichen Vermummungen, mit ihren Gerätschaften klopfend, unter dem Voraustritte ihrer Musik an den Herrschaften vorüberzogen, die am Eingange des Parkes auf einem erhöhten Brettergerüste standen, in dessen Mitte ein aus Epheugeflechten errichtetes Tempelchen Braut und Bräutigam besonders einfaßte.

Doch entwickelte sich der Zug malerisch genug unter den hohen Bäumen hervor, und Brandolf hatte dafür gesorgt, daß durch allerhand buntes Zeug, ein Dutzend Thyrsusstäbe, Schellentrommeln, Satyrmasken und vorzüglich durch eine Anzahl artiger Kindertrachten, welche die Zeit der Traubenblüte vorstellten, Abwechslung und Farbe in die Sache kam. Das Ganze drückte das Vergnügen eines guten Weinjahres aus; der Schluß hingegen war der Verachtung vorbehalten, die einem schlechten Weinjahre unter allen Umständen gebührt. Die drei Teufel eines solchen: der Teufel der Säure, derjenige der Blödigkeit und der Teufel der Unhaltbarkeit wurden rückwärts an den Schwänzen herbei- und vorübergezogen und mußten durch ihre Musik das Gift und das Elend eines schändlichen Weines ausdrücken.

Das waren eben unsere drei Herabgekommenen. Man hatte denselben, um ihnen jeden Argwohn zu benehmen, den Charakter ihrer Rolle offen mitgeteilt. Sie wußten auch, daß eine Hochzeit da war; allein Jochel hatte ihnen so unbefangen einen falschen Namen der Braut genannt, auf den sie überdies kaum achteten, daß sie ihre wahre Lage bis zum letzten Augenblicke nicht ahnten. Dennoch wollte ihr gutes Herkommen und adeliges Blut sich empören, als sie eingekleidet und sozusagen angeschirrt wurden. Man hüllte sie nämlich in grau und schwarz gefleckte Ziegenfelle, schwärzte ihnen die Gesichter und setzte ihnen Ziegenhörner auf den Kopf. An ihren Hinterseiten waren Kuhschwänze sehr stark befestigt, alle drei Schwänze zusamengebunden und an ein langes Heuseil geknüpft; an dieses Seil aber stellten sich links und rechts an die zwanzig kräftige Jünglinge in Küfertracht mit dichten Weinlaubkränzen auf den Stirnen und zogen das Seil an, um die drei Teufel im Triumphe rücklings über den Schauplatz zu schleppen. Wie gesagt, wollten diese sich zuerst störrisch zeigen; allein die fünf Taler Lohn, die jedem versprochen waren, überwanden den Widerstand.

So kamen sie denn auch heran; immer rückwärts hopsend und stapfend, durften sie keinen Augenblick stille stehen, hinter ihrem

Rücken hörten sie die vordere Musik, das Singen, Jauchzen und Trommeln der Winzer und Bacchanten, ohne zu wissen, wohin sie kamen; sie hörten das Schreien und Lachen des Volkes am Wege und sahen endlich die Reihen der geschmückten Hochzeitsgäste, welche in die Hände klatschten und Beifall riefen. Mit Schweißtropfen auf der rußigen Stirn kratzte der Herr Rittmeister von Schwendtner erbärmlich an seiner Geige und bliesen die Lohäuser in ihre gesprungenen Röhren, bis sie unversehens vor dem Epheutempelchen anlangten, in dem die Braut stand, lieblich in ihrem wehenden Schleier und im Glanze der Abendsonne, die auf ihrem Diamantenschmucke funkelte. Jochel, der das Seil lenkte, hieß dasselbe ein wenig nachlassen, damit die Gehörnten stehenbleiben konnten. Alle drei erkannten augenblicklich die ehemalige Frau und die Schwester; aber sie glaubten zu träumen. Sie ließen die Instrumente sinken und starrten gleich irrsinnigen Menschen hinauf, wo sie stand und ihnen lächelnd zunickte; denn sie wußte nicht, wen sie vor sich sah, und glaubte, auch diese Gestalten seien bestrebt, ihren Ehrentag mit den ungeberdigen armen Späßen zu feiern. Brandolf aber klatschte fest in die Hände und rief: „Gut, gut so, ihr Leute!" Wie träumend griffen sie an ihre Hörner, dann hinten an die Schwänze, wo sie sich gebunden fühlten; dann blickten sie wieder an das Zauberbild der verratenen Schwester, der Gattin hinauf; das böse Gewissen ließ sie aber den Mund nicht öffnen, und eh' sie sich besinnen konnten, ließ Jochel das Seil wieder anziehen, daß sie die rückspringende Prozession fortsetzen mußten. Der Zug ging um das Haus herum, auf dessen hinterem Balkone die Stadtmusik stand und ihn begrüßte. Dann mündete er in den Park und erschien zum zweiten Male vor der Herrschaft und ging vorüber. Wieder ließ man die drei Unholde einen Augenblick vor der Braut still stehen, und wieder mußten sie weiter stolpern, und immer lauter und betäubender wurde der Lärm und der Jubel. Allein Brandolf winkte, und zum dritten Male wiederholte sich die Szene. Die armen Teufel merkten, daß sie abermals vorgeführt wurden, und suchten seitwärts mit Gewalt auszubrechen. Denn trotz ihrer Verkommenheit empfanden sie den Verrat und Hohn, dem sie verfallen waren, mit dem Stolze der früheren Tage. Doch die unbarmherzige Kraft des Seiles hielt sie fest, und sie standen abermals vor der Braut, und sie stierten abermals zu ihr hinauf. Sie knirschten und stöhnten und ballten die Fäuste. Da warf Brandolf drei Louisdors, jeden in ein Papierchen gewickelt, hinunter, und blitzschnell haschten sie darnach wie drei Affen, denen man Nüsse zuwirft. Es schien ihnen jetzt doch wahrscheinlich zu sein, daß man sie nicht kenne.

Indessen winkte Brandolf wieder, Jochel zog das Seil an, und der Spuk verschwand endlich. Sie wurden aber nicht losgelassen und auch nicht zu dem Volke gebracht, das sich wieder zu Schmaus und Tanz begab, sondern Jochel führte sie und die zwanzig Küfer nach einer entfernt gelegenen Schenke, um die Teufelsgruppe dort extra zu bewirten. Nur mußten die drei Gehörnten jetzt vorwärts gehen und musizieren, indessen die Küfer hinter ihnen das Seil hielten. Darüber wurde es dunkel, und als die wunderliche Gesellschaft bei der Schenke anlangte, sah man in der Gegend des Winzerfestes drüben ein herrliches Feuerwerk gen Himmel steigen. Die Teufel wurden jetzt endlich mit ihren Schwänzen losgebunden, blieben aber fortwährend von den kräftigen Burschen umringt, und Jochel ging nicht von ihrer Seite, so daß sie nicht die geringste Gelegenheit fanden, ein einziges Wort unter sich zu reden. Indessen erlabten sie sich, ihre innere Zerstörung vergessend, an dem reichlichen Essen und Trinken, das aufgesetzt wurde, bis jemand das Fenster öffnete und nach dem Herrschaftshause hinwies, dessen Fenster alle von Licht strahlten, während eine prächtige Ballmusik durch die stille Nachtluft deutlich, aber fein gedämpft, herübertönte.

Ob dem Hause standen die schönsten Sterne, was freilich die Teufel nicht rühren mochte; denn wenn sie für dergleichen Gefühl gehabt hätten, so wären sie jetzt nicht hier gewesen. Nur der weiche, vornehme Klang der Violinen verletzte ihnen das Herz, weil er sie an bessere Zeiten erinnerte und sie sich die Schwester und Gattin vorstellen mußten, wie sie in diesem Augenblicke im Reigen dahinschwebte.

Um die Not ihres Inneren zu ersäufen, überließen sie sich um so gieriger dem Getränke, das ihnen Jochel rückhaltlos einschenkte. Als er sie für betrunken genug hielt, fing er an, sie zu necken und zum Zorn zu reizen; andere folgten und zerrten sie an den Schwänzen, worauf sie unverweilt um sich schlugen und eine schöne Prügelei anhuben.

In diesem Augenblicke erschienen zwei Gendarmen, die im Hause darauf gewartet hatten, und eh' eine Viertelstunde verflossen war, saßen die drei Landstreicher festgemacht auf einem Leiterwagen und zwei Stunden später in der Nacht im Gefängnisturme der Kreishauptstadt. Es erging ihnen jedoch nicht so übel. Vielmehr wurden sie am Morgen vorgerufen und befragt, ob sie, mit Kleidern, Wäsche, Reisegeld und Schriften hinreichend versehen, unter Überwachung der Polizei nach der neuen Welt auswandern wollten, und drei Tage nachher reisten sie schon in Begleit eines Polizeiagenten, der Geld und Pässe auf sie trug, nach dem Seehafen. Der Agent verließ sie erst in dem Augenblicke, als das Schiff die Anker lichtete.

Hedwig erfuhr den ganzen Hergang erst, als sie eines Tages, ein schönes, jähriges Knäblein auf dem Schoße haltend, die Sorge aussprach, daß das Kind einst seinen bösen Oheimen in die Hände laufen oder gar die Bekanntschaft des häßlichen Schwendtner machen könnte. Jetzt erst erzählte ihr der Mann den harten Spaß, den er sich damals mit den Herren erlaubt. Entsetzt schaute sie auf, das Kind wie zum Schutze gegen unbekannte Gefahren an sich drückend; allein er beruhigte und tröstete sie sogleich mit der Nachricht, daß laut Briefen, die er zu verschaffen gewußt, die drei Gesellen nach ihrer Ankunft in Amerika, wie umgewandelt, sich sofort getrennt hätten. Ja, der Einfall habe die merkwürdigste Wirkung auf sie getan; jeder von den dreien sei in dem amerikanischen Wirbel aufrecht schwimmend dahin getrieben und an einem bescheidenen sicheren Ufer gelandet, wo er sich halte. Einer sei ein stiller Bierzapfer in der Nähe von Newyork, der andere Schulhalter in Texas und der dritte Prediger bei einer kleinen Religionsunternehmung, und allen gehe es gut.

Brandolfs Vater wurde achtundachtzig Jahre alt und versicherte, dies verdanke er nur der Lebensfreude, welche von der stillen Gesundheit der Frau Tochter ausströme. So verschieden ist es mit der Dankbarkeit des Bodens beschaffen, in welchen eine Seele verpflanzt wird."

Zehntes Kapitel: Die Geisterseher.

„Ihr Herr Brandolf ist ja ein Ausbund von einem edlen und wohlmögenden Frauenwähler!" sagte Lucie, als Reinhart die verarmte Baronin in seiner Erzählung zu Glück und Ehren gebracht hatte; „aber sind Sie auch sicher, daß dieser Erkieser seines Weibes nicht ein wenig das Spiel des Zufalls war, oder am Ende selbst eher gewählt wurde, während er zu wählen glaubte?"

„Wieso?" fragte Reinhart.

„Ich meine nur!" erwiderte Lucie, „haben Sie auch alle Umstände ordentlich aufgefaßt und wiedergegeben und nichts übersehen, was auf eine bescheidene Einwirkung, ein kleines Verfahren der guten Frau von Lohausen hindeuten ließe?"

„Kennen Sie die Leute, oder haben Sie sonst schon von der Geschichte gehört?"

„Ich? Nicht im mindesten! Ich hörte heute zum ersten Male davon reden."

„Nun, wenn Sie also keine andere Quelle kennen, so müssen Sie sich schon an meine Redaktion halten, die ich nach bestem Wissen und Gewissen besorgt habe. Ich beteuere, daß auch nicht die leiseste Spur von Koketterie und Schlauheit soll zwischen den Zeilen zu lesen sein, und ich bitte Sie, hochzuverehrendes Fräulein, nichts hineinlegen zu wollen, was hineinzulegen ich nicht die Absicht hatte!"

„Und ich bitte den hochzuverehrenden Herrn tausendmal um Verzeihung, wenn meine Vermutung beleidigend war, daß der armen Frau Hedwig noch ein Rest von eigenem Willen hätte vergönnt sein können im Punkte des Heiratens!"

„Ei, mein ungnädiges Fräulein, warum denn so gereizt? Ich wehre mich ja lediglich für eine Frauengestalt, die durch ihre Hilflosigkeit nur gewinnt und dem Geschlechte zur Zierde gereicht!"

„Ei natürlich, ja! So versteh' ich es ja auch!" sagte Lucie mit fröhlichem Lachen, welches ihre Locken anmutig bewegte; „ein sanftes Wollschäfchen mehr auf dem Markte! Diesmal handelt es sich noch um die Nutzbarkeit einer guten Wirtschafterin, und wir müssen gestehen, Sie haben das Thema fast wie ein Kinder- und Hausmärchen herausgestrichen!"

„Aber, liebe Lux," rief jetzt der Oberst, „sei doch nicht so zänkisch! Du hast ja, Gott sei Dank, nicht nötig, Dich über diese Dinge zu ereifern, wenn Du doch unverheiratet bleiben und mein Alter verschönern willst! In dieser Hoffnung will ich Dir übrigens jetzt etwas Hilfe bringen! Mit unserer Wahlfreiheit und Herrlichkeit, bester Freund, ist es nämlich gar nicht so weit her, und wir dürfen nicht zu sehr darauf pochen! Wenigstens hab' ich die Ehre, Ihnen in mir einen alten Junggesellen vorzustellen, der vor langen Jahren einst zum Gegenstande der Wahlüberlegung eines Frauenzimmers geworden, als er nur die Hand glaubte ausreden zu dürfen, und dabei so schmählich unterlegen ist, daß ihm das Heiraten für immer verging. Wenn Ihr es hören wollt, so will ich Euch das Abenteuer, so gut ich kann, erzählen; es lächert mich jetzt, und zugleich gelüstet mich, es vor meinem Ende zum ersten Male jemandem zu erzählen oder schwatzend zu redigieren, wie unser Freund Reinhart sich ausdrückt."

Die jungen Leute bezeugten natürlich ihre Neugierde, die sie beide auch empfanden, und sie baten den Oheim, mit seinen Mitteilungen nicht zurückzuhalten.

Er warf noch einen aufmerksam forschenden Blick auf Reinharts Gesicht, blickte hierauf nachdenklich zu Boden und ließ seinen weichen silbernen Schnurrbart durch die Finger laufen, als er seine Rede begann.

* *
*

„Es ist bald geschehen, daß man alt wird," sagte er, „so rasch, daß man beim Rückblicke auf den durchlaufenen Weg sich nur auf einzelnes etwa besinnen und sich namentlich nicht mit reumütigen Betrachtungen über die begangenen dummen Streiche aufhalten kann. Denn dieselben scheinen in der perspektivischen Verkürzung so dicht hintereinander zu stehen wie jene Meilensteine, welche der Reiter für die Leichensteine eines Kirchhofes ansah, als er auf seinem Zauberpferde an ihnen vorüberjagte. Dennoch gibt es eine Art von Fehlern, Begehungen oder Unterlassungen scheinbar ganz unbedeutender und harmloser Art, welche ihrer Folgen wegen zehnmal schwerer im Gedächtnis haften bleiben, als die gröberen Vergehungen und Versäumnisse, und während wir diese in unserem Sinne längst genugsam bedauert und gebüßt haben, überkommt uns immer wieder Reu' und Ärger, sobald jene in der Erinnerung aufleben. Man verzögert den Besuch bei einem Kranken, und er stirbt, ohne ein letztes Wort gesagt zu haben, dessen man bedurfte. Einem guten Freunde haben wir Opfer gebracht und große Dienste geleistet; aber wir lassen ihn mit einer kleinen Freundlichkeit im Stiche, auf die er gerechnet hat; die Entfremdung, welche eintritt, halten wir für Undank, und nun erst überlassen wir den Mann auf schnöde Weise seinem Unstern und bereuen es zeitlebens. Statt, wie wir uns vorgenommen, ruhig an der Arbeit zu sitzen, laufen wir eines Morgens früh vom Hause weg, bleiben den ganzen Tag fort und verfehlen einen entscheidenden Besuch, der sich nie wiederholen wird. Wir lieben die Wahrheit und verhehlen sie aus blödem Hochmut oder auch aus einer Anwandlung von Mutlosigkeit das einzige Mal, wo es notwendig für uns war, sie zu sagen. Gegen Lust und Willen geht einer mit Menschen von schlechtem Rufe öffentlich spazieren und wird von einer ihm teueren Person gesehen, die sich von ihm abwendet, und was dergleichen Unstern mehr ist. Wir haben schon von der westdeutschen Universitätsstadt gesprochen, wo Sie geboren sind, Herr Reinhart. Dort habe ich auch einmal als Student gelebt, zur Zeit, als der erste Napoleon noch regierte und die Frauensleute unter den Armen gegürtet waren. Ich sollte Jura studieren, fand aber nicht viel Muße dazu, da ich einen Anführer unter den Rauf- und Zechbrüdern vorstellte und sonst allerlei Verworrenes zu treiben hatte. Von der politischen Not des Vaterlandes mit leidend, suchte ich Erleichterung in aufgespannten Kraftgesinnungen und verzweifelt heroischem Dasein, welches bald in ein halbkatholisches Romanzentum, bald in eine grübelnde Geisteskälte hinüberschillerte. Ich war bald mehr ein aufgeklärter Mystiker, bald mehr ein gläubiger Freigeist, alles natürlich, ohne die entsprechenden Kenntnisse zu pflegen, die mit solchen Richtungen damals verbunden wurden. Nichts verstand ich ganz, als die körperlichen Übungen, Fechten, Reiten und Trinken, letzteres nicht im Übermaß, aber doch genug, um zuweilen empfindsam zu werden und die moralischen Leiden der Zeit in erhöhtem Maße zu fühlen. Da war denn ein Freund vonnöten, der ohne Überhebung sein Herz dem Vertrauen öffnete und ohne Spott den gewünschten vernünftigen und kühlen Zuspruch erteilte.

Einen solchen fand ich in einem Studenten, dem wir den altdeutschen Spitznamen Mannelin gegeben, wobei wir ihn einstweilen noch lassen wollen. Ich hatte in einem Kollegium den Platz neben ihm erhalten, und er war mir vielleicht dadurch anziehend geworden, daß er fast in allem das Gegenteil von mir zu sein schien. Immer ruhig, meistens fleißig, war er doch kein Spielverderber, und obschon er weder focht noch ritt, noch viel trank, nahm er an den allgemeinen Versammlungen und Hauptsachen teil und sah mit einer fast gelahrten und feinen Haltung schon als Jüngling in die Welt und war gern gesehen.

Engere Bekanntschaft machte ich mit diesem Mannelin in dem Bankhause, bei welchem ich empfohlen war und auch er seine Wechsel vorzuweisen hatte. Der Bankier pflegte auf jeden Sonntag einige Studenten zu seinen Tischgesellschaften einzuladen, und so trafen wir einstmals dort als Tischnachbarn zusammen und unterhielten uns so gut, daß wir nachher einen langen Spaziergang zusammen machten und uns auch in der Folge öfter sahen. Ich fühlte bald das Bedürfnis, meine Lustbarkeiten und Waffentaten häufiger zu unterbrechen und den ruhigen Genossen aufzusuchen, dem immer eine Stunde oder mehrere zur Verfügung standen, weil er immer vorher schon etwas getan hatte und auch nachher wieder gleichmütig arbeiten konnte, wenn es notwendig war, es mochte Tag oder Nacht sein.

Mit großer Duldsamkeit ertrug er meine Vorliebe für das Unerklärliche und Übersinnliche, das ich fortwährend in allen Dingen herbeizog und anrief, und verteidigte ohne allen Eifer seinen Standpunkt der Vernunft, wie einer, der es besser weiß,

aber es nicht gerade fühlen lassen will. Er war schon von seinem Vater her ein geübter Kantianer und ließ, was darüber hinausging, sich nicht anfechten. Närrischerweise freute ich mich eigentlich dessen und war seiner Gesinnung und seines Wissens froh, während ich ihn mit phantastischen Reden bekämpfte. Es war mit mir, wie wenn jemand durch einen verrufenen Wald geht und auf seine Furchtlosigkeit pocht, im stillen aber sich auf das gute Schießgewehr verläßt, das ein Begleiter mit sich führt. Zuweilen wollte es mir allerdings vorkommen, als ob ich dem Mannelin ein bißchen zum stillen und am Ende gar spaßhaften Studium diente, wie es auf Hochschulen ja immer solche Leimsieder gibt, die für das Geld, das sie ihren Eltern kosten, vor allem etwas glauben lernen zu sollen und sich allen Ernstes einbilden, sich für soundso viele Zehngroschenstücke selbst Lektionen in der Menschenkenntnis geben zu können. Die Zehngroschenstücke verwenden sie nämlich an einige Flaschen Bier oder Wein, die sie dabei wagen müssen, und sie bringen sie den Vätern unter der Rubrik: ‚Allgemeines zur Weltbildung' extra in Rechnung. Aber ein solcher Leimsieder war Mannelin doch nicht. Er liebte wirklich in mir das Widerspiel und den harmlosen Kerl, der ich im Grunde war, und wenn eine kleine Spitzbüberei dabei mitwirkte, so war es die Kunst, mit der er sich an meinen vielen Erholungen, wenn ich sie erzählte, förmlich selber erholte, ohne sie zu teilen.
Als unsere gute Freundschaft in dem Bankierhause bemerkt wurde, lud man uns immer zusammen ein, wie wir auch bald zu einer Art von Hausfreunden gediehen, deren erwartetes oder unerwartetes Erscheinen stets gern gesehen wurde. Wegen der Verschiedenheit unseres Wesens ging für die andern auch immer etwas Kurzweiliges um uns vor, woran vorzüglich die einzige Tochter Hildeburg ihr Vergnügen zu finden schien. Ohne in der Denkweise dem einen oder anderen entschieden beizustimmen, brachte sie uns immer ins Gefecht, und wenn nicht

ein besonders angesehener Gast vorhanden war, der auf die Gesellschaft der Tochter des Hauses Anspruch erhob, so nahm sie bei Tisch unfehlbar zwischen uns beiden oder ganz in der Nähe Platz. Als das endlich zu scherzenden Bemerkungen Anlaß gab, erklärte sie uns offen als ihre lieben und getreuen Diener, ernannte mich zu ihrem Marschall und den Mannelin zu ihrem Kanzler und was dergleichen Späße mehr waren. Eine vielbegehrte reiche Erbin und in allen Dingen verständige und, wie der Student sagt, patente Person, ein fixer Kerl, wie sie war, setzte sie sich durch solche Freiheiten keinerlei Mißdeutungen aus.

Das hinderte indessen nicht, daß wir beide uns in sie verliebten und es einander leicht anmerkten. Doch blieben wir dabei nicht nur friedlicher Gesinnung, sondern die gemeinsame Verehrung diente sogar dazu, unsere Freundschaft zu befestigen und den Verkehr angenehm zu beleben, weil ja ohnehin von ernsthaften Folgen für uns noch jahrelang nicht die Rede sein konnte, auch Hildeburg uns so vollkommen unparteiisch behandelte, daß keiner vor dem anderen aufgemuntert oder gereizt wurde. Wie Mannelin im Innersten dachte, wußte ich freilich nicht; ich dagegen kann nicht leugnen, daß ich mich heimlich für prädestiniert hielt, weil die Schöne ebenso stark brünett war wie ich selber, Mannelin hingegen der blonden Menschenart angehörte. In der Tat waren ihre wagerechten Augenbrauen so sammetdunkel, wie der heraldische schwarze Zobel auf den alten Wappenschilden, und über der Stirne hing die krause Nacht eines Tituskopfes — na, ich will keine Beschreibung zum besten geben, nur anmerken will ich noch, daß an festlichen Tagen ein Paar kleine Brillantsterne aus der nächtlichen Wildnis funkelten wie Leuchtwürmchen. Und dennoch fiel der Blick, der von dem Schimmer angezogen wurde, sogleich hinunter in den warmen Glanz der dunkeln Augen, die meistens gütig ihn empfingen. Aber trau, schau, wem!

Doch ein heißeres Feuer entflammte sich, in welchem die Stadt Moskau aufging und das dem Napoleon die Stiefelsohlen verbrannte. Es dauerte nicht lange, so hieß es bei der studierenden Jugend überall: heimgereist! Mir stand schon eine Stelle in einem kaiserlichen Dragonerregiment offen; Mannelin wollte als bescheidener Fußgänger in die preußische Infanterie treten, und beide rüsteten wir uns zum Abzuge. Vorher mußten wir aber nochmals im Bankierhause speisen und wurden mit aller Freundschaft behandelt. Der Ernst jener Tage hinderte nicht, daß an der Sonne der Hoffnung auch Fröhlichkeit und Scherz wieder aufblühten, und so wurde denn, als man auf das Wohl der scheidenden jungen Krieger trank, die Hildeburg ein wenig aufgezogen und gefragt, welchen von uns sie am unliebsten verliere?

‚Das weiß ich wahrhaftig selber nicht!' rief sie; ‚erst war mir der Kanzler lieber; seit aber in seinem Umgange der wilde Marschall so gesittet und liebenswürdig geworden ist, verliere ich auch diesen ungern! Und doch ist es wieder nicht recht, wenn der andere, der die Quelle der Besserung ist, es büßen soll! Mag mir der Himmel helfen!'

Sie verbarg auf das artigste die Wehmut des Abschiedes hinter der Miene einer komischen Verlegenheit, ergriff endlich ein herzförmiges Zuckergebilde des Nachtisches, zerbrach es und gab jedem von uns eine Hälfte. Ich tauchte die meinige in das Weinglas und verschlang sie sogleich zum Zeichen meines Liebeshungers; Mannelin dagegen behielt die seinige in der Hand und spielte scheinbar damit, bis er sie unbeachtet in die Tasche schieben konnte.

Nach aufgehobener Tafel wurde ein Spaziergang durch den Garten gemacht, soweit die Wege in der frühen Jahreszeit gangbar waren; denn wir befanden uns in den ersten Monaten des Jahres 1813. Ich weiß nicht, wie es kam, daß wir uns mit dem Mädchen bald von den übrigen Gästen entfernten und ihr zu beiden Seiten gingen. Wir fühlten uns jetzt ernster und zugleich leidenschaftlicher gestimmt als früher, da wir uns der Tiefe unserer Neigung zu dem schönen Wesen deutlicher bewußt wurden; nur die Ungewißheit der Zukunft und die voraussichtliche Dauer und Gefährlichkeit des bevorstehenden oder vielmehr schon begonnenen Krieges mochten verhüten, daß sich die zwischen uns beiden bis anher waltende gleichmütige Freundschaft trübte.

Hildeburg merkte wohl an unserem stillen Wesen und an der Natur unserer Atemzüge, was uns bewegte, und sie selbst wurde fühlbar erregter. Als wir unversehens vor einem Pavillon anlangten, stieß sie die Türe auf, ging hinein und öffnete die vom Winter her noch verschlossenen Fensterläden, indem sie uns rasch mit einem Blicke überflog. Wir folgten ihr in den kleinen Saal, und sie wandte sich uns zu.

‚Ich bin in allem Ernste in einer so traurigen Lage, wie noch nie ein Mädchen gewesen ist; denn ich habe euch beide lieb und kann es nicht auseinander lösen. Du, Marschall, hast mein halbes Herz verschlungen; das ist töricht, aber es verführt mich; und du, Kanzler, hast die andere Hälfte aufbewahrt, das ist auch töricht, aber es ist treu und beglückt mich. Ich werde nie die Frau eines Mannes werden, es wäre denn einer von euch beiden; dazu müßte aber der eine fallen! Wenn beide fallen oder beide zurückkehren, werde ich ledig bleiben, als das Opfer eines heillosen unnatürlichen Naturspieles oder unvernünftigen Ereignisses, das in meiner Seele und meinen Sinnen vorgeht, und das ich vor der Welt verbergen muß, wenn ich mich nicht mit Schmach bedecken will! Da ich mir aber keinen von euch tot denken kann und will, so lebt wohl auf ewig, liebste Brüder!‘

Nach diesen Worten fiel sie jedem von uns um den Hals und küßte ihn heftig auf den Mund, zuerst mich und dann den Mannelin, hierauf den Mannelin und endlich mich noch einmal. Wir standen wie vom Himmel gefallen und vermochten uns nicht zu regen. Für uns war die Situation ganz verflucht, und ich habe weder im Krieg, noch im Frieden eine ähnlich verzwickte Lage wieder erlebt. Denn wenn, wie wir es ja soeben erfahren hatten, ein ehrbares Frauenzimmer allenfalls in leidenschaftlicher Wallung zwei Männer nacheinander küssen kann, so werden diese, wenn sie das Weib lieben, niemals dazu kommen, dasselbe nun gemeinsam anzufassen und wieder zu küssen. Wir brauchten uns auch nicht darüber zu besinnen, weil sie, ehe das möglich war, uns enteilte und, im Vorbeigehen die Hand auf den Mund legend, ausrief: „Ihr verpfändet mir euere Ehre, daß ihr schweigt!'

Es war uns nicht möglich, noch länger zu weilen; wir verabschiedeten uns, wobei Hildeburg, wie alle anderen, unsere Hände schüttelte und die Tränen der Rührung nicht verhehlte. Da gingen wir nun mit unserem geteilten Glück und Mißglück von hinnen und sprachen, nachdem wir ein gezwungenes Lachen bald aufgegeben, über eine Stunde lang kein Wort miteinander, obgleich wir zusammen blieben. Wir konnten uns nicht sehr gehoben fühlen; denn ein Graf von Gleichen, der zwei Frauen hat, kann dabei ein guter Ritter und Kreuzfahrer sein; zwei gute Gesellen aber, die der Gegenstand der Doppelneigung eines jungen Mädchens sind, müssen sich doch etwas zu zwiefältig, zu halbschürig vorkommen, und es ist nicht jedermanns Sache, ein siamesischer Zwilling zu sein. Dennoch hatte uns das seltsame Geständnis Hildeburgs und ihre leidenschaftliche Umarmung Herz und Sinn noch vollends gefangen genommen, und wir liebten das schöne, schlanke Naturspiel unvermindert fort, zumal dasselbe ja noch tragischer als wir gestellt war, wenn es sich so mit ihm verhielt, wie es sagte.

Es half uns denn auch das Empfinden der Tragik über die gegenseitige Verlegenheit hinweg. Als wir den Versammlungsort aufsuchten, wo an die hundert junge Männer, die am nächsten Tage nach allen Seiten unter die Fahnen eilen mußten, den Abend noch zubringen wollten, da erhob sich unser Geist zu der Höhe der aufwogenden und rauschenden Vaterlands- und Kampfesfreude. Wir saßen dicht nebeneinander in der gedrängten Schar; und als gegen Mitternacht die Gläser unter dem donnernden Rufe: Tod oder Freiheit! in die Höhe fuhren, da hielt Mannelin mir sein Glas entgegen und sagte: ‚Sollte es so kommen, daß einer von uns fällt und der andere das Weib gewinnt, so soll er leben! Auf sein Glück!'

Nicht minder pathetisch stieß ich an, daß beide Gläser klirrten, indem ich rief: ‚Und Friede dem Toten!'

So trennten wir uns als wackere Freunde, und nach wenigen Stunden fuhren wir auf getrennten Wegen dahin, ohne daß wir für die Zukunft irgendeine Abrede oder Bestimmung getroffen hatten. Wie das Kriegsglück wollten wir auch das Schicksal unserer ungewöhnlichen Liebesgeschichte sich selbst überlassen.

Mannelin hatte hellere Sterne als ich; während ich noch immer unter Österreichs zögernden Standarten harren mußte, stürmte der blonde Duckmäuser mit seiner Muskete schon von Schlacht zu Schlacht, und erst auf Leipzigs Feldern kam ich zum Tanze und atmeten wir den gleichen Pulverdampf, aber ohne uns zu sehen oder voneinander zu wissen.

Ich kann dem Verlaufe des gewaltigen Feldzuges jetzt nicht weiter folgen. Auch in Paris traf ich den Freund nicht, obgleich wir fast gleichzeitig dort einmarschiert waren. Schon zum Leutnant vorgerückt, war er sozusagen fast auf dem Pflaster jener Stadt noch schwer verwundet worden und lag, als ich seine Spuren suchte, unerreichbar in einem entlegenen Lazarett. Es hieß sogar, er werde bereits gestorben sein, als ich meine Nachforschungen fortsetzte; da widerstrebte es mir, mich von seinem Tode zu überzeugen, um an geweihter Stätte des Kampfes und Sieges nicht die nackte Selbstsucht in mir aufkommen zu lassen. Denn seit Streit und Mühsal aufgehört hatten und die Friedenspalmen winkten, waren auch die Gedanken an das verhexte Liebeswesen wieder stärker wach geworden, und ich blieb absichtlich im Dunkeln über Mannelins Tod, damit ich nicht gleich wie ein Wechselgläubiger vor das schöne Mädchen zu treten versucht würde, an dessen Verheißung, den Überlebenden zu heiraten, ich fest glaubte.

Im Monat Mai des Jahres 1814, zur Zeit, wo das lange Rheintal blühte, wie ein einziger Fliederbusch, zog unser Regiment über den Strom ostwärts; es bekam aber den Befehl, in der Rheingegend Halt zu machen, um die ferneren Umstände abzuwarten, wie wir denn auch bald nachher nach der Lombardei gesandt wurden. Die Schwadron, in der ich ritt, kam aber nirgends anders hin zu stehen, als in unsere gute Universitätsstadt. Mit welchen Gedanken sah ich die Pferde in den Marstall und die Reitbahn stellen, in denen sich der Student so oft getummelt hatte! Und als ich mein Quartier im Gasthofe bezog, in welchem ich vor fünf Vierteljahren so manche Flasche ausgestochen, waren Wirt und Dienerschaft sehr verwundert über den ernsthaften Kriegsmann.

Allein auch ich verwunderte mich, da ich auf Befragen vernahm, die Bankiersfamilie befinde sich zurzeit nicht in der Stadt, sondern auf einem Landsitze, der ungefähr eine Meile entfernt sei. Ein französischer Emigrant, der vor zwanzig Jahren das Grundstück an sich gebracht, hatte es nämlich augenblicklich zum Verkaufe ausgeboten, als die Ordnung der Dinge in Frankreich umgestürzt war; und der Bankier hatte nicht gesäumt, das Gut auf die leichte und billige Weise zu erwerben, die in solchen Zeit- und Kriegsläufen denen möglich ist, welche bares Geld haben.

Ich konnte daher am Tage der Ankunft nicht mehr vorsprechen, ritt aber um so zeitiger am anderen Morgen hinaus, von meinem Reitknechte begleitet. Es regnete ein wenig an dem

Tage, weshalb ich den Kragen des weißen Reitermantels aufgestellt und die Schirmmütze etwas tief in die Augen gezogen hatte, als ich durch eine lange Allee auf das alte, schloßartige Gebäude zu ritt, das wenig gut unterhalten schien. Man mochte glauben, daß eine gewöhnliche Offiziersеinquartierung angekommen sei, da auch in der Umgebung schon österreichische Reiterei erschienen war. Es trat daher nur ein Diener aus der Türe, mich zu empfangen und nach meinen Wünschen zu fragen. Statt ihm zu antworten, sprang ich vom Pferde, überließ die Zügel meinem Burschen und betrat sogleich das einst stattlich gebaute, jetzt etwas verfallene Vestibül des Hauses. Erst als ich ihm den Mantel übergab, erkannte mich der Diener trotz des veränderten Aussehens, das der Krieg mir verliehen, und führte mich freundlich überrascht in einen Saal, wo der Herr und die Frau des Hauses die Zeitungen lasen. Auch sie erkannten mich nicht sofort, erhoben sich aber mit lebhafter Freude, als es geschah, und hießen mich willkommen. ‚Was wird Hildeburg sagen,‘ riefen sie, ‚wenn der Marschall wieder da ist! Und wo bleibt denn der Kanzler? Wissen Sie nichts von ihm? Wie oft haben wir von beiden Herren gesprochen!‘

Eh' ich antworten konnte, trat Hildeburg in den Saal, die allein mich von einem Fenster aus erkannt hatte, sobald ich nur von der Landstraße in die Allee eingebogen war.

Ich vergesse niemals die Erscheinung, wie sie mir entgegen trat. Wie ein weißes Tuch so bleich war das Gesicht, das Auge träumerisch erschreckt und auf dem Munde doch ein Lächeln des Wiedersehens, das aus dem Herzen kam, blasse Trauer und errötende Freude mehrere Sekunden lang sich jagend: es war kein Zweifel, sie hielt den armen Mannelin für tot und mich für gekommen, mein Recht geltend zu machen!

Zum Glücke waren die Eltern an allerlei wunderliche Stimmungen gewöhnt, sonst hätten sie jetzt ihren wahren Zustand ahnen müssen, besonders als ich nicht länger vermeiden konnte, von Mannelin zu erzählen, was ich wußte, was freilich wenig und doch bedenklich genug war. Der Papa meinte, es sei doch zu hoffen, daß er sich noch unter den Lebenden befinde, ansonst gewiß der eine oder andere der jüngeren Freiwilligen, die in den letzten Wochen bereits in ihre Hörsäle zurückgekehrt seien, eine bestimmte Todeskunde gebracht hätte. Auch in den Verlustlisten, die er ziemlich aufmerksam durchlaufen, sei ihm der Name so wenig vorgekommen, als der meinige.

Allein als Hildeburg eine Viertelstunde später mit mir zu Zweit durch eine Zimmerflucht wandelte, um mir das Haus zu zeigen, das erst neu hergestellt und eingerichtet werden müsse, hielt sie plötzlich an und sagte mit leise hallenden Klagetönen: ‚Es ist nur zu wahr! Mein kluger, lieber Kanzler Mannelin liegt in Frankreich unter dem grünen Rasen; sie haben ihm die Brust durchschossen und seine treuen, blauen Augen ausgelöscht! Und du, Marschall, bist gekommen, es mir zu sagen!‘

Und gleichzeitig sah sie mich mit tief aufflammenden Augen an, die ebensowohl aus Haß wie aus Liebe so erglüht sein konnten. Denn auf den blaß gewordenen Lippen lag jetzt nichts als bittere Trauer. Das du, mit dem sie mich anredete, wagte ich nicht zu erwidern, so herrisch hatte es geklungen, beinahe wie der Herr mit dem Diener oder der Offizier mit dem Soldaten sprach.

‚Nein, Fräulein Hildeburg!‘ sagte ich, einen Schritt zurücktretend, doch mit scheuer Ehrerbietung, denn sie sah gar zu merkwürdig aus, fast wie wenn sie besessen wäre, ‚ich weiß von nichts und hoffe, er lebt noch!‘

‚Den Teufel hoffst du!‘ rief sie mit funkelnden Augen und lachte jählings laut auf, indessen mich das Gewissen Lügen strafte. Denn in diesem Augenblicke schien es mir, daß ich nicht genug getan hatte, um über das Schicksal Mannelins ins Klare zu kommen, und zugleich fühlte ich mich von brennender Eifersucht gegen den Abwesenden gepeinigt, der so leidenschaftlich

betrauert wurde. Sie hatte ihn offenbar mehr geliebt oder liebte jetzt noch nur ihn. In dieser Beklemmung tat ich einen unfreiwilligen schweren Seufzer, worauf Hildeburg mich bei der Hand nahm und mit veränderter Stimme sagte: ‚Kommen Sie, und sprechen wir vor der Hand nicht mehr davon!'
Ruhig ging sie neben mir in den Saal zurück, wo eine Erfrischung aufgetragen war, und als ich gegen Abend mich nach der Stadt begab, reichte sie mir treuherzig die Hand und sagte: ‚Sie hoffe mich noch öfter zu sehen, so lange das Regiment in der Gegend bleibe.' Da die Witterung meistens gut war, so fand sich fast täglich Ursache und Vorwand, den Spazierritt zu wiederholen, und wenn ich ausblieb, sagte Hildeburg am nächsten Tage sogleich: ‚Warum sind Sie gestern nicht gekommen?' Sie schien sich mir wieder mehr zuzuneigen, und das eine Mal verlor sie unversehens einen trauten Blick an mich, das andere Mal streifte sie mich leicht mit einer Berührung, kurz, sie beglückte mich mit jenen kleinen Zeichen, mit welchen Liebende anfangen, sich an den Gedanken eines dereinstigen Beisammenseins zu gewöhnen. Dann aber blieb sie wieder tagelang in sich gekehrt und lebte sichtlich mit düsteren Sinnen in der Ferne. Mein eigener Zustand schwankte daher fortwährend zwischen Hell und Dunkel hin und her, so daß ich ungeduldig das Ende herbeiwünschte. Allerdings stand es auch einem jungen Dragoner, der seit Jahr und Tag den Säbel in der Faust führte und über manche Blutlache hinweggesetzt hatte, nicht sonderlich gut an, um ein Frauenzimmer herum zu schmachten, das doch nicht dicker war als ein Spinnrocken, wenn auch noch so hübsch gedreht.
Als ich eines schönen Nachmittags auf den Landsitz hinausritt und eben in der langen Ulmenallee in unwilliger Gemütsbewegung das Pferd in eine unruhige und heftige Gangart versetzt hatte, ohne dessen bewußt zu sein, eilte mir aus dem Hause ein fröhliches Menschenpaar entgegen: Hildeburg, welche

einen preußischen Infanterieoffizier, oder mein Freund Mannelin, der das Fräulein Hildeburg an der Hand führte; ich konnte in der Überraschung nicht erkennen, welches von beiden der Fall war. Meine erste Empfindung war die Freude über das unverhoffte Wiedersehen, die zweite ein Gefühl der Zufriedenheit über die Herstellung des früheren Zustandes zwischen den drei Personen, womit wenigstens für den Augenblick der quälende Zweifel beseitigt wurde. Auch Hildeburg gab ähnlichen Gefühlen Ausdruck, indem sie ausrief: ‚Nun ist alles gut, nun sind wir alle wieder beisammen!'

Mannelin vollends war unverkennbar glücklich und zufrieden, die Dinge so zu finden, da er schon gefürchtet haben mochte, zu spät zu kommen, denn er wußte, daß er irrigerweise für tot ausgegeben worden. Er war aber nicht so unrettbar verletzt gewesen und jetzt leidlich geheilt; doch hatte er einen mindestens halbjährigen Urlaub antreten müssen, um sich ganz zu erholen. Schon wieder mit Büchern versehen, war er auf dem Wege nach einem Badeort mit heißen Quellen begriffen und hielt kurze Einkehr in der Universitätsstadt. Erst auf dem Landgute des Bankherrn hatte er heute vernommen, daß ich ebenfalls im Lande sei. Mannelin hatte durch den Kriegsdienst sich sehr vorteilhaft verändert, was das Äußere betrifft. Ohne gerade martialisch drein zu schauen, hatte er doch an fester Haltung gewonnen. Sein leichter, blonder Bart auf Wangen und Oberlippe erhielt durch den Ernst der Ereignisse und Abenteuer, der in den Augen und auf dem Munde sich gelagert hatte, eine größere Bedeutung, als ihm sonst zugekommen wäre, und das militärische Wissen und Erfahren, um welches er reicher geworden, vereinigte sich vortrefflich mit seinem wissenschaftlichen Geiste. Aber ungeachtet er die bedeutendsten Kriegstaten mitgemacht und zahlreichere Gefechte und Gefahren bestanden, als ich, hörte man ihn niemals davon sprechen, und wäre er nicht unfreiwillig in die zeitgemäßen

Gespräche mit verflochten worden, so würde man vermutet haben, er sei die ganze Zeit über nie aus seiner Studierstube herausgegangen.

Das verlieh dem liebenswürdigen Duckmäuser einen neuen Glanz, der indessen auch mir zugute kam; denn als ich einst nach eifrigem Sprechen vom Hauen und Stechen in der darauf folgenden Stille plötzlich wahrnahm, wie renommistisch ich mich neben ihm ausnehmen mußte, suchte ich mich beschämt zu bessern und wurde auch hier und da bescheidener. Leider mußte ich nachher, da ich Soldat von Profession blieb, mich doch wieder an das Schreien und Rufen gewöhnen.

So verlebten wir noch eine Reihe von angenehmen heiteren Tagen, bis nicht unerwartet und doch unverhofft der Abmarschbefehl für mein Regiment anlangte, und zwar hatte der Aufbruch in sechs Tagen stattzufinden. Von Stund an war Hildeburg in ihrem Benehmen verändert. Bald unruhig und zerstreut, bald in sich gekehrt und über etwas brütend, das sie beschäftigte und drückte, wechselten ihre Launen unaufhörlich, und als ob sie es selbst nur zu wohl wüßte, entzog sie sich meist der Gesellschaft, die zuweilen ziemlich zahlreich wurde, je mehr die Umgebung des erst später wohnlich zu machenden Hauses zum Aufenthalt im Freien einlud. Indem ich, von dem veränderten Betragen des Mädchens abermals betroffen, über dasselbe nachdachte, fühlte ich mich geneigt, die Erscheinung zu meinen Gunsten auszulegen und zu glauben, nun komme die Reihe, als Abwesender oder gar Verlorener zu glänzen und betrauert zu werden, an meine werte Person. Ich überlegte, wie ich mich dazu zu stellen habe: ob ich edel gesinnt die Dinge nach Abrede gehen lassen und dem Rivalen vertrauensvoll das Feld räumen, oder ob ich den Vorteil benutzen und mit dem Gewicht der neuen Sachlage dem Zünglein der Wage einen leichten, aber plötzlichen Stoß geben solle?

Hildeburg selbst schien mir entgegenzukommen; sie veranlaßte ihre Eltern, mir zu Ehren ein Abschiedsessen zu geben, und mich forderte sie bei der Einladung auf, es so einzurichten, daß ich auch den Abend bleiben könne. Ein Bett für mich solle trotz der mangelhaften Einrichtung bereit sein, meinte sie, und vor Gespenstern würde ich mich wohl kaum genieren. Denn es gehe die Rede, daß in dem älteren Flügel des Hauses etwas nicht richtig sei.

In der Tat hatten die Dienstboten von einem alten Gärtner dergleichen Reden gehört und mit eigenen Beobachtungen, die sie zu machen glaubten, ergänzt. Während der Mahlzeit, welche reich und belebt genug war, geriet die Unterhaltung ebenfalls auf diesen Gegenstand. Die alte Mama beklagte sich über so beunruhigende Herumbietungen, die doch keinen vernünftigen Grund haben könnten; der alte Herr verwies darauf, daß mit Luft und Licht und frischer Tünche der neuen Arbeiten das Unwesen sich wohl verziehen werde. Mich aber stach der Vorwitz, mich wieder einmal der sogenannten Nachtseiten und der jenseitigen Geheimnisse usw. anzunehmen, und ich kehrte den ernsten Kriegsmann heraus, der auf nächtlichen Schlachtfeldern und zwischen Tod und Leben verlernt habe, über dergleichen zu spotten.

Mannelin, der bisher das Gespräch nicht teilnahmswert gefunden, sah mich ganz verwundert an und fragte mich treuherzig lachend: ‚Ob ich noch unter die Geisterseher gehen wolle?‘ Hierdurch gereizt, bejahte ich die Frage kühnlich, sofern ich nur das Glück wirklich haben sollte, ein Stück der anderen Welt jetzt schon kennen zu lernen; zugleich aber stellte ich ein wenig großtuerisch in Aussicht, den Dingen ins Gesicht sehen und sie zur Rede stellen zu wollen, wenn sie anders heran kämen. Um was sich's eigentlich handle im vorliegenden Falle? schloß ich meine Prahlerei.

‚Es soll ein Poltergeist sein, den man die alte Kratt nennt?‘ sagte Hildeburg halb eingeschüchtert durch meine Reden, wie wenn sie befürchtete, es möchte am Ende etwas Wahres aus der Sache werden. Vor achtzig Jahren habe nachweisbar eine freiherrliche Familie Kratt das Gut besessen; weiteres habe man noch nicht herausgebracht, als daß es nur selten und nur in gewissen Nächten spuke.

Da die Mutter Hildeburgs ein ängstliches und noch mehr verdrießliches Gesicht zu machen begann über die Verunzierung des neuen Besitzes und mein Freund Mannelin sich gleichgültig von dem Gespräch wieder abgewandt hatte, wurde dasselbe fallen gelassen, und man kam nicht mehr darauf zurück. Ich hatte zwei Kameraden mitgebracht, lustige Donauleute, die sich das gute Leben im Privatkreise wohl gefallen ließen nach langen Entbehrungen, und es ging den Rest des Tages über sehr munter zu. Als sie am Abend, da auch die anderen Gäste zurückkehrten, den leichten Wagen vorfahren ließen, in welchem wir gemeinschaftlich angekommen, schwankte ich einen Augenblick, ob ich nicht mit ihnen fahren sollte, da es wegen des bevorstehenden Abmarsches allerlei zu tun gab und ich mich doch in Nichts verfehlen wollte. Ich brauchte nur Helm und Säbel zu holen und rasch Adieu zu sagen, d. h. bis zum folgenden Tage. Da stand aber schon die Hildeburg bei uns auf der Freitreppe und sagte gleichmütig: ‚Ich dachte, Sie würden morgen noch mit uns im Garten frühstücken; doch lassen Sie sich nicht abhalten, wenn es nicht angeht. Jedenfalls steht Ihr Zimmer bereit.‘

Natürlich blieb ich nun da; die zwei Österreicher küßten der Dame die Hand, schwangen sich in den Wagen und fuhren wie die Kugel aus dem Rohr davon, während ich mit Hildeburg dem leuchtenden Diener ins Haus zurückfolgte, mit einem geheimen Herzklopfen wegen der süßen Entscheidung, die ich halbwegs erwartete. Hildeburg zog sich jedoch bald in die Unsichtbarkeit zurück, und der Tag endigte für mich damit, daß ich in der Gesellschaft Mannelins und von Hildeburgs Vater noch mehrere Gläser starken Punsches trank, den die Frauen uns hatten anrichten lassen. Dann plauderte ich noch eine Viertelstunde mit Mannelin auf seinem Zimmer und folgte endlich etwas schlaftrunken dem Diener, der mich in die Stube brachte, wo mein Nachtlager stand. Ich hatte fast alles vergessen, was mich vor Stunden noch erregte, und sah das Gemach nur flüchtig an, in dem ich mich befand. Es schien ein sehr großes, aber niedriges Zimmer, dessen Wände und Decke mit hölzernem Tafel- und Leistenwerke bekleidet waren. An den Wänden stand hier und da ein alter Polstersessel und in einer Ecke ein altertümliches Himmelbett, das von allen vier Seiten dunkle Umhänge umgaben. In der Nähe des Bettes befand sich ein Tisch mit Wasser und dergleichen, auf welchen der Diener seine zwei Lichter stellte, eh' er sich zurückzog; weiter war nichts zu erblicken, als in einer entfernten Ecke, dem Bette schräg gegenüber, eine alte Schreibkommode mit einem Aufsatz. Dicht dabei befand sich eines der Fenster, durch welche ein schwaches Mondlicht in den Raum fiel, und ich sah noch, wie die verdunkelte Politur des alten Hausrates das Licht matt reflektierte. Als ich die Uhr auf den Tisch legte, sah ich, daß es halb zwölf Uhr war. Das erinnerte mich nochmals an die Spukgeschichte; da es mir aber jetzt mehr um den Schlaf, als um ein Abenteuer zu tun war, verließ ich mich unbedenklich wieder auf Mannelins guten Verstand, löschte die Lichter und legte mich, immerhin die Unterkleider anbehaltend, in das Bett, das übrigens vortrefflich war. In drei Minuten schlief ich fest; ich glaube, ich dachte nicht einmal mehr an die geliebte Hildeburg, kann es aber nicht bestimmt sagen. Mein Leichtsinn nahm diesmal ein übles Ende.

Ich mochte kaum eine halbe Stunde geschlafen haben, so wurde ich durch einen schrecklichen Knall oder Fall geweckt, der mitten im Zimmer erfolgt sein mußte. Ich sperrte die Augen auf, und halb schwindlig von den aufgestörten Geistern des genossenen

Getränkes, von Schlaftrunkenheit und Überraschung, suchte ich mich zu besinnen, was ich denn gehört habe? Es dünkte mich, es könnte ein schwerer Gegenstand in oder außer dem Zimmer umgestürzt, ebensogut aber in dem baufälligen Hause oben oder unten etwas gebrochen sein. Zuletzt aber behielt ich wieder den Eindruck, daß der Ton in nächster Nähe entstanden sein müsse. Ich sah und horchte hin, aber nichts war zu sehen oder zu hören, als der unheimliche Mondglanz auf der dunkeln Schreibkommode. Auf einmal fegt und kratzt etwas hinter der Wand, dicht an meinem Bette. Ich warf mich herum und starrte; das war nun außer dem Spaß! Und wie ich starre, fährt mir ein eiskalter Luftzug über das Gesicht, die Bettvorhänge flattern einen Augenblick lang hin und her, und plötzlich wird mir die Decke vom Leibe gerissen.

‚Donnerwetter!' rufe ich beklemmt und setze mich endlich aufrecht, jetzt ganz munter geworden. Es spukte wahrlich. Ich brachte die Beine aus dem Bett und saß nun quer auf demselben; mehr vermochte ich nicht zu tun, weil das Unbekannte trotz der possenhaften Form, in der es sich ankündigte, lähmend auf meine Glieder wirkte. Eben dies Possenhafte war ja selbst schreckhaft mit seinem Höllenhumor. Plötzlich wehen die Gardinen wieder, der eisige Hauch fährt mir über die linke Seite des Gesichtes und über den Nacken. Und indem ich mich schüttle, höre ich dicht hinter mir, wie durch die Wand hindurch, Schritte schlurfen, eine dünne, zitternde Weiberstimme stöhnt etwas Unverständliches, und indem ich mit neuem Schrecken hinhöre, steht schon einen Schritt links von mir eine gebeugte graue Weibergestalt mit einer verschossenen Schleiermantille um den Kopf. Sie muß hinter meinen Bettvorhängen und aus der Wand hervorgekommen sein. Nur einen Augenblick steht sie still, um Atem zu schöpfen; denn sie keucht wie eine engbrüstige Alte, die treppauf und nieder und durch lange Korridore gegangen ist. Dann schlurft sie mit klatschenden Pantoffeln weiter, schräg über den Zimmerboden, auf die Schreibkommode zu, vor der sie anhält. Mit einer leichenblassen Hand tastet sie an dem alten Möbel herum, wie wenn sie das Schlüsselloch suchte; ich sehe die gespreizten mageren Finger herumfahren. Richtig zieht sie einen Bund kleiner Schlüssel hervor, sucht einen derselben aus, steckt ihn in das Schlüsselloch und schließt die Schreibklappe auf. Unmittelbar darauf zieht sie mit sicherem Griff eines von den vielen Schieblädchen des Innern ganz heraus, guckt in die leere Öffnung und fährt mit der Hand hinein. Ich höre dort abermals ein Schlüsselchen umdrehen und sehe die Gestalt ein zweites verborgenes Fach hervorziehen, aus welchem sie hastig ein Paket nimmt, es öffnet und ein darin liegendes Papier entfaltet, in welchem ein drittes enthalten ist, das sie wiederum auseinanderschlägt. Dies alles sah ich im Zwielicht des Mondes, der durch das Fenster scheint. Und weiter sah ich deutlich, wie die alte Frau ein anderes Lädchen zieht, ein Etwas aus demselben nimmt, das ein Radiermesser sein muß; denn sie bückt sich tiefer auf das aufgeschlagene Papier, das jetzt einen stattlichen Foliobogen darstellt, und liest darin, liest, nachdem das Gespenst eine Brille aufgesetzt hat, einen veritablen Nasenklemmer! Jetzt setzt sie den Finger auf eine Stelle und fängt an, etwas auszuradieren. Obgleich sie mir den Rücken zukehrt, erkenne ich doch jede Bewegung. Sie keucht bei der Arbeit mit stärkeren Atemzügen, die in der Kehle wie boshafte Geister einander zu drängen und zu kratzen scheinen; sie bläst das Abgeschabte weg, hustet wie ein alter, schwindsüchtiger Notarius publicus, bläst wieder, fährt mit dem Finger über die radierte Stelle und schabt abermals. Endlich scheint die Arbeit gelungen zu sein; ein niederträchtiges, kurzes, heiseres Gelächter mit hi, hi, hi! dringt mir durch Mark und Bein, und ohne mich rühren zu können, denke ich doch: Hier ist einstmals ein Vertrag gefälscht, ein Geburtsrecht, ein Erbe, ein Lebensglück gestohlen worden!

Plötzlich wird das Messerchen wieder hingelegt, wo es genommen worden, mit der scheinbaren historischen Natürlichkeit solcher Dämonen, das Papier oder die Urkunde zusammengefaltet, eins in's andere gelegt und ein Schubfach nach dem anderen zugestoßen, die Klappe zugeschlagen und verschlossen. Plötzlich dreht sich die Gestalt um und schleppt sich nach der Richtung hin zurück, wo ich reglos sitze, bis sie beinahe dicht vor mir still steht und mich anschaut. Nie vergesse ich das infame Hexengesicht, obschon es nur seitwärts vom Monde gestreift wurde und der größte Teil im Schatten lag. Nase, Kinn, der Mund, alles grinste wie in blühendem Leichenwachs ausgeprägt mir entgegen, voll Hohn und Grimm, wie das dunkle Feuer in den doch unkenntlichen Augen. Ich war in Kartätschenfeuer geritten, das mir wie Zephirsäuseln vorkam gegen die Schauerlichkeit, die mich jetzt übernahm. Was hatte ich mit diesem verfluchten Wesen zu schaffen, dem ich nie ein Leides getan? Was sollte das für eine Vernunft in der Welt sein, wo ein beherzter, ehrlicher Kerl macht- und wehrlos dem wesenlosen Scheusal gegenüber dasaß und bei der geringsten Bewegung vielleicht durch die Schrecken der Ewigkeit um Gesundheit und Leben kam? Dergleichen verworrenes Zeug schwirrte mir durch den Kopf, als das Gespenst mich anschaute; ich fühlte, wie das Haar mir zu Berge stand, der Atem versagte mir, und ich konnte gleich einem, den der Alp drückt, nur noch rufen: ‚Die alte Kratt!' als mir für einen Moment die Sehkraft und Besinnung schwand. Eine Minute später war die Erscheinung verschwunden. Selbstverständlich schlug jetzt, zur Vollendung des Spukes, auch noch die erste Stunde nach Mitternacht an einer entfernten Turmuhr. Als das bekannte wohltätige Eins gehörig verhallt war, wagte ich endlich, mich zu rühren und suchte Licht zu machen. Die Leuchter standen da, aber ich fand kein Feuerzeug; so blieb mir nichts übrig, als mich zu Bette zu legen, und ich spürte bei dieser Gelegenheit die Bettdecke, die auf dem Boden lag. Ich nahm sie an mich, und sobald ich mich wieder horizontal ausgestreckt und nichts Verdächtiges mehr geschah, schlief ich ein und erwachte, als es schon lange Tag war. Erst jetzt stellte ich einige Untersuchungen an. Die Türe, die sichtbar einzig ins Zimmer führte, war noch von innen verschlossen, und der besondere altmodische Riegel, der über dem Schlosse angebracht, überdies vorgeschoben. Die Schreibkommode war am Tage ein ganz gemütliches Möbel. Auf dem Pultdeckel oder der Klappe war von buntem Holze eine Landschaft eingelegt. Aus einem See ragte eine Insel mit einem Schloß, und auf dem Wasser saßen zwei Herren mit langen Perrücken und kleinen Dreieckhütchen in einem Nachen und schossen auf Enten. Im Vordergrunde standen ein paar ruinierte Tempelsäulen, unter welchen ein dritter Herr mit hohem Rohrstocke tiefsinnig promenierte; alles so idyllisch und unverfänglich als möglich. Was mich aber am meisten wunderte, war ein Schlüssel, der ruhig im Schlosse stak, während ich doch deutlich den Schlüsselbund klirren und den Schlüssel des Gespenstes umdrehen und ausziehen gehört hatte. Ich machte die Klappe auf und sah die Schublädchen, zog eines nach dem anderen auf, aber alle waren leer, kein Radiermesser und nichts. Auch das geheime Fach fand sich mit seinem Schlüsselchen, es war auch leer, und ich hatte doch das Paket und die Papiere gesehen.

Es blieb also nur noch die Umgebung des Bettes zu untersuchen. Dasselbe stand mit dem Kopfende eine gute Spanne von der Wand entfernt, so daß zwischen der Gardine und der Wand allerdings jemand, der nicht zu dick war, sich mit Not dort durchwinden konnte. Als ich jedoch die schwere Bettstelle mit Mühe etwas weggerückt hatte, fand ich ringsum nichts als das gleiche Holzgetäfel, wie es überall die Wände und auch die Decke bekleidete. Von einer Ursache des Knalles konnte ich auch nirgends eine Spur entdecken.

Desto ernster erneuerte sich der Eindruck des Gesehenen; die schnurrige und widerwärtige Seite des Spukes trat zurück vor der Ahnung der endlosen Unruhe einer Seelensubstanz, für die sich, wenn dies Landhaus einst lange vom Erdboden verschwunden sein wird, dasselbe stets wieder aufbaut mit dem alten Zimmer und der Kommode, in welcher die verbrecherischen Papiere liegen, sowie auch der Schlüsselbund und das Radiermesser immer vorhanden, obschon sie vom Roste längst aufgelöst sind. Ich grübelte über diese furchtbare Existenz und Fortdauer in der bloßen Vorstellung, deren reale Natur jedem einzelnen dereinst noch schrecklich klar werden könnte, und da der Tod in den Kriegszeiten mir als einem Soldaten sozusagen zur Seite stand, dachte ich über mich selbst nach, über meinen Leichtsinn und dies oder jenes, was ich verfehlt haben mochte. Erst jetzt, da ich keine Wahl mehr hatte, beschwerte mich die übersinnliche Jenseitigkeit mit ihren dunklen Schatten, und ich empfand ein Heimweh wie nach einem Beichtvater, während ich den Säbel umschnallte und die Gesellschaft aufsuchte, welche eben in einer Laube beim Frühstücke saß.
Man sprach eben von dem nächtlichen Knall, der demnach im ganzen Hause gehört worden war, und da ich mit düsterem Gesicht hinzutrat und mich erst schweigend verhielt, wurde die Stimmung noch betroffener und verlegener. Befragt, ob ich es auch gehört, bejahte ich, ohne weiteres hinzuzufügen, da ich die Familie nicht erschrecken mochte, und es der Zeit und dem Gespenste selbst überließ, die Herrschaft mit den Merkwürdigkeiten dieses Hauses bekanntzumachen. Erst als ich mit Hildeburg und Mannelin vor meinem Weggehen noch etwas auf und nieder ging und die Erstere zu mir sagte: ‚Was ist Ihnen denn, daß Sie so ernst und schweigsam sind?‘ antwortete ich unwillkürlich: ‚Was wird es sein? die alte Kratt hab' ich gesehen!‘
‚Und haben Sie mit ihr gesprochen?‘
Sie sagte das mit unbefangenem Lachen, wie man tut, wenn

man etwas für einen Scherz hält. Doch sah sie mich dabei aufmerksam an. Ich antwortete nicht darauf, zumal Mannelin mich ebenfalls erstaunt anblickte und ich nicht aufgelegt war, eine Disputation mit ihm zu bestehen. Da der Kutscher bereit war, mich nach der Stadt zu fahren, nahm ich mit dem Versprechen Abschied, am nächsten Tage noch ein letztes Mal zu kommen, und fuhr nicht mit leichtem Herzen weg. Der Geisterbesuch, die Trennung von dem anziehenden und trefflichen Mädchen, die Ungewißheit der Zukunft und auch der Umstand, daß Mannelin allein bei Hildeburg zurückblieb, alles trug dazu bei, meine Gedanken trüb und schwer zu machen.

Ich will nur gleich den chronologischen Verlauf zu Ende erzählen. Nach meiner Abfahrt setzten Hildeburg und Mannelin die Gartenpromenade fort, und erst jetzt drückte der Freund seine mit einigem Unwillen vermischte Besorgnis über den Stand meiner geistigen und körperlichen Gesundheit aus, da ich nicht nur von Gewissensfurcht, sondern sogar von förmlichen Halluzinationen geplagt scheine. Es wäre schade für mich, wenn ich in dem krankhaften Wesen weiter dahin lebte und Fortschritte machte, und er frage sich, ob er mich nicht zur Einholung eines Urlaubes veranlassen und an den bewußten Badeort mit sich nehmen solle. Offenbar hätten die Kriegserlebnisse meinem beweglichen Wesen nicht gut getan usw.

Hildeburg erwiderte nachdenklich, ob er denn so sicher wisse, daß nur Täuschung sei, was ich gesehen zu haben vorgebe? Ihres Teiles befürchte sie, allerdings gegen alle Vernunft, daß doch dies oder jenes möglich sein könnte, und für diesen Fall wäre es ihr mehr um die Eltern zu tun, sowie um die übrigen Verwandten und Freunde, denen der Aufenthalt in dem verrufenen Gebäude kein Vergnügen mehr machen würde. Die Vornahme der baulichen Wiederherstellungen schiene unter solchen Umständen geradezu nicht mehr ratsam, und dergleichen mehr.

Jetzt schaute Mannelin die Sprecherin mit ebenso besorgtem

als liebevollem Blicke an. Ihn bekümmerte, daß sie solchem Unsinn zugänglich schien. Sie las die Sorgen in seinen Augen und blickte wahrscheinlich hierfür wieder dankbar zurück; doch verharrte sie in ihrem Zweifel und sagte nach fernerem Nachdenken:

‚Ich muß doch wenigstens wissen, ob andere in dem alten Gemache eine ähnliche Erfahrung machen, oder ob es wirklich nur der Rittmeister ist, der etwas sieht. Ich werde den Johann beauftragen, dort eine Nacht zuzubringen.‘

‚Der alte Johann‘, sagte Mannelin, ‚wird natürlich so viele Geister sehen, als man wünscht oder fürchtet! Wenn Sie einen zuverlässigen Bericht wollen, so lassen Sie die Stube für mich zurecht machen! Ich will mich in Gottes Namen der kuriosen Aufgabe unterziehen, wenn durchaus etwas geschehen soll!‘

‚Sie?‘ rief Hildeburg, ‚nein, Sie dürfen es nicht tun! Sie sind mir zu gut dazu! Wenn dennoch etwas an der Sache wäre, so könnte der Eindruck auf Sie gerade ein noch viel stärkerer sein, als bei unserem Freunde, und Ihnen ernstlich schaden!‘

Mannelin blieb aber bei seinem Vorsatze, und so ließ er sich, als gegen elf Uhr man allerseits schlafen ging, in das Gemach leuchten, in welchem ich die letzte Nacht zugebracht hatte.

‚Wollen Sie nicht wenigstens Ihren Degen und die Pistolen mitnehmen?‘ sagte der Diener, der aus dem früheren Zimmer die nötigen Sachen trug und von dem Vorhaben unterrichtet war.

‚Nein!‘ antwortete Mannelin, ‚gegen Geister würden die Waffen nichts helfen, und wenn allenfalls lebendige Leute einen Unfug treiben, so muß man nicht gleich Blut vergießen!‘

Genug, mein Mannelin befand sich endlich, gleich mir, allein in dem unheimlichen Zimmer. Er ging mit dem Leuchter darin herum, verriegelte die Türe und legte sich halbangekleidet zu Bett, nachdem er den Tisch an dasselbe gerückt. Dann las er eine Stunde oder länger, bis es am Turme Mitternacht schlug. Dann klappte er das Buch zu und horchte noch eine Weile mit offenen Augen. Als aber alles still blieb, wurde ihm das Ding langweilig; er löschte das Licht, legte sich auf die Seite und schlief ein. Kaum hatte er einige Minuten geschlafen, so erfolgte zwar kein Knall, wie gestern, allein es klopfte dicht hinter ihm an die Wand, ein altes Mütterchen sagte vernehmlich: ‚Ja, ja!' der kalte Luftzug strich über sein Gesicht, die Gardinen flatterten, und die Decke flog weg. Und indem Mannelin sich besann, aber ganz ruhig liegen blieb, wie wenn er nichts merkte, sah er schon die alte Kratt in der Mitte des Zimmers gegen die Fensterecke zuschlurfen, wo die Kommode stand und der Mond schien, wie gestern. Er war jetzt doch ziemlich überrascht, und das Herz klopfte ihm bedeutend, weil er die Natur und Tragweite des Abenteuers nicht kannte. Aber wie der Jäger, von einem Tiere überrascht, sein Gewehrschloß schnell in Ordnung bringt, stellte Mannelin geschwind seine Gedanken in eine kleine Reihe, als ob es Polizeileute wären, und sich selbst an ihre Spitze. Ohne sich zu rühren, folgte er der Erscheinung aufmerksam mit den Augen und sah, wie sie an der Kommode tastete und die Klappe öffnete, kurz alles tat, wie ich es gesehen. Als sie nun auf dem Papier radierte, war er schon leise aufgestanden und ihr auf unhörbaren Socken nachgeschlichen, und stand hinter ihrem Rücken. Das grauenhafte, buckelige Weibchen kratzte, schabte, keuchte und hustete, und blies den Staub weg, kurz, war so geschäftig wie der Teufel, und Mannelin guckte dem Gespenste still über die Schulter, bis es fertig war und sein schändliches heiseres Gelächter aufschlug. Da sagte er plötzlich:

‚Na, Frauchen, was treiben Sie denn da?'

Wie eine Schlange schnellte das Gespenst empor und stand wohl um einen Kopf höher als vorher ihm gegenüber. Mit dem schrecklichen Gesichte starrte sie ihm entgegen; aber schon hatte er die Hand auf ihre Schulter gelegt; dann packte er sie unversehens um die Hüfte, um sie in die Gewalt zu bekommen und die graue Mantille wegzuziehen. Er fühlte einen allerdings schlangenförmigen, aber sehr lebenswarmen Körper, und da sie sich jetzt in seinen Armen hin und her wand und mit dem Leichengesicht nahe kam, faßte er unerschrocken die im Monde glänzende, schreckliche Nase und behielt eine abfallende Wachsmaske in der Hand, während Hildeburgs feines Gesicht zu ihm emporlächelte. Leider küßte er es sogleich zu verschiedenen Malen und an verschiedenen Stellen, beschränkte sich aber doch endlich auf den Mund, nachdem derselbe ein unhöfliches: ‚Du lieber Kerl!' ausgestoßen hatte. Schließlich ließen sie sich auf einen Stuhl nieder, das heißt, Mannelin saß darauf und Hildeburg auf seinen Knien. Ich will nicht untersuchen, ob es nicht anständiger gewesen wäre, wenn sie einen zweiten Stuhl herbeigeholt hätten; die Außerordentlichkeit des Abenteuers und die einsame Nachtstille mögen zur Entschuldigung dienen; ich will nur die Tatsache meines Suppliziums erhärten: Alles das wäre mein gewesen, wenn ich in der vorigen Nacht den einfachen Verstand des verfluchten Duckmäusers besessen hätte! Denn in seinem Arme ruhend, erklärte sie ihm nun den Handel. Sie habe, seit wir beide wieder in ihrer Nähe gewesen, ihre Lage nicht länger ertragen und doch auch nicht zur früheren Entsagung so ohne weiteres zurückkehren mögen, und da sie die unglückliche Doppelliebe längst als eine unwürdige Krankheit erkannt, beschlossen, sich durch gewaltsame Wahl zu heilen. Die Idee der Ausführung sei ihr plötzlich durch das Gerede von der Spukgeschichte gekommen. Demjenigen von uns beiden, welcher dem Gespenste gegenüber den größeren Mut erweise, wolle sie sich ergeben und den andern freilassen; denn daß sie uns beide gefangen halte, habe sie wohl gewußt. Nun habe sich die Verwirrung so klar ausgeschieden, wie wir alle nur wünschen könnten. Ich, der Rittmeister, so brav ich sei, habe der göttlichen Vernunft manquiert im rechten Augenblick;

Mannelin sei ihr treu geblieben ohne Wanken, und sie trage ihm daher Herz und Hand an usw., usw. muß ich abermals sagen, um das Unerträgliche nach so viel Jahren noch abzukürzen. Sie wurden in der Nacht noch Handels einig, daß sie heimlich verlobt sein wollten, bis der Augenblick gekommen sei, wo Mannelin bei ihren Eltern um sie werben könne.

Diese artigen Vorgänge wurden mir in einer Geheimsitzung, die zu Drei stattfand, am andern Tage feierlich eröffnet, als ich zum letzten Male hinausritt. Ich hatte ahnungsvoll das raschere Pferd gewählt, da ich jetzt um so unaufhaltsamer wieder davon galoppieren konnte. Vorher mußte ich jedoch mit dem Pärchen den Weg begehen, den Hildeburg als Gespenst gemacht hatte. Ich will nicht weitläufig beschreiben, wie schlau sie alles angestellt; wie sie den Knall einfach dadurch hervorgebracht, daß sie auf dem Boden über dem alten Zimmer einen wackeligen leeren Schrank mittels einer Hebelstange umgestürzt, ihn freilich nachher nicht mehr aufrichten konnte, weshalb auch in der zweiten Nacht die Detonation unterblieb; wie aus einem verborgenen Vorraume das Heizloch eines ehemaligen Ofens in das Zimmer ging und von einem verschiebbaren Felde des Holzgetäfels verdeckt war, das Gespenst aber eben dort durchkriechen und hinter den Bettvorhängen hervorschlüpfen konnte; wie sie die Bettdecke mittels eines Schnurgeschlinges wegziehen konnte, das in den Falten der Gardinen versteckt hing; wie sie den kalten Durchzug verursachte, indem sie im besagten Vorraume ein nach Norden gehendes Fenster sperrweit öffnete, im Zimmer aber schon vorher den oberen Flügel eines nach Osten gehenden Fensters aufgetan hatte, so daß im Augenblicke, wo sie das alte Ofenloch frei machte, die Luft durchstrich; wie sie den Charakter der Gespensterrolle mit merkwürdiger Phantasie ausstudiert, und zwar in der größten Schnelligkeit: das erklärte sie uns jetzt Schritt für Schritt, damit ja kein Zweifel übrigblieb, und besonders mich ermahnte sie auf dem Passionswege wiederholt, gewissermaßen bei jeder Station, doch nicht mehr so leichtgläubig zu sein. Dabei hing sie sich zuweilen traulich an meinen Arm, so daß mir nichts übrig blieb, als das Gesicht eines Ideals von Esel dazu zu schneiden und fromme Miene zum bösen Spiel zu machen.

Zum Überflusse mußte auch noch das traurigste, was es gibt, der Zufall, sein Siegel darauf drücken. Um ganz unparteiisch zu verfahren, hatte das gute Mädchen vorher im stillen das Los gezogen, welchen von den zwei Liebhabern sie zuerst der Prüfung unterwerfen solle; denn, sagte sie, mancher zufällige Umstand konnte auf das Ergebnis von Einfluß sein, die Verschiedenheit des Wetters, der Mondhelle, des körperlichen Befindens und der Gemütsstimmung konnte eine veränderte Urteilskraft bedingen, wie ich denn auch geschehenermaßen am Tage vor meiner Prüfungsnacht mehr Getränke zu mir genommen, als der andere zu seiner Stunde wegen Mangel an Gesellschaft habe tun können, da ich ja fortgewesen sei! Also genau wie beim Pferderennen, wo bis aufs kleinste alles verglichen und abgewogen wird!

Daß durch den Sieg meines Nebenbuhlers trotz des technisch untadelhaften Verfahrens ihren geheimsten Wünschen besser entsprochen worden sei, als wenn ich gesiegt hätte, daran durfte ich schon damals nicht zweifeln. Denn sie schien von Stund an von jeder Last befreit und ungeteilten, leichten Herzens zu leben, welches hat, was es wünscht.

Das ist die Geschichte von Hildeburgs Männerwahl, bei der ich unterlegen bin," schloß der Oberst, und rasch gegen Reinhart gewendet, sagte er:

„Wissen Sie, wie sie eigentlich hieß? Denn Hildeburg wurde sie nur von Mannelin und mir genannt, wenn wir am dritten Orte von ihr sprachen. Sonst aber hieß sie Else Morland, später Frau Professorin Reinhart und wird demnach Ihre Frau Mutter sein! Lebt sie noch? Und wie geht's ihr?"

Für erwachsene junge Leute ist es immer eine gewisse Verlegenheit, von den Liebesgeschichten zu hören, welche der Heirat der Eltern vorausgegangen. Die Erzeuger stehen ihnen so hoch, daß sie nur ungern dieselben in der Vorzeit auf den gleichen menschlichen Wegen wandeln sehen, auf denen sie selbst begriffen sind. Auch Reinhart saß jetzt in nicht angenehmer Überraschung und war ganz rot, da die Laune, in welcher er sich seit zwei Tagen bewegte, sich gegen ihn selbst zu kehren schien. Ein paarmal während der Erzählung des alten Herrn hatte es ihm vorkommen wollen, als ob es sich um Bekanntes oder Geahntes handle; doch war das vorübergegangen, wie man oft nicht merkt oder nicht erkennt, was einen am nächsten angeht. Zu der seltsamen Entdeckung trat ein noch seltsamerer Eifer der Selbstsucht, als er bedachte, wie nahe die Gefahr gestanden habe, daß ein anderer als sein Vater die Mama bekommen hätte, und was wäre alsdann aus ihm, dem Sohne, geworden? Und was war er jetzt anderes, als der Sohn der willkürlichsten Manneswahl einer übermütigen Jungfrau? Nun, Gott sei Dank, war es wenigstens seine Mutter und sein Vater! Es hätte können schlimmer ausfallen! Wie denn schlimmer, du Dummkopf? Gar nicht wäre es dann ausgefallen!

Dergleichen Gedanken fuhren ihm in rascher Folge durch den Sinn, bis er die Augen aufschlug und sah, wie Lucie behaglich in ihrem Gartenstuhle lehnte, die Arme übereinander gelegt und die Augen in voller Heiterkeit auf ihn gerichtet hielt. Das ganze Gesicht war so heiter, wie der Himmel, wenn er vollkommen wolkenlos ist.

„Trösten Sie sich mit dem Evangelium," sagte sie, „wo es heißt: Ihr habt mich nicht erwählet, sondern ich habe euch erwählet!"

„Schönsten Dank für den Rat!" erwiderte Reinhart, durch den Sonnenschein in ihren Augen zum Lachen verführt; „ich begreife und würdige durchaus die Genugtuung, die Ihnen die

Erzählung des Herrn Oberst verschafft! Daß ich in meinem eigenen Papa geschlagen würde, hätte ich allerdings nicht geglaubt!"

„Wie undankbar!" Seien Sie doch stolz auf Ihren Herrn Vater, der meinen so vortrefflichen Onkel hier besiegt hat! Wie vortrefflich muß er selbst sein! Ich bin wahrlich ein bißchen verliebt in ihn nur vom Hörensagen! Ist er noch so hübsch blond?"

„Er ist schon lange grau, aber es steht ihm gut!"

„Und die Mutter?" warf jetzt der Oberst dazwischen, „ist sie auch grau, oder noch schwarz und schlank wie dazumal?"

„Dunkelhäuptig ist sie noch und schlank auch, aber nur dem Geiste nach; ich glaube nicht, daß sie jetzt noch durch das Ofenloch und zwischen Bett und Wand hervorschlüpfen könnte."

„Ich möchte sie doch nochmals sehen und den Mannelin auch," sagte der Oheim Luciens mit weicher Stimme. „Ich fühle mich ganz versöhnlich und verzuckert im Gemüt!"

„Und mich empfehlen Sie wohl gütigst der Mama, wenn Sie ihr schreiben?" sagte das Fräulein mit einem anmutigen Knicks; „oder werden Sie nichts von Ihrer kleinen Reise und den hiesigen Ereignissen sagen?"

„Ich werde es gewiß nicht unterlassen, schon weil ich trachten muß, den Herrn Oberst und vielleicht auch die Nichte mit gutem Glück einmal hinzulocken, wo die Eltern wohnen."

„Das tun Sie ja! Sie werden auch sicher gelegentlich hören, daß wir unversehens dort gewesen sind, nicht wahr, lieber Onkel?"

„Sobald ich wieder fest auf den Füßen bin," rief dieser, „werden wir die lang geplante Reise machen und alsdann die alten Freunde im Vorbeigehen aufsuchen."

„Jetzt fällt mir erst ein," sagte Reinhart, „daß unser seit mehr als dreißig Jahren neuerbautes Landhaus an der Stelle des alten Gebäudes stehen wird, das die Großeltern Morland gekauft hatten! Da können Sie auch darin rumoren, wenn Sie kommen, Fräulein Lucie!"

„Sobald ich in zwei Männer zugleich verliebt bin, werde ich mir damit helfen!" erwiderte sie ausweichend, und Reinhart bereute sein unbedachtes Wort; wenn eine feine Seele auf nachtwandlerischem Pfade einer neuen Bestimmung zuschreitet und aus sich selbst freundlich ist, so darf man sie nicht mit zu täppischen Anmutungen aufschrecken.

Der heitere Glanz ihres Gesichtes war zum Teil erloschen, als die kleine Gesellschaft sich jetzt erhob. Reinhart sprach von seiner Abreise, sowohl aus Schicklichkeit, als in einer Anwandlung von Kleinmut, und erbat sich Urlaub, um die nötigen Anstalten zu treffen. Der alte Herr widersetzte sich.

„Sie müssen wenigstens noch einen Tag bleiben!" rief er; „an den paar Stunden, die ich mit Ihnen zugebracht, habe ich vorläufig nicht genug, und über das Zukünftige sprechen wir noch weiter. Das unverhoffte Vergnügen, an meine jungen Tage wieder anzuknüpfen, lasse ich mir nicht so leicht vereiteln!"

„So plötzlich wird Herr Reinhart nicht gehen können," sagte jetzt Lucie; „denn sein Pferd ist in der Frühe mit unseren Pferden auf die Weide hinauf gelaufen und soll dort drollige Sprünge machen. Es kann also heute niemand weder fahren, noch reiten bei uns, es müßte denn strenger Befehl ergehen, die Tiere heimzuholen."

„Nichts da!" versetzte der Oberst; „dem armen Leihpferd ist es auch zu gönnen, wenn es einen guten Tag hat. Jetzt will ich mich für eine Stunde zurückziehen und sehen, ob meine Zeitungen angekommen sind. Soll ich Ihnen auch welche schicken, Sohn Hildeburgs?"

„Zeitungen werden für Ihre angegriffenen Augen schwerlich gut sein," sagte Lucie; „wenn Sie lesen wollen, so holen Sie sich lieber irgend ein altes Buch mit großem Druck, Sie wissen ja wo, und bleiben Sie dort im kühlen Schatten oder gehen

Sie damit unter die Bäume! Ich muß jetzt leider ein bißchen nach der Wirtschaft sehen!"
Luciens Sorge für seine Augen, deren Zustand er beinahe selbst vergessen hatte, tat ihm so wohl, daß er sich ohne Widerrede fügte und nach ihrem Bücher- und Arbeitszimmer ging, nachdem die drei Personen sich getrennt. Er ergriff das erste beste Buch, ohne es anzusehen, von einem Regale herunter, und da es in dem Zimmer ihm nicht ganz geheuer dünkte, begab er sich in den Vexierwald hinaus, durch welchen er hergekommen war. Dort bemächtigte sich seiner immer mehr ein gedrücktes Wesen, das sich zuletzt in dem Seufzer Luft machte: Wär' ich doch in meinen vier Wänden geblieben! Nicht nur die vernommene Kunde von den ganz ungewöhnlichen Jugendtaten seiner Mutter, die Anwesenheit eines Liebhabers und Rivalen seines Vaters, sondern auch der ungebührlich wachsende Eindruck, den Lucie auf ihn machte, verwirrten und verdüsterten ihm das Gemüt. Das waren ja Teufelsgeschichten! Der Verlust seiner goldenen Freiheit und Unbefangenheit, der im Anzuge war, wollte ihm fast das Herz abdrücken. Man sieht ja, dachte er, welchen Wert sie darauf legen, obenauf zu sein! Da lob' ich mir die ruhige Wahl eines stillen, sanften, abhängigen Weibchens, das uns nicht des Verstandes beraubt! Aber freilich, das sind meistens solche, die rot werden, wenn sie küssen, aber nicht lachen! Zum Lachen braucht es immer ein wenig Geist! Das Tier lacht nicht!
Auf diese Art brachte er die Zeit zu, und als er in das Haus zurückkehrte, traf er zum Überflusse die Pfarrfamilie, welche auf Besuch gekommen war, um das Ereignis gerade seiner Erscheinung weiter zu betrachten und nach der Wirkung zu forschen, welche dieselbe unter den großen Platanen am Berge zurückgelassen habe. Das Pfarrerstöchterchen errötete über und über, da er dem Mädchen im blauen Seidenkleidchen die Hand gab, und Lucie, welcher er die Geschichte erzählt hatte, blickte

ihn mit heller Schadenfreude an, die aber in ihren Augen so gutartig und schön war wie in andern Augen das wärmste Wohlwollen. Über diesem Besuche verging der Tag in anhaltendem Geräusch und Gespräch; die Pfarrleute duldeten nicht, daß man sie eine Minute ohne Rede und Antwort ließ oder sich einer Zerstreuung hingab. Da der Oberst sich auf Grund seiner schlechten Gesundheit zeitig unsichtbar machte und Lucie das Töchterlein mehrmals entführte, um ihr allerlei Anpflanzungen zu zeigen, blieb Reinhart zuletzt allein übrig, den Eltern standzuhalten, und als gegen Abend die Familie mit ihrer Kutsche abgefahren war, schien eine Mühle abgestellt zu sein.

„Ich bewundere Ihre Geduld," sagte Lucie, als sie nun allein waren, „mit der Sie den guten Leuten zugehört und Bescheid gegeben haben."

„Hab ich denn wirklich so geduldig ausgesehen?" fragte Reinhart verwundert; er hatte nicht das beste Gewissen, weil er die guten Menschen innerlich dahin gewünscht, wo der Pfeffer wächst.

„Vortrefflich haben Sie ausgesehen! Glauben Sie nur, man ist immer etwas besser, als man es Wort haben will! Zur Belohnung sollen Sie eine gute Tasse Tee bekommen und meine Mädchen wieder spinnen sehen! Wein gebe ich Ihnen nicht mehr; denn Sie haben bei Tische schon etwas mehr in den heimlichen Zorn hineingetrunken, als für Ihre Augen gut war."

„Nun soll ich doch wieder zornig gewesen sein?"

„Ja freilich! Um so rühmlicher ist die nachherige Selbstbeherrschung und Geduld!"

Als es dunkel und der Tee getrunken war, nahmen die Mädchen wirklich ihre Rädchen und spannen noch eine Stunde. Das Schnurren sowie das zwanglose und friedliche Gespräch, das man zuweilen wie zum Spaße beinahe ausgehen ließ, um es doch gemächlich wieder anzubinden, beruhigten vollends die aufgeregten Geister in Reinharts Brust, so daß er zuletzt sich häuslich mit der Lampe beschäftigte, die nicht hell brennen wollte, und dabei plauderte, indessen Lucie ihm vergnüglich zuschaute.

In guter Laune zog er ab, als alles zu Bett ging, und nahm vermutlich aus Versehen das Buch mit, das er aus Luciens Zimmer geholt und bis jetzt noch nicht aufgeschlagen hatte. Erst auf seinem Gastzimmer tat er es und sah, daß es eine Geschichte von Seefahrten und Eroberungen des siebzehnten Jahrhunderts war. Das Buch mußte seinerzeit fleißig gelesen worden sein, da es zum zweiten Male gebunden worden. Denn viele Blätter klebten von der Farbe des bunten Schnittes zusammen, und als Reinhart zwei solche voneinander löste, lag ein Blättchen altes Papier dazwischen, mit vergilbter Schrift bedeckt. An einem Junimorgen des Jahres 1732 schrieb eine Dame in französischer Sprache an eine andere: „Liebste Freundin! Lesen Sie die artige kleine Geschichte, die ich hier angestrichen habe! Guten Tag! Ihre getreue Freundin J. Morgens 9 Uhr." Dies Briefchen mußte der Buchbinder, der den neuen Einband gemacht, nicht gesehen haben, denn es war mit eingebunden und seither von keinem Auge mehr erblickt worden. Daneben war in der Tat eine halbe Seite des Buchtextes mit Rotstein angestrichen, der sich auch auf dem gegenüberstehenden Blatte abgedruckt hatte, so daß Reinhart nicht wußte, welche der beiden bezeichneten Stellen galt. Dennoch wunderte ihn, was an jenem Junimorgen vor hundertundzwanzig oder mehr Jahren die verschollene Dame so piquierte, daß sie das Buch der Freundin schickte. Er las daher auf beiden Seiten und fand eine allerdings seltsame Heiratsanekdote, die ohne Zweifel das war, was die zwei Damen beschäftigt hatte. Das Histörchen gefiel auch Reinharten, und weil er doch keinen Schlaf verspürte, spann und malte er den größten Teil der Nacht hindurch das Geschichtchen aus und nahm sich vor, es vorzutragen, sofern nochmals eine Erzählerei stattfinden sollte. Es schien ihm nämlich prächtig zur Abwehr gegen die Überhebung des ebenbürtigen Frauengeschlechts zu taugen.

Elftes Kapitel: Don Correa.

Wie wenn sie Reinharts Vorsatz und Vorbereitung gekannt hätte, sagte Lucie am Morgen, als die drei Personen wieder unter den Platanen am Brunnen saßen: „Heute werden wir leider die Zeit ohne Geschichtserzählungen verbringen müssen, wenn der Onkel nicht dennoch eine zweite Hildeburg erfahren hat, oder Herr Ludwig Reinhart noch eine dritte Treppenheirat kennt."

„Behüt uns Gott", lachte und murrte der Onkel durcheinander, „vor einer zweiten Schmach jener Art. Ich hatte ein für allemal genug!"

„Und was mich betrifft," nahm Reinhart das Wort, „so kenne ich einen dritten Fall von der Treppe herrührender Vermählung freilich nicht, dafür aber einen Fall, wo ein vornehmer und sehr namhafter Mann seine namenlose Gattin buchstäblich vom Boden aufgelesen hat und glücklich mit ihr geworden ist!"

„Wie herrlich!" rief Lucie fröhlich lachend, weniger aus Mutwillen, als vor Vergnügen und Neugierde, zu erfahren, was jener abermals vorzubringen wisse. „Am Ende", fügte sie hinzu, „geraten Sie noch zu der Geschichte des heiligen Franz von Assisi, der die Armut selbst geheiratet hat! Oder Sie sind sogar eine Art Reiseprediger für Verheiratung armer Mädchen? Fangen Sie an!"

„Ohne Verzug!" sagte Reinhart, indem er sich räusperte und begann:

* * *

„Wir sprechen von dem portugiesischen Seehelden und Staatsmanne Don Salvador Correa de Sa Benavides, der schon in jungen Jahren so tatenreich gewesen, daß er bereits damals den Haß der Neider erfuhr, während die Jugend sonst von diesem Übel verschont zu bleiben pflegt. Denn ältere Männer müssen schon sehr traurige Gesellen werden, bis sie Jünglinge oder Frauen wegen eines Erfolges beneiden. Den Jünglingen selbst aber ist das Laster meistens noch unbekannt, oder es nimmt in ihnen wenigstens die edlere Gestalt eines fruchtbaren Wetteifers an.

Zu einer solchen Zeit neidischer Verfolgung legte Don Correa den vom Jugendgrün bekleideten Kommandostab nieder und stieß den Degen in die Scheide, und um die Muße nicht ganz ungenutzt vorübergehen zu lassen, gedachte er zum ersten Male der Freuden der Liebe und hielt dafür, da es doch einmal sein müsse, es wäre jetzt am besten, auf die Lebensgefährtin auszugehen, ehe die Tage der Arbeit und des Kampfes zurückkehrten. Nachher sei diese Sache abgetan.

Nun bewog ihn aber sein Selbstgefühl, vielleicht der erlittenen Beleidigung wegen und auch in der Meinung, eine um so treuere und ergebenere Gattin zu erhalten, dieselbe als ein gänzlich unbekannter und ärmlicher Mensch zu suchen und zu erwerben, so daß er sie mit Verheimlichung von Namen, Rang und Vermögen sozusagen nur seiner nackten Person verdanken würde. Er schiffte sich also zu Rio de Janeiro, wo er Gouverneur gewesen, in aller Stille, nur von einem Diener begleitet, ein und begab sich nach Lissabon. Dort wohnte er unbemerkt in einem entlegenen Gemache seines Palastes und ging nur verkleidet aus, in die Theater, die Kirchen und auf die öffentlichen Spaziergänge, wo es schöne Damen aus der Hauptstadt und aus den Provinzen zu sehen gab. Lange wollte sich nichts zeigen, was ihm besonders in die Augen gestochen hätte, bis er eines Abends bei irgendeinem der öffentlichen Schauspiele eine junge Frau sah, deren Schönheit und Benehmen ihm auffielen. Sie war weder groß noch klein zu nennen und vom Kopfe bis zu den Füßen schwarz gekleidet, den steifen, weißen Ringkragen ausgenommen, der nicht nur dem strengen, wohlgeformten Gesichte mit seinem blühweißen Kinn, sondern auch den dicken schwarzen Lockenbündeln zu beiden Seiten als Präsentierteller diente. Von der Brust glühte ein paarmal, wenn die Dame sich regte, das dunkelrote Licht eines Rubins auf; die Brust selbst zeugte von einem normalen und gesunden Körperbau, desgleichen die in den Händen und Füßen ersichtliche Ebenmäßigkeit.

Diese Dame saß auf einem Lehnsessel in der vordersten Reihe; rechts und links von ihr hockten auf dreibeinigen Stühlchen ein Stallmeister und ein Geistlicher, hinter dem Sessel stand ein Page, und ganz zuletzt hockte noch eine Kammerfrau auf einem Schemel. Alle diese Personen verhielten sich so still und steif wie Steinbilder und wagten kein Wort, weder unter sich, noch mit der Herrin zu sprechen, wenn diese nicht einen leisen Wink gab. Merkwürdig schien besonders der Stallmeister, welcher, den hohen Spitzhut auf den Knien haltend, mit furchtbarem Ernste dasaß. So fadenscheinig sein ergrauter und umfangreicher Schädel war, reichten doch die langgezogenen Silberfäden hin, nicht nur auf der Mitte der Stirne eine fest in sich zusammengerollte Seeschnecke zu bilden, die von keinem Sturme aufgelöst wurde, sondern auch noch beide bartlose Wangen mit zwei sauber gekämmten Backenbärtchen zu bekleiden, welche allnächtlich sorgsam gewickelt und hinter die Ohren gelegt wurden. Dafür war das aufwärts gehörnte Schnurrbärtchen von echtem, steifgewichstem Bartwuchse. Der Anblick konnte für närrisch gelten; doch Don Correa wußte schon aus Erfahrung, daß dergleichen komische Pedantismen an untergebenen Beamten und Dienern meist auf Ordnungssinn und pünktliche Pflichterfüllung raten lassen; denn um einen alten Kopf mit solcher Künstlichkeit täglich aufzustutzen, muß ein armer Teufel, der nicht selbst bedient wird, früh aufstehen und sich an geregeltes Leben gewöhnen, das allen seinen Verrichtungen zugute kommt. Übrigens ging die Sage, das knappe Wams des Stallmeisters sei aus einer alten Mohrschleppe der Dame geschnitten.

Was den geistlichen Herrn betrifft, so bot derselbe durchaus nicht den Anblick eines verwöhnten oder herrschsüchtigen Beichtvaters, sondern sah eher einem eingeschüchterten, kurz gehaltenen Hofmeisterlein gleich, und er hielt, während er mit halb niedergeschlagenen Augen die Weltlichkeiten des Schauspiels wahrnahm, mit zagen Händen seinen flach gerollten Hut auf dem Schoße, als ob es eine Schüssel voll Wasser wäre.

Von dem kleinen Pagen guckte nur das weiße, spitzige Gesichtchen nebst einem blutroten Wamsärmel hinter der Stuhllehne hervor, und von der Kammerfrau vollends sah man erst, als sie aufstand, daß sie ebenfalls einen hochroten Rock, irgendeine rote Kopftracht und ein Korallenhalsband trug. Die Dame schien sich demnach nur in Schwarz und Rot zu gefallen.

Während sie so unbeweglich und halb gelangweilt dem Spektakel beiwohnte und selten über etwas lächelte, ging dann und wann irgendein Kavalier einzeln oder mit andern, die noch Platz suchten, an ihr vorbei und grüßte sie höflich, wechselte auch wohl ein paar Worte mit ihr, den Hut in der Hand. Sie blickte aber keinem entgegen, der sich nahte, und keinem nach, wenn er weiter ging, sondern grüßte nur mit überaus feiner Kopfneigung und holdseliger Bewegung der Lippen, welche den Don Salvador geheimnisvoll reizte, so ernst, ja starr auch der Mund gleich nachher wieder verharrte.

Er fragte, in der Menge der geringen Bürger verborgen, einige Nachbarn nach dem Namen der vornehmen Frau; es konnte aber keiner Auskunft geben, weil sie wahrscheinlich eine Fremde sei. Da er aber mit jedem Augenblicke von der schönen und eigentümlichen Erscheinung mehr eingenommen wurde und jedenfalls wissen wollte, wen er vor sich habe, so blieb ihm nichts anderes übrig, als das Ende abzuwarten und zu sehen, wohin die Dame mit ihrem Gefolge sich begeben würde. Er stellte sich daher zeitig an den Ausgang, durch welchen die Herrenleute sich entfernten, und wartete geduldig, bis die Unbekannte in der gemächlichen Prozession erschien, mit welcher die Grandezza sich fortbewegte, um die bereitstehenden Kutschwagen, Pferde oder Maultiere zu besteigen.

Für die Fremde wurden drei prächtig geschirrte Maultiere bereit gehalten. Das erste bestieg sie selbst mit Hilfe des Stallmeisters, das zweite dieser mit dem Pagen hinter sich, das dritte der junge Priester, hinter welchem die Kammerfrau Platz nahm, sich fest an ihn haltend, so daß, als das herumstehende Volk sich an dem Anblick belustigte, das Pfäffchen schämig errötete. Ein Läufer mit Windlicht ging voran, worauf die drei Tiere eines dem anderen folgten und in einiger Entfernung Don Correa den Schluß machte. Der kleine Zug bewegte sich durch Gassen und über Plätze, bis er in den Vorhof der Herberge zum ‚Schiff des Königs' einbog, in welcher fast ausschließlich reiche oder vornehme Reisende wohnten. Nachdem die Fremde mit ihren Leuten abgesessen und auf den Stiegen, die in die oberen Teile des Hauses führten, verschwunden war, trat Don Correa in eine Gaststube zu ebener Erde, die von See- und Handelsleuten aller Weltteile angefüllt war. Er ließ sich in der Ecke zunächst dem Schenktische eine kleine Abendmahlzeit vorsetzen und begann mit der Aufseherin, die an der Kasse saß und Geld einnahm, ein zerstreutes Gespräch nach Gunst und Gelegenheit, die beide nicht ausblieben. Denn der Don hatte etwas in seinem Gesicht und in seinem Wesen, das vielen Weibern ohne Zeitversäumnis gefiel, obwohl er dieses Vorteiles bis jetzt wenig inne geworden.

Er vernahm also, was er nur wünschen konnte: daß die fremde Dame eine junge Witwe sei und Donna Feniza Mayor de

Cercal genannt werde. Sie besitze im Südwesten von Portugal ein kleines Städtchen und großen Reichtum und wohne meistens auf einem einsamen Felsenschloß am Meere; dort lebe sie so eingezogen, daß weiter nichts von ihr gesagt werden könne, und wenn sie nicht alle Jahre einmal nach der Hauptstadt käme, um ihre Geschäfte zu besorgen und ihren Leuten einige Zerstreuung zu gönnen, so wüßte man überhaupt nichts von ihr. In Lissabon mache sie nur wenige Besuche, und auf ihre Besitzungen habe sie noch nie jemanden eingeladen. Übrigens sei sie musterhaft religiös und versäume keinen Morgen die heilige Messe; daher beruhe es jedenfalls auf boshafter Verleumdung, wenn hie und da gemunkelt werde, man halte sie für eine Hexe und ihre Dienerschaft für ein Häuflein böser Geister.

Als Don Correa hiemit genugsam unterrichtet war, verließ er die Herberge, um anderen Tages desto früher bei der Hand zu sein. Er verwandelte sich in einen halbschwarzen, maurischen Matrosen und belagerte das ‚Schiff des Königs', bis die Herrschaft aus der Türe trat und die Maultiere bestieg. Im gleichen Aufzuge wie gestern, ein Maultier mit der Nase am Schwanze des anderen, ritt die Dame nach der großen Kathedralkirche, und Correa folgte. Da er sah, daß am Portale niemand bei der Hand war, die Maultiere zu halten, drängte er sich hinzu und anerbot, den Dienst zu leisten, der ihm vom Stallmeister auch übertragen wurde. Der junge Kriegsmann war seiner Zeit und Geburt gemäß ein guter Katholik; es gefiel ihm daher sehr gut, daß die Frau von Cercal ihre Dienerschaft so vollzählig mit in die Messe nahm und an dem Segen der Religion teilnehmen ließ, und das Gemunkel von einem Zauberwesen erhöhte unter diesen Umständen eher seine Teilnahme, als daß es ihn abschreckte. Nach Beendigung des Gottesdienstes konnte er die Dame nun ganz in der Nähe sehen, und das um so ungestörter, als sie keinen Blick weder auf ihn, noch auf irgendeinen der Umstehenden warf. Sie erschien ihm in dieser Nähe und am hellen Tageslichte noch schöner und vollkommener als am vorigen Abend. Er fand in der Eile kaum die Geistesgegenwart, das kleine Trinkgeld aus der Hand des Pagen mit der Miene eines dankbaren armen Teufels in Empfang zu nehmen. Alles ging wieder so still und feierlich zu, daß der geordnetste Haushalt, die friedlich anständigste Lebensart in dem Banne dieser Frau zu walten schien. Zuletzt kam die Reihe des Aufsteigens an die einer roten Siegellackstange gleichende Kammerfrau, welche der maurische Schiffsgesell dienstfertig hinter den Rücken des Geistlichen hob, und als ihm beim Abreiten der Aufzug noch etwas grotesk anmutete, schrieb er die seltsame Sitte der ländlichen Abgeschiedenheit zu, aus welcher die Dame herkam.

Solange sie noch in Lissabon verweilte, strich er in immer neuen Verkleidungen um sie herum, wenn sie öffentlich erschien, was aber nicht mehr manchen Tag dauerte. Und jedesmal, wo er sie sah, bestärkte sich sein Entschluß, diese und keine andere zu seiner Gemahlin zu machen. Daher nahm er, als sie abgereist war, seine eigene Gestalt wieder an, jedoch mit dem Aussehen eines armen und geringen Edelmannes. Er suchte einen abgetragenen braunen Mantel und einen ebenso mißlichen Filzhut hervor, gürtete einen Degen um, dessen Stahlkorb ganz verrostet war und dessen lange Klinge einen Zoll unten aus der Lederscheide hervorguckte, da letztere längst den metallenen Stiefel verloren hatte. So ausgestattet, verließ er vor Tagesanbruch seinen Palast und die Stadt Lissabon und fuhr mit wenigen seiner Leute in der bereit gehaltenen eigenen Barke längs der Seeküste südwärts, bis er in die Gegend kam, wo die Frau von Cercal hausen sollte.

Der Ort, dessen Namen sie führte, lag hinter dem Küstengebirge, das Schloß aber, in welchem sie wohnte, an dem steilen Abhange gegen das Meer hin. Don Correa kreuzte so lange auf offener See, bis er sich vergewissert hatte, daß die Donna Feniza wieder dort sei, und er segelte einige Male so nahe vorüber, daß er mit seinen scharfen Augen die Lage und Bauart erkennen konnte. Dann fuhr er wieder hinaus und wartete einen starken Wind oder womöglich ein Sturmwetter ab, und als dieses wirklich eintrat, schoß er auf dem wogenden Meere mit vollen Segeln heran, zog sie ein wie ein strandender Schiffer und ließ sich zuletzt, nachdem die Barke weidlich umhergeworfen worden, wie er war, mit seinem Degen und dem zusammengewickelten Mantel auf den klippenreichen Strand schleudern, so daß er sich mit Mühe durch die Brandung schlug und festen Fuß gewinnen konnte. Seinen Leuten hatte er strenge befohlen, sich mit der Barke wieder auf die offene See zu machen und nach Hause zu fahren, sobald sie sähen, daß er das Ufer erreicht habe. Das taten sie denn auch und wußten mit ebenso viel Kühnheit als Geschicklichkeit das dem Untergange nahe Fahrzeug, welches man vom Lande aus schon verloren glaubte, zu wenden und die hohe See zu gewinnen, wo man es bald aus den Augen verlor.

Don Salvador Correa erklomm den schmalen Strandweg und begann einen steilen Staffelpfad hinanzusteigen, der hinter Felsen und Gebüsch halb versteckt in die Höhe führte. Als er einige Dutzend Stufen zurückgelegt, kam ihm ein Knabe entgegen, welcher der ihm schon bekannte Page der Schloßfrau war. Man hatte oben des Fahrzeuges Kampf mit dem Unwetter beobachtet, jedoch nicht sehen können, was zunächst dem Lande vorging, weshalb die Frau den Pagen heruntergesandt, damit er Kundschaft hole. Don Correa fragte den Knaben, wo und auf wessen Gebiet er sich befinde, und gab ihm mit wenigen Worten zu verstehen, daß er gestrandet und ohne Obdach sei, worauf der Kleine ihm verdeutete, er möchte warten, bis er hinaufgelaufen sei und mit den Befehlen der Herrin zurückkomme. Zugleich zeigte er dem Fremden eine natürliche Grotte, welche auf einem kleinen Absatz in den Fels hineinging und eine Ruhebank enthielt, auch mit einem verschließbaren Gatter versehen war. Da die Sonne schon wieder durch die zerrissenen Wolken brach, indessen das Meer noch rollte und rauschte, so hing Don Correa seinen triefenden Mantel über das Gatter, damit er trockne, und setzte sich auf die Bank; denn er war von dem Abenteuer ebenso erschöpft, wie wenn er unfreiwillig gestrandet wäre. Indem bemerkte er lächelnd die zahlreichen Mottenlöcher, die in den dunkeln Mantel gefressen waren und nun, da die Nachmittagssonne dahinter stand, wie ein Sternhimmel schimmerten. Drei solcher Löcher standen so schön in einer Reihe, daß sie prächtig den Gürtel des Orions vorstellten, einige andere zeigten ziemlich genau das Sternbild der Kassiopeia, zweie standen sich wie die Gestirne der Wage gegenüber, und eine Menge einzelner Löchlein ließen sich je nach ihrer Stellung und Entfernung voneinander von einem Kundigen so oder anders benennen. Weil aber manche davon noch von Wassertropfen wie mit kleinen Glaskügelchen verschlossen waren, so schimmerten sie in den Sonnenstrahlen bläulich oder rötlich, und Don Correa, der ein Sternkenner und Astrologe war, betrachtete die Erscheinung sogleich mit Aufmerksamkeit als ein bedeutsames Spiel des Zufalls. Er brachte unverweilt eine Konstellation zusammen, in welcher ihm das Venusgestirn glückverheißend zu glänzen schien.

Er war in diesen Anblick und die dazugehörigen Gedanken so vertieft, daß er leichte Schritte, die sich näherten, nicht hörte, und daher höchlich erstaunte, als der Mantel unversehens von einer Hand zurückgeschoben und statt des Planeten Venus die ganze Gestalt der Donna Feniza Mayor de Cercal sichtbar wurde, hinter welcher der Knabe stand.

Correa erhob sich indessen mit ritterlicher Haltung und bat um Verzeihung, daß er keinen Hut abnehmen könne, weil das Meer ihm den seinigen geraubt habe. Aber noch mehr wurde er überrascht, als die in Lissabon so spröd und einsilbig gewesene

Frau ihn jetzt mit großen Augen und unverkennbarem Wohlgefallen anschaute und mit fester, wohltönender Stimme fragte, woher er komme und woher er sei.

Und von ihrer Schönheit von neuem betroffen, war er kaum imstande, das zurechtgezimmerte Märchen von seinem widrigen Schicksal als armer Edelmann, der sein Glück in weiter Welt zu suchen gezwungen und an diesem Ufer elendiglich gestrandet und im Stiche gelassen worden sei, mit einigem Zusammenhange vorzubringen. Um so besseren Eindruck schien er aber zu machen. Die Frau setzte sich statt seiner auf die Bank, und als sie im weiteren Verlaufe des Gesprächs wahrnahm, daß der Fremde nach seinem ganzen Wesen ein junger Mann von Stand, Lebensart, Geist und Entschlossenheit sein müsse, lud sie ihn höflich ein, Platz neben ihr zu nehmen und sich auszuruhen, und schloß damit, ihm die wünschenswerte Hilfeleistung und Gastfreundschaft auf ihrer Burg anzubieten. Ein Hut werde sich ohne Zweifel auch aufbringen lassen, fügte sie bei, als sie schon auf dem engen Steige voranging, während der schiffbrüchige Kavalier mit seinem Mantel folgte und der Page als der letzte die Staffeln erkletterte.

Einige Tage später trug der glückliche Abenteurer nicht nur einen neuen Hut, sondern noch verschiedene andere schöne Kleidungsstücke, welche die Donna ihm geschenkt; nur den alten Mantel mit dem Sternhimmel hatte er noch umgeschlagen, als er mit ihr den Staffelweg hinunterstieg, um an dem einsamen Strande spazierenzugehen. Die Sonne gab aber so warm, daß das sehr hübsche Paar bald einen Schatten suchte und jene Grotte betrat. Hand in Hand saßen sie auf der Steinbank, und als die Sonne tiefergehend auch hier eindrang, hingen sie scherzend den Mantel vor den Eingang und betrachteten die von den Motten geschaffenen Sternbilder.

‚Noch nie haben Sterne der Armut ein schöneres Glück bestrahlt!' flüsterte Correa und legte den Arm um die schlanke Frauen-

gestalt. Sie deutete mit dem Finger auf ein etwas größeres Loch, das vielmehr wie ein kleiner Riß aussah:
‚Hier glänzt sogar eine Mondsichel unter den Sternlein, gleich dem Hirten unter den Schäfchen, wie die Dichter sagen!‘
‚Das ist nicht von den Motten, sondern ein verjährter Degenstich!‘ erwiderte Correa. Sie wollte wissen, woher der Stich rühre, und er erzählte, wie er als junges Studentchen einst sich seiner Haut habe wehren müssen, als er nächtlicherweile einem unter dem Hause einer Schönen plärrenden Ständchensinger im Vorbeigehen ein ‚Halt's Maul!‘ zugerufen habe. Denn von Frauenliebe sei ihm sehr wenig bewußt und das katermäßige Miaulen an allen Straßenecken höchst widerwärtig gewesen. Nur der Mantel, den er mit der linken Hand vorgehalten, habe den Stoß des ergrimmten Lautenkratzers abschwächen können. Dessenungeachtet habe er noch ziemlich geblutet.
Ob er jetzo wirklich ernsthaft zu lieben verstehe? fragte Feniza Mayor und küßte ihn, eh' er zu antworten vermochte.
So ging es den einen wie den andern Tag, bis die sonst so gemessene und stolze Dame von Cercal gänzlich betört und in Leidenschaft verloren war, und Don Correa fand weder Zeit noch Gedanken, über das Wunder sich zu verwundern, da er selbst in hitziger Verliebtheit gefangen saß; kurz, es war nicht zu ergründen, welches von beiden das andere in so kurzer Zeit verführt und verwandelt habe. Da blieb es denn, weil nichts sie hinderte, nicht aus, daß sie sich zusammen verlobten und die Hochzeit vorbereiteten, die in aller Eile vor sich gehen sollte. Donna Mayor fragte kaum, woher er stamme, und gab sich mit dem Märchen zufrieden, das er ihr aufband, in der Meinung, eines Tages als der vor sie hinzutreten, der er war. Um so unbefangener gab er sich jetzt dem Vergnügen hin, von ihrem Liebeseifer sich kleiden, speisen und tränken und liebkosen zu sehen, da er hieraus die Überzeugung schöpfte, daß er so viel Gunst nur sich allein verdanke.

Die Hochzeit wurde im Palaste der kleinen Stadt Cercal gefeiert, die hinter dem Berge lag. Das zu Pferde über den Berg ziehende Hochzeitsgeleite glänzte und schimmerte weithin und verkündete, daß die schöne Feniza Mayor sich zum zweiten Male verehelichte; doch war eigentlich niemand fröhlich als sie und der Bräutigam. Der merkte aber von allem nichts und freute sich nur auf den Glanz, mit welchem er einst seine Braut überraschen wollte, wenn die Zeit des Glückes und der Macht zurückgekehrt sein werde. Einzig in der alten Kirche fiel nach geschehener Trauung ihm ein seltsamer Anblick auf. An dem Grabmale des ersten Mannes der Donna Feniza, das an einem Mauerpfeiler errichtet war, lehnte die dürre blaßgelbliche Kammerfrau in ihrem blutroten Sonntagskleide und warf einen düster glimmenden Blick auf den blühenden Don Correa. Sie stand bei den Leuten in dem Verdachte, jenen häßlichen und ältlichen Gemahl, von welchem der größte Teil des Reichtums herstammte, im Schlafe aus der Welt geschafft, auch noch andere Dinge verübt zu haben, die ihre schöne Herrin ihr geboten. Doch vergaß Correa, der hiervon nichts wußte, den unheimlichen Blick bald wieder.

Etwa ein halbes Jahr lang lebte man nun wie auf der Insel der Kalypso, bis der Tatendurst des Salvador Correa endlich mit doppelter Gewalt wiedererwachte und ihn nicht länger so weichlich dahinleben und -träumen ließ. Er hatte schon geheime Winke erhalten, daß die Regierung sich seiner zu bedienen und trotz seinen Feinden ihn mit erhöhtem Ansehen zu bekleiden wünsche, weshalb er es an der Zeit fand, nach Lissabon zu reisen und die Verhältnisse herzustellen. Aber noch sollte die Frau nicht wissen, um was es sich handle, sondern erst nach verrichteten Dingen mit ihm in seinen Palast einziehen. Er teilte ihr daher lediglich mit, daß er eine Reise in notwendigen Geschäften vorhabe, und da sie hierüber feuerrot im Gesicht wurde, achtete er nicht sehr darauf, streichelte ihr die flammenden Wangen und begab sich in den Stall, um die Pferde auszusuchen für ihn und einen Reitknecht. Allein es kam der Stallmeister herbei, fragend, was zu seinen Diensten stände, und als Don Correa die zwei Pferde bezeichnete, die man ihm satteln solle, zog der Stallmeister ehrerbietig sein ledernes Hauskäppchen, machte einen steifen, aber tiefen Bückling und sagte höflich, die Pferde gehörten seiner gnädigen Donna und er werde nicht verfehlen, ungesäumt ihre Willensmeinung einzuholen. Hierauf richtete er sich wieder in die Höhe, worauf Correa dem Alten, den er aufmerksam betrachtet, eine Ohrfeige gab und ihn aus dem Stalle warf, nicht sowohl aus Roheit, als aus angeborener Matrimonialpolitik, die in diesem ersten Falle ihm ungesucht zu Gebote stand, so wenig er auch auf dem Gebiete schon erfahren war. Sodann befahl er einem Knechte mit harter Stimme und strengem Blicke, die Pferde zu satteln und sich selber zur Abreise bereitzumachen, worauf er wieder in den Saal hinaufging, gestiefelt und gespornt und den alten Mantel um die Schultern geschlagen.

Im Augenblicke seines Eintretens stand die Donna des Hauses leichenblaß und ohne alle Fassung, so unvorbereitet war sie, irgend etwas zu sagen oder zu tun. Bei ihr standen der Stallmeister, der sein zerstörtes Ammonshorn auf dem Schädel mit der Hand bedeckte, und die Kammerfrau. Correa, der immer in der besten Meinung lebte und arglos guter Laune war, umarmte die Frau zum Abschied und teilte ihr beiläufig mit, er habe den Stallmeister, der ihm als dem Herrn nicht gehorchen wolle, soeben aus dem Dienste gejagt, und da es in einem hinginge, so entlasse er auch die rotröckige Kammerdame, deren Gesicht ihm nicht gefalle. Beide Personen wünsche er bei seiner Rückkunft nicht mehr zu treffen und werde für anständige und ihm genehme Leute sorgen.

Niemand regte sich oder erwiderte ein Wort. Auf der steinernen Wendeltreppe, die er nun hinabstieg, drückte sich der Page mit feindseligem Blick in eine Ecke. ‚Geh hinauf zur Frau‘, rief er ihm zu, ‚und sag' ihr, ich hätte dich auch fortgejagt! Sollte ich dich noch sehen, wenn ich wiederkomme, so werf' ich dich aus dem Fenster!‘ Wie eine Spinne rannte der Page treppan.

Im Torwege standen die Pferde gesattelt und der Reitknecht im Reisekleid dabei. Er benahm sich aber so zögernd und verdrießlich, daß der Herr den Widerwillen gut bemerkte, mit welchem auch dieser Dienstbote ihm gehorchte. In der Tat waren sie kaum einhundert Schritte auf dem Bergpasse davongeritten, so ertönte eine schrille Pfeife aus dem Turmfenster; der Knecht hielt erst eine Weile still, wandte dann sein Pferd und sprengte verhängten Zügels in die Burg zurück.

Stehn wir so? sagte Don Correa bei sich selbst, als er die Flucht des Burschen bemerkte. Anstatt denselben zu verfolgen, setzte er aber seinen Weg fort, da er sich lieber allein behelfen, als solchen Dienern anvertrauen wollte. Im übrigen belustigte ihn die Sache eher, als sie ihn ärgerte, und fast bedünkte es ihn, es sei kurzweiliger, ein Weibchen zu besitzen, wo sich ein bißchen Pfeffer und Salz daran finde, statt lauter Honig.

Die Angelegenheit in Lissabon erledigte sich nach Wunsch. Er wurde zum Vizeadmiral ernannt, und jedermann wollte, da er jetzt öffentlich auftrat, sein bester Freund sein. Doch rüstete er sich sofort zur Abreise, da er von der Regierung den Auftrag hatte, mit drei großen Kriegsschiffen nach Brasilien zu gehen und die dortigen Geschäfte vorderhand zu übernehmen.

Das Admiralschiff ließ er zur Aufnahme einer vornehmen Dame einrichten und aus seinem Familienpalaste jede Bequemlichkeit und stattliches Geräte hintragen. Auch kostbare Geschenke aller Art kaufte er ein, welche er der Gemahlin bei ihrer Ankunft auf dem Schiffe zu überreichen und so das von ihr Empfangene reichlich zu erwidern dachte. Denn er hatte beschlossen, mit dem Geschwader bis auf die Höhe ihres Küstensitzes zu fahren, dort anzuhalten und sie auf das Schiff abzuholen, wo sie dann erst vernehmen sollte, wer ihr Gemahl sei.

Die Kunde von dem Auftreten Don Correas verbreitete sich im Lande; aber so wenig das Publikum etwas von seiner Verheiratung wußte, so wenig ahnte die Frau von Cercal, daß von ihrem Manne die Rede sei, wenn sogar in ihre entlegene Felsenwohnung das Gerücht von dem Glanze des neuen Admirals drang.

Etwa eine Stunde nach Sonnenuntergang, in einer mondlosen Nacht fuhren die drei mächtigen Schiffe heran und stellten sich in gehöriger Entfernung dem Schlosse gegenüber auf, dessen Lage der Admiral nicht nur aus den dunklen Formen des Gebirges, sondern auch den hellerleuchteten Saalfenstern des Hauptturmes erkannte. Um die Überraschung möglichst vollständig zu machen, ließ er nur die notwendigsten Laternen auf den Decks brennen und auch die gegen das Land hin verhüllen. Desto heller und prächtiger strahlte das Innere des Admiralschiffes und besonders die große Kajüte, welche einem fürstlichen Saale gleichsah. Eine Tafel war mit Seidenscharlach und über diesem mit weißem Leinendamast gedeckt; mit schwerem Silbergeschirr und vielarmigen Kandelabern beladen, welche mit vergoldeten Gefäßen voll duftender Blumen ferner Himmelsstriche abwechselten, ließ der Tisch vermuten, daß er für eine höchste Ehrenerweisung zugerüstet sei. Vor jedem Gedecke stand ein Stuhl mit hoher, wappengestickter Lehne, der eines vornehmen Gastes harrte; längs den mit reichem Zierat bekleideten Wänden unterhielt sich eine zahlreiche Gesellschaft in leisem Gespräche, und zwischen den verschiedenen Gruppen bewegten sich wohlgekleidete, gewandte Diener, sowie auch in einem kleineren Gemach zwei Kammerfrauen der Herrin gewärtig waren. Nicht nur die sämtlichen Offiziere der drei Kriegsschiffe, sondern auch eine Anzahl höherer Staatsbeamten mit ihren Weibern oder Töchtern, welche die Reise mitmachten, bildeten die ansehnliche, auf die Lösung des Rätsels begierige Versammlung.

Um halb zehn Uhr begab sich Don Correa in ein Landungsboot und ließ sich ans Ufer führen, nachdem er angeordnet, daß genau um Mitternacht, wo er auf der Rückfahrt begriffen sei, alle Verdecke erleuchtet, die Raketen steigen und die Kanonen der Breitseiten gelöst werden sollten. Er hatte sich in den alten braunen Mantel gehüllt und einen einfachen Hut aufgesetzt. Am Ufer ausgestiegen, befahl er der Bootsmannschaft, ruhig seiner zu harren, und schritt unverweilt den Staffelweg hinauf, den er auch in der Dunkelheit zu finden wußte. Das Burgtor war verschlossen; doch sah er durch Gitterspalten einen Lichtschein sich bewegen und klopfte mit dem Degenknopf zweimal an das Tor. Mit einer Laterne vor sich hinleuchtend, öffnete der abtrünnige Stallknecht den Torflügel und starrte dem einsamen Ankömmling in das Gesicht, als ob er den Teufel sähe. ‚Geh vor mir her und leuchte!' sagte Don Correa kurz, ohne den Burschen zweimal anzublicken. Derselbe gehorchte freilich diesmal dem Befehle; aber er sprang so behende treppauf, daß Correa nicht auf dem Fuße folgen konnte und im Dunkeln tappen mußte. Oben angelangt, stieß der Knecht eine Türe auf und rief mit atemloser Kehle in das erhellte Gemach hinein: ‚Der Herr ist da!'

‚Wer ist da?' sagte Donna Feniza, die in ihrem Armstuhle am Nachtessen saß.

‚Er, der die Ohrfeigen gibt und uns andere weggejagt hat oder noch wegjagen wird!'

‚O du Esel!' rief die Frau in all' ihrem Reize und ließ zugleich ein kurzes Gelächter läuten, als sie jetzt dicht hinter dem Burschen den Admiral stehen sah, und wie er ihn an der Schulter beiseite schob.

Dieser nun schaute mit einem völligen Schrecken auf die Szene, wenn bei einem Manne seiner Art das Wort angewendet und nicht eher mit dem Ausdruck äußerstes Erstaunen zu ersetzen ist. Am runden Tische, an welchem er so manche schöne Stunde ihr gegenüber gesessen, waren außer der Herrin noch zu sehen der Stallmeister, die Kammerfrau, der junge Beichtvater, und ihr zunächst ein Unbekannter, ein stämmiger Mensch von halb kriegerischem Anstrich, mit breiten Schultern und einer langen Schmarre über Nase und halbes Gesicht hinweg, so daß auch der Schnurrbart in zwei Teile getrennt und das äußerste Gebüschlein jenseits der roten Furche stand. Diese Entstellung schien jedoch der schönen Hausfrau keineswegs zu mißfallen; denn im ersten Moment, da er unter die Türe trat, hatte Correa mit allem andern auch gleichsam im Wetterleuchten bemerkt, wie sie während des Gelächters einen vollen Blick in das Gesicht ihres Nachbars geworfen hatte.

Dennoch waren in der Verwirrung seines Geistes die ersten Gedanken nicht auf diese Sorgen gerichtet, sondern auf die glänzende Versammlung an Bord seines Schiffes. Wie sollte er, ohne Zeit zu verlieren und ohne Gewalt zu brauchen, das Haus räumen und die Frau gütlich bewegen, sich in Staat zu werfen oder wenigstens etwas aufzuputzen und ihn zu begleiten, ohne daß er jetzt schon das Geheimnis verriet? Denn trotz dem übeln Eindrucke, den der Auftritt auf ihn machte, schwankte er noch nicht, die wild gewordene Taube festzuhalten und wieder zu zähmen, und dazu brauchte er ja vor allem die herrliche Überraschung, die er mit so viel Mühe und Sorgfalt ihr bereitet hatte.

Aus diesen Gedanken, während welcher er nicht einmal zu bemerken fähig war, wie die Frau nicht Miene machte, sich auch nur ein wenig zu erheben und ihm entgegenzugehen, weckte ihn unversehens ihre Stimme, als sie inmitten der allgemeinen Todesstille sagte:

‚Ei wahrlich! Das ist ja mein Gemahl! Und wie! Habt Ihr, edler Don, Kleider und Geld, was ich Euch gegeben, auf

Eueren Irrfahrten so bald durchgebracht, daß Ihr in Euerem mottenzerfressenen Bettlermantel wieder vor mir steht?'

Er überlegte einen Augenblick, was sie eigentlich gesagt habe, und fand, daß es jedenfalls nichts Schönes und Liebevolles sei. Einen Blick auf die kleine Tafelrunde werfend, antwortete er, mehr um aus der Verlegenheit zu kommen, mit trockenen, aber nicht ganz traulichen Worten:

‚Laß dich lieber fragen, meine gute Hausfrau, wie es kommt, daß ich hier die Leute noch vorfinde, die ich weggeschickt habe, bis auf den Spatz, der hinter deinem Sessel steht? Hat dieser nicht ausgerichtet, daß er entlassen sei? Und wer ist der fremde Herr, den ich an meinem Tische so breit dasitzen sehe, ohne mein Vorwissen?'

Die Dienstleute blickten alle halb spöttisch, halb ängstlich auf die Gebieterin; der Fremde warf einen Blick auf sein Seitengewehr, das an breiter Koppel von gelbem Leder mit großen Messingschnallen in der Fensternische hing.

Feniza aber sagte mit schnippischen und schnöden Worten:

‚Dieser Tisch ist, soviel mir bewußt, mein Tisch, und es sitzt daran, wem ich es erlaube. Nehmt, statt zu zanken, lieber den Platz ein, der noch frei ist, und stärkt Euch, wenn Ihr Hunger habt! Aber benehmt Euch so, wie es jedem ziemt, der seine Füße unter meinen Tisch streckt!'

Das plötzliche Gelächter der Anwesenden war zunächst das Echo dieser Rede. Selbst der spitznäsige Page ließ ein durchdringendes Gekicher hören, wie es zu tönen pflegt, wenn unerwachsene Buben sich in die Unterhaltung der Erwachsenen mischen und dieselbe überschreien.

Es gab aber gleich darauf einen größeren Lärm. Don Salvador hatte sich mit wechselnder Farbe dem Tische genähert, legte die Hand daran, und indem er sagte: ‚So? strecke ich meine Füße unter den Tisch?' stürzte er denselben um mit allem, was darauf stand, mit Schüsseln, Krügen, Gläsern und Leuchtern, und dies mit einer solchen Gewalt, daß zu gleicher Zeit alle, die daran gesessen, samt ihren Stühlen zu Boden geschleudert wurden, mit Ausnahme der Frau. Die hatte, von des Mannes verändertem Gesicht und von seinem Herantreten erschreckt, sich merkwürdig schnell von ihrem Stuhl erhoben und in eine Ecke geflüchtet, von wo sie furchtsam und neugierig hervorschaute.

Indessen war der erste, der sich aus der Verwüstung vom Boden aufgerichtet, der fremde Gesell, und Correa sah nun, als jener auf den Beinen stand und mit dem gezogenen Schwerte auf ihn eindrang, daß er es mit einem außergewöhnlich großen und starken Manne zu tun hatte. Er verlor aber keine Zeit; obgleich feiner und schwächlicher gewachsen als jener, ergriff er den nächsten schweren Stuhl von Eichenholz, schwang ihn über dem Recken und schlug nicht nur seine Waffe nieder, sondern auch die rechte Schulter so gründlich entzwei, daß er augenblicklich gelähmt und überdies vor Schmerz halb ohnmächtig und ganz wehrlos wurde. Als ein Mensch von niederem Charakter floh er gleich aus dem Zimmer, und ihm folgte die übrige Kompanie, so wie sie sich allmählich aus den Scherben aufraffte. Sie wischten wie chinesische Schatten hinaus; hinter seinem Rücken machte die Kammerfrau noch ein Zeichen gegen die Herrin, die es mit fast unmerklichem Kopfnicken erwiderte. Nur der Page war noch im Zimmer und steckte die Nase hinter der Frau hervor. Correa tat einen Schritt, faßte den Knaben an den Locken und warf ihn wie einen jungen Hasen den übrigen nach vor die Türe, welche er hierauf verriegelte.

Dann stellte er sich, auf die gezogene Degenklinge gestützt, vor die Frau, welche mit zitternden Knien und ausgestreckten Händen dastand, und sagte, nachdem er sie eine Weile ernstlich betrachtet:

‚Was bist du für ein Weib?‘

‚Was bist du für ein Mann?‘ fragte sie entgegen mit furchtsamer Stimme und immerfort zitternd.

„Ich? Salvador Correa, der Admiral und Gouverneur von Rio bin ich! Wirst du mir nun gehorchen?‘

Durch diese offenbar ungeheure Lüge bekam das Weib in ihren Augen moralisch wieder das Oberwasser. Denn da sie nur an sich selbst, an ihren Reichtum und an die Kirche, sonst aber an nichts in der Welt glaubte, so schien es ihr ganz undenkbar, daß der eigene Mann, den sie eine Zeitlang als ihre Puppe angesehen, etwas Rechtes sein könnte.

Sie schlug eine unangenehme Lache auf, indem sie rief.

‚Nun merk' ich, was du für ein Windbeutel bist! Ein Schlucker wie du, den ich schiffbrüchig am Strande aufgelesen, und der berühmte, reiche Don Correa!‘

‚Da du mich nur mir selbst gegenüberstellst und der Vergleich deine bösliche Beschimpfung aufwiegt, so kann ich darüber hinweggehen!‘

Mit diesen Worten, die er mit einer durch die äußerste Not gebotenen Gelassenheit aussprach, da die Zeit unaufhaltsam verstrich und er in seiner Verstrickung aller Sinne nur die Schande und das gefährdete Ansehen erblickte, wenn er wie ein Tor unverrichtetersache zu seinen Schiffen zurückkehrte, — mit diesen Worten ergriff er das Weib am Arme und führte es an ein Fenster, welches auf das nächtliche Weltmeer hinausging.

‚Dort liegen meine Schiffe vor Anker,‘ sagte er; ‚in einer halben Stunde werden wir beide dort sein, wo viele Herren und Damen uns erwarten, wo du als meine Gemahlin begrüßt wirst! Morgen früh kehren wir nochmals hierher zurück, um einzupacken und eine zwischenweilige Verwaltung zu bestellen, denn du wirst mich nach Brasilien begleiten. Jetzt spute dich, ein schickliches Festgewand anzulegen, und wenn du zögerst, werde ich deinen unglücklichen Possen ein Ende machen und deine weiße Kehle mit diesem Eisen durchbohren!‘ Er erhob

die lange Degenklinge. Das Auge vom Meere abwendend, wo sie nur einen schwachen Lichtschimmer hatte entdecken können, warf sie den Blick auf das glänzende Eisen. Plötzlich umschlang sie mit den Armen seinen Hals und bedeckte ihm den Mund mit so feurigen Küssen, als sie ihm jemals gegeben.
‚Warum sollte ich dir nicht gehorchen, da ich erfahren, wie du an mir hängst?‘ flüsterte sie in zärtlichen Lauten; ‚alles ist vorüber, und ich gehe mit dir bis an das Ende der Welt. Aber ich kann mich nicht allein ankleiden, und die Kammerfrau hast du mir vertrieben, also wirst du mir ein wenig helfen müssen!‘ Sie ergriff, süß lächelnd, seine Hand, und er folgte ohne Widerstand in ihre Kammer, in der Hoffnung, seine Ehre mindestens vor der Welt noch zu retten. Doch behielt er den gezogenen Degen in der Hand, da die Drohung so schnell gewirkt.
Nun begann sie aber die kostbare Zeit zu verzetteln, indem sie erst mit verstellter Unentschlossenheit ein Staatskleid aussuchte und mit niedlichem Geplauder seinen Rat verlangte, dann das Oberkleid, das sie trug, von ihm aufnesteln ließ, tausend Kleinigkeiten herbeiholte, dazwischen mit Kosen und Schmeicheln sich zu schaffen machte, bis die eiserne Wanduhr in der Kammer das Viertel auf Mitternacht schlug.
‚Wenn du nicht gleich fertig bist,‘ sagte Correa, ‚so trag' ich dich mit Gewalt hinunter, wie du bist.‘
‚Nur noch das große Halsband will ich holen‘, rief sie, ‚und den Rubin, der zu dem schwarzen Kleide so gut steht. Und meine weißen Kragen hat die Kammerfrau heute unter den Händen gehabt. Im Augenblick bin ich wieder da.‘
Damit schlüpfte sie aus einer Türe, eh' Correa sich besonnen hatte, ob er sie gehen lassen wolle. Die Türe verschloß sie von außen, ganz leise, und durcheilte mit dem Licht in der Hand die übrigen Räume, bis sie ein Stockwerk tiefer ihre vertriebenen Genossen fand, die mit lauernden Blicken in einem Häuflein standen.

‚Zündet an! Zündet an!‘ kreischte sie heiser; ‚er ist ein Pirat und hat ein Schiff auf der See! Steckt unverzüglich an, es wird euch nicht reuen! Zündet an! Freiheit und Leben sind wohl einen alten Turm wert!‘

Gleich einer Furie eilte sie voraus und hielt das Licht an einen Haufen Reisig, der auf einer hölzernen Treppe lag, während die übrigen ein Gebirge von Strohwellen in Brand setzten, das die steinerne Haupttreppe verstopfte. Dann wurde in der Küche ein großer Stoß entzündlicher Stoffe entflammt, deren Glut bald die hölzerne Diele ergreifen mußte; dann verteilten sich die Dämonen auf den untersten Flur, in den Stall, die Scheune, den Holzschuppen im Hofe, überall Feuer anlegend, und sammelten sich schließlich vor dem Schloßtore, das sie verrammelten, dessen Schlüssel sie mit sich nahmen. Die Pferde waren schon draußen und wurden bestiegen, auch dem Manne mit der gebrochenen Schulter auf eines geholfen; die Kammerfrau hielt ein Kästchen mit Geld, Pretiosen und Papieren auf dem Schoße, und so zog die Gesellschaft, gegen zehn Personen stark, ohne einen Laut von sich zu geben, vom Tore hinweg nach den Bergen zu und verlor sich in der Dunkelheit. In diesem Augenblicke donnerten die Kanonen von den Kriegsschiffen, daß die Luft zitterte und der Berg erdröhnte, und als die Übeltäter sich erschrocken umschauten, sahen sie auf dem Meere die Schiffe taghell beleuchtet und eine sprühende Raketengarbe gen Himmel steigen, während eine schmetternde Trompetenfanfare, mit Paukenschall vermischt, herüberklang.

‚Das ist kein Pirat, das ist ein großer Kapitän oder gar ein Admiral‘, stöhnte der mit der Schulter, der im Fieber schlotterte.

‚Fort, fort! Es ist der Teufel!‘ schrie die Donna Feniza, die jetzt auch wieder zu schlottern anfing, und die Kavalkade der Mordbrenner floh, ohne sich weiter umzusehen, über das Gebirge.

Der Admiral ging aber nicht verloren. Nachdem mehrere

Minuten vorüber und die Frau nicht zurück war, wollte er selbst nachsehen, und als er alle Türen von außen verschlossen fand, merkte er den Verrat. Als er aber mit Gewalt eine aufgesprengt und alle Zugänge mit lohendem Feuer angefüllt sah, welches zu durchschreiten schon nicht mehr möglich war, kehrte endlich die ruhige und klare Besonnenheit des tatkundigen Mannes wieder bei ihm ein; statt den Ausgang in der Tiefe zu suchen, die vom Feuer verrammelt war, erstieg er die oberste Höhe des Hauptturmes, in dem er sich befand. Dort hing in einer Mauerlücke eine Glocke, deren Seil auswendig bis in den Hof hinunterging und dort gezogen zu werden pflegte. Don Correa hatte selbst ein neues Seil besorgt, das nicht dick, aber stark genug war für eine kühne Tat, wenn nur der oberste Punkt, die Verbindung mit dem Glöcklein selbst, versichert wurde. Er stieg also mit allem Bedacht hinauf, ein Licht in der Hand, das freilich von den aus der Tiefe nach der Höhe wallenden Rauch- und Hitzewogen beinah ausgelöscht wurde. Auf der obersten Turmtreppe schnitt er ein Seil, das statt eines Geländers diente, entzwei und befestigte das Glockenseil damit derart, daß er die Fahrt wagen durfte. Dazu diente ihm auch der alte, gestirnte Mantel, in dessen Falten er beide Hände wickelte, als er nun vom hohen Turme niederglitt. Auf dem Hofe angekommen, mußte er schon zwischen den verschiedenen Brandanstalten hindurchspringen, um ein Ausgangsloch zu erreichen, an welches die Mordbrenner nicht gedacht hatten.

Im Boote angelangt und seinen Sitz einnehmend, befahl er die sofortige Abfahrt, und als er genugsam vom Strande entfernt war, sah er das Schloß in roten Flammen stehen, indessen von den Schiffen her die Geschütze dröhnten und der Glanz der Lichter strahlte. Eine sonderbarere Lage hatte er noch nie zwischen zwei Feuern erlebt, und mit bitterm Lächeln genoß er die Ironie und die Lehre dieser Lage, die Lehre, daß man in

Heiratssachen auch im guten Sinne keine künstlichen Anstalten treffen und Fabeleien aufführen soll, sondern alles seinem natürlichen Verlaufe zu überlassen besser tut.

Das Gefühl der Befreiung von einer unbekannten, schmachbringenden Zukunft und der unmittelbaren Lebensgefahr erhellte dennoch etwas die dunkle Laune, so daß er auf seinem Admiralschiffe die glänzende Gesellschaft zu Tisch sitzen ließ und mit gefaßtem Sinne einige Worte an sie richtete. ‚Er habe geglaubt,' sagte er, ‚den Herrschaften eine ehrliche Gemahlin und Reisegefährtin vorstellen zu können; allein der unerforschliche Wille der Vorsehung hätte es dahin gelenkt, daß eine Flamme des Unheiles und des Unterganges angezündet und ein Gericht notwendig geworden sei, welches das traurige Rätsel den Freunden lösen werde.'

In der Tat setzte er nach beendigter Mahlzeit noch vor Tagesanbruch ein Standgericht nieder, welches die Verfolgung und Aburteilung der Urheber des Schloßbrandes aussprach. Der Umstand, daß das Verbrechen im Angesichte eines Kriegsgeschwaders verübt und dessen Führer beinahe das Opfer wurde, schien die Gerichtsbarkeit der Kriegsflagge hinreichend zu begründen. Unmittelbar darauf ließ Correa zwanzig Reiter und vierzig Fußsoldaten ans Land setzen und dieselben auf zwei Wegen, die er ihnen angab, nach Cercal marschieren; denn er vermutete mit Recht, daß die Übeltäter sich dorthin gewendet. Sie lagen auch wirklich alle im tiefen Schlafe in der Behausung der Feniza Mayor, als die Soldaten nach Sonnenaufgang anlangten, und wurden zu ihrem Entsetzen aufgeweckt und gebunden nach der Brandstätte am Ufer zurückgeführt, auch eine Anzahl von Urkundspersonen aus dem Bergneste mitgenommen. Ein erfahrener Untersuchungsrichter befand sich schon bei der Expedition, welcher an Ort und Stelle die erste Erhebung des Tatbestandes leitete und die Einzelverhöre vornahm. Nachher wurden die Gefangenen auf das Admiralschiff gebracht, wo unter einem Zelte das Gericht und neben demselben der Admiral mit der Feldherrnbinde und dem Orden des Goldenen Vlieses saß. Vor ihm stand nun die Frau von Cercal inmitten ihres Anhanges, mit zerrüttetem Aussehen, und sie starrte bald nach ihm hin, bald nach den Richtern, bald nach den umstehenden Offizieren und Kriegern.

So treulich die seltsame Sippschaft früher zusammengehalten und so anhänglich die Dienstleute der Herrin bisher geschienen, so gänzlich zertrümmert war jetzt das alles. Eines sagte gegen das andere aus, eines gegen alle und alle gegen eines. Es ergab sich, daß die Kammerfrau den ersten Mann der Feniza auf deren Wunsch hin im Schlafe erdrosselt, nachdem sie den Platz an seiner Seite im Ehebette leise verlassen hatte. Dann zog die Vollzieherin des Mordes, von welcher die Herrin von Cercal abhängig geworden, ihren Bruder herbei, eben den Mann mit der Schulter, der bald als Soldat, bald als Bandit sich herumtrieb. An diesen Menschen hing sich die Frau, bis er, kurz vor dem Auftreten des Don Correa, ihrer überdrüssig geworden, mit einem guten Stücke Geld davonging, um sich in den Kriegsläuften, wie er sagte, einen Rang zu erfechten. Während Correas Abwesenheit war er wieder erschienen, und die Frau in ihrem unergründlichen sittlichen und geistigen Zustande hatte ihn auf- und angenommen und nur darauf gedacht, den Correa durch ihn zu vertreiben oder zu vernichten, wenn er wiederkäme. Von unversöhnlichem Haß erfüllt, beriet sie gerade am Tage vor seiner Ankunft mit ihrer Gesellschaft, was zu tun sei, und sie beschlossen, wenn er nicht anders zu bezwingen wäre, ihn im Schlosse abzusperren und dieses zu verbrennen. Die nötigen Vorkehrungen hatten die Kammerfrau, der Stallmeister und seine Knechte bald getroffen, als sie aus der Stube gejagt waren; denn was im Hause lebte, haßte den vermeintlichen Bettler und Emporkömmling wie Gift, was eben auch eine unglückliche Frucht der Erfindung war, die Correa ins Werk gesetzt, um sich glücklich zu verheiraten, und die ihm bald das Leben gekostet hätte.

Mit alledem waren das Wesen und die Seele der Feniza selbst nicht weiter aufgeklärt, als die Tatsachen gingen. Der Vergleich mit dem schönen, weichen Fell einer geschmeidigen Tigerkatze oder mit der blauen, stillen Oberfläche eines tiefen Gewässers, auf dessen Grunde häßliches Gewürme im Schlamme kriecht, und dergleichen hätte zu nichts geführt. Ihr Charakter war darum nicht minder auch ihr Schicksal. Wäre es ihr möglich gewesen, in der letzten Stunde den Worten des Mannes zu glauben, mit dem sie sich doch verbunden hatte, so wäre sie ohne Zweifel mit ihm gegangen und gerettet worden. Aber nur für einmal; denn nachher würde sie es nicht über sich gebracht haben, die Selbstsucht, Willkür, die Liebe zum Laster und die vollendeten Künste der Heuchelei zu unterdrücken, die ihre Lebensluft waren.

Jetzt war sie aber ärger zerbrochen, als die Schulterknochen ihres Buhlgesellen. Als Correa seine Aussage tun mußte, blickte er sie nicht an; dennoch erschien er ihr auf seinem Stuhle wie ein Höllenrichter. Das weiße, feine Kinn, das einst so vornehm auf dem Halskragen geruht hatte, zitterte fahl und schlaff ohne Unterlaß, während ihre scheuen Augen an seinem Munde hingen, und die Perlenzähne klapperten beinahe vernehmlich. Alles dies quälte den Admiral fast so viel, wie sie selbst. Denn war sie schuldiger, weil das Geschöpf den wahren Menschen in ihm nicht geahnt hatte, als er, dem es mit der Bestie in ihr gerade so ergangen war?

Nachdem infolge kurzer Beratung alle Angeklagten zum Tode verurteilt worden, ließ er das Gericht durch ein paar geistliche Kapitelsherren, die an Bord waren, vervollständigen und seine Ehe mit der Verbrecherin feierlich auflösen. Die Gültigkeit dieser letzten Verhandlung kam nicht mehr in Frage, weil die Feniza Mayor von Cercal gleich nachher mit ihren Genossen ans Land zurückgebracht und an der geschwärzten Mauer des ausgebrannten Turmes aufgehangen wurde, worauf der Admiral die Anker lichten ließ und die Fahrt nach Westen fortsetzte. Nach vollen zehn Jahren erst nahm er auf ebenso ungewohnte, aber glücklichere Weise die zweite Frau.

Um diese Zeit nämlich segelte der Admiral Correa von Brasilien aus mit einer bedeutenden Flotte nach der Westküste von Afrika, um die dortigen Besitzungen den Holländern wieder abzunehmen, welche sich während des portugiesischen Verfalls darin festgesetzt hatten. Er erschien unversehens vor St. Paul von Loanda, belagerte und erstürmte diesen und andere Plätze und zwang überall die Holländer zur Übergabe und zum Rückzuge, so daß er in zwei Monaten die Gebiete von Benguela, Loanda, kurz, die südliche Westküste von Afrika, der Herrschaft seiner Fahnen und seines Landes wieder unterwarf und seinen Namen mit neuen Ehren erschallen ließ. Dazu brachte er an die zwanzig kleinere Negerkönige unter die Gewalt seines Stabes, sah sich dann aber veranlaßt, haltzumachen und zur größeren Sicherheit und Ausbreitung der portugiesischen Herrschaft den Weg des Unterhandelns einzuschlagen, eh' er die Waffen wieder ergriff.

Denn über die hinterliegenden Landstriche dehnte sich in unbekannter Weite das Reich des sogenannten Königs von Angola, dessen wahre Stärke nicht leicht zu berechnen war, zumal er sich in geheimnisvoller Ferne hielt und mit einem Nimbus von Macht und Schrecken umgab, der so gut auf einiger Wirklichkeit als auch nur auf schlauer Prahlerei oder Täuschung beruhen konnte.

Correa setzte sich daher in einer geeigneten Landschaft fest und ließ den für furchtbar geltenden Negerfürsten durch eine Gesandtschaft gefangener Häuptlinge auffordern, sich bei ihm einzufinden, um seine Tributpflicht und die portugiesische Oberherrschaft über ganz Angola anzuerkennen und für den Anfang zum Zeichen guten Willens gleich soundso viel Goldstaub und Elfenbein mitzubringen. Der König von Angola fühlte sich durch diese Botschaft nicht angenehm berührt, suchte sich aber mit eigentümlicher Staatsklugheit aus der Sache zu ziehen. Er tötete die armen Abgesandten, sobald sie Correas Befehle verkündigt, damit sie den Frevel nicht wiederholen konnten. Dagegen sandte er schleunig eine eigene Botschaft mit einigen großen Elefantenzähnen und einem Säcklein Goldsand in das portugiesische Lager und ließ jene Gegenstände als großmütiges Geschenk der Freundschaft überreichen und die Abordnung seiner königlichen Schwester anzeigen, welche mit der Vollmacht zu allem Nötigen ausgestattet sein werde.

Der schreckliche Tyrann und Wüstenlöwe befolgte die Politik manches zahmen Spießbürgerleins in Europa, welches immer die Frau hinschickt, wo Mut und kluge Beredsamkeit erwünscht sind; nur mußte er, da er etwa hundert Frauen besaß, die er selbst nicht fürchtete, dafür zur Schwester greifen, die ein keckes Einzelstück war und im Gerüchte stand, daß sie schon einmal im Begriffe gewesen sei, den König, ihren Bruder, abzusetzen und hinrichten zu lassen.

Daß seine Abgesandten umgebracht worden seien, wußte Don Correa nicht; er betrachtete daher die von dem angolesischen Herrscher getroffenen Maßregeln als Zeichen eines halben Gehorsams und baldiger Unterwerfung; als er aber nach einiger Zeit von den ausgesandten Spähern vernahm, daß Annachinga, die Fürstin von Angola, sich mit einem Gefolge nähere, das eher einem Heerzuge gleiche, so stellte er seine Truppen in einer Ordnung auf, die zur Schlacht wie zur Ehrenparade diente. In der Tat wimmelte es wie ein schwarzer Wolkenschatten heran, der immer mehr ins Breite wuchs und ein bald dumpfes, bald gellendes Dröhnen von Menschenstimmen, Tiergeheul und kriegerischen Instrumenten aus sich heraus gebar. Die Portugiesen fanden für gut, als

Gegengruß ihre zahlreichen schweren Geschütze abzufeuern, deren Metall in der afrikanischen Sonne funkelte, worauf das dunkle Heerwesen, von dem rollenden, in den Bergen widerhallenden Donner erschreckt, still stand bis auf den letzten Mann und sich den Anordnungen der heransprengenden Reiter fügte. Diese verlangten, daß nur die Fürstin mit ihrem eigentlichen Gefolge näher komme, der große Haufen aber sich nicht weiter von der Stelle rühre. So entwickelte sich aus der Masse heraus ein kleinerer Zug, der immer noch ansehnlich genug war in seinem barbarischen Pompe mit den damals noch vorhandenen Spuren einer jetzt gänzlich verwilderten Völkerwelt.
Voraus wurde als Geschenk des Königs eine Heerde wilder Tiere, Elefanten, Giraffen, Löwen, Tiger und dergleichen an Ketten geführt, und zwar von Männern, die mit ihrem hohen Wuchs und trotzigen Aussehen die Kraft und Überlegenheit des Volkes zeigen sollten, mit welchem man es zu tun habe. Dann ritt ein Dutzend persönlicher Vasallen der Annachinga auf ziemlich bunt geschirrten Ochsen vorüber, jeder von einigen schild- und speertragenden Reisigen oder Knappen begleitet, wahrscheinlich seinen Untervasallen; denn auch diese gingen schlank wie Tannen und elastisch einher gleich Leuten, die auch noch irgend etwas unter sich haben. Auf einem mit Ochsen bespannten Wagen schwerfälligster Form, der mit Decken behangen war, erschien endlich die Fürstin, in kostbare, offenbar sehr alte Stoffe gekleidet, Hals und Arme mit einer Last von Ketten und Ringen geschmückt. Sie saß nach abendländischer Weise auf ihrem Sitze, eine kalte Unbeweglichkeit zur Schau tragend, von welcher manche große Frau des Okzidents hätte lernen können. Ihrem Wagen folgten zwei andere Wagen mit Hofdamen und Sklavinnen und diesen zu Fuß eine Leibwache mit hundertjährigen guten Stahlwaffen, Hellebarden und Flambergen, die unverkennbar einst im Abendlande geschmiedet worden. Den Schluß bildeten ein Dutzend Fetischträger nebst

Hof- und Feldregenmachern, deren beschwörerische und drohende Gebärden und Sprünge die portugiesischen Soldaten belustigten. Besonders gegen eine Anzahl Jesuiten, welche herbeigekommen waren, das Schauspiel mitanzusehen, richteten die schwarzen Hexenmeister ihre Verwünschungen, da sie dieselben als ihre Hauptfeinde und Brotneider ansahen; die Jesuiten aber widmeten ihnen die wissenschaftliche Aufmerksamkeit gebildeter Männer und lernten den törichten Heiden ruhig ab, was zu lernen war.

Im Innern des Lagers wurde die Fürstin erst recht mit Trommeln- und Trompetenlärm empfangen und eingeladen, vom Wagen zu steigen. Sauber gekleidete, aber keineswegs hohe Offiziere führten sie in eine leicht erbaute, lange Zelthalle, die durch Tapeten in verschiedene Räume abgeteilt war. Im ersten Raume befand sich eine Versammlung von Würdenträgern und oberen Offizieren, welche die nötigen Erkennungen mit der Fürstin austauschten und die einleitenden Gespräche unterhielten, bis sie zu ihrer Verwunderung vernahm, daß der Höchststehende gar nicht hier, sondern in einem innersten Verschlage aufhältlich sei und sie nur allein, allenfalls in Begleit ihrer Frauen und der Dolmetscher empfange. Da sie einmal da war, drang sie schweigend, aber mit ungeduldiger Entrüstung, vorwärts und stand mit immer größerem Erstaunen vor dem Admiral, der ganz allein auf einem erhöhten Thronsessel saß, nur einen stehenden Pagen neben sich. Er trug den schimmernden Galaküraß, über demselben den feinsten Spitzenkragen und dicke Ordensketten, und auf dem Kopfe den mit Federn ausgeschlagenen Hut mit Goldschnur und Diamantagraffe. Das Gemach war an Wänden und Decke ganz mit gewirkten Seidentapeten bekleidet und der Boden mit Teppichen belegt; im übrigen war außer dem Thronsessel keinerlei Art von Stuhl zu erblicken, ein rotes Kissen ausgenommen, welches in einiger Entfernung vom Throne auf der Erde lag.

Zwei Herren, die sie hereinbegleitet hatten und sich jetzt aufrecht an die Seite stellten, wiesen stumm auf das Kissen, als Annachinga sich umsah, wo sie Platz nehmen solle. Sie bemerkte nichts, als das Trüpplein ihrer Frauen hinter sich, und winkte eine derselben herbei. Diese kniete unverweilt hinter das Kissen, indem sie die Arme auf den Boden legte und so in der Stellung einer ägyptischen Sphinx einen Ruhesitz bildete. Auf diesen Sitz ließ sich die Fürstin würdevoll nieder, die Füße auf das vor ihr liegende Kissen streckend, stolz und immer schweigend gewärtig, was weiter geschehen werde.

‚Es ist wohlgetan,' ließ sich der Admiral nun vernehmen, ‚daß der Mann, den man den König von Angola nennt, meine Botschafter gehört und den Willen meines Landes und seines Gebieters geehrt hat, obgleich ich noch lieber gesehen hätte, wenn er selbst gekommen wäre!'

Nachdem die beiden Dolmetscher, die mit hereingekommen, diese Rede zuerst unter sich, dann dem Ohr der Fürstin verständlich gemacht, erwiderte sie:

‚Du bist nicht ganz auf dem richtigen Wege des Verstehens, denn deine Abgesandten wurden nicht angehört, sondern vertilgt, wie sie den Mund auftaten!'

Als diese Worte wiederum übersetzt waren und Don Correa ihren Sinn erfuhr, schwieg er eine Weile und ließ nur sein blitzendes Auge auf der schwarzen Person ruhen. Dann ließ er fragen, warum man die Boten getötet habe, und was man für einen Erfolg von dieser Tat erwarte.

‚Sie wurden getötet,' antwortete sie, ‚weil sie die Untertanen und Dienstleute des Königs gewesen sind und Unwürdiges gegen ihn in den Mund genommen haben. Durch ihr Blut wurde seine Würde versöhnt, dir aber ist kein Schaden dadurch geschehen, da du jetzt anbringen magst, was du von uns wünschest!'

‚Ich habe nicht zu wünschen, sondern zu befehlen und zur Rechenschaft zu ziehen!' sagte der Admiral in strengem Tone;

‚mäßige daher deine Sprache, wenn ich dich nicht binden und wegführen lassen soll!‘

Allein ohne sichtbaren Eindruck dieser Worte, ohne mit den Wimpern oder den Lippen zu zucken, erwiderte Annachinga auf die Drohung:

‚Du wirst dich auf die sechzig oder siebenzig weißen Leute besinnen, die in unseren Händen sind! Mehr als die Hälfte davon gehören deinem Lande an!‘

Hiemit schien die Sage bestätigt, daß eine ziemliche Zahl Europäer im Innern von Angola festgehalten werde, wie denn auch seit Jahren manche holländische und portugiesische Kaufleute verschwunden und erst in letzter Zeit noch einzelne Soldaten, die sich verirrt, in Gefangenschaft geraten waren. Obgleich die schwarze Dame mutmaßlich übertrieb, so konnte immerhin genug an der Sache wahr sein, und Don Correa überdachte einen Augenblick das Mißliche des Umstandes und was er zu antworten habe. Aber die Negerfürstin, gleich einer vollendeten Diplomatin, ließ seine Verlegenheit nicht dauern oder groß werden, sondern fuhr sogleich fort, indem sie plötzlich auf die Hauptfrage übersprang.

‚Wir wissen nicht,‘ sagte sie, ‚welchen Nutzen du dir davon versprichst, uns als Unterworfene zu behandeln und uns die Knechtschaft anzubieten, ehe du nur unsere Macht geprüft, einen Angriff gewagt, geschweige denn uns überwunden hast. Und wenn du uns wirklich besiegt hättest, so wären die Vorteile für dich geringer, als dir ein freundliches Verhältnis zu uns gewähren kann. Schließest du ein Freundschaftsbündnis mit uns, das ich dir anzutragen bevollmächtigt bin, so gewinnst du eine starke Vormauer und einen mächtigen Beistand gegen alle übrigen Feinde, die dir bereitstehen, und statt unsere ungezählten Pfeile auf dich gerichtet zu sehen, werden sie gegen deine Feinde schwirren und dir den Weg freimachen. Statt eines erzwungenen Tributes endlich wird deinem Lande ein gegenseitig geordneter freiwilliger Verkehr größeren Gewinn bringen, als eine für uns schmähliche Beraubung je abwerfen könnte. Dieses bitte ich zu erwägen, ehe du zu den Waffen greifst; denn ohne Kampf wird es für dich nicht ablaufen, was du anstrebst!‘

Hatte Don Correa schon an der Art ihres Aufzuges erkannt, daß er es mit einer gewissen Macht zu tun hatte, die vielleicht nicht ungestraft zu unterschätzen war, so mußte er sich jetzt sagen, daß dieselbe auch wußte, was sie wollte, und mit Vernunftgründen zu unterhandeln fähig schien. Er änderte also schnell entschlossen seinen Plan und sagte:

‚Da man uns bestimmte und deutliche Anträge macht, welche von ehrlichem Entgegenkommen zeugen, so ist genügender Grund vorhanden, hierüber Rat walten zu lassen. Ich bin bereit, bis zum Austrag der Sache freie Verhandlung auf gleichem Fuße zu gewähren, und behalte mir den endgültigen Entschluß nach Umständen vor. Du magst jetzt wählen, ob du inzwischen die Gastfreundschaft in unserer Mitte annehmen oder dich bis zu einer zweiten Unterredung in dein eigenes Heerlager zurückziehen willst!‘

Die Fürstin erklärte, das letztere vorzuziehen, und erhob sich mit derselben stolzen Würde von ihrem Sitze, mit welcher sie sich darauf niedergelassen hatte. Zugleich erhob sich auch der Admiral, um sie seinen Worten entsprechend auf gleichem Fuße zu behandeln und ritterlich hinauszugeleiten. Als dergestalt die Anwesenden dem Ausgange zuschritten, bemerkte Don Correa, daß die kniende Sklavin unbeweglich liegen blieb, und machte lächelnd die Fürstin aufmerksam, daß sie vergesse, ihren lebendigen Feldstuhl mitzunehmen.

‚Ich setze mich nie zum zweiten Male auf denselben Stuhl‘, antwortete sie, ohne zurückzublicken. ‚So mag er dem Hause bleiben, in welchem ich mich seiner bedient habe. Ich schenke dir diese Person!‘

So aufschneiderisch diese Rede klang, so gab sie ihm doch aufs neue zu denken, und er begleitete die Fürstin nicht ohne kriegerische Höflichkeit bis an den Ausgang des Lagers. Als er hierauf sich wieder in das große Zelt zurückzog, um zunächst die Angelegenheit für sich allein zu überlegen, bemerkte Don Correa mit einiger Überraschung, daß in dem verlassenen Raume das junge Weib noch immer still und reglos auf seinen Knien und Ellbogen lag.

Er trat näher, ging um das schöne Bildwerk herum, welchem das Mädchen, oder was es war, eher glich als einem Lebewesen, und betrachtete mit Erstaunen und auch mit Verlegenheit die Erscheinung, mit der er nichts anzufangen wußte. Sie war in weißes Baumwollenzeug gekleidet, das von den Schultern bis zu den Füßen ging und unter den Armen bis gegen die Hüften hin mit Binden von gleicher Farbe umwickelt war. Nur die hellbraunen Schultern und die Arme waren bloß und in Formen von vollkommener Schönheit und Ebenmäßigkeit gebildet. Das Haar erschien trotz seiner Ebenholzschwärze nicht so wollig wie bei den Negern, sondern fiel in weicheren breiten Bändern rings vom Haupte, nachdem es ein auf diesem befestigtes, kronenartiges Körbchen von Weidenzweigen durchflochten. Von dem Gesichte konnte Don Correa nichts sehen, weil es zur Erde gerichtet und von dem niederhängenden Haar verschleiert war.

Obgleich gegen Sklaven und farbige Menschen gleichgültig und verhärtet wie die ganze gebleichte Welt, bückte er sich endlich doch ein wenig und sagte in mitleidigem Tone: ‚Wie lange wirst du noch liegen? Steh auf!‘

Das arme Weib erriet den Sinn dieses Befehles und richtete sich empor; doch waren die Glieder von der unnatürlichen Lage beinahe erstarrt und der Atem beengt; sie schwankte im Aufstehen und wußte sich nicht recht zu helfen, so daß Don Correa ihr die Hand reichen und sie einen Augenblick halten mußte, um sie vor dem Umfallen zu schützen. Da stand sie nun vor ihm mit vor Scham niedergeschlagenen Augen, und eine Purpurröte wallte sichtbar über die braunen Wangen. Übrigens war die Gesichtsbildung edel, wenn auch an den Schnitt altägyptischer Frauengesichter erinnernd oder sonst an verschollene Völkerstämme alter Zeiten. Verwundert über die vornehme Anmut der ganzen Erscheinung, legte er die Hand unter ihr kurzes Kinn und drückte es sanft in die Höhe, so daß sie den Kopf zurückbiegen und ihn mit den mandelförmigen, großen Augen ansehen mußte. Da sah er sowohl in diesen dunkeln Augen, als auf dem kirschroten Munde die stumme Klage und Trauer der leidenden Natur, die immer das Herz des Menschen rührt, während ihre triumphierenden Schrecken es nicht bezwingen können. Der Mann, der seit zehn Jahren an den schönsten und glänzendsten Frauen achtlos vorübergegangen und für ihre Blicke unempfindlich geblieben, wurde jetzt urplötzlich wie von einem Zauber oder einer Offenbarung bewegt; er vermochte nicht eine Sekunde der Versuchung zu widerstehen, das stille, fremde Menschenbild in den Arm zu nehmen und leis auf beide Wangen zu küssen. Damit zeichnete er es sänftiglich als sein Eigentum und schwur in seinem Innern, dasselbe niemals zu verlassen; denn trotz der schlechten Erfahrung, die er einst gemacht, glaubte er jetzt der Eingebung, daß dieses weibliche Wesen ihn nicht betrüben werde.

Zugleich beschloß er auf derselben Stelle, die heidnische Sklavin in den Besitz der menschlichen und christlichen Freiheit und des Selbstbewußtseins zu setzen, eh' er weiterging, und rief zu diesem Ende hin seinen Pagen herbei, durch welchen er das Weib sofort nach Loanda in das Haus eines seiner Offiziere bringen ließ, dessen Familie dort wohnte. Ein zurückkehrender Proviantwagen unter der Aufsicht eines ergrauten Soldaten kam der nicht eben großen Reise zustatten.

Als sodann Don Correa die Unterhandlungen mit der angolesischen Königsschwester bis zu einem gewissen Punkte weitergeführt und diese sich mit ihrem Troß hinwegbegeben hatte, eilte er ebenfalls nach Loanda St. Paul. Er fand die Sklavin bei den Frauen des Offiziers gut aufgehoben und schon in christlicher Tracht einhergehend, das dunkle Haar nach Art der portugiesischen Mägde bescheiden geflochten und aufgebunden. Es wollte ihm beim ersten Anblick fast vorkommen, als hätte sie mit der einfachen Weidenkrone und dem weißen Wickelgewande einen guten Teil ihres geheimnisvollen Reizes verloren, und er bedauerte beinahe schon die Umwandlung; doch sah er bald, daß die unschuldige und welturspüngliche Demut ihres Antlitzes, verbunden mit dem natürlich edlen Gang, der ihr eigen war, jedes Kleid beherrschten, das man ihr geben konnte. Während des Verkehrs mit Annachinga hatte er dieselbe einmal beiläufig, wie man sich etwa aus Höflichkeit über die Beschaffenheit eines Geschenkes bei dem Geber erkundigt, befragt, welcher Rasse die Sklavin eigentliche angehöre, und woher sie dieselbe erhalten habe. Er sprach überdies vorsichtigerweise in dem Tone, mit welchem ein Fant sich nach der Nahrung eines geschenkten seltenen Vögelchens erkundigt, ob man es mit Würmern oder mit Körnern füttere usw. Annachinga sagte ihm, die Person stamme von Sonnenaufgang her, wahrscheinlich von einem ausgerotteten Volke, und sei mit ihrer Mutter auf dem Wege der Eroberung und des Handels quer durch den Weltteil bis gegen Westen geraten. Sie selbst habe sie als zehnjähriges Kind erhalten und seither besessen; jetzt möge sie siebzehn Jahre alt sein; sie verstehe weiße und bunte Zeuge zu weben, sonst aber sei sie noch zu roh und unwissend, da sie noch nie aus Frauenhand gekommen. Sie schicke sich am besten für den Dienst seiner Gemahlin oder Fürstin, der er sie schenken möge; die Art sei immerhin rar geworden. Wolle er sie aber bei sich behalten, so solle er sie nur mit der Peitsche dressieren, wenn sie zu ungelehrig sei. Im übrigen habe man noch nichts an sie gewendet hinsichtlich der modegerechten Aufstutzung; noch seien die üblichen Zähne nicht ausgebrochen, die Wangen nicht tätowiert und noch kein Ring durch die Nase gezogen, zu was allem das Alter jetzt da sei.

Höflich, aber leichthin, der Geringfügigkeit des Gegenstandes entsprechend, dankte Don Correa der Dame für ihren sportmäßigen Rat und nahm das Gespräch über die wichtigeren Staatsgeschäfte wieder auf.

In Loanda fand er jetzt die Angaben der Annachinga durch das, was man inzwischen der Sklavin hatte abfragen können, so ziemlich bestätigt. Sie erinnerte sich dunkel, als kleines Kind steinerne Häuser an einem Wasser gesehen und einen großen Lärm und Rauch erlebt zu haben, dann an der Hand oder auf dem Arm der Mutter durch unendliche Landstrecken gekommen zu sein, bis die Königsschwester von Angola Mutter und Kind gekauft. Deutlicher war ihr das Spätere gegenwärtig, wie die Mutter von der Fürstin hart behandelt worden und frühzeitig gestorben sei. Sonst wußte sie von nichts weiter, als daß sie Zambo hieß.

Das Nächste, was der Admiral nun tat, war, daß er sie taufen ließ und hiefür ein kleines Fest veranstaltete, ohne im übrigen sein Vorhaben zu verraten. Die Kirche wurde mit Palmenzweigen und Blumen geschmückt, unter dem Vorwande, diesen ersten Sieg über das noch zu unterwerfende Königreich zu feiern, und der Altar flimmerte von Lichtern. Ein Dutzend Jesuiten sangen und musizierten während des Hochamts gleich hundert Nachtigallen, und der dreizehnte hielt die Predigt, in welcher er die erbauliche Vorstellung ausmalte, daß Zambo ein letzter Nachkomme der weisen Königin von Saba sei und nun erst das Heil erworben habe, das diese merkwürdige Vorfahrin im Alten Testamente bei den Juden vergeblich gesucht. Don Correa selbst war der Taufpate und die vornehmste Frau in Loanda die Patin, als die Handlung nun vollzogen und

Zambo mit dem Namen Maria getauft wurde. Sie ließ alles mit sanfter Ergebung über sich ergehen, ohne den Mund zu verziehen; erst als die Taufe vorüber war und sie an den Altar geführt wurde, um sich noch besonders der großen Namenspatronin vorzustellen und das Knie vor ihr zu beugen, richtete sie das Auge schüchtern auf das hölzerne Marienbild, welches nach Vertreibung der ketzerischen Holländer in neuem Glanze aufgerichtet war, die Krone frisch vergoldet, das Gesicht so stark gefirnißt, daß es glänzte wie ein Spiegel und die linke Wange wirklich das daran gedrückte Näschen des Christusbildes abspiegelte. Weil die Wange aber rundlich gewölbt war, so erschien das Näslein darin so groß, daß die Zambo-Maria vermeinte, es wohne ein Mann in der durchsichtigen Frau, der seine Nase herausstrecke, und da sie überhaupt noch nie ein derartiges Bildwerk gesehen, so hielt sie es für einen lebendigen Zauber und fing sich gewaltig an zu fürchten. Zitternd raffte sie sich auf und suchte zu entfliehen. Sie fand aber wegen der vielen Umstehenden keinen Ausweg und flüchtete an die Seite des Don Correa, in welchem sie ihren Beschützer sah, und deutete mit der Hand nach dem leuchtenden goldenen Weiblein, in welchem ein Geist stecke, der größer sei als es selbst. Alles drängte sich herzu, um zu sehen und zu hören, was sich mit der neuen Christin begebe, und man suchte sich gegenseitig verständlich zu machen, was sie gesagt habe.

Auf einmal ertönte die laute Stimme eines der Priester, der rief: ‚Wunder! Wunder! Ein großes Heil ist geschehen! Der Herr ist eingekehrt in seine irdische Wohnung, in sein liebliches Pavillon und Sommerhäuschen! Er will die erste Heidin sehen, die wir hier getauft haben!‘

Alles blickte starren Auges auf das Altarbild, auf welches die Zambo gedeutet hatte, und bald rief hier, bald dort einer aus der Menge: ‚Ich seh' es auch! Ich seh' es auch!‘ ohne daß jemand wußte, was eigentlich zu sehen sei. Die Jesuiten, schnell gefaßt, die günstige Gelegenheit zu packen, schlugen alle weiteren Erörterungen mit einem mächtigen Tedeum nieder, das sie anstimmten, und in welches alles Volk einfiel. Dann ergriffen sie die Neugetaufte und führten sie mit Kreuz und Fahne in Prozession in die Kirche und um die Kirche herum, unter geschwungenen Räucherfässern und fortwährend ihr Ora pro nobis singend. Immer mehr Volk lief herbei, und in kurzer Zeit war sie ihrem Herrn und Beschützer abhanden gekommen und unsichtbar geworden; denn man schleppte sie auch noch in den Straßen herum und in verschiedene Häuser hinein, wo man sich an ihrem Anblicke erbauen wollte.

Endlich ging Don Correa, sie zu suchen, und holte sie aus dem dicksten Haufen Leute heraus, wo sie sich ersichtlich voll Furcht und Angst befand, da sie gar nicht wußte, was alles zu bedeuten habe, und zu glauben begann, sie solle jenem kleinen, glänzenden Weiblein zum Opfer gebracht, das heißt getötet werden; denn sie hatte in den schwarzen Königreichen gesehen, daß zum Opfern bestimmte Menschen so umhergeführt wurden. Sie klammerte sich daher an Correas Arm, sobald er sie erreichte und ihre Hand nahm. Die Jesuiten waren jedoch nicht willens, auf ihre Eroberung so leicht zu verzichten, indem sie behaupteten, Zambo-Maria müsse dem Himmel geweiht werden und in der Hut der Kirche bleiben. Er werde das Nötige schon besorgen, rief der mächtige Befehlshaber; zunächst sei die Person noch sein Eigentum und sein Patenkind, das jetzt einem kleinen Taufschmaus beiwohnen und einige Geschenke empfangen müsse. Dessenungeachtet murrte und sträubte sich die Menge, das Wunder fahren zu lassen, und es bedurfte des entschlossenen Auftretens Correas, das zitternde Weib freizumachen. Er ließ sie, von seinem Pagen begleitet, vorangehen und schritt mit einigen seiner Kriegsleute hinterdrein. So begaben sie sich nach einem kleinen Landhause, das er in Loanda bewohnte; die Frau Patin war inzwischen mit ihrer Begleitung schon dort angekommen, da sie schon früher aus dem Gewühle entflohen war, und die nicht zahlreiche Gesellschaft nahm an dem gedeckten Tische Platz, nachdem der in Unordnung geratene Anzug des Täuflings von den anwesenden Frauen wiederhergestellt worden.

Zambo saß zwischen der Patin und ihrer bisherigen Pflegerin. Sie war mit einem weißen Schleier und einem mit roten Rosen durchflochtenen Myrtenkranze geschmückt, wodurch das helldunkle Gesicht und der von goldenem Kettchen umgebene Hals eine Wirkung von ungewöhnlichem Reize machten.

Don Correa, der ihr gegenübersaß, mußte sich etwas zusammennehmen, sie nicht zu oft anzusehen, nicht nur der anwesenden Frauen, sondern auch des Geistlichen wegen, der sie getauft hatte und ebenfalls zugegen war. Obgleich die braune Maria schon einigermaßen an das abendländische Tischgeräte gewöhnt war, vermochte sie doch nicht zu essen; denn der Wechsel der Eindrücke, die sie so rasch nacheinander empfangen, bedrückte ihr Herz. Sie glaubte sich wohl der Gefahr entzogen und fühlte auch, obschon sie nicht ein Wort der Tischgespräche verstand, man rede freundlich von ihr; doch ihre neue Lage, Umgebung und Zukunft erschienen ihr so gänzlich fremd und unbekannt, daß die Reglosigkeit ihrer Seele eher zu- als abnahm. Erst als Don Correa eigenhändig einen Teller mit süßen Früchten und portugiesischem Backwerke füllte und ihr denselben hinüberreichte, fing sie gehorsam und ehrfürchtig an zu naschen und aß den Teller tröstlich leer. ‚Ei seht,‘ sagten die Frauen, ‚wie gut sie dem gütigen Herrn zu gehorchen versteht! Wahrhaftig, Seine Gnaden haben eine Eroberung gemacht!‘

Als nun alles über den unversehens leer gewordenen Teller lachte, schaute Maria verwundert um sich und lachte auch. Noch niemand hatte sie lachen sehen, und alle waren erstaunt über den Liebreiz, welcher sich wie aus dem Himmel geholt so unerwartet über die fremdartigen Gesichtszüge verbreitete und ebenso schnell wieder verschwand, als sie beschämt die Augen niederschlug.

Unterdessen war die Dämmerung hereingebrochen, und die Gesellschaft erging sich nach aufgehobener Tafel noch einige Zeit im Freien, um die wohltuende Nachtluft zu genießen, welche Meer und Land balsamisch kühlend umfloß. Über den Gesprächen der zerstreut auf und nieder gehenden Leute blieb die Zambo oder Maria unbeachtet, wie es so zu geschehen pflegt, nachdem der Mensch sein bescheidenes Teil Aufmerksamkeit erregt hat. Sie stand abseits unter einer Gruppe hoher Palmenbäume, an einen der Stämme geschmiegt, und blickte unverwandt nach Westen, wo die Sichel des untergehenden Mondes über dem Meere glänzte, und zwar so stark, daß die Palmen ihren Schatten warfen. Die äußerste Kante des großen goldenen Gestirnes schimmerte noch extra im fernen Sonnenlicht gleich einem blitzenden schmalen Ringe, während Zambos scharfes Auge zugleich die nach dem Innern des Ringes hin allmählich verschwimmenden Gebilde wahrnahm, die von dem Lichte schwächer getroffen, ihr aber vertraut waren. Stets aber hing das Auge wieder an dem blitzenden Ringe. Es war die letzte Überlieferung eines wahrscheinlich schon seit tausend Jahren untergegangenen Kultus, welche in dem Mädchen von der alten Heimat oder der toten Mutter her noch dämmerte; vielleicht wendete sie sich, ohne es zu wissen, noch einmal der verschollenen Selene zu, ehe sie der goldenen Göttin folgte, an deren Altar sie heute gestanden, kurz, sie streckte, wie um Schutz flehend, die Hand nach dem Gestirn aus. Da faßte jemand sänftlich diese Hand; es war Don Correa, der vorsichtig an sie herangetreten und ihr dieselbe Hand auf den Mund legte, zum Zeichen, daß sie schweigen solle. Dann streifte er einen schimmernden Ring an ihren Finger und küßte sie schnell auf den Mund, worauf er ebenso ungesehen hinwegschritt, als er gekommen war. Bald nachher ging die kleine

Gesellschaft auseinander, und Zambo kehrte mit ihrer Beschützerin in deren Behausung zurück.

Am nächsten Tage schon ließ der Admiral zwei seiner Schiffe unter Segel gehen, die er nicht mehr brauchte, und sandte sie mit Depeschen, das eine nach Brasilien, das andere nach Portugal. Auf demjenigen, das nach Brasilien ging, hatte er in der Frühe bereits die Zambo nebst einer Dienerin untergebracht und dem Befehlshaber auf die Seele gebunden. Die Schwester seiner längst verstorbenen Mutter lebte in Janeiro als Abtissin eines Konventes von Dominikanerinnen. Dieser anvertraute er die Zambo mit einem Briefe, worin er die vornehme Klosterfrau bat, das getaufte Heidenkind in den klösterlichen Schutz aufzunehmen, mit christlicher Sitte und guter Lebensart bekannt zu machen und es aber für die Rückkehr in die Welt bereitzuhalten, alles unter Zusicherung schuldiger Dankbarkeit und gewünschter Gegendienste.

Die Abfahrt der Schiffe war freilich schon früher bestimmt gewesen; die Einschiffung der Zambo aber hatte er ganz plötzlich und rasch betrieben, und als die Jesuiten ihre Spekulationen auf die Wunderperson an diesem Tage weiter ausarbeiten und vor allem nur die Visionärin in Sicherheit bringen wollten, fuhren die Schiffe längst außer Sicht, und der zukünftige Wallfahrtsort an der Westküste des Weltteils verwandelte sich einstweilen in ein Luftschloß und ist es auch geblieben.

Zambo-Maria selbst wußte am wenigsten, was mit ihr vorging. Als der Admiral seine letzten Anordnungen auf dem Schiffe getroffen und dasselbe verließ, hatte er sich zum Abschiede bei ihr nicht länger aufgehalten, als bei anderen Nebenpersonen, und kaum ihre schmale, braune Hand einen Augenblick in die seine genommen und gestreichelt, indem er seinem guten Taufpatchen, daß es jeder hören konnte, ein paar gewöhnliche Worte der Aufmunterung sagte, dann aber sich abwendete und nicht mehr umsah. Das Naturkind schien aber die Hauptsache schon so weit zu verstehen, daß sie die paar leichten Liebkosungen, die sie von ihm erfahren, sowie das Geschenk des Ringes sorgfältig bei sich behielt, obschon die Frauenspersonen bereits das eine und andere Wort mit ihr austauschen konnten und sie schon auf dem Schiffe ein weniges Portugiesisch plaudern lernte.

In der Zeit waren auch die Unterhandlungen mit dem Königreich von Angola zu Ende geführt und die Fürstin, wie gesagt, mit ihren Leuten abgezogen. Die Schlauheit und Beredsamkeit der schwarzen Diplomatin konnte nicht hindern, daß ihr Bruder doch als Vasall der Krone Portugals betrachtet und schließlich Don Correa zum Regenten in Angola ernannt wurde. Er regierte das Königreich mehrere Jahre.

Mit Ablauf des ersten Jahres aber fuhr er nach Rio de Janeiro hinüber, um das Kleinod heimzuholen, das er dort aufgehoben wußte, und Hochzeit zu halten. Zur Belohnung für seine Taten hatte der König unter anderem seinem Wappen zwei Negerkönige mit goldenen Kronen als Schildhalter beigegeben. Diese Figuren widmete er der zukünftigen Gattin als Zierat, indem er sie auf Geräte, Schmuck und Tapezerei, die er in den europäischen Fabriken bestellte, überall anbringen ließ. Noch auf dem Schiffe, als es in den Hafen von Rio de Janeiro einlief, entwarf er in Gedanken ein Gemälde, das er bestellen wollte, auf welchem Zambo-Maria in der Tracht einer Königin von Saba getauft wurde und die zwei Mohrenkönige das Taufbecken hielten. Als er aber das Kloster der Dominikanerinnen betrat und im Sprechzimmer stand, um seine Frau Tante, die Äbtissin, nach dem jungen Weibe zu fragen, sagte ihm die nach der Begrüßung mit trockenen Worten, die braune Person sei vor kurzen Tagen fortgelaufen und verschwunden.

Don Correa erblaßte und stand wie vom Blitze getroffen. Der erste Gedanke sodann war nicht etwa ein Fluch auf die Entflohene, sondern auf die eigene Torheit. ‚Warum hast du die arme Kreatur nicht bei dir behalten', sagte er sich, ‚und gleich geheiratet, wie sie war? Jetzt wird sie zugrunde gehen!'

Er fragte die Nonne, ob man denn keine Vermutung hege, was sie zur Flucht bewogen und wo sie sich hingewendet habe. Jene verneinte alles und meinte, der Admiral möge, wenn so viel an dem Weibe gelegen sei, sie jetzt selbst aufsuchen lassen, wozu er mehr Macht und Mittel besitze als sie. Erst jetzt ging er in sein altes Wohnhaus zu Rio, das er zur Hochzeit einzurichten gedacht hatte. Er fand schon manche Kiste mit angekommenen Sachen vor; aber statt sie zu öffnen, sandte er nach allen Seiten Leute aus, die Spur der Verschwundenen zu suchen, und machte sich selber auf den Weg, voll Erbarmen mit ihrer Ratlosigkeit. Auch war die anfängliche Liebeslaune, die ihn beim ersten Anblick nach so langem Unterbruche befallen, zeither zu einer inneren Neigung erwachsen, zu einem tieferen Bedürfnisse, dieser Menschenseele außerhalb des Weltgeräusches so recht für sich gut zu sein, und er fragte sich, als er fruchtlos nach ihr ausschaute, ob er sich mit seinen äußerlichen und luxuriösen Anstalten und Bestellungen nicht gegen die Einfachheit des unschuldigen Wesens versündigt und es zur Strafe dafür nun verloren habe. Er erinnerte sich, wenn der Ausdruck bei einem solchen Herrn und Kriegsmanne überhaupt angebracht ist, schmerzlich des pomphaften Empfanges, den er dem bösen Weibe von Cercal einst bereitet, und welch' trauriges Ende jene glänzenden Vorbereitungen genommen.

Von dem Verlangen getrieben, über das Wesen und Leben der Zambo im Kloster Näheres zu erfahren, eilte er wieder hin und befragte die Stiftsvorsteherin eifrig und sogar mit einer gewissen Heftigkeit, die über den Rang und Stand des Mannes, wie über die Tragweite der Sache fast hinauszugehen schien. Die alte Dame mit ihrem goldenen Kreuz auf der Brust sah ihn, aus wohlgenährten Augenlidern blinzelnd, aufmerksam an und erzählte dann sehr gelassen nur Gutes von der Negerin, wie sie die Maria nannte, trotzdem sie offenbar keine war. Sie habe die portugiesische Sprache schon ziemlich brauchen gelernt, sich still und gehorsam verhalten und gern mit weiblichen Arbeiten beschäftigt.

‚Welche Arbeiten?‘ fragte Don Correa, der wußte, daß die Damen in diesem Stifte so wenig etwas taten, was man arbeiten nennen konnte, als diejenigen außerhalb desselben. Er fürchtete daher, das Mädchen möchte zu niedrigen Arbeiten, wo nicht zum Sklavendienste gebraucht worden und vielleicht deshalb entflohen sein. Allein die Äbtissin fuhr ausweichend fort, allerlei Vorteilhaftes von dem verschwundenen Kinde zu bekunden, und dem Herrn wurde es nur immer bitterer und fast traurig zumut, als er das alles anhörte. Die Alte aber schloß mit den Worten: ‚Item, man hätte nicht gedacht, daß sie so schnöde weglaufen würde!‘

Mit verworrenen Gedanken ging er endlich wieder in seine Wohnung, um sich nur etwas zu sammeln. Denn er, der sonst in Entschluß und Tat nie zu zögern pflegte, sah sich diesem Geheimnisse gegenüber durchaus ohnmächtig und unentschlossen. Die Dienstverhältnisse erlaubten ihm nicht, lange in Rio de Janeiro zu verweilen; verließ er aber die Stadt und das Land, so verlor er jede Hoffnung, die Zambo doch noch zu finden, und der Mann, der Land und Leute zu erobern gewöhnt war, sah sich außerstand, das unschuldigste und bescheidenste Heiratsprojekt auszuführen.

Als er in solchen düsteren Betrachtungen das Haus erreicht hatte und eben in seinem Kabinette Degen und Handschuhe auf den Tisch warf, kam sein Page Luis vorsichtig hereingeschlüpft, ihm eine merkwürdige Nachricht zu bringen. Es war ein vierzehnjähriger, aufgeweckter Knabe und seinem Herrn so ergeben und vertraut, daß dieser ihn für sicherer und zuverlässiger hielt, als alle anderen Diener, und ihm auch sonst wegen seines anmutigen Wesens herzlich wohl wollte. Luis hinterbrachte also nun, als er so von ungefähr in der Straße geschlendert sei, habe ihn die Frau des Nachbars, eines alten französischen Schiffsherrn, die für eine heimliche Protestantin gelte, herbeigewinkt und ihm hinter der Haustür zugeflüstert, er solle seinem Don sagen, sie könne ihm den Ort nennen, wo Se. Exzellenz finde, was sie suche; man möge nur, sobald es dunkel sei, einen Augenblick in die Veranda hinter ihrem Hause kommen. Don Correa verfehlte den Gang nicht und vernahm von der muntern Alten, nachdem er ihr Verschwiegenheit und Schutz zugesichert, daß seine Zambo vor unlanger Zeit auf einem nach Marseille gehenden Schiffe ihres Mannes in ein Kloster zu Cadix gebracht worden sei. Überdies wußte sie, daß es sich darum handle, das Mädchen zu einer Art von Wundertäterin und Heiligen zu machen, daß es widerstanden hatte, mit Blutrünstigkeiten Stirn und Hände verzieren zu lassen und eine heilige Blutschwitzerin zu werden; ja, der Alten war sogar bekannt, daß dem bräunlichen Frauenzimmer ein Verlobungsring vom Finger gestreift und weggenommen worden sei. Einen Teil dieser Dinge hatte sie auf ganz geheimem Wege durch eine Flamänderin erfahren, die in dem Kloster als Bäckerin angestellt war und die Alte bisweilen besuchte.

Don Correa erkannte sogleich die Wahrheit der Angaben und dankte der Frau dafür, sie bittend, auch ihrerseits die Sache geheimzuhalten. Ein stiller Grimm erfüllte ihn trotz seiner katholischen Gesinnung gegen die Jesuiten, die offenbar von Afrika aus über seinen Kopf hinweg die Hand im Spiele hatten, und nicht minder erwachte sein Zorn gegen die verlogene Prälatin, seine Muhme. Diese vermutete in der Tat nicht mit Unrecht, daß der Neffe wieder einmal einen wunderlichen Heiratsstreich im Schilde führe, und hatte um so größere Ursache, ihn daran hindern zu helfen, als sie längst mit einer rühmlicheren Verbindung für ihn beschäftigt war und nur auf den Augenblick lauerte.

Der Admiral und Regent oder Vizekönig von Angola legte sich noch in der gleichen Nacht den Vorwand zurecht, die Reise nach Europa auszudehnen und am Hofe zu Lissabon über den Stand und die Zukunft der afrikanischen Angelegenheiten persönlich zu berichten, und am nächsten Tage ging er mit zwei Schiffen ostwärts unter Segel, ohne das Ziel der Fahrt bekanntzumachen. Mit großer Ungeduld sah er die Tage und Wochen vergehen, obgleich er mit dem günstigsten Wind und Wetter segelte, und als er endlich in den Golf von Cadix abbiegen konnte, fand er die Bai und den Hafen durch Wachtschiffe verschlossen, weil die Pest in der Stadt hauste.

Dieser neue Unstern steigerte seinen Unmut und die Besorgnis für die arme Zambo aufs höchste, zum Glück aber auch seine Besonnenheit. Da er wegen der auf ihm lastenden Verantwortung sowie bei der sicheren Nutzlosigkeit überhaupt nicht daran denken konnte, seine Person auf spanischem Boden auszusetzen, beschloß er, vorerst die Fahrt nach Lissabon zu beendigen und nur den Knaben Luis auf Kundschaft zu schicken. Er vertraute demselben, der die Zambo kannte und von ihr gekannt war, sein Geheimnis ganz an, ließ ihn das Gewand eines zerlumpten Schifferjungen anziehen und versah ihn reichlich mit Geld, worauf er ihn südlich von der Bucht bei der St. Petersinsel in der Dunkelheit der Nacht an den Strand bringen ließ. Mit aller Verwegenheit und Begeisterung eines romantischen Knaben und der Freiheit froh, verlor sich der kluge Bursche landeinwärts, indessen Don Correa bald nachher auf das Kap St. Vinzent lossteuerte, um den Weg nach Lissabon vollends zurückzulegen. Von dort aus dachte er dann mit oder ohne Nachricht des Knaben weiter vorzugehen.

Es dauerte keinen Tag, so trieb sich Luis mit einer Schachtel voll indianischer Schnurrpfeifereien in der Stadt herum und bot überall seinen Kram zum Verkaufe an, wurde aber allenthalben weitergeschickt, hier mit dem Unwillen derer, welche Pestkranke oder schon Tote hatten, dort mit dem Gelächter und den Flüchen des gesund gebliebenen Pöbels, der sich zechend, tanzend und singend in Schenken und auf öffentlichen Plätzen herumtrieb. Luis ließ sich aber nichts anfechten, sondern durchwanderte die Stadt in der Kreuz und Quere, bis er auf ein Nonnenkloster stieß, welches dem Dominikanerorden angehörte. Es bestand aus einem Haufen alter Gebäude und hoher Mauern, die da und dort mit sarazenischen Fensterlöchern durchbrochen waren. Natürlich war ihm der Eintritt so verschlossen wie jedem anderen Mannsbilde; nur in die Kirche konnte er eintreten und bemerkte dort, daß der Gottesdienst ungeregelt abgehalten wurde und das Innere des Klosters so voll Unruhe war wie die übrige Stadt.

In der Herberge, die er aufgesucht, kaufte er von der Tochter eines plötzlich verstorbenen Bauers einen kleinen Esel, und von einem Verkäufer alter Kleider einen Weiberrock und ein zerrissenes Kopftuch; dann belud er den Esel mit einem Korbe voll frischer Orangen, schwang sich selbst, als arme Bauerndirne gekleidet, auf das Kreuz des Esels und ritt gemächlich in der Richtung des Klosters davon. In diesem Aufzuge gelang es ihm, in einen Vorhof einzudringen, dessen Türe sich just geöffnet hatte, um einen Arzt einzulassen; und da drinnen Verwirrung und Ratlosigkeit herrschte, indem die Äbtissin soeben von der Krankheit ergriffen worden, so trieb die angebliche Orangendirne ihren Esel unbeachtet bis in einen Garten, wo einige Klosterfrauen ängstlich spazieren gingen. Da fing er an, seine Früchte auszurufen und einen solchen Lärm zu machen, als ein kreischendes Landmädchen, daß bald mehrere Nonnen herbeikamen und um den Esel herumstanden. Die eine und andere kaufte ein paar Orangen, die der schlaue Knabe beinahe um nichts hergab, der schlechten und unglücklichen Zeit wegen, und der geringe Preis verlockte die guten Frauen, die Gelegenheit zu benutzen und sich die kleine Erfrischung zu verschaffen. Einige suchten sich unter den goldenen Kugeln einen Vorrat aus, indem sie dieselben in der Hand wogen und an die Nase brachten, und inzwischen ließ Luis seine Augen verstohlen herumgehen, ob er nirgends die Zambo erblicken könne. Und das Glück wollte, daß es geschah. In einiger Höhe schauten hinter einem hölzernen Gitter zwei Frauengesichter herunter, wovon das eine, noch im weltlichen Haarschmuck und ohne Schleier, niemand anderem, als der dunkeln Zambo angehörte.

Kaum hatte Luis sie erkannt, so trieb er unvermerkt den Esel näher, bis das graue Tierchen unter dem Fenster stand; und nun fing jener aus Leibeskräften an zu rufen: ‚Kauft, hochwürdige Damen! Kauft frische Orangen für den Durst! Sie sind gesund, wie die Ärzte sagen, und preiswürdig! Für ein halbes Soundsoviel und ein viertel Nichts dazu kann ich drei Stücke geben! Kauft, gnädige Frauen, und erlabt euch, so vergeßt ihr die Gefahr! Das Neueste ist, daß niemand in den Hafen von Cadix einfahren darf, der aus der Ferne herkommt. Nehmt die Orangen geschenkt, fromme Frau Mutter! Gestern mußte der Vizekönig von Angola, der berühmte und prächtige Don Salvador Correa, der tapfere Erstürmer so vieler Festungen, unverrichteter Dinge aus unserem Gewässer abziehen. Ich sah seine Schiffe; er sei nach Lissabon gefahren, heißt es, und werde einige Zeit sich dort aufhalten! Er soll ein gar schöner und stolzer Herr sein, sagt man; aber solche Leute sind oftmals die allerleutseligsten mit denen, die ihnen gefallen! Kauft mir die Orangen ab, so kann ich nach Hause!‘ Alles das rief der kecke Bursche so vernehmlich als möglich, mit dem Gesichte so gewendet, daß die Zambo ihn sehen und hören mußte. Kaum hatte er auch den Namen Don Correa in die Lüfte gesendet, so horchte sie auf und verwandte kein

Auge mehr von ihm, bis sie plötzlich sein Gesicht erkannte und ein Freudestrahl in ihren Augen aufleuchtete.

In diesem Momente trat aber eine lange Priorin oder Chormeisterin oder dergleichen hervor, die sagte: ‚Was schreit und klatscht denn die Dirne? Wie kommt sie in den Garten herein, und was weiß und hat sie von einem Vizekönig zu plaudern?‘ Und sie schritt noch näher heran und streckte die dürre Hand, an welcher ein Paternoster hing, nach dem Rockärmel des verkleideten Pagen aus, der aber inzwischen schnell zu bewerkstelligen wußte, daß der Esel hinten ausschlug, der Korb auf den Boden fiel und die Orangen umherrollten. Während ein Teil der Nonnen nach den Orangen lief, der andere vor dem ausschlagenden Esel floh, machte Luis mit aufgeschürztem Rocke, daß er aus den Klosterräumen hinauskam, und rannte mit langen Schritten durch lauter Nebengassen davon. In der Herberge angekommen, wechselte er unbemerkt die Kleider, bezahlte den Wirt mit erlösten Kupfermünzen und verstelltem Feilschen, ging unverweilt aus der Stadt und wanderte, bis er den nächsten Hafenort erreichte, wo er eine Fahrgelegenheit nach Lissabon fand.

So glücklich, wie wenn er den schönsten Vogel im Garn gefangen hätte, überbrachte er seinem Herrn die Nachricht von der wiedergefundenen Zambo-Maria, und sein fröhliches Gesicht hellte die düsteren Züge desselben auf. Don Correa fühlte sich von einem Teile seiner Sorgen befreit. Es bestand kein Zweifel, daß die Nonnen sein nicht zu bestreitendes Eigentum herausgeben mußten; damit aber eine nochmalige geheime Wegschleppung unmöglich wurde, war es nötig, sie mit einem Regierungsbefehl zu überraschen, der ihnen keine Zeit zu weiteren Umschweifen ließ. Correa war der Mann, einen solchen Befehl auszuwirken; allein dazu erforderte es einige Zeit, und während derselben konnte die Zambo zehnmal der Pest zum Opfer fallen. Und hinwieder verhinderten wahrscheinlich doch die Schrecken der tödlichen Seuche die Nonnen und Pfaffen, dem verlassenen Mädchen den Kopf zu scheren und den Schleier aufzuzwingen und den übrigen Hokuspokus aufzuführen, da sie zunächst für sich zu sorgen hatten. Genug, die Sorgen kehrten über diesen Widersprüchen der Sachlage mit aller Schwere zurück, und Don Correa schlug sich abermals vor die Stirne aus Zorn über sich selbst, daß er die Maria nicht gleichzeitig mit der Taufe zur Gemahlin erhoben und bei sich behalten habe. Dennoch versäumte er nicht, für die Ausstellung eines unzweideutigen Befehles bei der spanischen Oberbehörde die nötigen Schritte zu tun, worin er von seiner Regierung im stillen gehörig unterstützt wurde. Allein es verging eine Woche nach der anderen, ehe das Dekret da war, und damit verfloß auch die Zeit, welche er bei allem Ansehen, dessen er genoß, in Europa zubringen konnte.

Eines Abends spät ging er in seinem Gemache nachdenklich auf und ab und überlegte sich, ob es seiner würdig sei, in dieser Weiberfrage so viel Wesens zu machen und so viel Ärgernis zu dulden, und ob das Bedürfnis und Projekt, sich ein so stilles, weiches Ruhebett in der Häuslichkeit zu bereiten, überhaupt vor einem höheren Urteile zu rechtfertigen sei. Der Page Luis saß an dem Tische in der Mitte des Zimmers, über eine große Seekarte gebückt und halb in Schlummer versunken; denn der Admiral gab ihm selber Unterricht in der Schiffahrtskenntnis und prüfte ihn zuweilen, was er auch diesen Abend getan hatte, bis er durch den Hauptgegenstand, der ihn belästigte, selbst zerstreut wurde und den Knaben außer acht ließ. Die Kerzen des silbernen Kandelabers, der die Seekarte mit ihren unbeholfenen Gebilden beleuchtete, waren zur Hälfte herabgebrannt, und die Stutzuhr auf dem Kamine zeigte die zehnte und eine halbe Stunde.

‚Ich bin nun sechsunddreißig Jahre alt,‘ sagte er bei sich, ‚und dürfte die Fackel des Eros füglich auslöschen! Wer Krieg führen und befehlen soll, muß reinen Tisch im Herzen und kühles Blut haben. Das Haus ist freilich zu erhalten; allein vielleicht wäre es am besten, dem Willen der Frau Muhme zu folgen und eine gleichgültige Dame ins Haus zu setzen, die den Staat macht und uns kalt läßt! Und wäre es am Ende für die arme Zambo nicht auch besser, wenn sie vor den Stürmen des Lebens geschützt und zu einem frommen Nönnchen gemacht würde?'

Hier wurde die Stille der Nacht unterbrochen durch ein schüchternes Zeichen der Hausglocke, die in der weiten Flurhalle des Palastes hing. Ein einziger Anschlag ließ sich vernehmen, welchem ein schwächlicher Nachklang folgte, der im Entstehen abbrach und erstarb. Don Correa achtete nicht darauf und setzte seine Promenade fort. Wie er aber doch alles bemerkte, was vorging, so ward er nach ein paar Minuten inne, daß das Haustor nicht geöffnet wurde, sondern alles still blieb und der Torhüter mithin schlafen oder abwesend sein mußte. Nachdem er erst jetzt ein kleines Weilchen stillgestanden und gehorcht hatte, trat er zu dem schlafenden Knaben, weckte ihn und sagte: ‚Es hat jemand auf der Straße geläutet; geh hinunter und laß den Pförtner nachsehen, was es sei!'

Als der Knabe aufsprang und sofort hinauslaufen wollte, rief der Herr noch: ‚Nimm hier den Leuchter mit und komm gleich wieder, so will ich so lange im Dunkeln stehen!'

Es schien aber ihm doch etwas lange zu dauern; er hörte die schweren Torflügel nach einiger Zeit auf- und zumachen, aber es währte noch Minuten, bis die Schritte des Knaben näher kamen, und er öffnete fast ungeduldig die Zimmertüre, um das vermißte Licht bälder zu sehen und den zögernden Pagen zur Eile zu mahnen. In der linken Hand den Leuchter hoch emporhaltend, daß sein hübsches Gesicht hell bestrahlt wurde, führte Luis mit der Rechten die Zambo oder Maria herbei, welche von den Füßen bis zum Haupte vom Straßenstaub bedeckt und vor Müdigkeit wankend ihm folgte.

‚Da ist sie von selbst gekommen!‘ rief der Knabe mit triumphierender Freude über das treffliche Abenteuer. Zambo dagegen fiel aus Erschöpfung und Aufregung vor den Admiral hin und umfing mit den Armen seine Füße, während aus den zu ihm aufblickenden Augen große Tränen quollen. In froher Überraschung hob er sie, nun zum zweiten Male, von der Erde auf, und sein Schlafrock von dunklem Sammet wurde vom Staube weiß gefärbt. Gleich dem Vater des verlorenen Sohnes eilte er selbst, die weibliche Dienerschaft aufzujagen und ihr den nächtlichen Ankömmling zu jeglicher Pflege zu übergeben und anzuempfehlen.

Dann erst ließ er sich von dem Pagen mitteilen, wo er die Zambo gefunden. Luis erzählte mit glückseligem Eifer, daß er, ohne den Torwärter zu wecken, vorläufig nur die Klappe des vergitterten Guckfensters geöffnet und hinausgeschaut habe. Da sei eine müde Frauengestalt draußen gestanden, die sich kaum aufrecht gehalten, und als er durch das Gitter das Licht auf sie gerichtet, sei es die gute Zambo gewesen. Nun habe er selbst die Riegel zurückgestoßen, die Pforte aufgetan und die Frau, die zitternd dagestanden, gleich bei der Hand genommen und hereingezogen zu seinem Hauptvergnügen; denn sie habe ihn erkannt und sei augenscheinlich etwas munterer geworden. Gesprochen hätten sie kein Wort, als er das Tor wieder geschlossen und den Kandelaber vom Boden aufgenommen, wohin er ihn gestellt, und auch als er sie die Treppe hinangeleitet, habe er nur ein paarmal lachend nach ihr umgeschaut, um ihr sozusagen im Namen Sr. Gnaden freundlich zuzunicken. Don Correa zahlte dem Knaben seine Ausgaben ohne Verzug mit einem Lächeln gütiger Zufriedenheit zurück und strich ihm das dichte, lange Haar aus der Stirne, die es im bewegten Eifer des Burschen bedeckt hatte. Er blieb noch so lange mit ihm wach, bis er die Meldung empfing, die Fremde sei, mit allen nötigen Erquickungen versehen, zu Bette gebracht worden und in Schlaf versunken. Dann ging er, selbst den Schlaf zu finden, während der Page sich noch in der Küche herumtrieb und den Weibern, die mit gegen die Hüften gestemmten Armen und offenen Mäulern um ihn herum standen, über das Ereignis allerlei Schnaken vormachte.

Am nächsten Morgen fühlte sich Zambo so gut erholt und gesund, daß sie vor dem Hausherrn erscheinen und ihre merkwürdige Wanderfahrt erzählen konnte. Die Pest, welche damals übrigens außer in Cadix nur an einem einzigen Hafenplatze aufgetreten, hatte durch ein paar rasch erfolgte Erkrankungen und den Tod der Vorsteherin das Kloster so erschreckt und verwirrt, daß während einiger Tage weder Hausordnung, noch Ordensregel geachtet wurde, die Pforten auf- und zugingen und jeder tat, was er wollte. Dieser Zustand verlockte die Afrikanerin desto unwiderstehlicher, die Freiheit zu suchen, um in ihr die Hand ihres Herrn und die rechtmäßige geliebte Unfreiheit wiederzufinden. Sie hatte deutlich verstanden, was der verkleidete Luis gerufen, und es für ein Zeichen genommen, daß sie ihren Gebieter aufsuchen solle. Daher verließ sie in einer Abenddämmerung einfach das Kloster durch eine offen stehende Seitentüre, und wanderte die Nacht hindurch um die Meerbucht von Cadix herum und auf der Straße nach Norden, bis sie zur Stadt Sevilla gelangte. Sie trug noch etwas Geld bei sich verborgen, das ihr jetzt zustatten kam, bald aber zu Ende ging, weil sie von den Leuten überall übervorteilt und betrogen wurde, als sie ihre Unerfahrenheit und Unkenntnis bemerkten. Sobald sie aber nichts mehr besaß, erhielt sie das Wenige, um das sie aus Hunger bat, um Gottes willen. Von Sevilla aus fing sie an, nach der Stadt Lissabon zu fragen und ging unablässig in der Himmelsrichtung, die man ihr jeweilig zeigte, über Ebenen und Gebirge und

Ströme und Flüsse hinweg, viele Tage, Wochen lang; denn die öfteren Irrgänge verdoppelten die Länge des Weges. Trotz aller Mühsal waltete ein freundlicher Stern über ihrem Haupte, was Don Correa leicht begriff, als er die schuldlose Anmut und ernsten Züge mit neuem Wohlgefallen betrachtete. Sie erreichte endlich die Umgebung der portugiesischen Hauptstadt mit Sonnenuntergang; bis sie nicht mehr zweifeln konnte, daß sie in Lissabon sei, war aber die Nacht schon vorgerückt, und sie fragte nach der Wohnung des Admirals, zu dessen Haushalt sie gehöre, wie sie mit gutem Instinkte aussagte. Eine Scharwache übergab sie der anderen, ohne sie zu beleidigen, obgleich den Leuten das Abenteuer ungewöhnlich vorkam. So wurde sie von einem Stadtviertel ins andere mitgeführt und zuletzt einem alten Nachtwächter überlassen, der sie vollends vor den Palast des Admirals brachte, nachdem er aus ihren Worten auf die Wahrheit ihrer Aussage geschlossen hatte. Da solle sie an der Glocke ziehen, riet er, indem er ihr den eisernen Griff zeigte und sie dann stehen ließ.

Diese Erzählung trug sie allerdings nicht fließend vor; sie mußte ihr vielmehr stückweise abgefragt werden; dennoch war Don Correa erfreut, die Zambo zum ersten Male in seiner eigenen Sprache zusammenhängend reden zu hören, und überdies nicht nur in ihren Worten, sondern auch in den von der Sprache belebten Zügen des dunkeln Antlitzes das Licht eines guten Verstandes wahrzunehmen, gleich dem Morgenschimmer, der einen schönen Tag verspricht. Freilich waren diese Züge bewegter als sonst, weil auch sie die erlernte Sprache ihres Beschützers zum ersten Male ihm gegenüber hören ließ und sich lange darauf gefreut hatte.

‚Wo hast du den Ring gelassen, den ich dir gegeben?' fragte er sie, ihre Hand ergreifend, wie wenn er ihn suchte.

‚Verzeih', Herr, man hat mir den Ring genommen!' sagte sie mit gesenktem Blicke.

Er trat zu einem schweren Schranke, aus welchem er ein mit Silber eingelegtes glänzendes Stahlköfferchen holte, das er öffnete. Die darin liegenden Schmucksachen und Kleinodien mit einem Rucke durcheinander rüttelnd, bis er einen Frauenring fand, hielt er denselben einen Augenblick gegen das Licht, wie wenn er sich ein letztes Mal den Schritt überlegte, den zu tun sich ihm nochmals die Wahl bot. Als er vor zwölf Jahren ausgezogen war, die erste Frau zu freien, hatte er in der Eile vergessen, den Trauring seiner Mutter mitzunehmen, wie er sich vorgenommen. Jene dunkeln Vorgänge mit ihrer elenden Täuschung traten einen Moment vor seine Seele; doch dünkte ihm der Umstand, daß der unentweihte Ring jetzt im rechten Augenblick noch zur Hand war, ein günstiges Zeichen, und er steckte ihn der Zambo an den Finger, daran der frühere gesessen. Das Trauungsfest, welches er ohne Zaudern herbeiführte, machte trotz der verhältnismäßig großen Einfachheit ein allgemeines Aufsehen, obschon kein so schreiendes, wie es heutzutage der Fall sein würde. Selbst der König und die Königin sandten Vertreter mit ihren Glückwünschen, und die Versammlung war eine glänzende, wenn auch nicht sehr zahlreiche. Die Braut durfte sich trotzdem sehen lassen. Zambo war in einen schweren weißen Seidenstoff gekleidet, der in schmale Streifen mit Goldfäden abgenäht worden. Der breite stehende Spitzenkragen, der silberdurchwirkte Schleier und die in das Haar geflochtenen Perlenschnüre, das auf dem freien Teile des Busens liegende Diamantkreuz hoben ihre dunkle oder vielmehr hellbraune Farbe wie etwas Selbstverständliches, ja Einzigmögliches hervor, und ihre angeborene schlanke und gerade Körperhaltung war so edel, daß Don Correa, als ein gelehrter Geistlicher unter den Gästen ihm flüsternd anerbot, einen Stammbaum zu verfassen und ihre Abkunft auf die Königin von Saba zurückzuführen, stolz auf ihre Haltung hinwies und sagte, es sei nicht nötig.

Der fremdartige Reiz der ganzen Erscheinung wurde aber noch erhöht durch die über sie ausgegossene natürliche Demut und den träumerischen Glanz ihrer Augen, welche verrieten, daß sie nicht recht wußte, was mit ihr vorging, da sie von den Nonnen in keiner Weise auf weltliche Dinge vorbereitet worden. Das erfuhr Don Correa erst auf seinem schönen Admiralschiffe, als er gleich nach der Hochzeit mit der Gemahlin die Rückreise nach Afrika angetreten hatte. Die Donna Maria Correa hielt sich nach wie vor für seine Sklavin, die jede Änderung des Schicksals zu gewärtigen habe und zum Dienen bestimmt sei. Zuerst verdrießlich darüber, daß sie in dieser Beziehung das in Klöstern und unter Geistlichen zugebrachte Jahr gänzlich verloren, machte er sich selbst zu ihrem Lehrer, so gut er das mit seinem seemännischen Wesen vermochte. Bald aber wurden die Stunden, die er über dem Unterricht im einsamen Schiffsgemache mit der Gattin verlebte, zu Stunden der schönsten Erbauung. Denn als er ihr allmählich die Freiheit ihrer Seele begreiflich machte, Ehre und Recht einer christlichen Ehefrau beschrieb und ihr die Pflicht des persönlichen Willens und Beschließens auseinandersetzte, was alles durch Liebe zusammengehalten und verklärt werden müsse, da soll es gar schön anzusehen gewesen sein, wie von Tag zu Tag das Verständnis heller aufging und die junge Frau mit dem Lichte menschlichen Bewußtseins erfüllte. Außerdem hörte sie viele ihr bisher unbekannte Worte, und indem sie dieselben wiederholte und den Sinn sich anzueignen suchte, bereicherte sie zugleich im höchsten Sinne ihre neue Sprache.

Eines Tages, als das Geschwader dem Ziele seiner Fahrt näher kam, erging sich Don Correa mit der Frau auf dem obersten Verdecke und führte sie in den luftigen Pavillon, der über dem Stern des Schiffes errichtet war. Die Zeltdecken schützten hier vor den Sonnenstrahlen und den Blicken des Schiffsvolkes. Sie schauten still auf den unendlichen Ozean hinaus, dessen gleichmäßig schimmernde Wellen in zahllosen Legionen herantauschten und die Schiffe ruhig weitertrugen.

‚Hat das Meer auch eine Seele, und ist es auch frei?' fragte die Frau.

‚Nein,' antwortete Don Correa, ‚es gehorcht nur dem Schöpfer und den Winden, die sein Atem sind! Nun aber sage mir, Maria, wenn du ehedem deine Freiheit gekannt hättest, würdest du mir auch deine Hand gereicht haben?'

‚Du frägst zu spät,' erwiderte sie mit nicht unfeinem Lächeln; ‚ich bin jetzt dein und kann nicht anders wie das Meer!'

Da sie aber sah, daß diese Antwort ihn nicht befriedigte und nicht seiner Hoffnung entsprach, blickte sie ihm ernst und hochaufgerichtet in die Augen und gab ihm mit freier und sicherer Bewegung die rechte Hand.

Zwölftes Kapitel: Die Berlocken.

„Das haben Sie gut gemacht!" sagte Lucie, „wir andern wollen uns merken, wie nützlich die Demut ist, und wie erhöht wird, wer sich erniedrigt hat! Aber auch mir ist während Ihrer Erzählung ein kleines Lesefrüchtchen aus meinen Büchern eingefallen, das gleichfalls von einer farbigen Person, einer Wilden handelt. Vielleicht haben wir noch die Muße, das Geschichtchen abzuwandeln, und zwar im wörtlichen Sinne, indem wir ein wenig ins Holz hinausgehen?"

„Es scheint mir, daß ich hier in eine Art von Duell hineingeraten bin," versetzte der Oberst, „Herr Reinhart hat Dein schönes Geschlecht der Erde und der Stellung wieder nähergebracht, die er ihm anweist. Ohne Zweifel willst Du den Streich parieren und Dich aus eigener Kraft vom Boden erheben, auf welchem die braune Weibsperson zweimal gelegen hat. Lege also los, liebe Lux, und schau', daß Du nicht liegen bleibst! Wenn ich aber mit zuhören soll, so muß ich bitten, daß wir diesen Aufenthalt nicht verlassen; denn wie Du weißt, kann ich noch nicht weit marschieren."

„Verzeih', lieber Onkel," sagte die Lux, „daß ich das im Gefechtseifer vergessen habe! Es versteht sich von selbst, was Du wünschest! Ich wollte nur der Ungeduld unseres Gastes entgegenkommen, der mir etwas unruhig zu werden scheint und vielleicht gerne den Ort verändert!"

„Achten Sie nicht darauf!" antwortete Reinhart, „warum soll ich nicht unruhig sein, wenn ich ein Geschütz auf mich richten sehe, dessen Treffähigkeit und Ladung ich noch nicht kenne? Also fangen Sie gütigst an und seien Sie nicht zu grausam!"

Lucie räusperte sich zum Scherz ein wenig und sagte: „Anfangen! Das hab' ich gar nicht bedacht, daß man anfangen muß! Warum soll ich mich eigentlich abquälen, um eine Sache zu blasen, die mich nicht brennt? Nun, ich springe gleich hinein. Zur Zeit, da Marie Antoinette sich nach Frankreich verheiratete, gab es in der Touraine einen hübschen, guten Jungen, der noch gar nicht flügge war und keinem Menschen etwas zu Leide getan hatte. Er hieß Thibaut von Vallormes und war Fahnenjunker in einer Kompagnie eines Fußregiments, das ich nicht näher zu bezeichnen wüßte, indem ich den Namen desselben nicht angezeigt fand. Trotz seiner kriegerischen Stellung war er, wie gesagt, noch halb kindisch und hielt sich, wenn er nicht Dienst hatte, immer bei alten Tanten, Basen und andern würdigen Matronen auf, deren Putzschachteln, Galanterieschränke und bemalte Koffrets er durchschnüffelte, und von denen er sich Geschichten erzählen ließ, während er ihre Cremetörtchen, Blancmangers und Zuckerbrötchen schmauste. Aber auch diesem unschuldigen Knaben schlug die Stunde des Schicksals, wo sich die Sachen änderten, und er begann ein gefährlicher Mensch und Mann zu werden.

Zum Pagendienste bei den Zeremonien der königlichen Ver-

mählung wurden aus der Armee eine Anzahl gerade solcher hübschen Bürschchen zusammengesucht und nach Paris berufen, und auch der zierliche, junge Thibaut ward des Glückes teilhaft. Nach dem Schlusse der Festlichkeiten geschah es dann, daß unter anderem auch die sämtlichen Pagen in einem Salon des Versailler Schlosses versammelt, gespeist und beschenkt wurden, eh' sie zur Heimreise auseinander gingen. Nachdem ein Kammerherr oder so was jedem sein Paketchen überreicht, wurde ihnen unerwartet kundgetan, daß die junge Dauphine die Junker noch zu sehen wünsche. Sie mußten also hinmarschieren, wo sie mit einigen Hofdamen saß; jeder einzelne wurde ihr vorgestellt und erhielt unter graziösen Dankesworten für seinen artigen Dienst noch eigenhändig ein Geschenk, das ihr ein Hofherr darreichte. So bekam Thibaut eine schöne, goldene Uhr, aber ohne Kette oder Band, mit den Worten, die Berlocken müsse er sich mit der Zeit selbst dazu erobern.
Ganz rot vor Vergnügen betrachtete Thibaut die Uhr, als er mit den andern Jungen in einem großen Omnibus nach Paris zurückfuhr und sie die erhaltenen Geschenke sich gegenseitig zeigten. Es war auf der Rückseite in einem Kranze von Rokaille ein kleiner Seehafen graviert, in dessen Hintergrunde die Sonne aufging und ihre Strahlenlinien sehr fein und gleichmäßig nach allen Seiten ausbreitete. Das Innere der Schale aber zeigte sich gar mit einer bunten Malerei emailliert; ein winziges Amphitritchen fuhr in seinem Wagen, von Wasserpferden gezogen, auf den grünen Wellen einher, von einem rosenfarbigen Schleier umwallt, und auf dem blauen Himmel stand ein weißes Wölkchen. Im Vordergrunde gab es noch Tritonen und Nereiden."
Als alle die Herrlichkeiten genugsam bewundert worden und auch die freundlichen Worte der künftigen Königin besprochen und kommentiert, brachte auch Thibaut vor, was sie ihm gesagt, und er setzte hinzu: „Wenn ich nur wüßte, was Ihre

Königliche Hoheit damit meinte, daß ich die Verlocken selbst erobern müsse!"

„Ha!" rief ein Standartenjunker von der Reiterei, „das ist doch klar, es bedeutet, daß Sie sich die Verlocken aus kleinen Andenken von Damen herstellen sollen, deren Herzen Sie geraubt haben! Je mehr, je besser!"

„Ich möchte doch nicht behaupten, daß die Frau Dauphine so etwas gemeint hat," wandte ein anderer Junge schüchtern ein, „ich glaube eher, sie wollte sagen, Monsieur de Vallormes möge sich die nötigen Bijoux von der Mama, den Frau Tanten und allerhand Kusinen erbitten oder schenken lassen, weil sich Ihre Königliche Hoheit nicht damit abgeben kann, so viele kleine Gegenstände auszusuchen und zusammenzustellen!"

„Ei warum nicht gar," meinte der Cornet, „das wären langweilige Verlocken! Es müssen eroberte Trophäen sein! Jeder Gentilhomme trägt sie!"

Thibaut entschied sich für die letztere Auslegung, und als er in seine Stadt Tours zurückkam, sah er sich von Stund' an nach den Gelegenheiten um, die schrecklichen Raubzüge zu beginnen. Er vermied die Plauderstübchen der alten Tanten und guckte eifrig nach jungen Mädchen aus, die etwas Glänzendes an sich trugen, sei es am Halse, an der Hand oder an den Ohren. Da er sich aber auf die Hauptsache, die Eroberung der Herzen, noch nicht verstand und nach einigen törichten Possen gleich nach jenen Dingen greifen wollte, so wurde ihm überall auf die Finger geschlagen, und es wollte sich nichts für seine Uhr ergeben.

Einst reiste er für die Osterfeiertage nach Beaugency an der Loire, wo er Verwandte besaß, und da schien sich ein Anfang für seine Unternehmungen gestalten zu wollen. Es war nämlich ein sehr schönes Frauenzimmer aus dem benachbarten Orleans dort zum Besuche, das freilich schon etwa zweiundzwanzig Jahre zählte und daher den Kopf eine Hand breit höher trug, als der kaum siebzehnjährige Fähnrich, wie sie auch ohnehin hochgewachsen war. Aber obschon Thibaut ein wenig in ihre Augen hinaufblicken mußte, war er doch nicht zu stolz, sich in sie zu verlieben, zumal er an ihrem Halse ein Herz von roten Korallen hängen sah, das ihm außerordentlich in die Augen stach. Es war ungefähr so groß wie ein holländischer Dukaten und konnte geöffnet werden. Inwendig saß ein grünes Spinnlein, sehr kunstreich aus einem kleinen Smaragdsteine gemacht, die Äuglein von winzigen Brillanten, und die länglichen Füße von feinem Golde. Die Spinne zitterte und bewegte sich aber unaufhörlich samt ihren acht Beinchen, weil sie mit künstlichen Gelenken von der heikelsten Arbeit versehen und außerdem auf einer kleinen, unsichtbaren Spiralfeder befestigt war. Dieses Herz hatte die schöne Guillemette von ihrem Bräutigam zum Geschenk erhalten; denn sie war mit einem höheren Offizier verlobt, der in den amerikanischen Besitzungen Frankreichs verwendet wurde und den Zeitpunkt der Vermählung bis nach seiner Rückkehr verschoben hatte. Als er ihr vor der Abreise das Herz gab, sagte er wie im Scherz, er wolle sehen, ob sie so Sorge dazu trüge, daß das unruhige Spinnlein noch unzerbrochen sei, wenn er wiederkäme; nota bene aber setze er voraus, daß sie das Kleinod nicht etwa beiseite lege, sondern es beständig am Halse trage. Er sprach vielleicht damit die Hoffnung aus, sie werde sich während der Zeit seiner Abwesenheit recht ruhig und gleichmütig verhalten und ihr eigenes Herz samt dem Korallenherzen ungefährdet bleiben. Als nun der junge Thibaut sich in sie verliebte, beging Guillemette den Fehler, sich sein Hofmachen als kleine Erheiterung eine Weile gefallen zu lassen, was sie schon seiner Jugend wegen für unverfänglich hielt. Sie ließ sich von ihm Fächer und Handschuhe tragen, spielte und lachte mit ihm, wie wenn sie noch ein halbes Kind wäre, und wenn er nicht von selbst in ihre Nähe kam, rief und lockte sie ihn herbei. So oft er es möglich machen konnte, eilte er nach Beaugency, wo sie längere Zeit blieb, und jagte mit ihr durch Garten und Saal. Eines Tages aber, als er ihr plötzlich zu Füßen fiel und ihre Kniee umspannte, mußte er erfahren, daß sie ihn lachend abschüttelte und er weiter von dem Ziele des Herzensraubes war, als jemals. Da faßte er in jugendlichem Leichtsinn den Vorsatz, ihr wenigstens das Korallenherz zu stehlen, und führte ihn auch aus. Während einer sommerlichen Nachmittagsstunde hatte sich Guillemette in ein kühles Gartenzimmer eingeschlossen, um zu schlafen, leider aber nicht das offene Fenster bedacht. Durch dieses Fenster entdeckte Thibaut das in einem geflochtenen Armsessel schlafende Fräulein und stieg leise wie eine Katze hinein. Das Herz hing an einem Sammetbändchen an ihrem Halse, und es gelang ihm, dasselbe loszumachen und in die Tasche zu stecken, auch wieder durch das Fenster zu entfliehen, ohne daß sie erwachte, oder er von einem Menschen gesehen wurde. Die grüne Spinne mochte in ihrer dunkeln Kapsel noch so sehr zittern und blinkern, so half es doch weder ihr, noch der schlafenden Schönen; sie mußte mit dem Diebe gehen und nahm das Glück der armen Guillemette mit sich. Als sie erwachte und einige Zeit später den Verlust entdeckte, suchte sie das Herz überall, und erst als sie es nirgends fand, erschrak sie und sann beklommen nach, wo es möchte geblieben sein. Sie fragte auch den Thibaut, ob er es nicht gefunden habe, und als er das verneinte, glaubte sie ihm anzusehen, daß er doch darum wisse. Sie bat ihn heftig, es ihr zu sagen; er leugnete und lachte zugleich, und sie betrachtete ihn zweifelnd und geriet über seinen Anblick in große Angst, da er immer mit den Augen zwinkerte. Zuletzt fiel sie ihm zu Füßen und flehte, er möchte ihr das Herz wiedergeben oder sagen, wo es sei, und erst jetzt hielt er seinen Raub für eine rühmliche Beute, weil er merkte, wie viel ihr daran gelegen, und daß sie dem Weinen nahe war. Wie wenn er sich in falschen Schwüren üben wollte, beschwor er laut und heuchlerisch seine Unschuld, machte aber, daß er fortkam, und ließ sich nie wieder vor ihr blicken. Als der Verlobte nach einem Jahre aus den Kolonien zurückkehrte und, das Herz vermissend, nach demselben fragte, sagte die Braut der Wahrheit gemäß, daß sie es entweder verloren habe oder es ihr gestohlen worden sei, sie wisse das nicht recht; allein sie brachte die Worte so verlegen, so erschrocken hervor, daß der Bräutigam einem etwelchen Verdachte nicht widerstehen konnte. Und als er dringend nach den Umständen fragte, unter welchen sie ein solches Andenken habe verlieren können, gab sie eine unglückliche Antwort, in der die Reue sich hinter beleidigtem Stolze verbarg. Die Verlobung löste sich auf; der Bräutigam heiratete eine andere Person, und die Guillemette blieb arm und verlassen mitten in der Welt sitzen.

Thibaut, der inzwischen Leutnant geworden, trug nun das Herz an seiner Uhrkette und sah schon lange nach einem neuen Gehängsel aus, das er jenem beigesellen konnte. So gewahrte er denn einstmals die kleine Denise, das Töchterchen des seligen Notars Jakob Martin, das eben aus der Klosterschule gekommen und nun bei der Mutter lebte. Er wunderte sich, wie artig das Mädchen ausgewachsen war und auf den roten Stöckelschuhen daherging. Auf der Brust trug es ein bescheidenes Herz von Bergkristall, das, in Gold gefaßt, auch geöffnet werden konnte; aber es war nichts darin und das Herz ganz durchsichtig. Dennoch faßte er sogleich den Plan, dasselbe zu erobern, als er so stehen blieb und dem Mädchen nachschaute, das mit blutrotem Gesichte davon eilte. Er spazierte täglich an ihrem Hause vorüber, sandte ihr verliebte Gedichtchen zu, die er den Poesien des Mr. Dorat, der Frau Marquise d'Antremont oder des Herrn Marquis de Pezai und anderen Dichtern der damaligen Zeit entlehnte, aber ohne Unterschrift ließ. Es gelang ihm dadurch, den Kopf der jungen Denise und ihrer Mutter zugleich in Verwirrung zu setzen, so daß er den Zutritt im Hause erhielt und mit eitler Freude empfangen wurde, wenn er mit einem Blumensträußchen oder einem billigen Fächer von gefärbtem Papier erschien, worauf ein paar Gräser und eine Nelke gedruckt waren. Ein ehrbarer Kaufmannssohn, dessen Vater mit dem verstorbenen Notar befreundet gewesen, zog sich vor dem Herrn von Vallormes zurück, an welchen die kleine Denise zuerst ihr natürliches und dann ihr kleines Kristallherz verlor. Sobald er aber dieses mit ihrer zärtlichen Einwilligung abgelöst und an seiner Uhr befestigt hatte, verließ er sie und kehrte nie mehr zurück. Ungeachtet sie sehr wohlhabend war, kostete es der Mutter manche saure Mühe, den jungen Kaufmann mit der Zeit wieder herbeizuschaffen, der dann aus dem erst so blühenden Denischen ein gedrücktes Hausfrauchen, so ein bescheidenes, aufgewärmtes Sauerkräutchen machte.

Es dauerte jetzt einige Zeit, bis Thibaut wieder auf eine Spur geriet, die er jedoch abermals verlor, wie es auch dem geschicktesten Jäger geschehen kann, und als er eines Sonntag nachmittags nichts anzufangen wußte, nachdem er seine Berlocken genugsam besehen hatte, fiel es ihm ein, endlich einmal seine jüngste Tante Angelika zu besuchen, die noch nicht ganz fünfzig Jahre alt sein mochte und eine empfindsame alte Jungfer war. Da sie gerade am offenen Schreibtische saß, machte sich Thibaut hinter die ihm bekannten Lädchen und Schatullen, um darin zu schnüffeln, wie ehemals. Er stieß auf ein Schächtelchen, das er noch nie gesehen, und als er es öffnete, lag auf einem Flöcklein Baumwolle ein Herz von milchweißem Opal, das, längst vom Bande gelöst, hier im stillen schlummerte. Am Tageslicht schillerte das Herz in zartem Farbenspiele wie ein Schein ferner Jugendzeiten.

„Welch' ein schönes Bijou!“ rief Thibaut, „wollen Sie mir das nicht schenken?“

„Was fällt dir ein, lieber Neffe?“ fragte sie verwundert, indem sie ihm das Herz aus der Hand nahm und es mit glänzenden Augen betrachtete; „was wolltest du auch damit tun? Es einem anderen Frauenzimmer schenken?“

„O nein!“ sagte Thibaut, „ich würde es an meine Uhr hängen und dabei stets meiner Tante Angelika eingedenk sein!“

„Ich kann es dir dennoch nicht geben,“ erwiderte die Dame mit weicher Stimme, „es ist meine teuerste Erinnerung, denn der Geliebte und Verlobte meiner Jugend hat es mir geschenkt!“

Auf sein neugieriges Verlangen erzählte sie dem Neffen mit vielen Worten die verjährte Liebesgeschichte mit einem herrlichen, jungen Edelmann, der voll seltener Treue und Hingebung unter schwierigen Umständen an ihr gehangen, sich ihretwillen geschlagen und in der Blüte der Jahre in der glorreichen Schlacht von Fontenay als ein tapferer Held gefallen sei, vor mehr als dreißig Jahren. Die Beschreibung all' der Liebenswürdigkeit, der männlichen Schönheit und Jugend des Verlorenen, der in seinem Umgange genossenen Glückseligkeit verklärte die Erzählende mit einem solchen Abglanz der Erinnerung und Sehnsucht, daß trotz der stark angegrauten Haare, die im Negligé unter dem gefältelten Häubchen hervor über Nacken und Schultern herunterflossen, eine neue Jugend ihr Gesicht zu beleben und rosig zu färben schien.

Ganz begeistert fiel Thibaut auf ein Knie, wie wenn er selbst der verlorene Liebhaber wäre, und rief, die Hände auf sein Herz legend: „Ich schwöre Ihnen, teuerste Tante, daß ich Sie ähnlich geliebt haben würde, wäre meine Jugend mit der Ihrigen zusammengefallen! Ja, ich liebe Sie jetzt, wie nur eine junge Seele eine andere junge Seele lieben kann! O, schenken Sie mir Ihr schönes Herz, ich will es hegen und an mich schließen, daß es nicht mehr einsam ist!“

Er war in der Tat so närrisch verzückt, daß er selbst nicht wußte, ob er das kleine Schmuckherz oder das liebende Menschenherz verlangte; die Tante Angelika aber verwechselte in ihrer

Schwärmerei den gegenwärtigen Augenblick mit der Vergangenheit und den neben ihr knienden Jüngling mit dem lange entschwundenen Geliebten. Sie schlang in süßer Vergessenheit beide Arme um den Hals des hübschen Schlingels und drückte ihm mehrere Küsse auf die Lippen, und der Taugenichts entblödete sich nicht, der traumvergessenen, würdigen Dame das Gleiche zu tun, wie wenn sie noch zwanzig Jahre alt wäre. Voll Schrecken erwachte sie aus ihrer süßen Verirrung, die sie nun doch nicht recht bereuen konnte; sie machte sich hastig aus seinen Armen frei, und während sie ihn mit feuchten Augen nochmals ansah, drückte sie ihm zitternd das Opalherz in die Hand und bat ihn, sie doch gleich zu verlassen. Dann lehnte sie sich mit gefalteten Händen in ihren Sessel zurück, um sich von dem höchst seltsamen Erlebnisse zu erholen.

Als Thibaut die neue Trophäe an der Uhr befestigt hatte, dünkte ihm die Berlocke mit drei Herzen nunmehr stattlich genug zu sein, um sie endlich auszuhängen; auch kam es ihm gerade recht, daß er an eine Offiziersstelle in Paris versetzt wurde; denn nur diese Stadt konnte fortan der rechte Schauplatz seiner ferneren Taten sein. Und es fehlte ihm nicht an Eroberungen und Protektionen, die ihm bald eine eigene Kompagnie verschafften, deren Kapitän er wurde. Allein je vornehmer die Damen waren, deren Eroberung er machte, und je kostbarer die Kleinödchen, die er an seine Uhrkette hing, desto unklarer wurde es ihm, ob er eigentlich es sei, der die Schönen sitzen ließ, oder ob er von ihnen verlassen werde. Gleichviel, sein Uhrgehänge klirrte und blitzte, daß es eine Art hatte, und er galt für den gefährlichsten Kavalier der Armee, wenn er im Kreise der Herren Kameraden die Geschichte der einzelnen Merkwürdigkeiten erzählte und die Juwelen und Perlen streichelte, die sich darunter fanden. Und er ging mit den Berlocken zu Bett und stand mit denselben auf.

Zuletzt wurde ihm sein Ruhm fast langweilig, besonders da

kein Plätzchen mehr für neue Siegeszeichen auf seiner Weste vorhanden war. Weil er aber ein für allemal ein Glückskind heißen konnte, zeigte sich in diesem Stadium die Aussicht auf einen neuen Lebens- und Siegeslauf, den als ein bewährter und geprüfter Mann anzutreten es ihn gelüstete.

Gerade damals hatte die französische Begeisterung für den Freiheitskampf der Nordamerikaner ihren Höhepunkt erreicht, und nachdem schon viele Franzosen als Freiwillige für die Gründung der großen Republik mitgefochten, war es bekanntlich dem Marquis von Lafayette gelungen, die Absendung eines förmlichen Hilfsheeres zu bewirken. Der Kapitän Thibaut von Vallormes ging mit und befand sich bei den sechstausend Mann, welche vom Grafen von Rochambeau über den Ozean geführt wurden und im Juli 1780 auf Rhode-Island landeten. Thibaut war weder ein nachlässiger, noch ein untapferer Soldat, und so geriet er im Verlaufe des schwierigen Krieges und auf den Hin- und Herzügen bald in die vorderste Linie, bald sonst auf ausgesetzte Punkte. Der frische Luftzug der neuen Welt, der gewaltige Hauch der Freiheit, der von ihm ausging, und die anhaltende Beschäftigung des Dienstes unter allerlei Gefahren ließen den Offizier allgemach ernster erscheinen; auch an seiner Einzelperson geringen Orts, machte sich der Übergang aus dem spielenden Dasein in das, was nachher kam, sichtbar. Als die Heeresabteilung, bei der er stand, an irgendeinen breiten Fluß vorrückte, auf dessen anderem Ufer ein größerer Indianerstamm lagerte, entflammte er mit den anderen Franzosen in Enthusiasmus, nun der wahren Natur und freien Menschlichkeit so unmittelbar gegenüberzustehen; denn jeder von ihnen trug sein Stück Jean Jacques Rousseau im Leibe. Es handelte sich darum, mit den Indianern in Verkehr zu treten, sie entweder in Güte als Freunde zu gewinnen oder sie wenigstens zu einem neutralen Verhalten zu veranlassen, und zu diesem Ende hin wurden die Oberbefehlshaber erwartet, indessen auch am anderen Ufer, bei den Indianern, noch eine Anzahl wichtiger Häuptlinge zu einer Konferenz eintreffen sollten.

Die französischen Militärs aber mochten den Tag nicht erwarten, ihre Neugierde und die Lust an den idealen Naturzuständen zu befriedigen; sie lockten schon vorher die wilden Rothäute über das Wasser und schifften auch zu ihnen hinüber, und jeder suchte in seinem Gepäcke nach Gegenständen, welche er verschenken oder an Merkwürdigkeiten vertauschen konnte. Thibaut war unter den ersten, die über den Strom setzten, und tat es bald täglich nicht nur ein-, sondern zweimal, und war in den Wigwams zu Hause. Nämlich eines der indianischen Mädchen zog ihn unwiderstehlich hinüber, daß er seine ganze siegreiche Vergangenheit vergaß und einem Neuling gleich auf den Spuren einer Wilden umherirrte.

Ich kann es nicht wagen, eine Beschreibung von dem wunderbaren Wesen zu machen, und muß es den Herren überlassen, sich nach eigenem Geschmacksurteil das Schönste vorzustellen, was man sich damals unter einer eingeborenen Tochter Columbias dachte, sowohl was Körperbau und Hautfarbe, als Kostüm und dergleichen betrifft. Ein hoher Turban von Federn wird unerläßlich, ein buntes Papagenakleidchen rätlich sein; doch, wie gesagt, ich will mich nicht weiter einmischen und nur noch andeuten, daß sie in ihrer Sprache Quoneschi, das heißt Libelle oder Wasserjungfer, genannt wurde.

So viel ist sicher, daß sie es meisterhaft verstand, wie eine Libelle ihm bald über den Weg zu schwirren, bald sich unsichtbar zu machen, jetzt einen verlangenden Blick auf ihn zu werfen, dann spröde und kalt ihm auszuweichen; allein Thibaut wurde nicht müde, sich betulich und geduldig zu zeigen und sie wenigstens mit schmachtenden Augen zu verfolgen, wenn sie durchaus nicht in die Nähe zu bringen war. So gleichgültig er zuletzt gegen das Frauengeschlecht in Frankreich gewesen, so heftig verliebte er sich jetzt in das rote Naturkind und ging geradezu mit dem Gedanken um, dasselbe zu seiner rechtmäßigen Gemahlin zu erheben. Wie würde das philosophische Paris erstaunen, dachte er sich, ihn mit diesem Inbegriff von Natur und Ursprünglichkeit am Arme zurückkehren und in die Salons treten zu sehen.

Durch seine Beharrlichkeit schien die zierliche Wasserjungfer wirklich allmählich zahm und halbwegs vertraulich zu werden; die Herren Kameraden, die bisher darüber gelächelt, daß seine Macht über die Frauenherzen sich nicht bis an den Hudson und den Delaware erstrecke, fingen an, ihn zu bewundern und zu loben, daß er als echter Franzose nicht das Feld räume; kurz, er hatte zwischen Tag und Nacht schon mehr als ein kleines Stelldichein abgehalten mit wunderlichem Zwiegespräche von Geberden und abgebrochenen Worten, wobei keines das andere verstand, noch auszudrücken wußte, was er wollte. Nur eines glaubte Thibaut zu bemerken, nämlich, daß Quoneschi jedenfalls von einem zärtlichen Gedanken bewegt war, der sie fortwährend beschäftigte und die dunklen Augen öfters wie in banger oder zweifelhafter Erwartung auf ihn richten ließ.

Nun waren die höheren Personen auf beiden Seiten des Flusses versammelt und die Unterhandlungen für einstweilen erledigt, die indianischen Häuptlinge im französischen Lager auch gut bewirtet worden, und es blieb noch der offizielle Besuch der französischen Herren bei den Wilden übrig, welche sich auch ein wenig zeigen wollten. Am Vorabend kam noch ein ganzes Schiff voll Weiber herübergefahren, die vor dem Weitermarsch der Franzosen noch allerlei Verkäufliches an den Mann zu bringen wünschten, wie Früchte, wilde Putzsachen, Muscheln, gesticktes Leder und dergleichen. So entstand rasch noch eine lebendige Marktszene, und die Franzosen benutzen billigerweise den Anlaß, mit den Frauen zu sponsieren, wie es von je ihre Art gewesen ist. Thibaut aber wußte seine Quoneschi oder

Wasserjungfer, die ein Körbchen voll Erdbeeren zu verkaufen hatte, in sein Hauptmannszelt zu locken und nahm sie dort schärfer ins Gebet, als bisher; denn es war keine Zeit mehr zu verlieren. Er suchte ihr mit feuriger Ungeduld deutlich zu machen, daß er sie mit nach Europa nehmen und mit ihren Eltern um sie handeln wolle, in ehrbarem Ernste und zu ihrem Heil und Glücke. Daß sie ihn ganz verstand, ist zu bezweifeln; dagegen ist sicher, daß sie sich deutlicher auszudrücken wußte. Indem sie mit der kleinen rötlichen Hand sein Kinn und beide Hände streichelte, deutete sie auf die Berlocken seiner Uhr, die sie zu haben wünschte, nachdem sie offenbar schon lange ihren Geist beschäftigt hatten. Dazu sagte sie immer auf Englisch: Morgen! Morgen! und drückte mit holdselig naiven Geberden aus, daß etwas Wunscherfüllendes vorgehen würde, wo gewiß alle Welt zufriedengestellt werde.

Unser guter Thibaut erschrak über die Deutlichkeit des Verlangens nach den Berlocken und besann sich ein Weilchen mit melancholischem Gesicht; er war ganz überrascht von der ungeheuerlichen Keckheit des Begehrens und konnte es nur begreifen, wenn er bedachte, daß das unschuldige Wesen weder die Bedeutung, noch den Wert dessen kannte, was es forderte. Als aber das Mädchen traurig das Haupt senkte und die Hand aufs Herz legte und noch mit anderen Zeichen verriet, daß sie große Hoffnungen auf die Erfüllung ihres Wunsches gesetzt hatte, legte er diese Zeichen zu seinen Gunsten aus und änderte seine Gedanken. Im Grunde, dachte er, ist es nur in der Ordnung, wenn ich diese Erinnerungen derjenigen zu Füßen lege, welcher ich mich für das Leben verbinden will! Noch mehr, es ist ja ein schönes Symbol, wenn ich diese Siegesspolien aus einer überlebten und überfeinerten Welt sozusagen der noch jungen Natur in Person aufopfere, die uns eine neue Welt gebären soll! Und am Ende bringt das gute Kind mir den kleinen Schatz, der so lange auf meiner Weste gebaumelt hat, getreulich wieder zu, und es wird sich gar witzig ausnehmen, wenn die Tochter des Urwaldes einst die Kleinode, bald dieses, bald jenes, vor den Augen unserer Damen an sich schimmern läßt!

Mit raschem Entschlusse löste er den Ring, der das Gehängsel zusammenhielt, von der Uhr und übergab es ihr in seiner ganzen Pracht und Kostbarkeit. Mit einer kindlichen Freude, welche die zarte Rothaut des Urwaldes womöglich noch röter machte, empfing die Libelle, die Wasserjungfer, den Schatz und überhäufte den Geber mit Zeichen der lieblichsten Dankbarkeit; dann lief sie eilig davon, indem sie nochmals mit leuchtenden Augen: Morgen! Morgen! rief.

Thibaut hingegen empfand ein Gefühl, wie wenn einer ihm den schönen Zopf abgeschnitten hätte, der so stattlich den Rücken seines Scharlochrockes schmückte, und in der Nacht hatte er einen schweren Traum. Es träumte ihm, er habe das Korallenherz der schönen Guillemette aufgemacht, die grüne Spinne sei herausgelaufen und habe ihn in die Nase gebissen, die wie eine Rübe aufgeschwollen sei.

Am Morgen wurde es ihm wieder besser zumute, als er den klar erglänzenden Tag gewahrte, der über der großen Stromlandschaft aufgegangen war, und heiteren Herzens bestieg er die übersetzende Kahnflottille, da er ja endlich der wahren Liebe und Seligkeit entgegenfuhr.

Das rote Volk war in einem weiten Ringe um ein Feuer versammelt, an welchem Hirsche und andere Jagdbeute gebraten und gute Fische gekocht wurden. Die Frauen und Mädchen machten die Köche und brachten sonst noch allerhand ihrer Leckereien herbei. Die Männer saßen ernst im Kreise herum, vorab die Häuptlinge, alle in ihrem höchsten Schmuck und Staate. Für die französischen Herren aber war ein besonderer Raum und Ehrenplatz offen gelassen, den sie vergnügt über das neue Schauspiel einnahmen; und nun begann ein Schmausen, das den Indianern freilich besser zu schmecken schien, als den Europäern, wenn es den letzteren auch von den Frauen selbst zugetragen und dargereicht wurde. Nur Thibaut erquickte sich vollkommen; denn die schöne Quoneschi hatte ihn sogleich herausgefunden und nur ihn bedient; sie blieb auch gern bei ihm, als er sie festhielt, und winkte ihren Schwestern schalkhaft zu, als ob sie jetzt nicht mehr zu ihnen käme. Traulich und keineswegs ohne Grazie saß sie zu seinen Füßen, und als er sanft ihren roten Sammetrücken, wie die Herren vielleicht sich ausdrücken würden, mit lässiger Hand streichelte, dünkte er sich der Christofor Columbus zu sein, welchem sich der entdeckte Weltteil in Gestalt eines zarten Weibes anschmiegt.

Jetzt war die Mahlzeit beendigt, der Platz um das Feuer wurde geräumt und der Kreis erweitert, worauf ein Zug junger Krieger aufmarschierte, um zu Ehren der befreundeten Macht einen schönen Kriegstanz zum besten zu geben. Ein lauter Schrei oder Ausruf der Alten und Häuptlinge begrüßte die Schar, welche von dem längsten und kräftigsten der Jünglinge, einem baumstarken Bengel, angeführt wurde.

Wenn ich vorhin bescheiden auf eine Schilderung der schönen Libelle verzichtet habe, behielt ich mir vor, dafür das Äußere dieses jungen Kriegshelden um so ausführlicher darzustellen, so weit meine schwachen Kräfte reichen; denn hier tritt ja das Frauenauge mit seinem Urteile in sein Amt. Denke man sich also einen Komplex herrlich gewachsener, riesiger Glieder vom sattesten Kupferrot und vom Kopf bis zu den Füßen mit gelben und blauen Streifen gezeichnet, auf jeder Brust zwei kolossale Hände mit ausgespreizten Fingern abgebildet, so hat man einen Vorgeschmack dessen, was noch kommt. Denn eine malerische Welt für sich war das Gesicht, die eine Hälfte der Stirn, der Augendeckel, der Nase und des Kinnbackens bis zum Ohre mit Zinnober, die andere mit blauer Farbe bemalt, und dazwischen eine Anzahl fein tätowierter Linien dieser und jener Farbe. Die ganzen Ohrmuscheln waren rings mit herabhängenden Perlquasten besetzt, die pechschwarzen, langen Haarsträhnen mit einer Menge Schnüre von kleinen Muscheln, Beeren, Metallscheibchen und dergleichen durchflochten und darauf noch ein Helm von weißen Schwanenfedern gestülpt; ein Skalpiermesser samt einem blonden Skalp steckte als Haarnadel in dem Wirrwarr, nicht zu gedenken noch anderer Quinkaillerie, die weniger deutlich zu unterscheiden war. Allein über all' diesem Kopfputze sträubte sich ein Kamm gewaltiger Geierfedern, weiß und schwarz, in die Höhe und zog sich längs des Rückgrates hinunter gleich einem Drachenflügel, ganz aus den längsten Schwungfedern bestehend. Dazu nun der reich gestickte Wampumgürtel, die gestickten Schuhe und Mokassins, so wird man gestehen müssen, daß hier ein Schatz von Schönheit und männlicher Kraft versammelt war. Allein erst der glühende, furchtbare Blick machte noch das Tüpfelchen auf das i, und als der Tapfere, den man „Donnerbär" nannte, den Tanz anhub, zu stampfen begann und mit schrecklichem Gesange die rotbemalte Axt über dem Haupte schwang, indem er die andere Faust gegen die schlanke Hüfte stützte, da fühlten die europäischen Gäste beinahe die gepuderten Haare knistern, denen besonders das Skalpiermesser nicht gefiel.

Quoneschi, die Wasserjungfer aber, die zu den Füßen Thibauts lag, tat erst einen Seufzer und ließ dann einen jauchzenden Jubelruf ertönen; sie rüttelte den Offizier am Arme und zeigte mit feurigen Augen auf den Kriegstänzer, indianische Worte redend wie mit Engelszungen, die aber Thibaut nicht verstand, bis ein hinter ihm stehender Amerikaner sagte: „Das Weibsbild schreit immer, das sei ihr Verlobter, ihr Liebhaber, dessen Frau sie noch heute sein werde!"

Ganz starr vor Erstaunen blickte Thibaut nach dem Tänzer hin, dessen schreckliches Gesicht in allen Farben zu blitzen schien, so daß er es nicht deutlich zu sehen vermochte in seiner Verwirrung. Immer näher kam der Donnerbär mit seiner Bande; da riefen auf einmal mehrere Offiziere unter schallendem Gelächter:

„Parbleu! der hat ja die Berlocken des Herrn von Vallormes an der Nase hängen!"

Entsetzt sah Thibaut die Wahrheit dieser Bemerkung; sie hingen dort, die Berlocken. Der Wilde tanzte jetzt dicht vor ihm, und unter seiner blau und rot bemalten Nase, deren Rücken durch einen scharf gebogenen, weißen Strich bezeichnet war, funkelte und blitzte es, bammelten das Korallenherz der verlassenen Guillemette, das Kristallherz der kleinen Denise, das Opalherz der Tante Angelika hin und her, nach links und nach rechts, und bammelten die anderen Sachen, die Kreuzchen, Medaillons und Ringe blinkernd und blitzend durcheinander und peitschten beide Nasenflügel des Helden.

Jetzt tanzte dieser ein Weilchen auf derselben Stelle, still wie die Luft vor dem Gewitter, indem er nur mit dem einen oder anderen Fuße ein wenig trampelte; plötzlich aber stieß er ein wahres Bärengebrüll hervor, ergriff die Quoneschi am Arme, schwang sie wie ein geschossenes Reh auf seine Schulter und raste, gefolgt von seinen Axte schwingenden Genossen und dem Beifallsrufe der roten Völker, aus dem Ringe hinaus. Der Herr von Vallormes bekam weder die Berlocken, noch die Indianerin je wieder zu sehen.

Dreizehntes Kapitel: In welchem das Sinngedicht sich bewährt.

„Fast glaub' ich, dort wartet ein Schreinermeister, den ich bestellt habe und sprechen muß; ich empfehle mich so lange den Herren!" sagte Lucia unmittelbar nach dem Schlusse der kleinen Erzählung und ging, sich leicht und mit verhaltenem

Lächeln verneigend, davon. Reinhart blickte ihr nach und sah dann den alten Oberst an.

„Was hat Ihre prächtige Nichte", sagte er, „nur für einen Zorn auf meine armen Schützlinge, daß sie so satirische Pfeile auf mich abschießt? Das geht ja fast über das Ziel hinaus!"

„Je nun," erwiderte der Oberst lachend, „sie wehrt sich eigentlich doch nur ihrer Haut, die übrigens ein feines Fell ist! Und merken Sie denn nicht, daß es weniger schmeichelhaft für Sie wäre, wenn sich die Lux gleichgültig dafür zeigte, daß Sie für allerhand unwissende und arme Kreaturen schwärmen, zu denen sie einmal nicht zu zählen das Glück oder Verdienst hat?"

Ob Reinhart als Gelehrter schon so unpraktisch oder als junger Mann noch so unkundig oder blind war, genug, er hatte diese Seite der Sache noch gar nicht bedacht und errötete über den Worten des Alten ordentlich von der inneren Wärme, die sie ihm verursachten.

„So geht es," sagte er mit unmerklicher Bewegung; „wenn man immer in Bildern und Gleichnissen spricht, so versteht man die Wirklichkeit zuletzt nicht mehr und wird unhöflich. Indessen habe ich natürlich an das Fräulein gar nicht gedacht, so wenig als eigentlich an mich selbst, sowie man auch niemals selber zu halten gedenkt, was man predigt. Es ist Zeit, daß ich abreite, sonst verwickle ich mich noch in Widersprüche und Torheiten mit meinem Geschwätz, wie eine Schnepfe im Garn."

„Gut, reiten Sie," antwortete der alte Herr, „aber kehren Sie bald wieder! Kommen Sie zuweilen Sonntags und nehmen Sie statt des alten Nilpferdes einen jungen Kutscher mit guten Trabern, so fahren Sie rascher vom Fleck und sind weniger vom Wetter abhängig. Ich mag der Lux zur Abwechselung eine heitere, junge Gesellschaft, wie die Ihrige, gönnen; sie ist frei, munter und selbständig und macht keine Dummheiten. Ich selbst aber freue mich ordentlich sentimental darauf, den Freunden meiner Jugend durch Sie am Lebensabend noch einmal nahezutreten, und freue mich auch, der Dame Else Moorland, Ihrer Mutter, meine Nichte unter Augen zu stellen, damit sie sieht, wir seien hier auch nicht von Stroh!"

Nachdem sie noch ein Weilchen geplaudert, Reinhart mit ungeduldigem Herzklopfen, eilte er ins Haus, den Mantelsack zu packen, und nach dem Stalle, das Pferd satteln zu lassen, welches sich auf der Weide rund gefressen hatte. Er war so eilig, weil er glaubte, Zeit und Geschick damit zu beschleunigen, mochten sie bringen, was sie wollten.

„Sie werden doch noch mit uns essen, eh' Sie reisen?" sagte Lucie betreten, als er wieder unter den Platanen erschien und sie dort vorfand.

„Es ist nicht möglich," antwortete Reinhart; „wenn ich heute noch zu Haus ankommen will, so muß ich vor Tisch aufbrechen!"

„Ei, ist denn Ihre Fahrt schon zu Ende? Sie haben ja kaum begonnen! Sie werden doch die schädliche Arbeit nicht schon wieder aufnehmen wollen?"

„Gewiß nicht, mein Fräulein, ich möchte jetzt mein Augenlicht mehr schonen, als jemals, denn die bewußte Kur hat ihm so gut getan, daß es undankbar wäre, es wieder zu gefährden!"

„Sie werden natürlich auf allen den bewußten Stationen haltmachen, über welche Sie gereist sind?"

„Dann würde ich nicht weit kommen! Ich denke vielmehr den anderen, kürzeren Weg von hier aus zu nehmen, der über die Althäuser Brücke führt."

Lucie schien mit diesem unbedeutenden Gespräche zufrieden zu sein; sie entließ den berittenen Naturforscher in freundlicher Weise, und er zog so ernst seines Weges, wie ein Afrikareisender, nachdem er vor einigen Tagen so munter ausgefahren war. An diesem Tage ging er zwar wieder in heiterer Stimmung schlafen, nachdem er noch einen geselligen Kreis aufgesucht und in dessen Fröhlichkeit sein Wissen um Lucien als anonymen Teilnehmer hatte mitlaufen lassen. Am nächsten

Morgen aber fühlte er sich vereinsamt und merkte, daß er angeschossen war.

Und es kam ärger; unbekannte Nöte fingen an, sich in seinem Herzen zu regen, daß er widerwillig die Natur dieses Muskels von neuem untersuchen und, als hierbei nichts herauskam, sich gewöhnen mußte, in angestrengter Arbeit die Störungen zu vergessen, wenn er nicht einem unwürdigen Zustande der Träumerei verfallen wollte. Dennoch wiederholte er den Besuch auf dem Landgute zunächst nicht, um durch das Getrenntsein den Ernst der Lage gründlicher zu erforschen und klarzustellen. Nur ein paar Briefe schrieb er ohne jede unbescheidene Anspielung und erhielt ebensolche Antworten. Desto froher machte ihn ein unerwarteter Brief seiner Mutter Else oder Hildeburg, welche ihm im Laufe des Sommers schrieb, daß der Oberst und seine schöne Nichte auf einer Reise bei ihnen vorgesprochen hätten, und wie das eine erquickliche Geschichte und ein fröhlicher Tag gewesen, wie ferner für den Herbst ein Gegenbesuch verabredet sei. Die Lucie sei eine ernsthafte und kluge Person mit dem Gemüt eines Kindes, und der Papa Reinhart, der den Leuten sonst so kurze Zettel zukommen lasse, schreibe ihr bereits so lange Briefe, wie er ihr, der Mutter Else, kaum in der ersten Zeit geschrieben habe. Aber sie möge es ihr wohl gönnen und freue sich schon darauf, die Briefe ihres Mannes zu lesen, wenn sie einmal dort sei.

Im September kam ein Briefchen von Lucie; sie schrieb: „Ihre Eltern sind beide hier bei uns; wollen Sie nicht auch kommen? Es wäre doch nicht schön, wenn wir die liebe Herrschaft nicht mit der Anwesenheit des Sohnes regalieren könnten und so gottesjämmerlich daständen, nachdem wir mit seiner Freundschaft geprahlt haben! Aber lassen Sie das Nilpferd zu Hause und bringen Sie einen Koffer mit! Der Onkel Marschall will mit Ihnen smollieren, was mir leider als einem Frauenzimmer versagt bleibt!“

Obgleich Reinhart, der so ausführliche Weiber- und Liebesgeschichten aus dem Stegreife erzählt hatte, die letzteren Worte schon als vorläufige Andeutung eines Abschlages anzusehen geneigt war, sofern er etwa einen solchen herausfordern würde, packte er doch einen Koffer mit allen wünschbaren und kleidsamen Sachen, die in seinem Besitze waren, und fuhr hin. Er fand alles in schönster Laune unter den Platanen vereinigt; die Else Moorland trug ohne Schaden an ihrer Matronenwürde ein schneeweißes Kleid gleich der Lucie, da eine warme Sommersonne schien, und ihr schwarzes Haar ohne Haube entrollt. Der Oberst hatte die Krücke im Hause gelassen und trug Sporen an den Stiefeln. Der alte Reinhart sah aus, wie wenn er ein dreiunddreißigjähriger Privatdozent wäre und erst noch alles zu erreichen hätte, was er schon geleistet und erreicht, und die Lucie war still und bescheiden, wie ein ganz junges Mädchen, während sie doch fünf- oder sechsundzwanzig zählte, kurz, niemand wollte alt sein oder es werden, denn alle hatten es in sich, und es war eine allgemeine Herrlichkeit und Zufriedenheit; nur Lucie und Reinhart schienen abwechselnd etwas stiller oder nachdenklicher, je nachdem das eine oder das andere bewölkten Himmel über sich sah. So vergingen einige Tage in großer Behaglichkeit. Nun sollte endlich auch ein Besuch in dem bekannten Pfarrhause abgestattet werden, dessen Oberhaupt ein Studienfreund des alten Reinhart gewesen, woher eben die Bekanntschaft auch mit dem Sohne.

„Gehen Sie auch gern hin?“ sagte Lucie besorgt zu dem jungen Reinhart, weil sie wünschte, daß ihm jeder Tag heiter und angenehm verlief, und wußte, daß ihn die besondere Art der Pfarrleute zuweilen ermüdete.

„Ich bin in der Tat nicht recht aufgelegt,“ versetzte er, „einen ganzen Tag dort zuzubringen.“

„Da bleibst Du eben hier,“ riet die Mutter; „es handelt sich ja ohnehin mehr um uns Alte; wenn der Marschall mitfährt, so wird der Wagen so schon besetzt; er will uns nämlich in seiner leichten Jagdstellage oder wie man es nennt, hinführen, der Eisenfresser. Sei ruhig, Marschall!"

Dies rief sie, weil der Oberst, hinter ihr stehend, sie an einer Bandschleife zupfte, als er das Wort vernahm.

„Und was geschieht denn mit Dir, Lux?" sagte er hierauf.

„Mit mir? Ich muß eben das Haus hüten, wie alle armen Haushälterinnen, und für den Abend sorgen!"

„Gut, dann sorge auch für ein rechtschaffenes Getränke! denn das Smollieren mit dem jungen Duckmäuser muß einmal stattfinden, daß die Duzerei durchgeführt ist. Du kannst auch gleich mithalten!"

Beide junge Leute erröteten wie Konfirmanden, die erst etwas erleben sollen. Kein Mensch hätte geglaubt, daß sie sich vor einigen Monaten schon alles mögliche Zeug erzählt hatten.

Als die Alten fort waren und jetzt auf einmal eine Stille herrschte, standen die Jungen noch verlegen da und schienen doch zu zögern, die innestehende Wage des Augenblickes zu stören, bis Reinhart den Ausweg fand, Lucien um ein Buch zu bitten, darin er lesen könne. Sie lud ihn ein, selbst nachzusehen, was ihm diene. So gingen sie gemächlich in das Haus hinein, die Treppe hinauf und betraten das bescheidene Museum, in welchem das Fräulein seine Jahre verbrachte. Durch die offenstehenden Fenster wallte die Luft herein, indeß das milde Gold der Septembersonne, von der grünen Seide der Gardinen halb aufgehalten, halb durchgelassen, den Raum mit einem sanften Dämmerschein erfüllte.

„Was wollen Sie lesen?" fragte Lucie.

„Darf ich eines von Ihren Lebensbüchern nehmen?" erwiderte Reinhart; „ich habe bemerkt, daß hin und wieder etwas an den Rand geschrieben ist, und nun empfinde ich ein Gelüste, diesen Spuren nachzugehen und Ihre guten Gedanken zu haschen.

Vielleicht, wenn es überhaupt erlaubt wird, entdecke ich das Geheimnis, welches Sie in den Offenbarungen anzieht!"

„Das Geheimnis ist ein sehr einfaches," versetzte Lucie, „und doch ist es allerdings eines. Ich suche die Sprache der Menschen zu verstehen, wenn sie von sich selbst reden; aber es kommt mir zuweilen vor, wie wenn ich durch einen Wald ginge und das Gezwitscher der Vögel hörte, ohne ihrer Sprache kundig zu sein. Manchmal scheint mir, daß jeder etwas anderes sagt, als er denkt, oder wenigstens nicht recht sagen kann, was er denkt, und daß dieses sein Schicksal sei. Was der eine mit lautem Gezwitscher kundgibt, verschweigt der andere sorgfältig, und umgekehrt. Der bekennt alle sieben Todsünden und verheimlicht, daß er an der linken Hand nur vier Finger hat. Jener zählt und beschreibt mittels einer doppelten Selbstbespiegelung alle Leberflecken und Muttermälchen seines Rückens; allein daß ein falsches Zeugnis, das er einst aus Charakterschwäche oder Parteilichkeit abgelegt, sein Gewissen drückt, verschweigt er wie ein Grab. Wenn ich sie nun alle so miteinander vergleiche in ihrer Aufrichtigkeit, die sie für kristallklar halten, so frage ich mich, gibt es überhaupt ein menschliches Leben, an welchem nichts zu verhehlen ist, das heißt unter allen Umständen und zu jeder Zeit? Gibt es einen ganz wahrhaftigen Menschen und kann es ihn geben?"

„Es sind wohl manche ganz wahrhaftig," sagte Reinhart, „nur sagen sie nicht alles auf einmal, sondern mehr stückweise, so nach und nach, und die Natur selbst, sogar die heilige Schrift verfahren ja nicht anders!"

„Was mich tröstet," fuhr Lucie fort, „ist, daß mehr Gutes als Schlimmes verschwiegen wird. Beinahe jeder würde, wenn er nur Gelegenheit und Stimmung fände, uns zuletzt doch noch mit dem Unangenehmsten bewirten, das er über sich aufzubringen wüßte; viele aber sterben, ohne daß sie des Guten und Schönen, das sie von sich erzählen könnten, je mit einer Silbe gedenken. Diese führen auch trotzdem die lieblichste Sprache; es ist, als ob die Veilchen, Maßliebchen und Himmelsschlüsselchen zwischen ihren Zeilen hervorblühten, ganz gegen Wissen und Willen der bescheidenen Schreiber und Schreiberinnen."

Reinhart hatte auf dem Stuhle Platz genommen, der vor Luciens Tische stand, und sie lehnte lässig am Tische. Inzwischen griff er von dem Brette der Lebensbeschreibungen eines der Bücher heraus, und als er darin blätterte, entfiel demselben ein sonderbares Bildchen oder Einlegeblatt. Das Bildchen war mit ungezwirnter Seide und feinster Nadel auf ein Papier gestickt, in der Art, daß es sich auf beiden Seiten vollkommen gleich darstellte. Auf einem grünen Erdreiche stand ein Tannenbäumchen und ein Stäudlein mit zwei roten Rosen, dazwischen in der Reihe haftete am gleichen Grund und Boden ein Herz, von welchem ein entzweigeschnittenes blaues Band flatterte, dessen andere Hälfte an einem zweiten Herzen hing; und dieses, mit Flügeln versehen, hatte sich offenbar von dem ersteren losgerissen und flog, eine goldene Flamme ausströmend, in die Höhe, wahrscheinlich zum Himmel hinan.

Reinhart besah das Blättchen zuerst achtlos, dann aufmerksamer, da er eben, als er es in das Buch zurücklegen wollte, den Inhalt erkannte.

„Was ist das für eine kleine Herzensgeschichte?" fragte er, „es scheint ja gar leidenschaftlich herzugehen. Das eine steckt wie eine rote Rübe im Boden fest, während das andere feuerspeiend und geflügelt sich emporschwingt!"

Lucie nahm ihm die naive Schilderei aus der Hand, beschaute sie ebenfalls und sagte dann: „Also hier steckt das närrische Ding? Es wandert seit Jahren in diesen Büchern herum und kam mir lange nicht zu Gesicht. Übrigens ist es eine Klosterarbeit, die ich selber verfertigte."

Als Reinhart die Sprecherin etwas verwundert ansah, setzte sie errötend hinzu: „Ich bin nämlich katholisch!"

„Darüber brauchen Sie doch nicht zu erröten!“ meinte Reinhart, den eine solche Verschiedenheit der Konfession eher belustigte, als betrübte. Sie verstand seinen freien Sinn, wurde aber jetzt ganz rot und sagte mit unwillkürlichem Niederschlagen der Augen: „Ich bin nicht katholisch geboren, ich bin es geworden!“

Hiermit lag die Sache freilich anders. Ein Religionswechsel ist in dies scheinbar ruhige Leben gefallen; was mag damit alles zusammenhängen! sprach es sogleich in seinem Innern, und er blickte zu der unweit von ihm stehenden Lucie mit der Überraschung empor, mit welcher man sonst in einen unvermuteten Abgrund hinabschaut. Sein Gesicht zeigte sogar einen etwas bekümmerten Ausdruck; es malten sich darin Mitleid und Sorge eines Menschen, dem keineswegs gleichgültig ist, was ohne sein Wissen geschah, als ob es ihn nichts anginge.

Die Augen plötzlich aufschlagend, sagte Lucie mit wehmütigem Lächeln: „Sehen Sie, da haben wir gleich so eine Geschichte, von der man nicht weiß, ob man sie bekennen oder verschweigen soll! Es wissen nur wenige Personen darum, und selbst mein Oheim ahnt nichts davon, obgleich er auch katholisch ist.“

„Mir aber,“ erwiderte Reinhart, „haben Sie nun schon zu viel verraten, als daß Sie mir nicht anvertrauen sollten, um was es sich handelt!“

„Es ist im Grunde nichts als eine Kinderei, die Sie erfahren dürfen,“ versetzte Lucie; „es ist mir sogar lieb, wenn Sie es wissen, damit Sie eine gute Freundin, wie ich bin, nicht gelegentlich unbewußt verletzen oder wenigstens kleinen Verdrießlichkeiten aussetzen. Mein Vater war Protestant, wie jedermann in dieser Gegend, die Mutter dagegen Katholikin; er besaß aber so viel Gewalt über sie, daß sie ohne weitere Umstände den protestantischen Gottesdienst besuchte und es ohne Widerspruch geschehen ließ, daß ich in diesem Glauben getauft und erzogen wurde. Wir stellten so eine ungemischte protestantische Familie vor, und niemand wußte es anders. Nicht daß der Vater ein besonders eifriger und gläubiger Lutheraner gewesen wäre; nur vertrat er den Grundsatz, daß aus einem reformierten Hause man nicht mehr rückwärts schauen solle, und das sogenannte Katholischwerden war ihm ärgerlich und verächtlich. Im übrigen benahm er sich duldsam und friedlich, und so verhinderte er auch keineswegs meine selige Mama, mit ihrer besten Jugendfreundin, einer stillen Klosterfrau, den alten Verkehr fortzusetzen und dieselbe alljährlich ein oder zweimal in ihren geweihten Mauern heimzusuchen. Bei Lebzeiten der Eltern bewohnten wir ein Haus in jener Stadt am Flusse, deren Türme wir von hier aus sehen können, wenn das Wetter hell ist. Die Gartenterrasse stieß unmittelbar an das Wasser, zu welchem einige steinerne Stufen hinunterführten, und am Fuße der Treppe lag ein leichter Kahn an der Kette, der zu Spazierfahrten auf dem leise ziehenden Gewässer benutzt wurde. Abwärts vermochte fast jeder Hausbewohner das Fahrzeug zu regieren, und wenn wir eine längere Fahrt unternahmen, kehrte man auf einem der kleinen Dampfboote zurück und ließ den Nachen anhängen.

Ungefähr anderthalb Meilen unterhalb unserer Stadt ragte am gegenüberliegenden Ufer, wo die Menschheit katholisch ist, das besagte Kloster idyllisch aus dem Wasser in ländlicher Einfachheit und nur von seinen Obstbäumen, Wiesen und Feldern umgeben.

Da die Besuche meiner Mutter meistens auf eines der heitern Kirchenfeste in schöner Jahreszeit verlegt wurden, wie z. B. auf Fronleichnamstag, wo die Stiftsfrauen sich eine gewisse Fröhlichkeit, ein bescheidenes Wohlleben gönnten, so machte die Mama sich die Freude noch dadurch feierlicher, daß sie sich auf dem blau glänzenden Flusse hinunterfahren ließ und meine Person im frühesten Kindesalter mitnahm. Sie putzte mich dann zierlich und hellfarbig heraus, damit ich den guten

Nonnen in ihrer dunklen Tracht und Abgeschiedenheit den Sommertag hindurch als eine Art lebendiger Puppe dienen konnte, mit welcher sie spielten, und die Mama empfand das schönste Vergnügen, mich von Hand zu Hand, von Schoß zu Schoß gehen zu sehen. Als ich jedoch etwas größer wurde, hielt ich mich selbst so ernst und still wie ein Nönnchen, und war stolz darauf, die beiden Freundinnen nicht zu verlassen, wenn sie unter traulichen Gesprächen und Erinnerungen in der Zelle am Fenster standen oder einen Gang durch die blühenden Gärten und Felder machten. Bei der festlichen Tafel jedoch mußte ich neben der Frau Priorin sitzen, die mir ab und zu wohlwollend die Hand streichelte und mich niemals entließ, ohne mir ein buntes, mit seidenen Maschen geziertes Körbchen voll Backwerk und irgendein silbernes Kreuzchen oder Gottesmütterchen zu schenken. Kamen wir dann nach Hause, so verglich uns der selige Vater scherzend mit jenen aztekischen Indianern, welche heutzutage noch zu gewissen Zeiten auf den großen Strömen landeinwärts fahren sollen, um an geheimnisvollen Orten den alten Göttern zu opfern.

Leider war ich trotz dieser Klosterfreuden schon ein rechtes kleines Heidenstück und zwar durch den Unverstand der großen Menschen. Es besuchte ein hübscher, junger Mann unser Haus, der, so oft er mich erblickte, mich auf seine Knie nahm, küßte und seine kleine Frau nannte. Als ich das vierte oder fünfte Jahr hinter mir hatte, ließ ich mirs freilich nicht mehr gefallen; ich sträubte mich, schlug um mich und entfloh. So oft er aber kam, fing er mich wieder ein, und so ging das Spiel fort, bis ich acht, bis ich zehn Jahre alt war. Ich blieb stets gleich wild und spröde, und doch wurde ich allmählich unzufrieden, ja unglücklich, wenn er etwa vergaß, mich seine kleine Frau oder seine Braut zu nennen, die er zu heiraten nicht verfehlen werde. Indessen sah ich ihn endlich nur noch selten, weil er längere Zeiträume hindurch abwesend war; wenn er einmal wiederkam, geschah es in veränderter Gestalt, jetzt als verwegener Student, dann als Militär in glänzender Montur oder als gereister Weltmensch, was ihm in meinen kindischen Augen einen geheimnisvollen Reiz verlieh.

Zuletzt aber verschwand er auf mehrere Jahre, und ich vergaß ihn endlich. Jetzt war ich zwölf Jahre alt, und die Mutter starb uns weg. Eine achtlose Erzieherin und einige Stundenlehrer besorgten meine Ausbildung, während der Vater verschiedenen Liebhabereien lebte und öfter verreiste. Um diese Zeit las ich den Wallenstein von Schiller und verliebte mich unversehens in den Max Pikkolomini, dessen Tod mir gewiß so nahe ging, wie der guten Thekla. Des Nachts träumte ich von ihm, und am lichten Tage erfüllte er mir die Welt, ohne daß ich seine Gestalt, seine Gesichtszüge deutlich zu erkennen vermochte. Auf einem Stück Haide unweit der Stadt gab es eine kleine Erderhöhung, von ein paar Hollunderbäumen überschattet. Ich nannte den Ort das Grab des Pikkolomini, und bepflanzte ihn heimlich mit Singrün, das ich in meiner Botanisierbüchse aus dem Walde holte. Manches einsame Stündchen saß ich dort und ließ friedlich Theklas Geist an meiner nicht unbehaglichen Trauer teilnehmen. Einst aber, als ich mir besonders lebhaft das Aussehen des jugendlichen Kriegshelden und Liebhabers vorzustellen suchte, sah ich deutlich vor mir die Züge Leodegars, meines scherzhaften Kindergemahls oder Verlobten. Sogleich ward ich dem zweihundertjährigen Toten untreu, und meine stille Trauer um ihn verwandelte sich in eine ebenso stille Sehnsucht nach dem Lebenden, und ich zweifelte nicht an seiner Wiederkehr; denn ich merkte, daß er es eigentlich war, der in meinem geheimsten Herzen gelebt hatte. Ein tiefer Ernst bemächtigte sich meiner in allem, was ich tat, im Lernen und Arbeiten, da ich alles auf ihn und sein Wohlgefallen bezog, und ich kann wohl sagen, daß dies wunderlich ernsthafte Wesen mir in meiner damaligen

Existenz Vater und Mutter, Lehrer und Führer war, wenigstens das alles einigermaßen ersetzte.

Und ich verschwieg die geheime Triebfeder meiner jungen Tugend unverbrüchlich; nie erwähnte ich derselben mit einem Worte und nannte den Namen so wenig, als wäre er nicht in der Welt. Wurde aber einmal von Leodegar gesprochen, so hörte ich aufmerksam zu und wich nicht vom Orte, so lange es dauerte. Eines Tages hörte ich ihn als phantastisch, gewaltsam, rechthaberisch und ehrgeizig schildern in Verbindung mit dem Zugeständnisse, daß er von großen Gaben sei. Weil ich aber den Sprachgebrauch dieser Worte zum Teil aus mangelnder Erfahrung mißverstand, zum Teil aus Widerspruch und Parteilichkeit umkehrte, so nahm ich phantastisch für phantasievoll, gewaltsam für machtvoll, rechthaberisch verwechselte ich mit Recht liebend, und ehrgeizig galt mir so viel wie von Ehre beseelt, als ruhmwürdige Gesinnung. Das Bild wurde daher immer schöner und idealer in meinem Herzen; mit ängstlichem Eifer strebte ich, besser und Leodegars nicht ganz unwert zu werden, und wenn ich Fehler beging, so ruhte ich nicht, bis ich glaubte, sie durch Reue und allerhand kleine gute Werke als gesühnt betrachten zu dürfen.

So erreichte ich den Schluß des fünfzehnten Lebensjahres, der mit Sommers Anfang eintrat, als der Vater eben auf einer größeren Reise begriffen und für Monate abwesend war. Unverhofft erschien um diese Zeit Leodegar in der Heimat, jedoch nur auf ein paar Wochen, während welcher er einigemal in unser Haus kam, worin ich unter der Obhut einer Wirtschafterin und meiner Gouvernante einsam lebte. Jene gehörte zu einer kirchlichen Sekte mit sehr ausgeprägten Lehren und Gebräuchen, und sie verbrachte jede freie Minute mit dem Besuche der Konventikel oder dem Lesen der Traktate. Mein Papa ließ sie gewähren und munterte sie sogar auf, um zu seinem Vergnügen gewisse religionspsychologische Studien an ihr zu machen, und sie merkte natürlich nicht, daß er ihre Reden zergliederte und unter die Rubriken eines Tabellenwerkes verteilte. Die Erzieherin dagegen verwendete alle ihre Tage mit dem Vermehren und Ordnen einer Käfersammlung. Sie stand mit Gelehrten und Naturaliensammlern in Verbindung und sandte fortwährend Schachteln fort. Denn sie verstand, auf zahlreichen Ausflügen den letzten Käfer aus seinem Hinterhalt zu ziehen, und hatte eine seltene Art, die gerade in einem Gehölze unserer Gegend zu finden war, nahezu ausverkauft. Ich kann mich des Namens dieses ausgerotteten Käferstammes nicht mehr entsinnen. Am betrübtesten darüber war ein insektenkundiger Herr Oberlehrer, welcher der handelslustigen Dame den Ort nachgewiesen hatte und sich daher der Mitschuld an dem wissenschaftlichen Raubverfahren, wie er es nannte, anklagte. Übrigens hieß sie Fräulein Hansa. Sie bewunderte und liebte nämlich den Namen Hans über alles, und um seiner teilhaftig zu werden, hatte sie ihn ohne Rücksicht auf Sinn oder Unsinn mit einem a verziert und angenommen.

Unter solchen Umständen, solchen Vorgesetzten tat ich, was ich wollte, d. h. niemand sah auf mich. Als ich aber von Leodegars Ankunft hörte, war es, wie wenn ich zu dieser Unabhängigkeit hinzu auf einen Ruck noch ein paar Jahre älter würde. Ich erwartete ihn mit zitterndem Herzen und trat ihm dennoch mit der Haltung einer zwanzigjährigen Person verschämt und feierlich entgegen.

Alle Welt! rief er überrascht aus, als er meiner ansichtig wurde; da darf ich ja nicht mehr von meiner kleinen Frau reden, das gibt bald eine große!

Ich aber erblickte ihn jetzt fast mit Entsetzen; denn seine regelmäßigen, aber starken Züge, die schwarzen, in die Stirne fallenden Locken, die großen Augen, die mit kalten Flammen leuchteten, alles sah ich später lange noch einem gemalten Bilde gleich vor mir; damals aber erschreckte und blendete mich dies zu seinem vollen Ausdruck gelangte Wesen, und der Schrecken diente nur dazu, meine Kinderei auf den Gipfel zu treiben. Ich nahm mich jedoch zusammen; nach einer kurzen Unterhaltung lud ich meinen Seelenfreund auf einen bestimmten Tag gelassen zu Tisch, als ob es nur so sein müßte. Die Wirtschafterin nicht weniger als die Gouvernante erstaunten trotz ihrer gewohnten Zerstreutheit über meine Befehle und Anordnungen, und mein Gebahren verblüffte sie so sehr, daß sie gar keinen Widerspruch erhoben, noch Schwierigkeiten machten, als ich dem Speisezettel immer neue Dinge hinzufügte, von denen ich wußte, daß er sie früher liebte.

Ich selber deckte schon in der Morgenfrühe den Tisch mit dem besten Geräte, das die Mutter nur bei seltenen Gelegenheiten einst gebraucht hatte; mit neuer Verwunderung gab Frau Lise, die Wirtschafterin, das Silberzeug heraus. Als dann der Tisch fertig war und in aller Herrlichkeit glänzte, zog ich mein schönstes Kleid an und unterließ nicht, mich mit den kleinen Schätzen zu schmücken, die man meiner Jugend anvertraut hatte. Auch Fräulein Hansa putzte sich auf meine Bitte stattlich heraus; sie rauschte in schwarzer Seide einher, einem Erträgnisse ihrer Käferhandlung, und hatte einen großen ägyptischen Skarabäus vorgesteckt, den ihr der Vater geschenkt. Das Altertum war aus edlem Stein geschnitten, in Gold gefaßt und zu einer Brustnadel verwendet.

So weit war alles gut und nach meinem Willen vollbracht. Aber nun änderte sich die Sache. Als wir zu Dreien am Tische saßen und uns unter der Aufsicht der Frau Lise bedienen ließen, sah ich mich plötzlich auf mein wahres Alter und Zöglingsdasein zurückgewiesen. Ich wußte nichts zu sagen und thronte in meiner Pracht steif und schweigend gleich einer hölzernen Puppe, während die Gouvernante die Unterhaltung führte und Leodegar genug zu tun hatte, ihr zu antworten. Als sie auf eine Bemerkung hin, die er wegen des Skarabäen an sie richtete, die Brosche losmachte und ihm zum Beschauen in die Hand gab, wollte mir das beinahe das Herz abdrücken; voll Eifersucht ergriff ich eine Flasche, um nur auch etwas zu tun, und goß dem Gaste in der Verwirrung das Glas so voll, daß es überlief und der rote Wein das Tischtuch befleckte. Fräulein Hansa schenkte mir einen kleinen, sehr anständigen Verweis nicht; bündiger machte es die Wirtschafterin, die, ihre geistliche Gelassenheit vergessend, mit einem weißen Tüchlein herbeikam, die Verwüstung bedeckte und einen verdrießlichen Blick nach mir abschoß. Das Wasser trat mir in die Augen; ich wußte nicht, wo ich hinblicken sollte, sah aber dann verstohlen nach Leodegar, der mir lachend und wohlwollend zunickte und seinen alten Scherz erneuerte. Ei, gute Lucie, sagte er, wenn du so ungeschickt bleibst, so können wir uns noch nicht heiraten.

Die zwei älteren Personen mochten den Scherz, den sie von früher her kannten, nicht mehr für angemessen halten; denn sie lächelten etwas säuerlich dazu. Ich hingegen wurde rot und fühlte mich nichtsdestoweniger beruhigt, weil das unverhofft verlautende Wort meinen alten kindlichen Glauben an den Ernst und die Wahrhaftigkeit desselben bestätigte.

Nach beendigter Mahlzeit und als auch der Kaffee genommen war, schlug unser Gast vor, einen Spaziergang in das Freie zu machen. Er werde am nächsten Morgen wieder abreisen, sagte er, und wisse nicht, ob er so bald wieder komme.

Mit schrecklicher Beklemmung hörte ich diese Ankündigung; kein größeres Unglück schien es mir in der Welt zu geben, als die abermalige unerwartete Trennung. Allein kaum eine halbe Stunde später fühlte ich mich noch zehnmal unglücklicher. Wir gingen durch ein vernachlässigtes Lustwäldchen, dessen schmale holperige Wege sich an einem Hügel im Stadtforste verloren. Leodegar hatte der Erzieherin den Arm gegeben, den sie nun nicht mehr fahren ließ, so daß ich genötigt war, wie ein Hündchen hinter dem Paare dreinzulaufen. Sie achteten nicht einmal darauf, und ich befand mich in meiner fünfzehnjährigen Nichtsnutzigkeit so elend, daß ich zu weinen anfing und mit dem Schnupftuch den Mund verstopfen mußte, um das Schluchzen und Stöhnen nicht laut werden zu lassen. Das paßte nicht gut zu meinem modischen Anzuge, den ich demjenigen erwachsener Damen so ähnlich als möglich gemacht hatte.

Plötzlich aber gab es eine Wendung der Dinge. Fräulein Hansa zog das Fläschchen mit Spiritus, das sie stets bei sich trug, aus der Tasche und tat einen Sprung unter die Bäume, wo sie die langen Fühlhörner eines Käfers aus einer bemoosten Rinde hervorstehen sah. Gleich darauf versank der arme Waldbruder in das Fegefeuer des Fläschchens und zitterte schrecklich, bevor er sich zur Ruhe gab. Diesen sah ich zwar nicht, aber ich kannte das Schauspiel genugsam. Fräulein Hansa aber rief uns zu, wir sollten einstweilen nur weiter gehen, sie müsse den Ort genauer untersuchen und werde uns schon einholen.

Jetzt sah sich Leodegar nach mir um und erblickte mich in meinem verzweifelten Zustande, der mich wohl so schlimm dünkte, wie die Lage des sterbenden Kerbtierchens. Überrascht ergriff er meine Hand, legte sie in seinen Arm und führte mich weiter, wie er vorher die Gouvernante geführt hatte, indem er sagte: Was gibt's denn da? Warum weint man? Eine Braut, eine kleine Frau, die weint, wo soll das hinaus?

So kindermäßig das klang, so tröstete mich doch der alte Titel, der mir zukam, wie der Platz an der Seite des Mannes, dessen Arm mich doch eher beängstigte als erfreute. Ich antwortete nichts, trocknete die Tränen und brachte das Gesicht in Ordnung.

Als wir einhundert Schritte gegangen, erreichten wir den Saum des Gehölzes und betraten die anstoßende Haide, wo wir gleich das Grab des Pikkolomini fanden. Das Immergrün, das ich einst gepflanzt, hatte seit drei Jahren den kleinen Hügel dicht übersponnen; die Hollunderbüsche waren höher und breiter geworden und mit Blütenbüscheln behangen, und irgend jemand, dem das Plätzchen gefiel, hatte ein hölzernes Bänklein in ihrem Schatten errichtet.

Hier wollen wir ausruhen und auf das Fräulein warten! sagte Leodegar; was ist das für ein lauschiger Winkel, den ich noch nie gesehen?

Es ist ein Grab, wie ich glaube, erwiderte ich in ängstlicher Zerstreuung, brach jedoch meine Rede ab. Mir war zumut, als ob ich wenigstens dreißig Jahre alt wäre und auf weitentlegene Jugendträume zurückblickte. Obgleich es nur der Schatten eines Dichtergebildes war, der hier begraben lag, so empfand ich doch eine Art Furcht vor der Nebenbuhlerschaft der zwei Männer; denn der Lebende schien mir wohl so schön und gewaltig, wie ich mir einst den Toten gedacht. Das Laub der Hollunderbäume flüsterte mir unheimlich in die Ohren. Auch hatte ich eines Tages meine Erzieherin in einer Damengesellschaft äußern gehört, daß die Männer es hassen, wenn ihre Frauen von früheren Liebesgeschichten erzählen. Alles das war trotz meinem Hange zur Aufrichtigkeit Grund genug, auf Leodegars Frage, wer denn hier begraben sein solle, stumm wie ein Fisch zu bleiben. Ich zitterte leise vor Beklemmung. Er bemerkte es, nahm mich brüderlich in den Arm, streichelte mir die Backen und fragte, was mir denn sei und warum ich geweint habe?

Da brach ich von neuem in Tränen aus; ich sehnte mich nach Vertrauen, nach Freundschaft und Liebe, nach einer bessern Heimat, als ich besaß, und diese Sehnsucht machte sich jetzt, ohne daß ich daran etwas ändern konnte, mit den wunderlichen Worten Luft:

Vetter Leodegar! Wann wirst du mich denn heiraten?

Er schwieg erst ein Weilchen, wie um sich auf die Antwort zu besinnen. Dann hob er mein Kinn mit einem Finger empor, daß er mein Gesicht sehen konnte, und das seinige hing mit zärtlichen Augen über mir, indessen der Mund seltsam lächelte. Endlich sagte er: Du gutes Mädchen, wenn du erst katholisch bist, wird die Hochzeit sein!

Aber meine Mama ist ja auch nicht protestantisch geworden, sagte ich, und der Papa hat sie doch geheiratet.

In diesem Punkte sind dein Papa und ich zwei Dinge! erwiderte er nachdenklich, indem er mich zärtlicher an sich zog und einen Kuß auf meine Stirn zu drücken im Begriffe war. Da hörten wir die Schritte und die Stimme der Erzieherin hinter den Bäumen, und Leodegar ließ mich unwillkürlich frei. Dieses Fahrenlassen kam mir kleinem Ungeheuer zustatten; denn eben sträubte ich mich gegen den Kuß. Dennoch gab es dem Abenteuer in meinem Sinne die Weihe des Geheimnisses; ich wußte nun, daß die Leute nichts von dem Vorgange wissen durften, und hielt denselben um so eher für eine heimliche Verlobung. Der Spaziergang wurde nun auf breiteren Wegen fortgesetzt; erst nach einigen Minuten lachte Leodegar halblaut vor sich hin, aber nur einen Augenblick, als ob ihm etwas sehr Drolliges einfiele. Sonst ereignete sich nichts Besonderes mehr. Er begleitete uns noch bis vor unsere Haustüre und verabschiedete sich, da er in der Morgenfrühe abreisen wollte. Mir drückte er ernst und gütig die Hand und ermahnte mich, ferner so lieb und gut zu sein und fleißig zu lernen. Ich blickte ihm nach, bis seine hohe Gestalt in der Abenddämmerung verschwand. Dann trat ich in das Haus, während Fräulein Hansa schon oben saß und ihre Jagdbeute musterte.

Frühzeitig ging ich zu Bette, um ungestört weinen und über die ernste Wendung meines jungen Lebens, über die Worte Leodegars nachdenken zu können. Allmählich aber schlief ich ein, erwachte jedoch kurz nach Mitternacht. Da stand ich leise auf und kleidete mich vollständig reisefertig an, worauf ich einen Handkorb mit den notwendigsten Sachen vollpackte, endlich aber auch einen Brief an meine Hausgenossinnen schrieb, worin ich ihnen meldete, ich hätte ein Heimweh nach der Jugendfreundin meiner Mutter, der Nonne, empfunden und sei in das Kloster hinuntergefahren, wo ich einige Zeit, bis der Vater zurückkehre, verweilen werde. Punktum.

Hierauf nahm ich meine Nachtkerze und den Reise- oder vielmehr Marktkorb, schlich mit unhörbaren Schritten in den Flur hinunter, öffnete die hintere Haustüre, die in den Garten führte, und stieg in den dort angebundenen Nachen, den Korb auf dessen Boden setzend. Nach alledem endlich löste ich die Kette, legte das Ruder ein, das ich auch hinausgetragen, und lenkte das Fahrzeug auf die Mitte des sanft im Mondlichte fließenden Stromes hinaus; denn der Mond stand hoch am Himmel, wie es überhaupt die schönste Juninacht war. Am Ufer schlug hüben und drüben hier und da eine Nachtigall, und nie ist die unbesonnene Tat eines Backfisches unter solchen Begleitumständen begangen worden. Ich brauchte allerdings nur dann und wann einmal das Ruder zu rühren, um das Schifflein in der Richte zu halten; allein die Fahrt war immerhin bedenklich genug, da ich unter zwei Brücken hindurch mußte und an einem ihrer Pfeiler scheitern konnte, wenn ich die rechte Mitte verfehlte.

Ich fuhr aber frech und träumerisch ohne allen Unfall dahin und lenkte im ersten Morgenscheine in die mir bekannte Bucht ein, wo die Fischerkähne des Klostermüllers unter den hohen Weidenbäumen standen.

Eben läutete das Mettenglöcklein des Klosters, im Chore sangen die Nonnen ihre Frühgebete, während draußen die Amseln, die Finken und andere Vögel ihre Tagelieder erschallen ließen, daß die Luft zu leben schien. Aber auch die Hunde rannten bellend herbei, da ich die Landung mit Geräusch bewerkstelligte, an die Kähne stieß und mit der Kette des meinigen über dieselben hinwegsprang. Glücklicherweise kam einer der

Klosterknechte, der sich meiner noch erinnerte, und beschwichtigte die Hunde. Er machte den Kahn fest und trug meinen Korb an die Klosterpforte. Blaß von der Morgenkühle und dem Nachtwachen zog ich die Glocke, mußte aber geraume Zeit warten, bis die Pförtnerin kam und mich nach einem kurzen Verhöre einließ. In der Vorhalle hieß sie mich auf eine Bank sitzen; nicht weniger als der Knecht über mein Erscheinen verblüfft, holte sie die Frau Schwester Klara herbei, die eben aus der Kirche kam. Die gute Tante Klara, wie ich die mütterliche Freundin sonst genannt hatte, war im Begriffe gewesen, nach der Hora noch das übliche Morgenschläfchen zu suchen, und kam nun ganz erschrocken, mich zu sehen, zu fragen, was sich ereignet habe, warum und auf welche Weise ich gekommen sei usw. Vor allem aber brachte sie mich in ihre Zelle und vernahm mit neuer Verwunderung, doch nicht ohne Rührung, daß ich mich einsam fühle und einige Tage bei ihr weilen möchte. Über meine verwegene Stromfahrt bekreuzte sie sich. Du armes Kind, rief sie, wacht denn niemand über dich?
Doch sogleich holte sie aus ihrem Wandschränklein ein Gläschen duftigen Nonnenlikörs und zwang mich, das wärmende Tränklein mit einem würzigen Zuckerbrote zu mir zu nehmen. Als dies geschehen, ruhte sie nicht, bis ich auf ihrem Bette lag und einschlief, während sie sich selbst mit ihrem Gebetbuche auf einen Schemel setzte und dem Aufgang der Sonne entgegensah.
Als die Glocke zur Morgensuppe geläutet wurde, kam sie mich zu wecken; denn sie hatte inzwischen schon mit der Frau Priorin gesprochen und diese darauf befohlen, daß man mich vorläufig in Stille und Ruhe da behalten solle, bis die Angelegenheit sich abgeklärt habe. Ich frühstückte also mit den Klosterfrauen, von denen fast alle noch die alten waren. Gleich nachher wurde unser Hausdiener gemeldet, welcher nach der Entdeckung meiner Flucht und nach erfolgtem Ratschlag von dem Fräulein Hansa und der Frau Lise mir nachgesandt worden und auf einem

Flußdampfer heruntergefahren war. Der treue Mann, der nämliche, der jetzt noch bei uns ist, kannte die Schwester Klara und ihr Verhältnis zu meiner verstorbenen Mutter; als er mich daher in Begleitung der Nonne am Sprachgitter erscheinen sah und wahrnahm, daß sich alles in Ordnung befand und ich soweit wohl aufgehoben sei, empfahl er sich bald und ruderte das Schifflein, das mich hergetragen, rüstig flußaufwärts, nachdem er den ihm gereichten Imbiß eingenommen.

Dergestalt blieb ich im Kloster samt dem Plane, den ich im Kopfe barg. Gegen Abend aber erging sich Schwester Klara mit mir im Felde, wie sie vormals mit der Mutter getan, und entlockte mir mit sanftem Andringen die Ursache, die mich auf so unvermutete Weise anhergeführt.

Ich eröffnete ohne Zögern meinen Wunsch, mit ihrer Hilfe und dem Schutze dieses Klosters zur katholischen Religion überzutreten.

Klara erschrak zum zweiten Male über mich und schüttelte den Kopf. Allein an Hingebung und Gehorsam gewöhnt, wagte sie nicht, mein Ansinnen von sich aus zu beantworten; sie begab sich unverweilt zu der Frau Priorin und teilte derselben die wichtige Neuigkeit mit. Die Priorin schüttelte ebenfalls den Kopf, worauf sie in die Probstei hinüberging, um den über das Kloster gesetzten Probst von der Sache zu unterrichten. Er wandelte aber mit seinem Brevier auf seinem Lieblingspfade am Flußufer, und um nichts zu versäumen, watschelte die besorgte Vorsteherin ihm nach, bis sie ihn fand. Er schüttelte seines Teils mit nichten das Haupt, zog vielmehr den Fall in ernstliche Erwägung und entschied sich dahin, daß ich zur Prüfung und Beobachtung einige Tage zu beherbergen sei, indes er den Rat seines Abtes einhole.

Was mich betraf, so verharrte ich auf meinem Vorsatze; höheren Orts wurde überlegt, wie ich die mutmaßlich einzige Erbin des vorhandenen Vermögens, das Kind einer Katholikin sei, welche, durch den ketzerischen Ehemann dem rechten Glauben entzogen, ohne die Tröstungen der Kirche verstorben; wie mein Begehren offenbar eine Fügung sei, deren mögliche Früchte für Stift und Kirche nicht leichthin verscherzt werden dürften.

Nun war ich nach den Landesgesetzen, wenn ich erst ein Jahr älter geworden, berechtigt, nach freier Wahl den Übertritt zu tun, auch gegen des Vaters Willen. Es ward also die Frage gestellt: sollte man dies Jahr verfließen lassen und mich tunlichst unter den Augen behalten, auf die Gefahr hin, daß ich von meinem Entschlusse wieder abfiele, — oder sollte man jetzt sogleich meinen Willen tun unter der Bedingung, daß ich den Schritt bis zum Tage meiner konfessionellen Mündigkeit geheim halte? Und war auf mein Versprechen zu bauen? Das letztere Verfahren wurde dennoch für gut befunden. Für den Fall des verfrühten Kundwerdens gedachte man auf die Aufsichts- und Ratlosigkeit hinzuweisen, in welcher ich gelassen worden sei, und die den ehemaligen Glaubensgenossen der Mutter des Kindes den gewährten Schutz zur einfachen Pflicht gemacht habe.

Solchermaßen wurde denn auch gehandelt. Der Herr Probst selber erteilte mir während zwei Monaten den geistlichen Unterricht; dann empfing ich in der Klosterkirche die Taufe. Zwei Konventualen aus dem fernen Mutterstifte, dem der Probst angehörte, und zwei Nonnen, von denen Klara die eine, wohnten als Taufzeugen bei. Nachher wurden die nötigen Urkunden aufgesetzt und unterschrieben, und der Probst verwahrte sie einstweilen in seinem Archive. Der Name Lucia wurde mir gelassen.

Ich vermag meine Seelenverfassung während des Unterrichts und der Zeremonie kaum zu beschreiben. Jedenfalls hatte ich dabei ein böses Gewissen und fühlte deutlich, daß ich meinem Vater gegenüber nichts Gutes tat. Außerdem empfand ich eine eisige Kälte im Herzen, die mich auch drückte; nur der Gedanke, daß ich mich jetzt unauflöslich mit Leodegar vereinigt habe und keine Schranke mehr meinem Glücke im Wege stehe, löste die

Starrheit der Seele, daß mein Blut wieder etwas Leben gewann. Die Leute nahmen das für religiöse Ergriffenheit; einzig Schwester Klara, die einen tieferen Anteil nahm, wurde weder klar, noch ruhig über mein Wesen, und als ich eines Nachmittags bei ihr in der Zelle saß, begann sie mit leisen und vorsichtig gestellten Worten von neuem nach Natur und Art der wahren Grundursache zu forschen, die mein Inneres bewegte. Der mütterlichen Freundin verhehlte ich es nicht länger, und sie vernahm im Verlauf eines Viertelstündchens den unglückseligen kleinen Kinderroman.

Sie schaute mich mit großen Augen an, schlug sie dann tief errötend auf ihre Arbeit nieder, und nach einem Weilchen fiel eine schimmernde Träne darauf. Ich glaubte, die stille, fromme Dame schäme sich für mich, da ich es nicht selbst tue; ganz unglücklich kniete ich vor ihren Füßen und weinte auf ihre Hände. Es war mehr die Erinnerung an eigenes Leid, das sie einst in dies Kloster geführt, die sie jetzt bewegte. Sanft richtete sie mich auf und sagte:

Wir sprechen nicht mehr darüber! Schweig und vergiß, oder mögen dir Gott und seine Heiligen helfen!

Wir haben freilich nach Jahren wieder davon geredet, denn sie lebt noch. In jenen Tagen, da ich noch bei ihr weilte, lehrte sie mich zur Zerstreuung dergleichen Bildchen sticken, wie Sie hier eines sehen, und dieses war von ihrer Erfindung. Es soll die himmlische und die irdische Liebe vorstellen, freilich mit weniger Kunst zustande gebracht, als jenes berühmte Bild von Tizian. Ich verstand die stumme Mahnung und nähte die beiden Herzen mit der roten Seide auf das Papier; aber ich hielt es mit demjenigen, das zwischen dem Tännchen und dem Rosenstrauch auf dem grünen Rasen stehenblieb. Um die Widersprüche meines Zustandes vollzumachen, seufzte ich nicht einmal ein Weniges, da Kinder wohl weinen, aber noch nicht zu seufzen verstehen.

Und doch gab es sofort Ursache genug zu Angst und Sorgen. Das regelmäßige Dampfboot legte beim Kloster an; ich guckte neben der Frau Klara neugierig aus dem Zellenfenster; aber statt einer fremden Ordensfrau oder eines Herrn Prälateninspektors, oder eines weltlichen Geschäftsmannes sah ich meinen Vater an das Land steigen. Mit seiner Erscheinung fiel mir eine neue Last aufs Herz, und das böse Gewissen verwandelte sich in eine Sorge, die ich noch nie gekannt. Er war früher, als man gedacht, und unversehens von der Reise zurückgekehrt, und als er erfuhr, daß ich seit Monaten im Kloster lebe, über meine Eigenmächtigkeit wie über die fahrlässige Art der Gouvernante und der Wirtschafterin von einem tiefen Unwillen ergriffen worden. Beide entließ er augenblicklich, und sie mußten sogleich aus dem Hause scheiden. Gegen die guten Klosterfrauen verlor er die frühere Duldsamkeit, von der zornigen Furcht befangen, sie möchten mich angelockt und in übler Absicht im Kloster behalten haben. Jetzt ließ er mich hinausrufen, verlor kein Wort und befahl mir, meine Sachen zusammenzupacken und ihn nach Hause zu begleiten. Die Einladung, in der Probstei das Mittagsmahl einzunehmen, lehnte er kurz ab. Auf dem Wege fragte er, ob man Versuche gemacht habe, mich zum Übertritt zu überreden; der Wahrheit gemäß und doch doppelsinnig verneinte ich das; denn nicht nur wegen des gegebenen Versprechens, sondern auch wegen der gefährlichen, so ganz veränderten Stimmung des Vaters wagte ich nicht, das Geschehene zu bekennen. Jetzt lernte ich auf einmal das Seufzen, da ich, wenn auch nicht ein Verbrechen, doch einen unerlaubten, ernsten und auffälligen Schritt zu verhehlen hatte. Als ich in das väterliche Haus trat und die beiden durch meine Schuld verstoßenen Frauen nicht mehr sah, seufzte ich wiederum tief auf und ward der Bitterkeit des Lebens inne.

Ich fand jedoch nicht lange Zeit, nach den Verschwundenen zu fragen. Der Vater hatte in Thüringen eine Art Erziehungs-

oder Vollendungsanstalt für größere Mädchen gesehen. Dieselbe wurde in entschieden protestantischem Geiste geleitet, wodurch einer besonderen Klasse der Gesellschaft gedient werden sollte. Und da der Vater stets zu religiösen Experimenten geneigt war, die er an anderen Leuten anstellte, wie die Naturforscher an den Fröschen, so dachte er hierdurch am ehesten den Katholizismus auszutreiben, welchen ich im Kloster eingeatmet haben mochte. Demgemäß brachte er mich unverweilt in das Institut und versorgte mich dort fest auf zwei Jahre.

Die strenge lutherische Rechtgläubigkeit, die er vorausgesetzt, war aber in Wirklichkeit nicht gar so weit her. Es handelte sich mehr um gewisse unzukömmliche Einwirkungen, um taktlose oder unschickliche Übungen und Torheiten, die sich heutzutage manche schlecht kontrollierte halb- oder einseitig gebildete Lehrerschaften beiderlei Geschlechts erlauben, und welche durch ernsthaft und gleichmäßig geschulte Lehrkräfte fernzuhalten man bestrebt war. Das eigentliche Ziel konnte sogar ein recht weltliches genannt werden. Man suchte, da man doch für eine bessere als gewöhnliche Bildung sorgte, die Mädchen vor allerlei Unbescheidenheit, Absprecherei, Verschrobenheit und Unzierlichkeit zu bewahren, um ihnen nicht von vornherein Zukunft und Schicksal zu verderben, sondern ihnen ein unbefangenes Herz für die reifere Erfahrung, einen unbeschädigten Verstand für das in der Welt selbst zu erwerbende Urteil freizuhalten. In diesem Sinne konnte die herrschende Christlichkeit lediglich einem durchsichtigen Glasgefäße verglichen werden, welches den Staub abhielt und das Licht durchließ, ohne selbst vor dem Zerbrechen geschützt zu sein. Vollkommen ist ja nichts in der Welt.

Übrigens traf ich eine Anzahl sehr wohl erzogener, gutartiger Mädchen, alle heitern unschuldigen Herzens, unter welchen die Wahl der vertrauteren Freundinnen schwer gewesen wäre, wenn nicht ganz gleichgültige äußere Eindrücke sie hätten entscheiden können. Es kam auch in der Tat vor, daß einzelne Pärchen scherzweise gefragt wurden, was sie denn aneinander fänden, und es dann lachend hieß, man wisse das eigentlich nicht und sei bereit zu tauschen, wenn jemand wolle. Für mich aber lag noch ein freundliches Glück in dem Umstande, daß fast alle Zöglinge edle und gebildete Mütter besaßen, deren wohlwollende Freundschaft ich mitgenoß, wenn ich in den Ferientagen die eine oder andere Tochter in ihre Heimat begleitete, bald in eine Großstadt, bald auf das Land. Dergleichen Aufenthalte in der Mitte vollzählig blühender Familien mit gutgestimmtem Tone ergänzten in wohltuender Weise meine Lehrjahre, und alles wäre gut und schön gewesen ohne das Geheimnis meines Gewissens. Denn mit jedem Tage, den ich älter wurde, erkannte ich deutlicher, daß es ganz unmöglich wäre, mich zu entdecken, wenn ich in diesen ruhigen Kreisen, wo nichts verfrüht und nichts gewaltsam gedreht wurde, nicht als ein abenteuerliches, bedenkliches Wesen erscheinen wollte. Dieses ewige Verschweigen eines und desselben Geheimnisses, daß ich nämlich katholisch, und wie ich es geworden sei, unterschied mich von der ganzen kleinen und großen Welt, in der ich lebte.

Aber im gleichen Maße, in welchem die verschwiegene Last an Schwere wuchs, wurde sie mir auch teurer. Ich hörte nie etwas von Leodegar und wußte nicht, wo er lebte. Weder der Vater noch die Schwester Klara, mit welcher ich Briefe wechselte, erwähnten seiner auch nur ein einziges Mal. Allein ich glaubte fest, daß er eines Tages, wenn die Zeit da sei, kommen und mich und mein Geheimnis befreien werde. Je weiter seine körperliche Gegenwart in meiner Erinnerung zurücktrat, desto heller glänzte er, einem Sterne gleich, mir in der Seele. Das zweite Jahr ging seinem Ende entgegen; ich war stark gewachsen, und mit meinem Geheimnis, in der Vertiefung meiner Gedanken mochte ich zuweilen einer vollständig erwachsenen ernsten Person ähnlich sehen. Zuletzt ging ich nur noch mit den ältesten Mädchen, die sich dem Zwanzigsten näherten, wagte aber nicht, mich in die Vertraulichkeiten zu mischen, welche unter diesen Großen doch schon vorkamen, sondern sehnte mich schweigsam nach der Heimkehr. Denn immer fester bildete ich mir ein, daß Leodegar nicht lange nachher eintreffen werde. Diese Hoffnung war auch eine bittere Notwendigkeit für mich: was in aller Welt sollte ich mit meiner Religionsänderung anfangen ohne den, für welchen sie allein unternommen worden? Mein Vater war in Italien und schrieb mir, er werde mich im Herbst abholen, und da er gute Berichte über mich erhalten, werde er mich zur Belohnung mit nach dem klassischen Lande nehmen, wohin er für den Winter und Frühling zurückzukehren gedenke. Dort würden mir die letzten etwaigen Klostergedanken sicherlich vergehen.

„Daß ich's nicht vergesse," endigte der Brief, „unseren Vetter Leodegar habe ich ganz zufällig in Rom getroffen. Er ist dort in den Orden der Redemptoristen getreten und läuft in einem schwarzen Habit herum mit einem närrischen Hut und einem Rosenkranz. Es heißt, er wolle es zum Kardinal bringen; ich glaub' es, denn er machte ein sehr durchtriebenes Gesicht, als ich ihn sprach. Es war gewissermaßen der alte Leodegar und doch etwas Neues in ihm, wie wenn seine Augen sagen würden: Kerl, dich wollt' ich, wenn ich dich hätte, und du mich nicht anbeten würdest!"

Die Nachricht war nur zu begründet. Fast am gleichen Tage sagte der Institutsvorsteher, als er bei Tisch die Zeitung las, zu mir: Da steht, daß ein junger deutscher Liguorianer aus Ihrer Heimat sich in Rom durch seine Predigten berühmt mache. Er trägt sogar den gleichen Familiennamen mit Ihnen! Kennen Sie ihn, Fräulein Lucie? Sie sind aber doch nicht katholisch! Mit tonloser Stimme erklärte ich, von alledem nichts zu wissen, und schenkte mir möglichst gleichgültig ein Glas Wasser ein.

Mein armer Vater holte mich nicht mehr ab. Er hatte sich in den heißen Sommermonaten durch unvorsichtiges Reisen ein Fieber geholt, von dem er nicht genas.

So kehrte ich vollständig verwaist in mein leeres Haus zurück. Da ich für die Vermögensverwaltung noch eines Vormundes bedürftig war, so bat ich meinen Oheim, den Bruder meiner Mutter, darum, der eben in den Ruhestand zu treten beabsichtigte und mir einen Besuch ankündigte. Er übernahm den Liebesdienst mit treuer Sorgfalt. Seither leben wir zusammen und haben vor sieben Jahren schon dies Gut gekauft und bezogen. Nach dem Fräulein Hansa und der Wirtschafterin hatte ich in allen Treuen gesucht, um so viel als möglich die ihnen widerfahrene Unbill gutzumachen. Es gelang mir aber nicht, meinen Wunsch zu erfüllen. Die Erzieherin hatte einen Naturalienhändler geheiratet, mit welchem sie nach Südamerika gereist war. Sie besorgte seine Buchhaltung und speziell den Einkauf der Käfer. Die Frau Lise war Küchenmeisterin in einem großen Krankenhause geworden und bedurfte meiner nicht mehr.

Von der verfrühten törichten Leidenschaft und ihrem Gegenstande erholte ich mich zwar bald, da es mir wie Schuppen von den Augen fiel. Aber ich hatte durch meine Streiche Jugend, Leben und Glück oder was man dafür hält, mir selbst vor der Nase abgesperrt. Den Übertritt konnte ich nicht rückgängig machen, wenn ich nicht als eine abenteuernde Doppelkonvertitin in das Gerücht kommen wollte. Inzwischen lernte ich mich mit der Idee trösten, daß meine Geschichte mich vor späterem Unheil, Unstern und vor Teufeleien bewahrt habe, die ich ohne diese Erfahrung noch hätte erleben oder anrichten können. Es gibt ja auch Krankheiten, die man den Kindern einimpft, damit sie später davor bewahrt bleiben! Nun aber halten Sie reinen Mund, nicht wahr? Und mischen Sie die Geschichte nicht unter die Beispiele, die Sie etwa anderwärts vorzutragen in die artige Laune geraten, wie Sie hier getan haben!"

„Seien Sie in dieser Hinsicht ganz ruhig," antwortete Reinhart; „ich gönne mir selber kaum, was Sie mir so gütig anvertrauten.

Doch das Gleichnis mit dem Impfen der Kinder kann ich Ihnen nicht gelten lassen. Was Sie erlebt haben, ist wohl zu unterscheiden von der ungehörigen Liebesucht verderbter Kinder und widerfährt nur wenigen bevorzugten Wesen, deren edle angeborene Großmut des Herzens der Zeit ungeduldig, unschuldig und unbewußt vorauseilt. Der naive Kinderglauben an die leichtfertigen Scherzworte des Herrn Kardinals, an welchem Sie so treulich festgehalten haben, gehört zu dieser Großmut, wie ein Taubenflügel zum anderen, und mit solchen Flügeln fliegen die Engel unter den Menschen. Beschämt ermesse ich an diesem Beispiele des Guten, wie teilnahmslos mein Leben verlaufen ist, wie inhaltslos, und auf wie leichtsinnige Weise ich sogar vor Ihr Angesicht geraten bin!"

„Sie werden endlich ja wahrhaft artig gegen Unsereines," sagte Lucie; „ich danke Ihnen für das gnädige Urteil."

Sie atmete leicht auf und fuhr fort: „Sehen Sie, nun bin ich erst ganz von der verwünschten Heimlichkeit befreit. Wie schwierig ist es, einen Beichtvater zu finden, wie man ihn braucht! Aber wollten Sie nicht lesen?"

„Jetzt nicht mehr," meinte Reinhart; „wer möchte noch lesen! Lieber möcht' ich hinaus in's Freie, den Tag entlang, und alle Sorgen von mir tun, das heißt, wollen Sie mithalten?"

„Da haben Sie recht!" lachte Lucie freundlich; „warum sollen wir uns nicht auch einen guten Tag machen? Wir haben's ja in uns, nicht wahr?"

„Was denn?"

„Ich meine das bischen Kinderdummheit mit den Taubenflügeln, trotzdem wir so große alte Leute sind! Wissen Sie was, wir gehen durch den Wald nach Althäusern am Flusse hinunter; dort finden wir sogar ein leidliches Mittagessen in der Post, wo wir die Reisenden und die Fuhrleute betrachten können. Und eben fällt mir ein, daß ich alsdann bei dem dortigen Schuhmacher nachsehen kann, ob er meine Wald- und Feldschuhe für den Herbst gemacht hat, und ob sie mir passen. Der Meister Schuhmacher ist nämlich der Bräutigam unseres Bärbchens geworden, den man ein wenig zu Ehren ziehen muß."

Sie schlug eine der grünen Gardinen zurück und rief hinaus: „Bärbchen, hast Du etwas auszurichten? Wir gehen spazieren und kommen zu Deinem Schuh- und Hochzeitmacher!"

Das angerufene Mädchen kam gelaufen, fragte zuerst, ob es am nächsten Sonntag ausgehen dürfe, und bat nach erhaltener Erlaubnis, dem Geliebten dies anzuzeigen und ihm zu verdeuten, daß er zu Hause bleiben und sie erwarten solle. Sie werde ihm auch die neuen Winterstrümpfe mitbringen.

„Nun haben wir eine Mission als Liebesboten," rief Lucie, „und dürfen uns sehen lassen!"

Sie machten sich wohl gerüstet auf den Weg und beobachteten aufmerksam alle Merkwürdigkeiten, die ihnen aufstießen, einen Hirschkäfer, der am Fuße eines Baumes saß und fleißig schrotete, so daß er schon ein beträchtliches Häuflein Sägemehl ausgeworfen hatte; einen Eichbaum, der eine schlanke Buche in seinen knorrigen Armen hielt; das vermischte Laub ihrer Kronen flüsterte und zitterte ineinander, und ebenso innig schmiegte sich der glatte Stamm der Buche an den rauheren Eichenstamm. In einem klaren Bache, der durch den Bergwald herunterfloß, kam eine große schöne Schlange geschwommen und warf sich unfern den beiden Lustwandlern auf's Trockene: ein starker Krebs hing an ihrem Halse, vermutlich um sie anzufressen. Reinhart griff die Schlange mit rascher Hand und hob sie empor.

„Halten Sie mir das arme Tier," sagte er zu Lucien, „damit ich den Quäler abnehmen kann! Fassen Sie nur fest mit beiden Händen, es ist keine Giftschlange!"

Lucie sah ihn etwas furchtsam an; doch traute sie seinen Worten und hielt die Schlange tapfer fest, die sich nicht heftig bewegte. Reinhart drückte den Krebs, bis er seine Scheren auftat, und warf ihn in den Bach. Die Schlange blutete ein wenig. Sie schaute das schöne Fräulein ruhig an, und dieses blickte mit sichtlicher Erregung dem Waldgeheimnis in die nahen Augen. Ihre Scheu völlig bezwingend, legte Lucie das Tier langsam auf die Erde und ließ es sachte entschlüpfen.

„Wie schön es gemustert ist!" rief sie, ihm nachsehend, bis es im Farrenkraute verschwand; „und wie froh bin ich, daß ich gelernt habe, die Kreatur in Händen zu halten! Und wie erbaulich ist das kleine Rettungsabenteuer!"

„Ja," erwiderte Reinhart, „es freut uns, in dem allgemeinen Vertilgungskriege das einzelne für den Augenblick zu schützen, soweit unsere Macht und Laune reicht, während wir gierig mitessen. Aber sehen Sie, die Kreatur scheint diesmal dankbar zu sein und uns das Geleit zu geben!"

Er wies zur Seite des Weges, wo die Schlange wieder zum Vorschein kam und, neben ihnen herkriechend, das Paar in der Tat eine Strecke weit begleitete, bald im Gesträuche verborgen, bald sichtbar. Zuletzt hielt sie still, richtete sich in die Höhe und drehte sanft den kleinen, platten Kopf hin und her.

Lucie schaute wortlos, aber mit wogendem Busen hin, und erst, als die Erscheinung aus den Augen war, rief sie: „Ach, von dieser schönen Schlange wünschte ich zu träumen, wenn ich einmal traurige Tage hätte. Gewiß würde mich der Traum beglücken!"

Sich alle Zeit gönnend, gelangten sie um Mittag in das Dorf, gingen in die Wirtschaft „Zur Post" und ließen sich Suppe und die übrigen einfachen Gerichte geben, die dort üblich waren. Gleich bescheidenen Reisenden oder Hausierern, die sich vorsehen müssen, fragten sie bei jeder Schüssel vorher um den Preis, und trieben noch andere Kurzweil von ähnlichem Gehalte. Dann erinnerten sie sich des Schuhmachers und suchten ihn auf. Sie fanden das kleine Haus etwas abseits unter einem Nußbaume und die Wand an der Sonnenseite von einem Birnenspaliere bedeckt, jedoch nur zum Teil; der andere Teil war eine Weinrebe, so daß die ganze Wand mit reifen Birnen und blau werdenden Trauben behangen war.

„Das ist nicht übel," sagten sie, „das Bärbelchen hat sich ein sehr behagliches Nest ausgesucht!"

Was ihnen aber noch mehr auffiel, war der Gesang einer schönen Stimme, welche durch das offene Fenster ertönte im allerseltsamsten Rhythmus. Da sich auf der entgegengesetzten Seite ebenfalls ein Fenster befand, war das Innere der Stube ganz hell und durchsichtig, und sie standen im Schatten des Baumes einige Zeit still und schauten hinein. Der junge Meister, der noch allein arbeitete, war eben im Anfertigen eines neuen Vorrates von Pechdraht begriffen. An einem Haken über dem jenseitigen Fenster hatte er die langen Fäden von Hanfgarn aufgehängt, welche durch die ganze Stube reichten, und schritt nun, die eine Hand mit einem Stücke Pech, die andere mit einem Stücke Leder bewehrt, rück- und wieder vorwärts Garn und Stube entlang, strich das Garn und drehte oder zwirnte es auf dem einen Knie in kühner Stellung kräftig zum haltbaren Drahte und sang dazu ein Lied. Es war nichts minderes, als Goethes bekanntes Jugendliedchen „Mit einem gemalten Bande", welches zu jener Zeit noch in ältern auf Löschpapier gedruckten Liederbüchlein für Handwerksbursche statt der jetzt üblichen Arbeitermarseillaisen und dergleichen zu finden war, und das er auf der Wanderschaft gelernt hatte. Er sang es nach einer gefühlvollen altväterischen Melodie mit volksmäßigen Verzierungen, die sich aber natürlich rhythmisch seinem Vor- und Rückwärtsschreiten anschmiegen mußten und von den Bewegungen der Arbeit vielfach gehemmt oder übereilt wurden. Dazu sang er in einem verdorbenen Dialekte, was die Leistung noch drolliger machte. Allein die unverwüstliche Seele des Liedes und die frische Stimme, die Stille des Nachmittags und das verliebte Gemüt des einsam arbeitenden Meisters bewirkten das Gegenteil eines lächerlichen Eindruckes.

Wenn er mit leichten Schritten begann:

Kleine Blumen, kleine Blätter — ja Blätter
Streien wir mit leichter Hand,
Gude junge Frihlings-Gädder — ja Gädder
Tändeln auf ein luftig Band,

bei dem luftigen Bande aber durch einen Knoten im Garn aufgehalten wurde und dasselbe daher um eine ganze Note verlängern und zuletzt doch wiederholen mußte, so war die unbekümmerte und unbewußte Treuherzigkeit, womit es geschah, mehr rührend als komisch. Die Strophe:

Zephyr, nimm's auf deine Flügel,
Schling's um meiner Liebsten Kleid;
Und so tritt sie vor den Spiegel
All in ihrer Munterkeit,

gelang ohne Anstoß, ebenso die folgende:

Sieht mit Rosen sich umgeben,
Selbst wie eine Rose jung,
Einen Blick, geliebtes Leben!
Und ich bin belohnt genung.

Nur schien ihm das „genung" nicht in der Ordnung zu sein, und er sang daher verbessernd:

Einen Blick, geliebtes Leben!
Und ich bin belohnt genuch.

Reinhart und Lucie blickten sich unwillkürlich an. Der Sänger im kleinen Hause schien für sie mitzusingen, trotz jenes abscheulichen Idioms. Welch' ein Frieden und welch' herzliche Zuversicht oder Lebenshoffnung pulsierten in diesen Sangeswellen. Am jenseitigen Fenster stand ein mit Grün behangener Vogelkäfig. Nun kam aber die letzte Strophe: Fihle, sang er,

Fihle, was dies Herz empfindet — ja pfindet,
Reiche frei mir deine Hand,
Und das Band, das uns verbindet — ja bindet,
Sei kein schwaches Rosenband!

Weil der Draht noch nicht ganz fertig war, sang er diese Strophe mehrmals durch, immer heller und schöner, mit dem Rücken gegen die Lauscher draußen gewendet; im Bewußtsein der nahen Glückserfüllung wiederholte er das „Reiche frei mir deine Hand“ besonders kraftvoll und ließ dann im höchsten Gefühle die geschleiften Noten steigen: „Und das Band, das uns verbindet, sei kein schwaches Rosenband.“

Da ein paar Kanarienvögel mit ihrem schmetternden Gesange immer lauter drein lärmten, war eine Art von Tumult in der Stube, von welchem hingerissen Lucie und Reinhart sich küßten. Lucie hatte die Augen voll Wasser, und doch lachte sie, indem sie purpurrot wurde von einem lange entbehrten und verschmähten Gefühle, und Reinhart sah deutlich, wie die schöne Glut sich in dem weißen Gesichte verbreitete.

Es war ihnen unmöglich, jetzt in das Häuschen hineinzugehen; ungesehen, wie sie gekommen, begaben sie sich hinweg, und erst als sie wieder die Waldwege betreten hatten, stand Lucie still und rief: „Bei Gott, jetzt haben wir doch Ihr schlimmes Rezept von dem alten Logau ausgeführt! Denn daß es mich gelächert hat, weiß ich, und rot werde ich hoffentlich auch geworden sein. Ich fühle jetzt noch ein heißes Gesicht!“

„Freilich bist Du rot geworden, teure Lux,“ sagte Reinhart, „wie eine Morgenröte im Sommer! Aber auch ich habe wahrhaftig nicht an das Epigramm gedacht, und nun ist es doch gelungen! Willst Du mir Deine Hand geben?“

So kam es, daß am Abend, als die Alten nach Hause kehrten, Lucie schon vor ihrem Oheim auf Du und Du mit Reinhart stand. Alle waren zufrieden mit der Verlobung, und Lucie mit dem Schuhmacher so sehr, daß sie Bärbel am anderen Tage selbst hingehen ließ, ihm die vergessene Botschaft zu bringen.

Reinhart nannte später seine schöne Frau, wie der Oheim, nur Lux, und, indem er das Wortspiel fortsetzte, die Zeit, da er sie noch nicht gekannt hatte — ante lucem, vor Tagesanbruch.

Inhaltsverzeichnis

www.ingramcontent.com/pod-product-compliance
Lightning Source LLC
Chambersburg PA
CBHW060808310726
48980CB00002B/279

* 9 7 8 3 8 4 6 0 9 8 8 8 2 *